ULLSTEIN

Das Buch

Eine junge Frau wird in ihrer Osloer Wohnung ermordet aufgefunden. Hauptverdächtiger ist ihr Exmann, von dem sie sich erst vor kurzem getrennt hatte. Bereits dreimal hatte Ester Synnøve Lønn Anzeige erstattet, weil sie sich von ihm verfolgt und bedroht fühlte – zuletzt wenige Tage vor dem Mord. Aber auch der Bruder der Toten verhält sich beim Verhör so seltsam, dass Kommissar Isaksen misstrauisch wird. Weiß er mehr über seine Schwester und den Mord, als er preiszugeben bereit ist? Isaksen und sein Team suchen nach Hinweisen in der Vergangenheit der Toten und stoßen dabei auf erstaunliche Zusammenhänge ...

Die Autorin

Die Norwegerin Unni Lindell hat zahlreiche Jugendbücher geschrieben, bevor sie ihre Krimiserie um den Osloer Kommissar Cato Isaksen begann. Ihr Kriminalroman *Pass auf, was du träumst* gewann den begehrten Riverton-Preis für den besten norwegischen Kriminalroman 1999. Unni Lindell lebt mit ihrer Familie in der Nähe von Oslo.

Von Unni Lindell sind in unserem Hause bereits erschienen:

Das dreizehnte Sternbild
Das Mondorchester
Pass auf, was du träumst

Unni Lindell

Der Trauermantel

Roman

Aus dem Norwegischen
von Gabriele Haefs

Ullstein

Besuchen Sie uns im Internet:
www.ullstein-taschenbuch.de

Umwelthinweis:
Dieses Buch wurde auf chlor- und säurefreiem Papier gedruckt.

Ullstein Verlag
Ullstein ist ein Verlag des Verlagshauses Ullstein Heyne List GmbH & Co. KG.
1. Auflage März 2003

Titel der norwegischen Originalausgabe: Sørgekåpen (H. Aschehoug & Co, Oslo)
Übersetzung: Gabriele Haefs
Redaktion: Angela Troni
Umschlaggestaltung: Thomas Jarzina, Köln
Titelabbildung: Zefa, Düsseldorf
Gesetzt aus der Sabon
Satz: hanseatenSatz-bremen, Bremen
Druck und Bindearbeiten: Elsnerdruck, Berlin
Printed in Germany
ISBN 3-548-25634-1

Für Anne und Maja

Das Wort einer Schnecke auf dem Teller eines Blattes?
Es ist nicht von mir. Nehmt es nicht an.

Essigsäure in einer Konservendose?
Nehmt es nicht an. Es ist nicht wirklich.

Ein Goldring, durch den die Sonne scheint?
Lügen. Lügen und Trauer.

Sylvia Plath

Nur das Menschliche kann wirklich fremd sein.
Der Rest ist Mischwald, Maulwurfsarbeit und Wind.

Wislawa Szymborska

Sie hatte sich hinausgewagt. Es war dunkel, doch die Geschäfte hatten lange geöffnet. Sie kaufte etwas zu essen und zwei Illustrierte. Als sie danach über die Straße ging, stellte sich das ekelhafte Gefühl wieder ein. Das Gefühl, dass jemand sie beobachtete.

Sie drehte sich um. Sie hörte Geräusche, die keine Sprache besaßen. Eine Frau in einem tristen schwarzen Mantel, die sich bückte, um in ein Auto einzusteigen, erregte für einen Moment ihre Aufmerksamkeit. Das Gefühl, dass jemand hinter ihr stand, war unerträglich. Ihr brach der kalte Schweiß aus. Einmal wäre sie fast auf einem Eisbuckel ausgerutscht.

Alle Geräusche in ihrer Umgebung verstärkten sich. Sie wusste genau, dass das hier nicht nur ein Gefühl war. Und so war es nun schon lange. Ab und zu, wenn sie das Haus verließ und durch die Straßen lief, dann passierte das hier. Jemand ging ein Stück hinter ihr, versteckte sich in Hauseingängen, in Geschäften, wenn welche offen waren, fuhr langsam in fremden Wagen an ihr vorbei. Sie wandte sich immer ab, trat so dicht an die Häuser heran, wie sie nur konnte.

In ihrer Wohnung dann, hinter der violetten Tür, zog sie die Vorhänge vor und verriegelte das Sicherheitsschloss. Oft schaltete sie auch das Licht aus, stand hinter den Stoffbahnen und lugte auf die Straße hinaus, hinüber zu den großen Bäumen im Park. Den tanzenden Zweigen, die sich bewegten und das Bild störten. Die Unruhe wollte sich nicht legen. Der Himmel draußen war nur ein schwarzes Loch über den Dächern. Und der Mond war ein großes starrendes Auge, das ihr mit seinem gelben Blick folgte.

Der Mord an Ester Synnøve Lønn wurde der Osloer Wache am Donnerstag, dem 6. Januar, um 5.21 Uhr gemeldet. Die Dunkelheit klebte wie eine schwarze Haut an den Glasfassaden des riesigen Polizeigebäudes. Die Straßen waren menschenleer. Das Tageslicht war noch Stunden entfernt. Die Stadt schien zu Silvester den Atem angehalten zu haben und es noch immer zu tun. Aber jetzt setzte die Welt sich lärmend wieder in Bewegung, hinein in das neue Jahrtausend. Der vierte Werktag warf Risse, bald würde das armselige Winterlicht über die Dächer kriechen und in die geschäftigen Straßen hinunterfließen.

Ein sehr müder Beamter notierte die Mitteilung über, wie es sich herausstellen sollte, den ersten Mord des neuen Jahrtausends. Noch bis acht Uhr hatte er Dienst. Er hatte diese Nachtschicht übernommen, um sein Einkommen etwas aufzubessern. Jetzt arbeitete er schon seit fast sechzehn Stunden. Und wie immer hatte er mehr als genug zu tun gehabt. Familienstreitigkeiten, Messerstechereien und vernachlässigte Kinder, die vom Jugendamt abgeholt werden mussten. Und jetzt – dieser Mord.

Die Anruferin war ungewöhnlich ruhig. Sie stellte sich vor und gab an, sie sei siebzehn Jahre alt und Zeitungsbotin. Sie drehte vor Unterrichtsbeginn ihre Runde und war wie immer in das Haus in der Odinsgate gegangen, um die Zeitungen vor die Wohnungen zu legen. Im ersten Stock war ihr eine offene Tür aufgefallen. Vermutlich hatte der Wind die offene Haustür weiter aufgedrückt. Sie hatte die Frau auf dem Wohnzimmerboden einfach nicht übersehen können. Sie sah zwar nur die Füße, ging aber wegen der roten Zehennägel davon aus, dass sie eine Frau vor sich hatte. Die Zeitungsbotin hatte zuerst versucht, die am Boden Liegende durch Zuruf aufzuwecken, doch als diese nicht reagiert hatte, war sie in die Wohnung gegangen und hatte das viele Blut gesehen. Die Frau hatte außerdem schlimme Wunden an Stirn und Hals. Es war nicht schwer zu begreifen gewesen, dass die Frau auf dem Boden tot war.

Der Beamte bat die Zeitungsbotin, nichts anzufassen und bis zum Eintreffen der Polizei am Tatort zu bleiben. Danach löste er Mordalarm aus. Das Herz des Polizeigebäudes erwachte in den Zimmern und den leeren Gängen zum Leben. Lampen und Computer wurden eingeschaltet. Bald waren überall klingelnde Telefone, eilige Schritte und Papiergeraschel zu hören. Nur eine Dreiviertelstunde später stand ein junger Journalist von der Tageszeitung VG unten im Foyer und starrte bewundernd zu den vielen Etagen hoch, die sich unter der hohen Decke öffneten.

Draußen in Asker schellte das Telefon auf dem Nachttisch von Cato Isaksen, während der tief in einem unruhigen Traum feststeckte. Er sah ein graues, schäumendes Meer, Menschen, die am Strand hin und her liefen. Der Wind glitt unsichtbar durch die farblose Luft. Seine drei Söhne, Gard, Vetle und Georg, versteckten sich hinter einem umgedrehten Boot. Die Schaumkronen erreichten fast ihre nackten Füße. Das Bild zerriss, wurde zu einem schrillen Geräusch, aus dem sich ein scharfer Schmerz in seinem Ohr entwickelte. Das Telefon. Verwirrt griff er nach dem Hörer und meldete sich mit belegter Stimme.

Bente bewegte sich neben ihm im Bett, öffnete die Augen und stöhnte leise. Es war nichts Neues für sie, dass ihr Mann zu allen Zeiten angerufen wurde. Die bloße Gewissheit, dass es passieren könnte, ließ ihren Schlaf oft sehr seicht werden und nahm ihm die Tiefe, die sie gebraucht hätte, um sich wirklich auszuruhen.

Georg, der zwischen ihnen schlief, setzte sich auf und gähnte. Der Vierjährige rieb sich die Augen. Im Licht der Nachttischlampe sah er wie eine Traumgestalt aus, mit seinen halblangen, zerzausten Haaren und den zusammengekniffenen Augen, die sich noch nicht an die Helligkeit gewöhnt hatten. Sein schläfriger Blick glitt über das weiße Muster der blauen Tapete. Bente drückte ihn mit sanfter Gewalt wieder aufs Kissen und sagte, es sei noch mitten in der Nacht.

Cato Isaksen saß auf der Bettkante, während die kühle Schlafzimmerluft über seinen nackten Körper glitt. Dabei bekam er eine Gänsehaut.

»Ja«, sagte er kurz. »Ist in Ordnung, ich komme.«

Er knipste die Nachttischlampe aus, drückte auf den kleinen Knopf des Weckers, verließ leise das Zimmer und schloss hinter sich die Tür.

»Komm ich nachher zu Mama?«, fragte Georg in die Dunkelheit hinein und gähnte noch einmal. In seinen Augen tanzte noch immer das scharfe Drachenzahnmuster der Tapete.

»Ja«, sagte Bente. »Heute Abend kommst du zu Mama.«

»Und zu Hamza«, meinte der Junge zufrieden.

»Ja.« Bente deckte ihn richtig zu und merkte, wie sich die Irritation durch ihren Körper fraß.

»Jetzt bist du still«, sagte sie mit einer Stimme, die so niemals klang, wenn Cato dabei war. Der Geruch des Kindes, das nicht ihr eigenes war, brachte sie dazu, ihm den Rücken zuzukehren.

Die Nacht ruhte noch immer in ihren eigenen Schatten. Es war fünf Grad unter Null und noch stockdunkel, als Cato Isaksen fröstelnd zu seinem vor den Garagen geparkten Auto ging. Er bereute, es nicht hineingestellt zu haben. Jetzt musste er erst das Eis von den Scheiben kratzen, ehe er losfahren konnte.

Hinten bei den Mülltonnen lagen mehrere mit Bindfäden umwickelte und aufeinander getürmte Zeitungsstapel. Jeden Donnerstag wurde Altpapier geholt. Er hatte vergessen, den großen Kasten mit dem zusammengefalteten Weihnachtspapier hinauszustellen. Einen Moment spielte er mit dem Gedanken, wieder ins Haus zu gehen und ihn zu holen, überlegte sich dann aber, dass ihm dazu die Zeit fehlte. Sein Atem ließ Dampfwolken in der schwarzen, eiskalten Luft aufsteigen. Die Tage zu dieser Jahreszeit waren eine einzige lange Reise von einer Dunkelheit zur nächsten.

Auf dem Weg zur Stadt dachte er an die Ereignisse der letzten Tage und an den Traum von seinen Söhnen. An das aufgewühlte Meer und den Strand. Der Traum war seltsamerweise nicht, wie Träume sonst, weggeglitten und zu einer abstrakten grauen Gedankenmasse geworden. Er hatte ihn noch immer klar in Erinnerung.

Cato Isaksen hatte am letzten Tag des alten Jahrhunderts geheiratet. Das war gut und richtig gewesen. Endlich war sein Leben wieder in Ordnung, so empfand er es zumindest. Es bedeutete eine ungeheure Erleichterung, wieder zu Hause zu sein. Er hatte seine Exfrau Bente geheiratet und seine beiden ältesten Söhne waren dabei gewesen.

Ein befreundetes Paar hatte als Trauzeugen fungiert, wie schon damals vor zwanzig Jahren, bei ihrer ersten Hochzeit. Danach hatten sie im Hotel Leangkollen gefeiert. Der älteste Sohn, Gard, und seine Freundin Tone hatten sie später am Abend verlassen, um ein anderes Silvesterfest zu besuchen.

Bente hatte ein schlichtes graues Kostüm getragen, er selbst einen dunklen Anzug. Einen Brautstrauß hatte sie nicht gewollt, er hatte ihr aber trotzdem einen gekauft, rote Rosen, wie beim ersten Mal.

Georg, sein vierjähriger Sohn aus seiner Beziehung zu Sigrid Velde, war nicht dabei gewesen. Der Junge war der sichtbare Beweis für sein tragisches Versagen von damals. Er war die Frucht eines kurzen und hektischen Seitensprungs, der zur Scheidung und anderthalb Jahren Zusammenlebens mit Sigrid geführt hatte. Seinen Alltag hatte der Kommissar nun wieder in den Griff bekommen, obwohl es immer allerlei Probleme gab, wenn Georg jedes zweite Wochenende und jeden Mittwoch zu Besuch kam. Vor allem, wenn er mit großen, schwierigen Fällen zu tun hatte und Zeit und Gedanken ihm davonliefen. Die Weihnachtsferien hatten ihnen allen gut getan, aber jetzt war der Alltag wieder eingekehrt. Ein neuer Fall wartete. Wie ein großer grauer Windstoß war er ins Schlafzimmer eingedrungen und hatte ihn aus seinem Traum gerissen.

Die junge Frau, welche die Leiche gefunden hatte, war vernommen und entlassen worden. Jetzt wurden Spuren sichergestellt und das Treppenhaus durchsucht. Die Wohnungsnachbarn schauten immer wieder aus ihren Türen, um ja nichts zu versäumen. Und draußen vor dem Haus hatten sich bereits Presseleute und Fotografen eingefunden.

Ester Synnøve Lønn lag auf der Seite, einen Arm am Körper, den anderen über den Kopf gestreckt. Sie lag auf einem Bett aus Glassplittern, die von einer zerbrochenen Vase stammten. Und noch immer, nach all diesen Jahren, durchjagte Cato Isaksen beim Anblick eines Opfers ein Gefühl der Kälte. Er konnte sich an viele ausdruckslose Totenmasken aus lange zurückliegenden Fällen erinnern. An halb verweste Leichen, an entsetzliche Gesichtsausdrücke. Ein toter Mensch war von einer ganz besonderen Aura aus Stille und Leere umgeben. Sein Beruf erinnerte den Kommissar immer wieder daran, wie einzigartig und gefährlich es ist, ein Mensch zu sein.

Er war umgeben vom Stimmengewirr der Kollegen von der Spurensicherung. Sie trugen Papieranzüge und dünne Gummihandschuhe, hatten die Aufgaben unter sich aufgeteilt und versuchten jetzt, möglichst viele Spuren zu finden. »Entschuldige mal kurz.« Jemand stieß Cato Isaksen an, der daraufhin um die Leiche herumging. Der erfahrene Mordermittler beugte sich über die Reste dessen, was noch vor wenigen Stunden eine lebendige Frau gewesen war, und betrachtete die Wunden, die ihr zugefügt worden waren. An der einen Schläfe waren ihr die blonden Haare ausgerissen worden. Auf ihrer Stirn prangte ein blauer Fleck. Die Stichwunden am Hals sprachen für sich. Soweit der Kommissar sehen konnte, gab es davon drei. Doch wegen des ausgetretenen Blutes waren sie nur schwer voneinander zu unterscheiden.

Die Augenlider der Toten waren halb geschlossen, nur ein graugrüner Halbkreis war zu sehen. Über der Nasenwurzel tanzten einige kleine Sommersprossen.

Ellen Grue ging neben Cato Isaksen in die Hocke. Ein Gefühl von Wärme durchfuhr ihn. Ihr Papieranzug raschelte leise. Sie rückte ihre Plastikhandschuhe zurecht und schaute aus ihren dunklen Augen schräg zu ihm hoch. »Ich glaube nicht, dass sie schon lange tot ist«, sagte sie. »Ein paar Stunden vielleicht, aber es muss irgendwann heute Nacht passiert sein.«

»Die Halsschlagader ist quer durchtrennt worden«, sagte Cato Isaksen und musterte noch einmal die dünnen Wunden in der Halshaut und die Lache aus halbgeronnenem Blut, die als rotbrauner Kreis neben der Toten den Boden bedeckte. Ein Teil des Blutes war in einen hellen Teppich eingesickert und bildete ein groteskes Tupfenmuster. Das Opfer trug einen kurzen blauen Morgenrock.

»Sie war vielleicht schon schlafen gegangen und ist dann wieder aufgestanden«, murmelte er vor sich hin. Sie trug keine Strümpfe, ihre Füße waren nackt. Ihm fiel auf, dass das Opfer auch an den Beinen einige kleine helle Sommersprossen hatte.

»Es gibt mehrere Hinweise auf einen Kampf.« Ellen Grue richtete sich wieder auf. Sie zeigte auf eine aus der Wand gerissene Lampe. Sie lag halb zerbrochen unter einem Holzstuhl. Vom Esstisch war die Decke heruntergerissen worden, ein kupferner Leuchter war umgekippt. Allerlei Papiere lagen über den Tisch und den Fußboden verstreut. »Aber es war nicht besonders schwer, sie umzubringen. Ein solcher Schnitt in den Hals und du bist tot. Wir versuchen, die Papiere wieder so hinzulegen, wie sie gelegen haben müssen«, sagte sie dann und nickte zu einem Kollegen hinüber, der das Beweismaterial vorsichtig in einem Plastikordner verstaute.

Ein weiterer Kollege, ein großer, etwas träger Mann mit rötlichen Haaren, fotografierte gründlich das Zimmer in allen Einzelheiten. Ellen Grue wandte sich für einen Moment von Cato Isaksen ab und sprach ein paar Sätze in ein kleines Diktafon.

»Herzlichen Glückwunsch zur Hochzeit«, rief der Rothaarige Cato Isaksen zu.

Ellen Grue drehte sich wieder um und warf einen Blick auf seine Füße. »Bitte, zieh Plastiksocken an, wenn du weiter hier herumtrampeln willst.« Ihre Miene veränderte sich. Ihre Augen wurden dunkel. Der Rothaarige lächelte kurz. »Alles klar«, sagte er.

Die Wohnung war schlicht, aber doch auf besondere Weise eingerichtet. Farben und Textilien waren sorgfältig ausgewählt worden. Die groß gemusterten Vorhänge vor den hohen, altmodischen Fenstern waren auf den Seiten zu viel zu wuchtigen Arrangements drapiert. Die Wände waren von einem kräftigen Gelb und über dem abgenutzten weinroten Ledersofa hing ein gerahmtes Bild eines kleinen Hofes. Daneben war ein großes Foto eines hübschen lächelnden Jungen mit dunklen Haaren angebracht. Ihm fehlten beide Vorderzähne, und er trug eine blaue Windjacke.

Die Kollegen hatten die vom Boden aufgelesenen Papiere auf dem gläsernen Couchtisch zu einem kleinen, durchnummerierten Stapel sortiert. Neben zwei Kinderzeichnungen und einigen Prospekten war auch ein aus einer Zeitung herausgerissener Artikel über ein vor dem Tod gerettetes Kätzchen dabei. Cato Isaksen streifte sich einen Plastikhandschuh über und griff vorsichtig danach. Das große Bild einer Katze in den Händen eines Mannes leuchtete ihm entgegen. *Der Besitzer wollte es gerade an die U-Bahn-Schienen binden, als ein junger Jugoslawe auftauchte und ihn in letzter Sekunde wegstieß. Er entriss ihm das Kätzchen, rannte davon und konnte dem Tier auf diese Weise das Leben retten.*

Plötzlich stand Kommissar Roger Høibakk in der Tür, er füllte fast den gesamten Türrahmen aus. »Ferien zu Ende, wie mir scheint. Nie hat man Ruhe.« Er nickte kurz zu Cato Isaksen hinüber, schüttelte den Kopf und fuhr sich durch die glatten dunklen Haare. Dann zog er ein Paar Plastiksocken an, kam zu seinem Chef herüber, stützte die Hände auf die Knie und beugte sich über das Opfer.

»Hübsche Frau«, sagte er. »Wer zum Henker kann das getan haben, was meinst du?«

»Sie ist wohl erst seit ein paar Stunden tot«, sagte Cato Isaksen und entdeckte in einem großen Spiegel mit schwerem Goldrahmen sein helles Gesicht. Hinter sich sah er den Rücken von Ellen Grue.

»Was wissen wir?« Roger Høibakk richtete sich wieder auf.

»Noch gar nichts. Sie wurde gegen halb sechs von einer Zeitungsbotin gefunden«, sagte Cato Isaksen und zuckte mit den Schultern.

»Ich habe die Wache angerufen und gebeten, Personalien und andere wichtige Auskünfte zu besorgen, aber ich gehe davon aus, dass es sich bei der Toten um Ester Synnøve Lønn handelt. In einer Kommodenschublade lag ein alter Pass.«

»Wie alt ist sie?«

»Geboren 1968, also fast zweiunddreißig.«

In dem einzigen und recht großen Schlafzimmer standen an der einen Wand ein großes, zerwühltes Einzelbett, an der anderen ein blau angestrichenes Kinderbett. Die mit Dinosauriern bedruckte Steppdecke war sorgfältig glatt gestrichen. Am einen Ende saß ein großes, abgegriffenen Stoffkaninchen mit langen Ohren und schwarzen Gummistiefeln an den Füßen. Die Luft roch süßlich und stickig. Aus der altmodischen Kugellampe unter der Decke strömte tristes, dunkelgelbes Licht. Unter dem Fenster mit den vorgezogenen Vorhängen stand ein Schreibtisch mit einem Computer. Über der Stuhllehne hingen achtlos hingeworfene Kleider, eine schwarze Hose und ein dicker Pullover. Auf dem Boden lagen eine dünne Strumpfhose und zwei abgenutzte Pantoffeln.

»Sie war eindeutig schon schlafen gegangen«, sagte Cato Isaksen mit einem Blick auf Roger Høibakk, der durch einen Vorhangspalt lugte.

»Sie hatte nicht einmal Zeit, sich die Pantoffeln anzuziehen.«

»Unten auf der Straße ist schon die Hölle los«, sagte Roger Høibakk. »Das finden wir morgen dann in den Schlagzeilen, stell ich mir vor.«

Auf der Wand über dem ungemachten Bett hing ein gerahmtes Zitat: *Das Glück kommt zu denen, die es sich mit Gewalt holen.*

Ellen Grue trat ins Zimmer. »Den Computer nehmen wir sofort mit«, sagte sie und bat Roger Høibakk, die Leitungen zu überprüfen und das Gerät zum Auto hinunterzutragen.

Die Küche war aufgeräumt. Als Cato Isaksen eine Schranktür öffnete, stand sofort Ellen Grue neben ihm und forderte ihn mit Leidensmiene auf, das zu lassen. Entwaffnend hob er beide Hände und ging seitwärts aus dem kleinen Raum hinaus. »Schon gut, schon gut«, sagte er und bedachte seine Kollegin mit einem warmen Lächeln. Ihre kurzen dunklen Haare waren auf der einen Seite zerzaust. Plötzlich fühlte er sich müde und wach und aufgewühlt zugleich. Er dachte an den Tag, vor einem Jahr, als es zwischen ihnen zum ersten Mal zum Äußersten gekommen war. Sein Mund an ihren Brustwarzen. Ihre glatte braune Haut in der Badewanne. Plötzlich fühlte er sich weit weg von den Menschen, den Gegenständen und den schrecklichen Dingen, die vor kurzer Zeit in dieser Wohnung passiert waren.

»Ellen«, sagte er, aber sie ließ ihn nicht ausreden.

»Gib uns zwei Tage«, sagte sie kurz. »Danach könnt ihr machen, was ihr wollt.«

Der Morgenverkehr war dichter geworden, als Cato Isaksen wieder im Auto saß und zur Wache am Grønlandleiret 44 fuhr. Er hupte gereizt, als ein anderer Wagen sich vor ihn in die Schlange zwängte, und hatte zugleich das bekannte ungute Gefühl im Bauch, eine Mischung aus Erwartung und Ohnmacht. Der Zeitdruck, alles eilte so sehr.

Auf der Wache hatten sie sich vor der Neujahrsnacht gefürchtet. Die Kastastrophenerwartungen beim Übergang ins neue Jahrtausend waren sehr groß gewesen. Aber dann war alles unerwartet glatt verlaufen. Die Computer hatten sich exemplarisch verhalten. Alle Register und Listen, alle Systeme waren weiterhin einsatzbereit.

Dass bei dem großen Waffendiebstahl im Villmarkhus auf Grønland in der Neujahrsnacht auf fünf Kollegen geschossen worden war, zählte hingegen zu den unangenehmen Ereignissen. Einer war verletzt worden, würde jedoch überleben. Von Cato Isaksens Männern hatten nur Roger Høibakk, der zum Kommissar befördert worden war, und der immerzu ruhige, joviale Asle Tengs in jener Nacht Dienst gehabt.

Wie lange dieser neue Fall sie in Anspruch nehmen würde? Welches Schicksal sie diesmal bloßlegen würden? Er dachte an die Leiche der zweiunddreißig Jahre alten Frau mit den blonden Haaren. Welche düsteren Schatten sich wohl hinter diesem Verbrechen verbargen? Welches Leben hatte sie gelebt – oder nicht gelebt? Er holte tief Luft. Sie mussten einfach an die Arbeit gehen. Er würde den Mörder finden. Intuitiv wusste er, dass dieser Mord aufgeklärt werden würde, aber er wusste auch, dass es töricht wäre, sich blind darauf zu verlassen. Doch die vertraute Unruhe mischte sich bald mit einem Gefühl von Ruhe. In sein Leben war Ordnung eingekehrt. Er barst vor Energie und wollte sich jetzt auf seine Arbeit konzentrieren und sich nicht auf weitere Frauen einlassen. Wenngleich »einlassen« vielleicht übertrieben wäre, das mit Ellen war reine erotische Anziehung gewesen, der sie plötzlich freien Lauf gelassen hatten. Auch Ellen hatte das so gesehen, hatte sie gesagt. Sie hatte ihm versichert, dass es zwischen ihnen nur um Sex gegangen war. Und deshalb hatte er sie geliebt. Es gab nur selten Frauen, die so rasch zur Sache kamen wie sie und die danach nicht alles mögliche erfanden, sich die abstrusesten Dinge einbildeten und einen Höllenärger machten. Sie reizte ihn noch immer, aber jetzt musste Schluss sein.

Für einen Moment überlegte er sich, wer eigentlich die Richtige war. Und ob wirklich eine Einzige die Richtige sein konnte oder ob man Stellung beziehen, sich entscheiden musste. Er glaubte wohl eher an Letzteres. Er fühlte sich erleichtert. Er hatte Stellung bezogen. Bente war die Richtige. Er wollte sich an sie halten, an sie und an die Jungen.

Vor und nach dem Wort gibt es das Zeichen und im Zeichen den Leerraum, in dem wir wachsen. So, wie eine Wunde, ist nur das Zeichen sichtbar. Aber das Auge lügt.

Diese Sätze, die er vor Jahren, als in seinem Leben das Chaos herrschte, in einem Buch gelesen hatte, hatten sich ihm aus irgendeinem Grund eingeprägt. Sonst vergaß er fast sofort alles, was er gelesen hatte. Warum aber dachte er jetzt gerade an diesen Satz? *So, wie eine Wunde, ist nur das Zeichen sichtbar.*

Oft war es so, dass ein einziges Detail in einem verwickelten Mordfall die Lösung bringen konnte. Er dachte daran, als er in die Tiefgarage der Wache einfuhr und seinen Wagen auf seinen festen Parkplatz stellte. Die kleinen Zeichen waren wichtig, schon von Anfang an. Dass das Opfer einen Bademantel getragen hatte, zum Beispiel. Das konnte bedeuten, dass die Frau wieder aufgestanden war, um einem Bekannten die Tür zu öffnen. Aber warum hatte der Mörder die Tür offen stehen lassen, nachdem er den Mord begangen hatte?

Abteilungsleiterin Ingeborg Myklebust rief am selben Nachmittag um 15.30 Uhr alle zu sich ins Büro. Inzwischen hatten die Mordermittler alle Hände voll zu tun gehabt. Die Minuten und Stunden waren nur so verflogen. Sie hatten wichtige Informationen eingeholt, hatten die Nachbarn befragt und Kontakt zu den Angehörigen aufgenommen. Cato Isaksen hatte das Kommando übernommen und seine Leute hin und her geschickt, hatte ihnen Aufgaben erteilt und sich kontinuierlich Bericht erstatten lassen. Hauptkommissarin Ingeborg Myklebust fühlte sich, ganz im Gegensatz zu Fahndungsleiter Cato Isaksen, überhaupt nicht in Form. Ihre prachtvollen roten Haare waren während der letzten Monate grau geworden. Sie fuhr sich mit der gepflegten Hand über den schottisch karierten Rock, zog einen Stuhl hervor und ließ sich darauf sinken. Irgendetwas stimmte nicht, das spürte sie schon lange. Und jetzt hatte sie die Konsequenzen gezogen und sich an ihren Arzt gewandt, der sie sofort zu einer gründlichen Untersuchung ins Krankenhaus überwiesen hatte. Die Ergebnisse würde sie einen Tag später erhalten.

Randi Johansen, die gerade nach nur sechs Monaten Mutterschaftsurlaub in den Dienst zurückgekehrt war, brachte für alle Kaffee auf einem Tablett, während Asle Tengs zwei Stühle von der Wand abdrückte und vor den ovalen Besprechungstisch stellte. Roger Høibakk und das Papasöhnchen aus Stabekk, Preben Ulriksen, waren ebenfalls anwesend. Preben Ulriksen konnte fast als Doppelgänger des Fußballspielers David Beckham durchgehen und wurde deshalb immer wieder aufgezogen.

Als alle am Tisch Platz genommen hatten, ergriff Cato Isaksen das Wort und teilte mit, die Tote, Ester Synnøve Lønn, sei zur Obduktion ins gerichtsmedizinische Institut gebracht worden. Dort sollte dem Fall Priorität eingeräumt werden und er hatte die Kollegen gebeten, innerhalb weniger Tage einen vorläufigen Bericht vorzulegen. Er trank einen Schluck Kaffee und fuhr dann fort: »Das Opfer hatte Wunden an Kopf und Stirn und drei tiefe, längliche Stichwunden im Hals. Das viele ausgetretene Blut lässt annehmen, dass der Tod rasch eingetreten ist. Sie war fast zweiunddreißig Jahre alt, geboren am 5. Februar 1968, und bei der Post angestellt. Sie hat in der Briefsortierabteilung in Skøyum gearbeitet. Und zwar seit einem Jahr. Unseres Wissens wohnte sie ebenso lange in der Wohnung, in der sie gefunden worden ist. Außerdem hat sie einen siebenjährigen Sohn, Markus Svendsen.«

Roger Høibakk, der diese Informationen eingeholt hatte, redete jetzt weiter. »Der Sohn wohnt bei den Eltern des Opfers, seinen Großeltern also, auf einem kleinen Hof bei Fredrikstad.«

Randi Johansen trank auch einen Schluck Kaffee und schaute rasch auf die Uhr. An diesem Tag musste sie ihr Kind aus der Krippe holen. »Warum hat der Kleine nicht bei seiner Mutter gewohnt?«, fragte sie neugierig. Seit sie selbst Mutter der kleinen Synne war, kam es ihr unvorstellbar vor, sich von ihrem Kind zu trennen. Sie hatte ja schon ein schlechtes Gewissen, weil sie den Mutterschaftsurlaub nicht voll ausgenutzt hatte, sondern schon nach so kurzer Zeit wieder zum Dienst erschienen war.

»Das wissen wir bisher noch nicht«, sagte Cato Isaksen. »Die Eltern der Toten wurden vor einigen Stunden benachrichtigt und um Namen von Leuten gebeten, die das Opfer identifizieren können. Ich möchte nicht, dass sie ihre Tochter in diesem übel zugerichteten Zustand sehen. Die beiden haben ihren Sohn darum gebeten, den Bruder der Ermordeten, Bjørn Tore Lønn. Er wohnt hier in Oslo.«

»Ich habe mit ihm gesprochen«, sagte Asle Tengs ruhig. »Er müsste jetzt gerade bei der Gerichtsmedizin sein und kommt danach her. Ich habe Anne Grethe Juvik mit ihm hingeschickt.«

»Gut«, sagte Cato Isaksen und machte sich eine Notiz. Roger Høibakk trommelte mit den Fingern auf der Tischplatte herum.

»Es muss doch einen Grund dafür geben, dass ihr Sohn nicht bei ihr lebt.« Randi Johansen ließ nicht locker.

»Das werden wir erfahren, wenn wir ihren Bruder und die Eltern vernommen haben«, sagte Cato Isaksen rasch. Er dachte kurz nach, dann fügte er hinzu: »Sie trug einen dünnen kurzen Morgenrock, als sie gefunden wurde.«

»Sie schien schon schlafen gegangen zu sein«, folgerte Roger Høibakk. »Und ist dann wieder aufgestanden.«

»Das Bett war benutzt«, sagte Cato Isaksen. »Im Schlafzimmer lagen allerlei Kleidungsstücke. Eine Hose und ein Pullover, unter anderem. Und ein Paar Pantoffeln. Sie war einwandfrei schon schlafen gegangen.«

»Und sie hatte nicht einmal Zeit, sich die Pantoffeln anzuziehen.« Roger Høibakk sah sich um. »Das Problem ist, dass die Nachbarn allesamt nichts gehört haben.«

»Dazu komme ich gleich«, sagte Cato Isaksen und blätterte in den Notizen, die vor ihm lagen.

Ingeborg Myklebust verspürte hinter ihrer Stirn einen bohrenden Schmerz. Die glühenden Stiche in ihrer Brust raubten ihr die Konzentration. Sie hatte Angst, Angst vor einer ernstlichen Erkrankung.

»Es ist wohl das Wahrscheinlichste, dass sie den Mörder gekannt hat«, stellte Asle Tengs gelassen fest. »Dass er gekommen ist, als sie schon schlafen gegangen war, dass sie ihm die Tür aufgemacht hat.«

Ingeborg Myklebust musterte ihn müde. »Wir wollen keine voreiligen Schlüsse ziehen«, sagte sie in schärferem Tonfall, als sie gewollt hatte. »In Oslo wird so viel eingebrochen. Denkt doch nur an die Frau in Majorstua, die von einem Mann verfolgt worden ist, der sich dann mit ihr in die Wohnung gedrängt hat, als sie die Tür aufschließen wollte.«

Cato Isaksen warf seiner Chefin einen verärgerten Seitenblick zu. Warum musste sie die Leute immer so abkanzeln? »Ester Synnøve Lønn war geschieden.« Er zog ein Blatt aus dem vor ihm liegenden Stapel. »Und zwar erst seit ziemlich kurzer Zeit. Die Scheidungspapiere lagen auf dem Wohnzimmertisch. Und ihr Exmann heißt Johnny Svendsen und ist ebenfalls zweiunddreißig.«

»Die Nachbarin von gegenüber, eine alte Dame, behauptet, gestern Nacht auf der Straße einen Mann gesehen zu haben. Und der war auch oben bei der Wohnungstür«, sagte Preben Ulriksen.

»Hat sie ihn nicht hereingelassen?« Randi Johansen war aufgestanden, um die Heizung höher zu drehen.

»Doch.«

»Aber dann haben wir doch etwas.«

»Vielleicht«, sagte Cato Isaksen.

»Die Nachbarin konnte ihn ziemlich gut beschreiben«, sagte Roger Høibakk. »Gut aussehender, dunkler Typ. Genauso hat sie sich ausgedrückt.«

Preben Ulriksen nickte. »Wir sind noch nicht fertig, zwei Kollegen reden mit den restlichen Leuten im Haus. Und mit denen aus den anderen Aufgängen. Erkundigen sich, ob jemand etwas bemerkt hat. Aber ein bisschen seltsam ist es schon, dass die Leute aus der Wohnung darunter nichts gehört haben. Nach all dem Chaos zu urteilen, der zerbrochenen Vase, dem umgekippten Stuhl und so, dann muss es bei dem Mord doch ziemlich laut hergegangen sein.«

»Aber niemand hat etwas bemerkt, niemand hat etwas gehört, ist das nicht oft so?« Roger Høibakk beugte sich über den Tisch und nahm einen braungefleckten Apfel aus einer Schüssel.

Wieder nickte Preben Ulriksen. »Nichts gehört, nichts gesehen.«

Ingeborg Myklebust spielte an der blanken Brosche auf ihrer blauen Seidenbluse. »Diese zerbrochene Vase, kann das vielleicht die Mordwaffe gewesen sein?«

Cato Isaksen schüttelte den Kopf. »Das glaube ich nicht«, sagte er. »Aber die Glasscherben werden von der Spurensicherung natürlich auch untersucht.«

»Ihre Familie, wer spricht mit der?« Die Abteilungsleiterin kämpfte gegen ihre Lust auf eine Zigarette an.

»Ich schicke gleich jemanden los«, sagte Cato Isaksen und schaute auf die Uhr. »Die Kollegen aus Fredrikstad haben ihre Hilfe angeboten, aber ich glaube, wir behalten die Sache erst mal hier im Haus. Ich habe bisher nur kurz mit den Eltern der Toten telefoniert. Der Vater wollte sofort herkommen, doch das habe ich verhindern können. Er hat aber erzählt, dass der Exmann der Ermordeten, Johnny Svendsen, bei den Osloer Verkehrsbetrieben arbeitet. Sie wissen allerdings nicht, wo er jetzt wohnt. Außerdem haben wir vielleicht schon eine Trumpfkarte. Ivar Lønn hat nämlich erzählt, dass seine Tochter Angst vor ihrem Exmann hatte und ihre Adresse geheimhielt, weil sie nichts mehr mit ihm zu tun haben wollte.«

»Kann das der Grund sein, warum ihr Sohn nicht bei ihr gewohnt hat?«, fragte Randi Johansen.

»Das ist gut möglich.«

»Johnny Svendsen ist nicht vorbestraft«, sagte Asle Tengs. »Das habe ich schon überprüft.«

Ingeborg Myklebust setzte sich aufrecht hin. »Dann wird das vielleicht ja doch eine leichte Arbeit.«

»Wir wollen nicht zu früh hurra schreien«, mahnte Cato Isaksen. »Aber das ist klar, auf uns warten schon ein paar brauchbare Hinweise.«

»Ich habe bei seinem Arbeitgeber angerufen, wie du gebeten

hattest«, sagte Randi Johansen und machte sich energisch an einem Flecken auf ihrem Pullover zu schaffen. Getrockneter Babybrei. Sie lächelte resigniert über sich selbst, da sie das Gefühl hatte, nie mehr richtig sauber zu sein. »Johnny Svendsen hat keine eigene Adresse. Er hat das letzte halbe Jahr offenbar bei einem Freund verbracht. Und da weiß auch niemand, wo er jetzt steckt. Die haben nur eine Postfachnummer von ihm.«

»Na gut«, erklärte Fahndungsleiter Cato Isaksen. »Roger und ich schauen noch einmal in der Odinsgate vorbei und reden mit den unmittelbaren Nachbarn des Opfers. Ich glaube, das schaffen wir, ehe in einer Stunde ihr Bruder kommt. Was meinst du, Roger?«

»Alles klar«, bestätigte Roger Høibakk und erhob sich.

»Und du, Randi, fährst mit Preben nach Østfold und sprichst mit den Eltern.«

Randi Johansens Gesicht verdüsterte sich. »Ich muss Synne abholen«, sagte sie flehend. »Bitte, kannst du nicht jemand anders schicken?«

»Ich kann das übernehmen«, schaltete Asle Tengs sich ein.

»Na gut, aber dann kommst du später zurück«, sagte Cato Isaksen und sah verstimmt zu Randi Johansen hinüber. »Und nimmst an der Vernehmung des Bruders teil.«

Johnny Svendsen ließ die Kippe auf den glatten Bürgersteig fallen. Mit raschen Schritten ging er durch die Theresesgate. Einer alten Frau fiel vor einem kleinen Gemüseladen eine Tüte mit Apfelsinen aus der Hand. Die Autos jagten vorbei und hinterließen Abgase und einen kalten Windhauch. Die Reifen rollten mit einem glitschigen Geräusch über den blanken Asphalt.

Johnny Svendsen war einsneunundsiebzig groß und hatte leichte O-Beine. Seine Haare waren mit Gel glatt gestrichen und er trug ausgelatschte Cowboystiefel. Die Hände tief in die Taschen gebohrt, bewegte er seinen Körper energisch hin und her. Es war kalt. Er zog seine dünne Lederjacke fester um sich zusammen, aber die Kälte kroch trotzdem durch seine Hosenbeine hoch.

Johnny Svendsen holte tief Luft. Plötzlich brach es wieder über ihn herein, dieses düstere Gefühl, dieses entsetzliche, alles zerfressende Gefühl, dass es vorbei war. Die ganze Sache war nicht gut für ihn. Er war nervlich am Ende. Sein Leben schien sich in einen dunklen Umhang gehüllt zu haben. Wie viel konnte ein Mensch ertragen?

Nach Hause konnte er nicht. Bjørn Tore hatte auf seinem Handy eine Nachricht hinterlassen. Die Bullen waren hinter ihm her. Nun wusste er nicht so recht, wie er sich verhalten sollte. Und Bjørn Tore war auch nicht gerade in einer guten Lage.

Aber der war kein Vater. Wenn Johnny verhaftet würde, könnte ihm der Kontakt zu dem Kleinen noch schwerer gemacht werden. Der Siebenjährige hatte große Ähnlichkeit mit ihm, war fast ein Abbild von ihm, damals, in diesem Alter. Die dunklen Haare, die grauen Augen, die Wangenknochen, die langen Arme.

Er bog in den Stenspark ab. Der Turm der Fagerborgkirche ragte wie ein kräftiger Speer in den Himmel. An einigen Stellen war es sehr glatt. Das Gras unter seinen Füßen war bedeckt von einer dünnen Eishaut, fast wie ein Leichentuch. Unbarmherzig waren die blutlosen und verwelkten Herbstblätter von Eis und Kälte bezwungen worden. Alles strahlte Leere aus, der Park, die Straßen, die hin und her sausenden Autos. Die Stille, die ihn erfüllte, war unerträglich. Er spürte, wie sein Magen sich vor Hunger zusammenkrampfte.

Er hatte erst kürzlich herausgefunden, wo Markus steckte. Er hätte sich ja denken könnten, dass der Junge unten auf Enger war, aber er hatte keinen Kontakt zu alten Freunden und Bekannten. Jetzt nicht mehr. Nicht einmal bei der Tante, bei der er aufgewachsen war, brachte er es seit einem Jahr noch fertig, sich zu melden. Aber jetzt wusste er, dass Markus auf dem Hof war. Das war immerhin etwas oder im Grunde sogar alles. Und er wusste endlich, wo Ester Synnøve jetzt wohnte. Er hatte über ein Jahr gebraucht, um das in Erfahrung zu bringen. Es hatte ihn viel Zeit und Kraft gekostet. Glaubte sie wirklich, einfach so von der Erdoberfläche verschwinden zu können? Dafür würde sie bezahlen. Sie war Schuld daran, dass sein Leben ruiniert war.

Ester hatte ihn gedemütigt. Die Wut, die er empfand, konnte er nicht beschreiben. Eigentlich war seine Exfrau verdammt verwöhnt, ja, das war sie. Alles sollte immer nach ihrem Kopf gehen. Was erwartete sie eigentlich? Dass er die ganze Zeit nach ihrer Pfeife tanzte? Dass er sich *benahm,* wie sie das nannte. Ja, verdammt, und wie er sich benehmen würde. Sie sollte nicht über ihn entscheiden.

Wenn er an Markus dachte, dann spürte er diesen wahnwitzigen Hass, der hinter seiner Stirn losschlagen wollte. Er wurde zum Tier. Er wusste nicht mehr, was er tat, vergaß, was er aß und wann. Schlief fast nie. Das Ganze ging ihm immer wieder durch den Kopf, wie ein böser Refrain, der kein Ende nehmen wollte. Wie sollte er sich rächen, wie sollte er ihr klarmachen, dass sie keine Wahl hatte, dass sie zu ihm zurückkommen musste? Er hatte nicht aufgegeben. Er würde niemals aufgeben. Nun zog er die Hände aus den Taschen und rieb sie aneinander, als wollte er dadurch die Kälte vertreiben.

Er hatte es fast immer schwer gehabt, aber die Zeit mit Ester war anders gewesen. Bei ihr war er *zu Hause*. War jemand. In ihrem Licht war seine Einsamkeit nicht so schlimm gewesen. Denn sie waren zusammen gewesen, zu zweit. Allein zu sein, das war unerträglich. Sie waren mit vierzehn zusammengekommen und zusammengeblieben, bis sie ihn vor zwei Jahren verlassen hatte. Er hatte geglaubt, dass sie eine gute Beziehung gehabt hätten. Das hatte er wirklich geglaubt. Natürlich wusste er, dass er manchmal ungerecht sein konnte, aber er hatte nicht gedacht, dass ihr das so viel ausmachte. Er meinte es doch nicht so ernst. Und sie war auch nicht immer pflegeleicht. Manchmal hatte er geglaubt, sie spiele sich für andere Männer auf. Er hatte keine handfesten Beweise gehabt, es war eher ein Gefühl gewesen. Er wusste es nicht, vielleicht hatte er übertrieben. Aber sie war so hübsch.

Der junge Mann biss die Zähne zusammen. Dieses Miststück hatte ihm so viel kaputtgemacht. Hatte ihn in die finstere Einsamkeit hinausgestoßen, ihm den Jungen weggenommen, ihn heimatlos und arm gemacht. Jetzt schmarotzte er bei einem entfernten Bekannten, lieh eine Wohnung von jemanden, der im Grunde nicht einmal ein Freund war.

Johnny Svendsen bog in die Stensgate ab. In der Luft hing ein kalter Wind. Zwei Frauen kamen an ihm vorbei, völlig in ihr Gespräch vertieft. Gesprächsfetzen trieben ihm entgegen. ... *nicht nur das, aber weißt du, was er gesagt hat ... es ist einfach unglaublich.*

Jetzt war Markus sein eigentliches Ziel. Er durfte nicht zur Arbeit gehen, da die Bullen ihn suchten. An sich hätte er an diesem Tag Frühschicht gehabt.

Er schob die Hand in die Tasche und fischte die Zigaretten hervor, steckte sich eine zwischen die Lippen und zündete sie mit einem Wegwerffeuerzeug an. Dann überquerte er die Straße und steuerte das Haus Nummer 21 an. Die Tür war natürlich abgeschlossen. Er musste Lises Namen auf dem Klingelbrett erst suchen. Er war schon oft hier gewesen, konnte sich aber nie daran erinnern, wo ihr Name stand. Er musste sie dazu bringen, ihm mit dem Summer die Tür aufzumachen. Diesmal musste sie ihn einfach hereinlassen. Er studierte die Namen, die neben den Klingeln standen. Am Ende fand er den Gesuchten. Sommer, stand auf dem Messingschild zwischen den vielen anderen Namen. Energisch drückte er auf den Knopf und trat zwei Schritte zurück. Er konnte nicht stillstehen, die Kälte hatte sich schon längst durch seine Stiefel und in seine Füße gefressen.

Die Stille ragte vor ihm auf. Wieder und wieder drückte er auf die Klingel. Er wusste nicht, ob sie bei der Arbeit war. Er wusste nicht einmal, wo sie arbeitete oder ob sie überhaupt Arbeit hatte. Er hatte sie verdammt lange nicht mehr gesehen.

Ein letztes Mal drückte er auf den Knopf und wollte gerade gehen, als die Gegensprechanlage knackte. Eine müde, belegte Stimme sagte: »Hallo.«

»Hier ist Johnny, ich muss mit Lise sprechen.«

Einen Moment blieb alles still. »Ich will dich nicht sehen«, flüsterte sie dann.

Die Gegensprechanlage rauschte leise, dann hörte er ein metallisches Klicken. Sie hatte das Gespräch beendet, ohne die Tür zu öffnen. Wütend drückte er noch einmal auf den Klingelknopf.

»Ich will nicht mit dir sprechen.« Lise Sommer war sofort da. Ihre Stimme zitterte. »Nie mehr, habe ich gesagt.«

»Aber was zum Teufel ist los? Ich habe dir nichts getan. Auch wenn Ester und ich ... *wir* können doch trotzdem befreundet sein!«

Er wusste natürlich, dass sie zu Ester hielt, aber trotzdem. Früher hatte er auch über Lise eine gewisse Macht ausgeübt. In den alten Tagen, als er im Mittelpunkt der Clique gestanden hatte. Im Grunde hatte er über alle Macht gehabt. Aber was war dann eigentlich passiert? Was passierte hier mit ihm? Er drückte noch einmal auf den Klingelknopf. Dieses Mal würde er nicht aufgeben, verdammt. Er warf die Kippe auf den Boden und trat sie aus. Dann donnerte er mit der Faust gegen die Messingplatte mit den Klingelknöpfen.

Seine Fingerknöchel schmerzten. Aus einer kleinen Wunde sickerte Blut. Mehrere Klingeln waren ruiniert. Er zog an zweien und riss daran, bis sie nur noch an ihren roten und schwarzen Leitungen hingen. »Das hast du nun davon, du blöde Kuh!«, brüllte er, dann schlug er den Kragen seiner Lederjacke hoch, drehte sich um und lief zitternd vor Wut und Kälte die Straße hinunter.

Die nächste Nachbarin der Ermordeten hieß Rakel Mandal. Sie war eine ältere Dame mit grauen Dauerwellen und einem zu rosa Lippenstift auf ihren schmalen Lippen. Durch die dünne Haut ihrer Wangen schimmerten lila Adern. Sie sah durch den Türspalt zu, wie Cato Isaksen aus Ester Synnøve Lønns Wohnung kam.

Die Kommissare hatten sich nur nach möglichen neuen Beweismitteln erkundigen wollen. Die Spurensicherung war noch immer am Werk. Roger Høibakk war geblieben, um einige Details zu klären.

Cato Isaksen nickte Rakel Mandal zu und bedeutete ihr, die Tür zu öffnen. »Guten Tag«, sagte er. »Ich würde gern kurz mit Ihnen sprechen, wenn das möglich ist.«

Sofort riss die Frau die Tür weit auf. »Kommen Sie herein«, sagte sie hektisch. »Kommen Sie doch einfach herein. Ich sehe ja, dass Sie wieder in ihrer Wohnung waren. Es ist einfach so grauenhaft. Ich kann es fast nicht glauben.«

»Wir werden wohl noch den ganzen Abend und auch die kommenden Tage in der Wohnung bleiben.« Cato Isaksen merkte plötzlich, dass ihm vor Hunger schwindlig war. In seiner Tasche klingelte das Telefon. Bente sagte, Sigrid habe soeben Georg geholt und gefragt, ob sie sein nächstes Besuchswochenende um eine Woche verschieben könnten.

»Sehr gut«, sagte Cato Isaksen beim Gedanken an den neuen Fall, der ihn sicher noch eine ganze Weile hindurch Tag und Nacht beschäftigen würde. Er versprach, später anzurufen, und beendete das Gespräch.

»Mir ist gesagt worden, ich solle nicht so viel durch das Treppenhaus laufen«, klagte die alte Dame empört. »Ein Kollege von Ihnen war hier und hat mich aufgefordert, meine Wohnung so wenig zu verlassen wie möglich.«

»Wir müssen Spuren sichern«, erklärte Cato Isaksen und steckte sein Telefon wieder in die Tasche. »Wenn zu viel hin und her gelaufen wird, können wichtige Beweise verschwinden. Und wir möchten den Mörder doch wirklich ausfindig machen.«

»Ja, das sehe ich ja ein. Aber es ist alles so unheimlich, jetzt, wo vor der Tür die rotweißen Bänder angebracht worden sind. Das ist ja wie im Fernsehen«, jammerte Rakel Mandel und klatschte leise in ihre dünnen Hände. Die Worte strömten nur so aus ihr heraus. Sie redete noch immer weiter, als sie beide das Wohnzimmer betraten. Die ganze Zeit wiederholte sie, wie entsetzlich doch alles sei.

»Meine Nachbarin war sehr ruhig. Wir waren nicht gerade befreundet, aber es gab nie Ärger mit ihr. Ich weiß eigentlich nicht einmal, wie sie mit Vornamen hieß. An ihrer Tür steht ja noch immer Bergheim. So heißen ihre Vermieter, wissen Sie.«

Cato Isaksen schaute sich in dem düsteren, zu stark möblierten Zimmer um. Zu große Gemälde bedeckten die Wände. Die Tapete wies an mehreren Stellen feuchte Flecken auf.

»Und sie war so hübsch!« Noch einmal klatschte Rakel Mandal mit einem demonstrativen kleinen Knall in die Hände. »Ich setze nur eben Kaffee auf. Nehmen Sie doch schon einmal Platz.«

Die alte Frau verschwand mit raschen Schritten in der Küche und machte sich dort an Tassen und Untertassen zu schaffen. Cato Isaksen ging währenddessen hinaus auf den Flur und öffnete die Wohnungstür einen Spaltbreit. Roger Høibakk war noch immer bei der Spurensicherung beschäftigt.

Dann folgte der Kommissar der alten Frau in die Küche. »Das mit dem Kaffee ist nicht so wichtig, wir haben im Moment nicht so schrecklich viel Zeit«, erklärte er. »Wir müssen hundert Einzelheiten überprüfen. Ich muss in einer halben Stunde wieder auf der Wache sein.«

»Gerade deshalb brauchen Sie einen Schluck. Natürlich bekommen Sie einen Kaffee«, sagte die Frau rasch und drehte sich zu ihm um. »So hart, wie Sie arbeiten müssen.« Sie schickte ihn wieder ins Wohnzimmer. Er gehorchte und ließ sich in einen viel zu weichen Sessel sinken. Gleich darauf erschien sie mit einem großen Tablett. »Das geht doch so schnell, und sicher brauchen Sie jetzt eine Tasse Kaffee«, sagte sie noch einmal und stellte die Tassen auf den abgenutzten Couchtisch. Dann fasste sie sich an ihren dünnen Hals. »Tut mir Leid«, sagte sie, »ich werde damit einfach nicht fertig. Ausgerechnet sie, sie war doch immer so reizend. Und fröhlich, aber sehr still und zurückhaltend. Ja, so habe ich sie zumindest erlebt. Wir haben uns manchmal im Treppenhaus unterhalten. Ihr Sohn hat sich ab und zu Bücher bei mir ausgeliehen. Und wir haben Halma gespielt. Ich habe ein sehr altes Spiel, das mein Mann einmal auf einer Dienstreise gekauft hat. Ja, er ist leider vor fünfzehn Jahren gestorben.«

Rakel Mandal füllte die Kaffeetassen und reichte dem Fahnder die Plätzchenschale. »Der arme, arme Junge«, sagte sie. »Er ist doch so reizend.«

»Markus«, sagte Cato Isaksen.

»Ja, Markus. Ein feiner Junge. Glänzende dunkle Haare, hübsches Gesicht. Schöne Augen.«

Der Kommissar richtete sich in seinem tiefen, unbequemen Sessel auf und kam gleich zur Sache. »Ich hörte, dass Sie gestern hier in der Gegend eine verdächtige Person gesehen haben.«

Er merkte selbst, wie unbeholfen er sich ausdrückte. Wie ein Ermittler in einem alten Kriminalroman, aber das sollte auch so sein. Alte Damen hatten solche Fragen gern.

Rakel Mandal nickte kurz und zupfte sich an einer Augenbraue, dann ging sie murmelnd in die Küche, um den Zuckertopf zu holen. »Ich koche altmodischen Kaffee«, rief sie ihm zu. »Und dazu braucht man Zucker.« Sie kam mit einer kleinen Porzellanschüssel in der Hand zurückgetrippelt. »Der ist ein bisschen stark, finden Sie nicht?«

»Er ist ganz in Ordnung«, sagte Cato Isaksen und spürte, wie er von Minute zu Minute gereizter wurde. Rasch schaute er auf die Uhr, er musste doch wieder auf der Wache sein, wenn der Bruder auftauchte. Dass solche alten Damen nie hinnehmen konnten, dass man keine Zeit für diesen ganzen Unfug hatte.

»Keine Kaffeemaschine im Haus, nein. Hier wird nur echter Kaffee gekocht.«

Die Tür ging auf und Roger Høibakk schaute herein.

»Hereinspaziert«, sagte Rakel Mandal und lief zwitschernd in die Küche, um noch eine Tasse zu holen.

Roger Høibakk versank im Sofa ebenso tief wie Cato Isaksen im Sessel. Er lachte kurz. »Verdammt«, sagte er. »Kommen wir hier wohl wieder weg?« Cato Isaksen schaute ihn resigniert an und schüttelte vorsichtig den Kopf.

Rakel Mandal kam verwirrt wieder herein. »Ich dachte, ich hätte die Tür geschlossen?«

»Ich habe sie wieder geöffnet«, sagte Cato Isaksen und nickte zu seinem Kollegen hinüber. »Ich wusste, dass er nachkommen würde.«

»Ach so.« Die alte Dame lächelte zufrieden. »Ich habe ja nicht so oft Besuch«, plapperte sie und ließ eine Tirade über allerlei Familienmitglieder folgen. Wo sie wohnten, wer schon tot war. Sie endete damit, dass sie selbst leider keine Kinder hatte, Kinder aber sehr liebe. Wirklich sehr.

Die Polizisten wussten alles über solche alten Damen. Sie hatten in ihrer Karriere schon zahllose vertrocknete Plätzchen verzehrt und jede Menge ungenießbaren Kaffee getrunken. Wenn dabei nicht auch stets brauchbare Informationen herauskämen, würden sie einen riesigen Bogen um diese Personen machen.

Rakel Mandel sprang auf. Cato Isaksen sah zu, wie sie zu einer alten braunen Kommode ging, eine Schublade öffnete und Papierservietten mit Rosenmuster herausnahm.

Als sie sich gesetzt und die Plätzchen noch einmal herumgereicht hatte, wiederholte Cato Isaksen seine Frage. »Würden Sie nun so freundlich sein und uns von Ihrer Beobachtung gestern erzählen?« Seine Stimme klang ein wenig schärfer als geplant.

Rakel Mandal griff sich mit dramatischer Geste an die Stirn. »Ja«, sagte sie. »Ich kann Ihnen sofort sagen, dass er gestern hier war.«

»Er?«

Sie nickte geheimnisvoll. »Ja, der, vor dem sie solche Angst hatte.«

Cato Isaksen schluckte den heißen Kaffee hinunter und schaute zu seinem Kollegen hinüber, der seine Tasse auf den Tisch stellte und den Notizblock aus der Tasche zog. »Das haben Sie vorhin nicht gesagt«, stellte er fest. »Dass es jemand war, vor dem sie sich fürchtete, dass Sie das wussten, meine ich.«

»Ich wusste es schon. Aber ich wollte nicht übertreiben. Sie hatte eindeutig Angst vor dem Vater des Jungen«, sagte die alte Frau. »Ja, das hat allerdings nicht sie persönlich mir erzählt, das muss ich zugeben. Sondern Markus. Einmal, als er zum Halma spielen hier war. Mama hat Angst vor Papa, sagte er. Der arme Junge. Ich habe ihn also gestern Abend spät gesehen«, sagte sie dann. »Ich habe ihn klingeln hören. Und dann stand ich auf und schaute durch den Türspion. Schwarze Jacke und schwarze Haare, hatte Ähnlichkeit mit Markus. Und er war auch früher schon hier.«

»Hat sie ihn hereingelassen?«

»Ja«, sagte Rakel Mandal energisch. »Ich hatte mich eigentlich schon hingelegt, aber dann bin ich wieder aufgestanden. Ich gehe immer früh ins Bett, aber manchmal stehe ich dann wieder auf, weil ich nicht schlafen kann.«

»Und Sie hatten ihn schon einmal gesehen?«

»Sicher, einige Male sogar.«

»Kennen Sie auch seinen Namen?«

Rakel Mandal schüttelte kurz den Kopf. »Nein, keine Ahnung«, sagte sie und reichte ihnen erneut die Plätzchenschale. »Nein, einen Namen habe ich nie gehört. Und Markus hat es nur dieses eine Mal erwähnt, dass seine Mutter Angst vor dem Mann hatte.«

»Sie haben also durch den Türspion geschaut. Sagen Sie, ist Ihnen aufgefallen, was Ester Synnøve Lønn anhatte?«

»Was sie anhatte?«

»Ja.«

»Nichts Besonderes, glaube ich.«

»Sie hatte sich nicht ausgezogen?«

Die Frau dachte einen Moment nach. »Nein.« Rasch schüttelte sie den Kopf. »Das glaube ich wirklich nicht, wenn ich mich recht erinnere, trug sie lange Hosen. Ja, das glaube ich. Schwarze lange Hosen und einen dunklen Pullover.«

Cato Isaksen nickte. »Können Sie den Zeitpunkt nennen?«

»Nein, nicht so ganz, aber ich bin schon gegen halb zehn ins Bett gegangen. Ich habe ihn klingeln hören, und dann war ich doch ein wenig neugierig, wissen Sie. Das muss so gegen zehn gewesen sein, glaube ich. Aber er ist nicht lange geblieben«, fügte sie dann hinzu. »Eine halbe Stunde vielleicht.«

»Ach, und Sie haben keinen Lärm von nebenan gehört?«

Rakel Mandal schüttelte den Kopf. »Er stand danach noch eine Weile auf der anderen Straßenseite und hat eine Zigarette geraucht.«

Roger Høibakk stand auf und trat an eines der Fenster, die auf die Straße hinunter gingen.

Rakel Mandal tat es ihm nach. »Sehen Sie sich diese schöne Pflanze an«, sagte sie und zeigte auf eine üppige Topfblume mit weißen Blüten. »Ich habe sie zu Weihnachten bekommen und sie ist etwas ganz Besonderes. Sie braucht jeden zweiten Tag ein Wasserbad. Ich stelle sie immer im Badezimmer in einen Plastikeimer.«

Roger Høibakk nickte. »Wie lange hat er da unten gestanden?«

»Das weiß ich leider nicht. Ich bin wieder schlafen gegangen, ich bin doch kein Detektiv, ich spioniere anderen Leuten nicht hinterher.«

»Wie sah er aus, waren seine Kleider unordentlich, kam er Ihnen irgendwie verändert vor?«

»Nein«, sagte Rakel Mandal rasch. »Er sah aus wie immer.«

»Ist er mit dem Auto hergekommen, was meinen Sie?«

»Von Autos habe ich keine Ahnung. Ich kann nicht einmal einen Ford von einem Volkswagen unterscheiden. Für mich sind Autos rot oder schwarz oder blau, das ist alles. Ich glaube aber nicht, dass er eins hatte.«

Cato Isaksen erhob sich. In zehn Minuten waren sie mit Bjørn Tore Lønn verabredet. »Sie sind auch später nicht von Lärm geweckt worden?«

»Nein, bin ich nicht.«

»Das Seltsame ist, dass auch die Leute in der Wohnung darunter nichts gehört haben. Dabei muss es doch ziemlich laut zugegangen sein«, sagte Roger Høibakk und erwiderte den Blick der alten Dame.

»Muss es das?« Rakel Mandel musterte ihn besorgt. »War das alles so schrecklich?«

Cato Isaksen nickte. »Irgendwer muss doch etwas gehört haben«, bekräftigte er.

»Nein, aber dass Magda und Oluf von unten nichts gehört haben, ist nicht so seltsam, die stopfen sich vor dem Schlafengehen immer Ohropax in die Ohren. Weil sie zur Straße hin schlafen. Und finden, dass die Autos so schrecklichen Krach machen.«

Bjørn Tore Lønn hatte seine Schwester identifiziert. Es war einfach schrecklich gewesen. Eine blonde Polizistin hatte ihn begleitet. Ester Synnøve war in ein weißes Laken gehüllt gewesen. Ihr Gesicht, das er so gut kannte, ihre Züge, waren gewissermaßen verwischt. Nichts war noch von seiner Schwester übrig, nur ein alles durchdringendes Nichts. Auf ihrer Stirn und der einen Hälfte ihres Gesichts klafften mehrere Wunden. Es war leicht zu sehen, dass sie ausgewaschen worden waren. Um den Hals hatten sie ihr ein weißes Tuch gebunden.

Danach, als er über den Gang wanderte, hörte er hinter einer Tür Stimmen. Er kämpfte um die Erinnerung an den Klang von Esters Stimme. Für einen Moment kniff er die Augen zusammen, dann ging er hinaus in die Kälte.

Er fuhr wie ein Roboter durch die Stadt. Wusste nicht, ob er der Vernehmung gewachsen sein würde. Aber er hatte versprochen, zu kommen. Die Polizei hatte betont, dass sie den Täter dann schneller finden würden. Er seufzte tief. Für ihn stand fest, wer der Täter war.

Bei einem Zebrastreifen hätte er fast einen Mann angefahren. Für einen Moment stellte er sich vor, was passieren würde, konnte aber in letzter Sekunde noch ausweichen. Die Trauer durchströmte ihn wie ein Gift und drang in jede Körperzelle ein. In seinem Gehirn dröhnten die Gedanken wie ein grauenhaftes Kraftwerk der Bosheit. Der alte Mann drohte ihm wütend mit seinem Stock.

Bjørn Tore Lønn wartete schon auf dem Flur, als die Polizisten von ihrem Besuch bei Rakel Mandal zurückkehrten. Cato Isaksen hatte festgestellt, dass das alte Ehepaar aus dem unteren Geschoss am 5. Januar um elf Uhr zu Bett gegangen war, dass es wirklich jeden Abend Ohropax benutzte und deshalb nichts gehört hatte.

Der junge Mann lehnte an der Flurwand. Er sah fast aus, als könne er ohne Stütze nicht aufrecht stehen.

Cato Isaksen begrüßte ihn, sprach ihm sein Beileid aus und bat ihn ins Verhörzimmer. Dann rief er Randi Johansen, die bei der Vernehmung das Protokoll führen sollte.

Es war jetzt halb fünf. Der Hunger nagte wie eine Ratte an seinem Magen. Und er war nicht dazu gekommen, Bente anzurufen.

Bjørn Tore Lønn hatte keine besondere Ähnlichkeit mit seiner Schwester, abgesehen davon, dass er blond war und leichte Sommersprossen im Gesicht hatte. Ansonsten war er kräftig, fast fett und hatte ein breites Gesicht. Er trug eine schmutzige Jeans und eine blaue Daunenjacke.

Bjørn Tore Lønn war sichtlich mitgenommen. Der Schock hatte sich tief in sein Gesicht eingefressen.

»Sie haben versucht, es mir zu verheimlichen«, sagte er. »Sie hatten ihr ein Tuch um den Hals gewickelt. Aber ich habe es ein wenig zur Seite gezogen und ... da waren die Wunden an ihrem Hals, sie muss mit einem großen Messer erstochen worden sein.«

Cato Isaksen senkte den Kopf. »Wir warten noch auf den Obduktionsbericht«, sagte er. »Ich kann Ihnen leider noch nichts Genaues sagen.«

Bjørn Tore Lønn schluckte. »Ich konnte meine Eltern nur mit Mühe am Kommen hindern. Meine Mutter wollte sie unbedingt sehen.«

Cato Isaksen nickte verständnisvoll. »Das wäre vielleicht keine so gute Idee«, sagte er. »Aber was weiß ich schon? Manche

Psychologen behaupten, dass die Angehörigen das Opfer auf jeden Fall sehen müssen.«

»Meine Mutter nicht«, sagte Bjørn Tore Lønn und schüttelte energisch den Kopf. »Sie hätte das nicht ausgehalten. Ich habe es ja auch kaum ertragen.«

Cato Isaksen bedauerte noch einmal den Tod der jungen Frau und die Tatsache, dass der Zeuge jetzt schon vernommen werden musste. Er stand auf, ging zur Tür und rief nach Randi. Wo blieb sie denn nur?

Bjørn Tore Lønn hielt sich die Hände wie einen Trichter vors Gesicht und versuchte sie warm zu blasen. In ihm steckte Frost. Ein tiefer Frost, der ihn nicht loslassen wollte. Das hier war der erste wichtige Todesfall, den er erlebte. Seine Großeltern waren gestorben, ein Onkel seines Vaters, einige Nachbarn. Aber das hier ... er konnte es nicht fassen. Der Schrecken, die Art, wie es passiert war. Für einen Moment wurde ihm schwarz vor Augen. Das Zimmer bewegte sich, wogte wie die raue See. Ihm wurde schlecht. Die Angst seiner Schwester, ihr Kampf, die letzten Minuten vor ihrem Tod. Die Vorstellung war unerträglich.

Cato Isaksen musterte ihn besorgt. Auf Bjørn Tore Lønns Stirn waren jetzt Schweißtropfen getreten.

»Geht es Ihnen nicht gut?«

Der junge Mann riss sich zusammen, zwang die Angst zurück und öffnete die Augen. »Es geht schon«, sagte er leise.

»Soll ich Ihnen ein Glas Wasser holen?«

»Nein, danke. Machen wir einfach weiter«, sagte er. »War eigentlich die Tür zu ihrer Wohnung aufgebrochen worden?«

Cato Isaksen schüttelte den Kopf. »Es gab keinerlei Anzeichen für einen Einbruch«, sagte er. »Sie wollen zwar kein Wasser, aber wenn ich Ihnen sonst etwas anbieten darf, Kaffee, Limonade, was auch immer. Ich glaube, das könnte Ihnen vielleicht guttun.«

»Wenn ich es mir richtig überlege, dann habe ich seit gestern nichts mehr gegessen. Ich bin heute früh schon informiert worden, noch ehe ich aufgestanden war. Und seither ist alles nur ein Chaos.« Bjørn Tore Lønn brach in ein abgehacktes trockenes Schluchzen aus.

Cato Isaksen nickte besorgt.

Randi Johansen schaute herein. »Muss nur schnell noch telefonieren, dann komme ich.«

Cato Isaksen musterte sie gereizt. »Kannst du ihm ein Brot und eine Tasse Kaffee besorgen?«

Sie nickte und versprach, sich zu beeilen.

»Bring mir auch was mit«, rief er ihr nach und hoffte, dass sie es gehört hatte.

»Es ist einfach so schrecklich.« Bjørn Tore Lønn hatte seine großen Fäuste auf die Tischplatte gelegt. »Als ich sie da liegen sah ... da ... ich ...« Wieder stiegen ihm die Tränen in die Augen. »Meine Eltern, die werden ...«

Cato Isaksen seufzte tief. Er hasste diese Situationen, die Konfrontation mit den Angehörigen, mit Menschen mit einer so grauenhaften Trauer. Es bereitete ihm Angst und machte ihn wütend. Aber er musste sich professionell verhalten und widerstand deshalb dem Drang, sich über den Tisch zu beugen und dem anderen die Hand auf den Arm zu legen.

Wichtig war es jetzt, das Beste aus der Sache zu machen und zu versuchen, den Mann zu beruhigen, ehe Randi zurückkam. »Vielleicht sollten wir schon mal die Formalitäten hinter uns bringen«, sagte er. »Dann wäre das zumindest erledigt.« Auf diese Weise konnte er den Mann für einen Moment vom Bild seiner toten Schwester weglocken. Er ließ sich Adresse, Telefonnummer, Arbeitsplatz und Geburtsdatum nennen.

»Ich hab nur ein Handy«, erklärte Bjørn Tore Lønn und leierte die Nummer herunter. Er erklärte, er sei im Moment von der Arbeit beurlaubt, begründete das aber nicht weiter. Er sagte auch nicht, dass er keinen festen Wohnsitz hatte. Seine letzte Wohnung war ihm wegen Mietrückständen gekündigt worden. Trotzdem gab er diese Adresse an.

Während Cato Isaksen das alles notierte, kam Randi mit einem Tablett angelaufen, das auf Papptellern zwei mit einem Blatt Salat und einer Backpflaume garnierte Schinkenbrote und drei Pappbecher Kaffee enthielt. Sie stellte das Tablett auf den Tisch und reichte dem Zeugen die Hand. »Meine aufrichtige Anteilnahme«, sagte sie mitfühlend.

Bjørn Tore Lønn schaute dankbar zu ihr hoch. »Danke«, sagte er und nahm den Becher, den sie ihm reichte. Er trank sofort einen Schluck von dem heißen Kaffee.

Randi Johansen setzte sich und schaute zu ihrem Chef hinüber. »Ich bin so weit«, sagte sie. »Wir können anfangen.«

Während der junge Mann sein Brot verzehrte, erfuhr er, dass es noch keine konkreten Spuren gebe. »In diesem Stadium sammeln wir Informationen, vernehmen Zeugen, suchen nach möglichen Anhaltspunkten.«

Cato Isaksen biss in sein Brot. Er musste stärker darauf achten, dass er genug aß. Alles ging besser von der Hand, wenn ihm nicht vor Hunger schwindlig war.

Bjørn Tore Lønn verschluckte den letzten Bissen. »Anhaltspunkte, ja.« Er setzte sich ein wenig gerader und trank noch einen Schluck Kaffee. »Sie ist. ... war ... meine Schwester. Gestern hat sie noch gelebt und jetzt sitzen wir hier und reden über Anhaltspunkte.« Er seufzte tief. »Wir haben uns sehr nahe gestanden. Ich habe ihr geholfen. Sie hat mir geholfen.«

»Auf welche Weise haben Sie einander geholfen?«

»Ach, unter anderem hat sie mir einen Job bei der Post besorgt. Und ich habe mich um sie gekümmert, könnte man sagen.«

»Wie denn?«

»Ich habe dafür gesorgt, dass sie einkaufen konnte. Sie hatte kein Auto. Ich habe sie jedes zweite Wochenende nach Enger gefahren, solche Dinge.«

»Enger, dort wohnen doch Ihre Eltern?«

Er nickte. »Unsere Eltern wohnen unten in Østfold, auf einem kleinen Hof.« Bjørn Tore Lønn versank in Gedanken. Er starrte irgendeinen Punkt auf dem Fußboden an. Im Zimmer war es totenstill.

Die Polizisten ließen ihn einen Moment nachdenken. Randi Johansen nutzte die Gelegenheit, um einen Schluck von ihrem Kaffee zu trinken.

»Das hier ist ein Wettrennen. Je schneller wir den Mörder einholen, um so rascher können wir ihn festnehmen«, sagte Cato Isaksen.

Bjørn Tore Lønn nickte schwer. »Sie finden ihn, nicht wahr?«

»Wir werden uns jedenfalls alle Mühe geben«, sagte der Kommissar. »Dieser Fall genießt höchste Priorität.«

»Aber manche kommen davon«, sagte Bjørn Tore Lønn.

»Ja, leider.«

»Auch, wenn Sie sie finden, nicht wahr?«

Cato Isaksen und Randi Johansen tauschten einen Blick.

»Es gibt Beispiele«, erklärte der junge Mann voller Bitterkeit, »wo alle wissen, wer der Mörder ist, wo die Beweise aber nicht ausreichen.«

»Wir wollen uns doch an diesen Fall halten und versuchen, diesen Mörder zu fangen.« Cato Isaksen blickte ihn ernst an.

Bjørn Tore Lønn ließ sich auf seinem Stuhl zurücksinken. Er hob eine Hand und fuhr sich über die Stirn. »Ich weiß nur nicht, wie ich Ihnen dabei helfen kann«, seufzte er.

»Ihr Neffe, Markus ...«

»Der wohnt in Enger, bei meinen Eltern.«

»Das wissen wir, aber warum?«

»Na ja, sie hat sich doch scheiden lassen. War psychisch ein wenig durcheinander. Konnte sich nicht richtig um den Kleinen kümmern. Das sollte nur eine vorübergehende Lösung sein. Dann sollte sie ihn zurückbekommen.«

»Zurückbekommen?«

»Ja.« Bjørn Tore Lønn schüttelte resigniert den Kopf. »Das lag an unserer Mutter, sie ist eben, wie sie ist. Ein wenig dominant, könnte man sagen.«

»Sie hat also entschieden, wo der Junge wohnt?«

»Sie hat gern das letzte Wort. Und sie meinte, es wäre besser für Markus, in Enger zu bleiben, bis alles vorüber wäre, bis Johnny sich beruhigt hätte. Das war der Hauptgrund. Eigentlich wollte sie aus der Stadt wegziehen.«

»Ihre Schwester?«

»Ja.«

»Und wohin?«

»Ach, das weiß ich nicht.«

»Und der Vater des Jungen, Johnny Svendsen, erzählen Sie uns ein wenig mehr über ihn.«

»*Der!*« Bjørn Tore Lønn schnaubte. »Der ist einfach unmöglich. Ein Mistkerl, wenn Sie mich fragen.«

»In welcher Hinsicht?«

»In jeder Hinsicht. Die beiden hatten schon lange Probleme. Der ist einfach nicht ganz sauber.«

»Sie meinen also, er könnte es gewesen sein?«

»Ich weiß nicht, er war natürlich der Erste, an den ich gedacht habe ...«

»Aber?«

»Er kann es gewesen sein«, sagte er mit harter Stimme.

Cato Isaksen legte beide Hände um den heißen Kaffeebecher. »Wissen Sie, wo er sich aufhält?«

Bjørn Tore Lønn schüttelte den Kopf. »Keine Ahnung«, sagte er.

»Und hat ihre Schwester andere Freunde?«

»Sie hat, Verzeihung, sie hatte nicht viele Freunde. Dafür war kein Platz, so breit, wie Johnny sich gemacht hat. Eigentlich glaube ich, dass sie ziemlich einsam war.«

»Wann haben Sie Ester zuletzt gesehen?«

»Zu Silvester. Zuerst wollte sie zusammen mit Markus und unseren Eltern auf Enger feiern, aber dann kam etwas dazwischen.«

»Was denn?«

»Na ja, ich nehme an, dass meine Mutter wieder ein wenig zu kritisch war. Ich weiß es nicht genau, aber Ester rief an und wollte abgeholt werden. Ich war an diesem Abend mit ein paar Freunden verabredet, aber ich bin dann zuerst zu ihr gefahren.«

Cato Isaksen nickte.

»Wir waren wohl so gegen fünf wieder in der Stadt.«

»Und Markus?«

»Nein, der ist bei unseren Eltern geblieben, sie erwarteten wohl ein paar Nachbarn zu Besuch. Die haben einen Jungen in Markus' Alter.«

»Und ihre Schwester wollte den Abend allein verbringen?«

»Das weiß ich nicht so genau. Ich hatte den Eindruck, dass sie irgendetwas vorhatte.«

»Aber Namen hat sie nicht erwähnt?«

Er schüttelte energisch den Kopf. »Wie gesagt, das war nur so ein Gefühl. Einmal, als ich sie besucht habe, lag da eine Herrenjacke aus Wildleder. Sie lachte nur, als ich wissen wollte, wem die gehörte. Ich glaube, sie hatte es ein bisschen satt, dass unsere Mutter sich in alles einmischte. Deshalb wollte sie sicher noch etwas warten, ehe sie davon erzählte. Aber ich weiß ja nicht mal, ob sie wirklich einen neuen Freund hatte.«

»Aber irgendwelche Bekanntschaften muss sie doch gehabt haben, Ihre Schwester?«

»Ja, ich weiß von zwei Freundinnen. Einer Kollegin von der Post, Nanna heißt die, glaube ich. Ich arbeite ja selber bei der

Post, aber die aus der Sortierabteilung kenne ich nicht. Und dann natürlich Lise. Lise Sommer, ihre beste Freundin von früher.«

»Wissen Sie, wo wir Lise Sommer erreichen können?«

»Nein. Die beiden hatten schon eine ganze Weile keinen Kontakt mehr. Ich weiß nicht so recht, warum, ich hatte irgendwie den Eindruck, sie hätten sich zerstritten.«

»Auf welche Weise denn?«

»Ach, früher ist mir Lise ab und zu übern Weg gelaufen. Unten in Enger oder bei Ester und Johnny. Dann ist Ester von Johnny weggegangen und ich glaube, seither hab ich Lise nicht mehr gesehen. Aber ich habe nicht so viel darüber nachgedacht. Ich glaube, das ist etwa zwei Jahre her.«

»Ester wohnte also seit zwei Jahren allein?«

»Ja, ungefähr.«

Bjørn Tore Lønn rutschte unruhig auf seinem Stuhl hin und her. Er rieb die Hände aneinander und schaute in eine andere Richtung. »Johnny war eigentlich auch mit mir befreundet«, sagte er. »Ich hab ihn schon als Kind gekannt. Und er war immer schon so, der Johnny, meine Eltern konnten ihn noch nie leiden.«

Cato Isaksen nickte viel sagend. »Sie kennen einander also alle schon seit Ihrer Kindheit?«

Bjørn Tore Lønn nickte. »Ja, mit Lise und Johnny bin ich zusammen aufgewachsen.«

»Haben Sie selbst Familie?«

Wieder schüttete Bjørn Tore Lønn den Kopf.

»Eine Freundin?«

»Nein.«

»Was machen Sie denn so beruflich? Ich meine, Sie haben ja bereits gesagt, dass Sie auch bei der Post arbeiten.«

»Ja, aber im Moment nicht.« Eine leichte Röte glitt über das breite Gesicht. »Ich habe Probleme mit dem Rücken, kann nichts mehr tragen. Und solche Postsäcke sind ganz schön schwer. Ich bin krankgeschrieben.«

»Und Sie wissen ganz bestimmt nicht, wo Johnny Svendsen sich aufhält?«, fragte Cato Isaksen noch einmal. »Wir können nämlich auch keine Handynummer von ihm ausfindig machen. Wissen Sie vielleicht, ob er ein Handy hat?«

»Keine Ahnung.«

»Wann haben Sie ihn zuletzt gesehen?«

Draußen schneite es jetzt. Große feuchte Flocken schmolzen an den Fensterscheiben. Der Heizkörper ächzte leise.

»Ach, den?« Bjørn Tore Lønn starrte zu Boden. »Ach«, sagte er noch einmal und schüttelte den Kopf. »Das ist lange her.«

»Wie lange denn?«

»Ein halbes Jahr, vielleicht auch länger.«

»Ein halbes Jahr. Und wo sind Sie ihm damals begegnet?«

»Durch Zufall, auf der Straße.«

Randi Johansen notierte alles, was gesagt wurde. Sie musterte Bjørn Tore Lønn von der Seite und fand, dass seine breite Gestalt irgendwie auch Weichheit ausstrahlte.

Bjørn Tore Lønn wippte rhythmisch mit einem Bein. Er hatte kräftige Oberschenkel. Das Geräusch störte die beiden anderen Anwesenden. Der junge Mann war davon überzeugt, dass Johnny Svendsen nun endlich seine Drohung wahr gemacht hatte, nämlich Ester Synnøve umzubringen. Er würde ihn finden und vernichten und seine Leiche irgendwo hinterlassen. Nur dann könnte er Frieden finden. Johnny sollte büßen. Er wollte nicht riskieren, dass die Polizei keine ausreichenden Beweise fand. Johnny war ein gerissener Kerl. Und er hatte es nicht verdient, am Leben zu bleiben.

Cato Isaksen war mit seinen sechsundvierzig Jahren ein durch und durch erfahrener Fahnder. Er war daran gewöhnt, das Verhalten der Menschen, die er vernahm, zu interpretieren. Er war darauf trainiert, auf ihre andere Stimme zu hören, auf die, mit der sie nicht sprachen. Die Erfahrung hatte ihn gelehrt, ihre Mienen zu durchschauen und das zu sehen, was sich dahinter verbarg. Das wurde Intuition genannt. Und mit Bjørn Tore Lønn stimmte ganz einwandfrei etwas nicht. Er sagte vielleicht die Wahrheit, aber er sagte nicht alles. Er schien energisch um Beherrschung zu kämpfen. Seine Trauer war zwar echt, aber trotzdem stimmte etwas nicht mit ihm.

»Ich weiß nicht so recht, ob Sie uns alles erzählen«, sagte Cato Isaksen plötzlich. Er sagte das sehr ruhig, um sein Gegenüber so wenig wie möglich zu provozieren. Randi Johansen ließ ihn nicht aus den Augen.

Bjørn Tore Lønn war sichtlich überrumpelt. Seine Trauer war wie weggeblasen. Er ging sofort in die Luft. »Sie glauben mir nicht? Meine Schwester ist tot! Meinen Sie etwa, ich lüge? Und erzähle der Polizei nicht alles, was ich weiß? Meinen Sie das?«

»Ich weiß nicht, Sie haben immerhin ausgesagt, dass Sie auch mit Johnny Svendsen befreundet waren. Ich hoffe nicht, dass Sie versuchen, ihn zu beschützen.«

»Befreundet, ja, verdammt. Ich habe gesagt, dass das lange her ist. Merken Sie sich das. Lange her.«

Cato Isaksen ließ sich in seinem Sessel zurücksinken. Er verschränkte die Arme und seufzte leise. Er hatte beschlossen, den Bruder der Ermordeten beschatten zu lassen. Sobald der junge Mann das Büro verließ, würde sich ihm das Fahnderduo Billington und Thorsen an die Fersen heften. Die beiden äußerst fähigen Kollegen waren auch privat eng befreundet.

»Na gut, tut mir Leid«, sagte der Kommissar. »Aber wir verfolgen doch dasselbe Ziel, Sie und ich, oder?«

Bjørn Tore Lønn gab keine Antwort.

»Vielen Dank. Würden Sie uns anrufen, wenn Ihnen noch etwas einfällt?«

Der Mann erhob sich müde. Er war groß, einen ganzen Kopf größer als Cato Isaksen. »Ich werde versuchen, ihn zu finden«, sagte er.

Nach der Vernehmung betrat Ellen Grue Cato Isaksens Büro. Sie musterte ihn mit ihren dunklen Augen.

»Willst du mir nicht gratulieren?« Der Kommissar bereute sofort, das gesagt zu haben. Einen blöderen Spruch hätte er gar nicht anbringen können. Idiotisch war das.

»Du denkst an deine Hochzeit. Meinen Glückwunsch«, sagte sie kalt.

Cato Isaksen stand auf und lief im Zimmer hin und her. Nach ihren wenigen hektischen erotischen Begegnungen hatte sich vieles geändert. Aber die ganze Zeit waren sie sich darüber einig gewesen, dass die Affäre für beide keine Bedeutung haben sollte. Ellen Grue hatte klargestellt, dass sie sich nicht für ihn interessierte, dass es ihr nur um Sex ging. Trotzdem musste er immer an ihre nackte Haut und ihren Duft denken, wenn sie sich begegneten.

»Wann bekommen wir den Bericht«, fragte er, »mit den technischen Ergebnissen und allem?«

Sie schüttelte resigniert den Kopf. »Du weißt doch, wie lange das dauert. Du bekommst ihn, sobald er vorliegt. Mit dem vorläufigen Bericht kannst du bestenfalls in ein paar Tagen rechnen. Wir arbeiten wie gehetzt, da seid ihr nicht die Einzigen. Ich bin seit heute morgen um halb sechs am Werk.« Sie gähnte ausgiebig.

»Ja, ich weiß.« Cato Isaksen fuhr sich müde über die Stirn.

Die Tür wurde aufgerissen und Roger Høibakk erschien im Zimmer. Er blickte seinen Chef mit triumphierender Miene an und reichte ihm ein Mobiltelefon. »Preben«, sagte er. »Er ist bei den Eltern auf dem Hof.«

Preben Ulriksens Stimme schrillte aus dem Hörer. »Lønn hat ihren Exmann zweimal wegen Belästigung und Körperverletzung angezeigt. Und ein drittes Mal wegen Morddrohung«, berichtete er.

Cato Isaksen ließ sich in seinen Sessel sinken und begegnete Ellen Grues Blick. »Wann?«, fragte er kurz.

»Das erste Mal am 15. Juni 1998, dann im vorigen Frühling und die Morddrohungen kamen dann Mitte Dezember.«

»Und was haben wir deshalb unternommen?«

»Das musst du überprüfen«, sagte Preben Ulriksen am anderen Ende der Leitung. »Sie hatte sich auch ans Frauenhaus gewandt. Ihre Eltern sagen, dass etwas unternommen werden sollte. Sie sollte wohl umziehen, ihren Sohn mitnehmen. Das ist doch eine ganz schön harte Kiste.«

Cato Isaksen sah Roger Høibakk an. Der war zum Fenster gegangen und schaute hinaus. Es war schon dunkel und unten auf der Straße sahen die Autoscheinwerfer aus wie gelbe und rote Augen.

»Das hat uns gerade noch gefehlt«, sagte Cato Isaksen, beendete das Gespräch und drückte auf den Aus-Knopf. »Einfach klasse! Roger, sieh mal nach, was wir wegen dieser Anzeigen unternommen haben, und sag mir dann sofort Bescheid.«

Roger Høibakk verschwand. Cato Isaksen schaute auf die Uhr. Er war noch immer nicht dazu gekommen, zu Hause anzurufen.

»Warum haben wir das nicht sofort festgestellt?« Er musterte Ellen Grue, die noch immer auf der anderen Schreibtischseite saß und ihn betrachtete, mit resignierter Miene. »Frauenmisshandlung, Mord, das ist doch nichts Neues«, seufzte er.

Eine Viertelstunde später war Roger Høibakk wieder da. »Wir haben keinen Finger gerührt«, sagte er. »Es stimmt, dass sie insgesamt drei schriftliche Anzeigen erstattet hat, die letzte wegen Morddrohungen.«

»Verdammt!« Cato Isaksen schlug mit der Faust auf den Tisch und ließ sich die Computerausdrucke reichen, die sein Kollege ihm mitgebracht hatte. Sonja Pettersen, die Leiterin des Frauenhauses, hatte einen Brief beigelegt und bat um einen Termin mit Lønn und der Polizei. Der Brief stammte vom 30. Juni 1998. Beantwortet worden war er nicht.

Cato Isaksen schloss für einen Moment die Augen. »Hier brauchen wir wohl nicht mehr viel zu ermitteln. Ich werde selbst mit Sonja Pettersen reden.« Er erwähnte den anderen gegenüber nicht, dass sie mit Sigrid befreundet war, seiner Exfreundin.

Das Telefon schellte. Es war Stein Billington, der mitteilen konnte, dass Bjørn Tore Lønn direkt zum Campingplatz Bogstad gefahren war. Dort hatte er aus einer Hütte etwas geholt, war wieder ins Auto gestiegen und in Richtung Innenstadt gefahren.

Randi Johansen schaute zur Tür herein. »Sollen wir Johnny Svendsen zur Fahndung ausschreiben?«, fragte sie müde.

Cato Isaksen beendete das Gespräch mit Billington und schüttelte energisch den Kopf. »Wir wissen, dass er bei der Straßenbahn arbeitet. Wir haben zwei Leute hingeschickt, für den Fall, dass er dort auftaucht. Anne Grethe Juvik, du weißt, die blonde Neue, und noch einen. Mehr können wir im Moment nicht tun. Die Adresse, unter der er noch gemeldet ist, stimmt nicht mehr. Die Wohnung hat inzwischen eine pakistanische Familie bezogen. Wir warten noch ein wenig, ehe wir die Medien verständigen. Ich glaube, dass Bjørn Tore Lønn uns zu ihm bringen wird. Er weiß mehr, als er vorhin verraten wollte.« Cato Isaksen schaute zu Randi Johansen hinüber, die gerade eine Nummer in ihr Mobiltelefon eingetippt hatte.

Sie nickte zustimmend und teilte ihrem Mann kurz mit, dass sie bald zu Hause sein werde.

»Ich begreife nicht, wieso Bjørn Tore Lønn seinen Schwager zu decken versucht. Denn das hat er eindeutig getan.«

»Seinen Exschwager«, korrigierte Roger Høibakk.

»Jedenfalls hat er das versucht«, betonte Cato Isaksen noch einmal.

Ellen Grue erhob sich. »Ich muss los«, sagte sie. »Wir reden morgen weiter.«

Er nickte kurz. »Roger, schnapp dir Preben, wenn er aus Østfold zurückkommt, dann könnt ihr Thorsen und Billington ablösen.«

»Der Bruder war eher wütend als traurig«, sagte Randi Johansen und übernahm den Stuhl, auf dem Ellen Grue gesessen hatte.

»Genau.« Cato Isaksen erhob sich. »Er war eher wütend als traurig«, wiederholte er. »Er war stocksauer, er kochte vor Wut. Er konnte ja fast nicht still sitzen.«

Bjørn Tore Lønn hauste zurzeit in einer Bretterbude beim Campingplatz Bogstad. Nicht einmal Ester Synnøve hatte gewusst, dass er aus der Wohnung in der Vallegate ausgezogen war. Jetzt war er dorthin unterwegs. Er hatte noch immer den Schlüssel und er wollte sich umziehen und eine Pistole holen, die er für Johnny aufbewahrte. Sein Vermieter, der in der Wohnung unter seiner lebte, hatte gedroht, ihn wegen seiner Mietrückstände anzuzeigen. Es war zu einem Handgemenge gekommen. Bjørn Tore hatte gewonnen.

Er war nicht der erste Bewohner der Bretterbude. Dafür gab es deutliche Anzeichen. Er nahm an, dass sie in der Erdbeersaison von Polen benutzt wurde.

Jetzt galt es, Pläne zu schmieden und sie in die Tat umzusetzen. Die Polizei hatte keine Ahnung, wo Johnny steckte. Sie würden ihn auch nicht finden. Johnny Svendsen sollte spurlos von der Erdoberfläche verschwinden.

Er hatte die Ansprüche seines aufgeblasenen Exschwagers schon längst satt. Das Problem war nur, dass er Geld brauchte, damit sich die halbherzigen Versprechungen, mit denen er Johnny bei Laune hielt, bezahlt machten. Vor ungefähr einem Jahr hatte er angefangen, auf Pferde zu wetten. Anfangs noch moderat, aber zwei Monate zuvor hatte er fünfundsiebzigtausend Kronen gewonnen. Eine Woche lang schwebte er auf Wolken und war außer sich vor Glück, dann setzte er aufs falsche Pferd und alles war verloren. Er hatte Ester nichts von seinem Kontakt zu Johnny erzählt. Er hatte sein schlechtes Gewissen verdrängt, schließlich hatte sie ihm nichts zu sagen. Außerdem hatte er sonst kaum Freunde. Jetzt aber, da Johnny seine Drohungen wirklich in die Tat umgesetzt hatte, sollte dieses Schwein in seinem eigenen Saft gebraten werden. Wut und Trauer durchströmten ihn. Verdammt noch mal, damit würde Johnny nicht durchkommen. Bjørn Tore Lønn hatte seine Schwester sehr geliebt. Sie hatten viele Gemeinsamkeiten gehabt. Stundenlang konnten sie miteinander reden, vor allem über ihre schwierige Mutter. Ester war immer sehr offen zu ihm gewesen. Er hatte versprochen, ihr dabei zu helfen, Markus zurückzuholen. Aber er hatte sie auch davon überzeugen können, dass der Junge es im Moment, so, wie die Dinge nun einmal standen, auf Enger am Besten hatte.

Johnny wollte ihn immer aushorchen. Wollte wissen, wo Ester wohnte. Aber er verriet nichts. Johnny sah schließlich ein, wo die Grenze verlief. In letzter Zeit hatte er ihn deshalb auch nicht mehr so häufig genervt. Ester Synnøve war kein Thema mehr gewesen. Er hatte nicht gesagt, dass sie bei der Post arbeitete oder dass Markus bei den Eltern lebte. Aber er nahm an, dass Johnny das zumindest erraten hatte, seine Tante wohnte ja noch immer über dem Dorfladen. Allerdings wusste Bjørn Tore nicht so recht, ob Johnny Svendsen noch Kontakt zu ihr hatte. Über solche Dinge wurde zwischen ihnen nie gesprochen.

Er hatte beschlossen, der Polizei nichts zu verraten. Johnny könnte ihn immerhin auch verpfeifen, wenn die Sache mit dem Postsack und den Versicherungsgeldern kein Druckmittel mehr war. Der Kerl sollte es nicht so leicht haben. Er würde es sich nicht in einer warmen, hellen Gefängniszelle gemütlich machen können. Johnny Svendsen würde sterben. Er würde sterben, ohne dass jemand das entdecken könnte. Er würde einfach verschwinden, sich schlicht und ergreifend in Luft auflösen. Als Bjørn Tore Lønn vom Mord an seiner Schwester gehört hatte, hatte er keinen Moment daran gezweifelt, wer sie umgebracht hatte. Und er hatte sich geschworen, eigenhändig diesen Mistkerl zu finden, dieses Arschloch Johnny Svendsen, und den Mord an seiner Schwester zu rächen.

Es war kalt. Der Wind wehte in kleinen, harten Stößen. Der Januar war bisher arm an Schnee, grau und bitterkalt gewesen.

Roger Høibakk und Preben Ulriksen fuhren langsam in Richtung Bislett. »Wir müssen irgendwo etwas essen«, sagte Roger und zog sich den Kamm durch die Haare. »Irgendeinen Mist«, sagte er. »Das kann eine lange Nacht werden. Gleich um die Ecke steht eine Kebab-Bude.«

»Nein, verdammt, kein Kebab«, sagte Preben Ulriksen. »Egal was, aber nicht das.«

»Was passt dir denn daran nicht?«

»Jede Menge Bakterien. Ich hab in einer Zeitung einen Test gelesen. Absolut mieses Ergebnis. Und mir ist ohnehin schon einmal davon schlecht geworden.«

Sie hielten an einer Tankstelle und kauften sich zwei Hotdogs mit Zwiebeln. Beim Essen konnten sie die anklagenden und reißerischen Schlagzeilen der Boulevardpresse nicht übersehen. Die Rede war von dem schrecklichen Zugunglück bei Åsta, das neunzehn Menschen das Leben gekostet hatte.

»Gut, dass die noch andere Themen haben«, sagte Roger Høibakk mit vollem Mund. »Dann haben wir vielleicht noch zwei Tage Ruhe, ehe die Hölle losbricht.«

»Warte nur, bis die Presse rauskriegt, dass die Frau ihren schlagenden Exmann angezeigt hatte. Herrgott, das wird vielleicht ein Fest für die Medien! Denk doch bloß an das ganze Theater oben in Bodø, als dieser Typ seine sechzehnjährige Exfreundin umgebracht hat. Fackelzug aus Protest gegen die Passivität der Behörden und überhaupt.«

»Die Leute in Oslo nehmen das nicht so persönlich«, sagte Preben Ulriksen, zerkaute das letzte Stück Wurst und spülte es mit einem großen Schluck Traubenlimonade hinunter. »Hier unten in der Tigerstadt werden keine Solidaritätsfackelzüge veranstaltet.«

Roger Høibakk schüttelte den Kopf. »Sie hat ihn wegen Morddrohungen angezeigt«, sagte er. »Warte nur.«

Sie fuhren vorbei am Martinus-Lørdahls-Plass und weiter die Louises Gate hoch. Die ganze Zeit hatten sie Kontakt mit Thorsen und Billington, die ihnen mitteilen konnten, dass Bjørn Tore Lønn verschiedene Lokale aufgesucht hatte und jetzt vor einem Mietshaus in der Vallegate im Wagen saß und zu warten schien.

Høibakk und Ulriksen sahen das Auto der beiden Kollegen und meldeten, dass sie jetzt die Schicht übernehmen würden. Sie hielten halb auf dem Bürgersteig hinter vielen anderen Wagen und entdeckten sogleich den alten Volvo, der an die fünfundsiebzig Meter weiter vorn stand und die Scheinwerfer eingeschaltet hatte.

Nach zwanzig Minuten des Wartens schaltete Bjørn Tore Lønn den Motor aus und stieg aus dem Wagen. Er lief über die Straße und schaute sich dabei um. Dann öffnete er eine Tür und war verschwunden.

Preben Ulriksen lief hinter ihm her und fand auf dem Klingelbrett Bjørn Tore Lønns Namen. Er nickte Roger Høibakk kurz zu, der vom Auto aus alles im Auge behielt und die Hände weiterhin auf dem Lenkrad liegen hatte. Preben Ulriksen ging durch die unverschlossene Tür und hatte die Wohnung im ersten Stock bald gefunden. Er legte sein Ohr an den Türspalt, konnte aber nur den Lärm des Fernsehers in der Wohnung gegenüber hören.

Preben Ulriksen lief wieder nach unten, stieg in den Opel Corsa und zeigte auf die Fenster, die er für Bjørn Tore Lønns hielt. Dahinter brannte noch immer kein Licht. »Schon seltsam, dass er seine eigene Wohnung überwacht hat, ehe er ins Haus gegangen ist.« Nach einer halben Stunde musste Roger Høibakk gähnen. »Das wird eine öde Kiste. Cato und seine Intuition! Bjørn Tore Lønn hat keine Ahnung, wo Johnny Svendsen steckt.« Er ließ sich zurücksinken und schloss die Augen. »Er ist doch verdammt noch mal ihr Bruder, er hätte es gesagt, wenn er es wüsste.«

»Andererseits wäre es doch eher natürlich, wenn er jetzt zu seinen Eltern und seinem Neffen nach Østfold fahren würde.« Preben Ulriksen trank den letzten Schluck Traubenlimonade und schlug die Zeitung auf. »Die Wirtschaftsnachrichten.« Er grinste. »Das sind die Einzigen, die ich heute noch nicht gelesen habe.«

»Wann hattest du denn Zeit zum Zeitunglesen?«

»Im Auto.«

»Verdammt viel Scheiß mit Verheirateten«, gähnte Roger Høibakk und fuhr sich durch die glatten schwarzen Haare. Dann öffnete er die Augen wieder. »Ich bin ein eingefleischter Junggeselle, werde mich niemals binden.«

»Warte nur«, sagte Preben Ulriksen, »bis du die Richtige triffst, dann rettet dich nichts mehr.«

»Die muss dann aber verdammt reich sein.« Sein Kollege grinste. »Reich und sanft. Ich habe morgen sogar eine Verabredung, aber die werde ich wohl absagen müssen.«

»Sieht ganz so aus. Aber ich kann dich ja verstehen«, meinte Preben Ulriksen. »Denk an Cato, den ganzen Mist, Kinder überall, Exfrauen und ... ja und jetzt hat er ja wieder geheiratet.« Er schüttelte den Kopf.

»Ich bin fast sicher, dass er was mit Ellen Grue hat«, sagte Roger Høibakk.

Preben Ulriksen riss die Augen von der Haustür und wandte sich ihm zu. »Machst du Witze?«

»Nein, aber sicher weiß ich es nicht.«

Preben Ulriksen schien ihm nicht zu glauben. »Ellen ist doch eine tolle Frau«, murmelte er.

Roger Høibakk warf noch einen Blick auf das Bild, das Preben Ulriksen von den Eltern der Ermordeten bekommen hatte. Ein sehr junges Brautpaar. Johnny Svendsen in einem etwas zu engen dunklen Anzug, *ein gut aussehender dunkler Typ,* wie Rakel Mandal ihn beschrieben hatte. Neben ihm die Braut. Die ermordete Ester Synnøve Lønn in Tracht. Sehr jung, sehr dünn und offenbar sehr glücklich. Roger Høibakk verstaute das Bild wieder im Handschuhfach, lehnte den Kopf an die Nackenstütze und schloss die Augen.

Plötzlich passierte etwas. Eine Bewegung nur, ein vager Schatten hinter dem Buckelglasfenster in der Haustür.

»Pass jetzt gut auf.« Preben Ulriksen versetzte seinem Kollegen einen Rippenstoß. Roger Høibakk knüllte sein Schokoladenpapier zusammen und warf es auf den Boden. In einem Mundwinkel hingen noch Krümel von dem Mandelhörnchen, das er vorhin verzehrt hatte.

Es war jetzt fast zehn. Langsam wurde die Haustür geöffnet und Bjørn Tore Lønn kam zum Vorschein. Er hatte sich umgezogen. Die Daunenjacke hatte er gegen eine dunkle Windjacke eingetauscht. Er schaute sich nicht um, bohrte nur die Hände in die Taschen, zog die Schultern hoch, wie um sich vor der Kälte zu schützen, lief zu seinem alten Volvo, öffnete die unverschlossene Tür und stieg ein.

Roger Høibakk ließ den Motor des zivilen Streifenwagens an.

»Das wird nicht leicht«, sagte Preben. »Weit und breit kein anderes Auto zu sehen. Da muss er uns doch entdecken.«

»Wir geben ihm einen kleinen Vorsprung«, sagte Roger Høibakk.

Der Volvo fuhr los und bog nach links in die Pavelsgate ab.

»Jetzt verlieren wir ihn«, sagte Preben und rieb die Handflächen aneinander. Sein Atem stieg in kleinen Wolken auf, wenn er redete. »Fahr los«, sagte er. »Jetzt!« Der Opel Corsa glitt auf die Fahrbahn und bog dann ebenfalls links ab.

»Jetzt wirds schwieriger«, sagte Preben und starrte die beiden roten Hecklichter an, die in eine Nebenstraße fuhren und hinter einem Gebäude verschwanden. »Da ist er!«, rief er. »Gib Gas!«

»Reg dich ab«, sagte Roger Høibakk und gehorchte. »Wir haben ihn noch nicht verloren.«

Zwei andere Autos lagen jetzt hinter dem Volvo. Alle drei fuhren eine Zeit lang hintereinander her. Plötzlich bog Bjørn Tore Lønn in eine weitere Seitenstraße ab und war verschwunden.

»Verdammt.« Preben Ulriksen schlug mit der Faust gegen das Armaturenbrett. »Schneller!«

Roger Høibakk trat aufs Gaspedal, musste aber halten, als eine Frau mit einem Hund an der Leine den Ullevålsvei überquerte. Als er endlich dem Volvo nach rechts folgte, sah er dessen Hecklichter links in einer anderen Straße verschwinden.

»Er hat uns gesehen«, sagte Roger Høibakk wütend. »Da bin ich mir ganz sicher.«

Der Opel Corsa folgte dem Volvo in die enge Seitenstraße. Bjørn Tore Lønn fuhr an den Bordstein heran. Er hielt und schaltete sofort die Lichter aus. Roger Høibakk legte eilig den Rückwärtsgang ein. Er fuhr ein Stück auf den Bürgersteig und drehte den Motor aus. »Er hat uns nicht gesehen«, stellte er fest.

Preben Ulriksen befreite sich vom Sicherheitsgurt. »Das wäre wirklich unglaublich«, murmelte er. »Wo sind wir eigentlich?«

»In der Sofies Gate«, sagte Roger Høibakk.

»Er muss uns gesehen haben.« Preben Ulriksen rieb sich nervös die Oberschenkel.

Roger Høibakk schüttelte den Kopf. »Er kommt gar nicht auf die Idee, dass er beschattet werden könnte. Er schaut sich ja nicht mal um.«

Bjørn Tore Lønn zog seine Jacke fester um sich zusammen. Die Straße war einsam und verlassen. Die Markise über dem Fenster eines pakistanischen Gemüseladens bewegte sich leise. Er fuhr zusammen, als unter einer Straßenlaterne plötzlich zwei dunkelhäutige Männer auftauchten. Der eine blieb kurz stehen und rief dem anderen in einer fremden Sprache etwas zu. Dabei schlug er sich demonstrativ auf die Brust, wie um irgendein Argument zu unterstreichen.

Bjørn Tore Lønn schaute zum ersten Stock hinauf. Die Fenster waren dunkel. Der Arsch schlief wahrscheinlich. Konnte doch tatsächlich schlafen. Fühlte sich sicher, der Mistkerl.

Die beiden dunkelhäutigen Männer waren in einem Torweg auf der anderen Straßenseite verschwunden. Bjørn Tore Lønn öffnete die Haustür. Schwarze Graffiti grüßten ihn von den Wänden auf jeder Seite der Tür, eine trübe Lampe brannte hinter dem Türfenster. Für einen Moment sah er sein Gesicht in der metallenen Türklinke zu einem länglichen weißen Streifen verschwinden. Die Tür schwang hinter ihm zweimal hin und her.

Im Treppenhaus roch es nach Schimmel und altem Holz. Er blieb kurz stehen und horchte, dann ging er langsam die Steintreppe in den ersten Stock hinauf.

Roger Høibakk und Preben Ulriksen tauschten einen Blick, dann stiegen sie aus dem Wagen und stellten sich vor die abgenutzte Haustür, durch die Bjørn Tore Lønn eben verschwunden war. Roger Høibakk spürte, wie sein Herz loshämmerte. Es tat gut, den Puls zu beschleunigen. Im Moment konnten sie nur selten Cowboy und Indianer spielen. Er fand, dass Einsätze wie dieser den von Routine geprägten Alltag in der Wache belebten. Er verabscheute Büroarbeit, Protokolle und die vielen Besprechungen.

»Jetzt brennt Licht.« Preben Ulriksen, der zwei Schritte zurückgetreten war, nickte zu einem Fenster im ersten Stock hoch und bohrte seine Nase für einen Moment in das Teddyfutter seines Jackenkragens.

»Na also, dann wissen wir, wo er ist.« Roger Høibakk sah seinen Kollegen an. Dann warf er einen Blick über die Straße, auf die gegenüber gelegene Mietskaserne. »Warte hier«, sagte er und schob beide Hände in die Ärmel. Er lief über den löchrigen Asphalt und verschwand dann in dem dunklen Torweg.

Dahinter kam er in einen mit Kies bedeckten Hof. In einer Ecke waren unter einer durchsichtigen Plane Gartenmöbel aufgestapelt. Ein spitzer Zweig eines großen Busches bohrte sich in seinen Arm. Er entdeckte eine Tür und riss an der Klinke. Die Tür war offen und er sprang die Treppe hinauf. Im zweiten Stock blieb er auf dem Treppenabsatz stehen. In jedem Zwischengeschoss gab es ein Fenster. Er beugte sich vor und starrte hinaus. Und richtig, er hatte einen hervorragenden Blick auf die Wohnung gegenüber. Preben Ulriksen lief unten auf der Straße vor der Haustür nervös hin und her.

Roger Høibakk legte die Hände auf die breite, schmutzige Fensterbank und versuchte, sich ein Bild von den Geschehnissen in der gegenüberliegenden Wohnung zu machen. Das eine Fenster war halbwegs von einem dünnen grauen Vorhang verdeckt. Trotzdem konnte er für einen Moment zwei Männer sehen, die sich bewegten. Plötzlich sah er Bjørn Tore Lønn mit dem Rücken zum Fenster stehen. Er fuchtelte mit den Händen und gestikulierte heftig. Dann fuhr er herum und schaute aus dem Fenster, als fühle er sich beobachtet. Sein Gesicht war ausdruckslos, lediglich eine helle Fläche hinter dem Glas. Roger Høibakk wich sofort zurück, aber im Treppenhaus war so wenig Licht, dass Bjørn Tore Lønn ihn wohl kaum gesehen haben konnte. Hinter einer Tür bellte ein Hund los, der sich klein und wütend anhörte.

Der Polizist stellte sich wieder ans Fenster und sah zu, wie sich die Situation der beiden Männer in der Wohnung gegenüber entwickelte. Der kleine Hund kläffte weiterhin frenetisch. Und dieser Lärm störte das Bild, das Roger Høibakk sah. Plötzlich hörte er, dass ein Stockwerk weiter oben eine Tür geöffnet wurde. Zugleich wurden die Männer hinter dem Fenster gegenüber handgreiflich. Das war keine unschuldige Rauferei. Sie traten und schlugen sich und gingen plötzlich zu Boden.

Roger Høibakk rannte die Treppe hinunter, durch den Torweg und über die Straße zu seinem Kollegen. »Sie prügeln sich!«, rief er. »Ich glaube, es ist Johnny Svendsen. Ich bin fast sicher.«

Sie rannten die Stufen hinauf und blieben vor der Wohnungstür stehen. Dort wechselten sie einen Blick. Plötzlich war auf der anderen Seite ein ziemlicher Lärm zu hören, während wütende Stimmen lauter und leiser wurden. Was die beiden sagten, war jedoch nicht zu verstehen. Roger Høibakk klingelte. Energisch drückte er auf den Klingelknopf, doch der Lärm in der Wohnung dauerte unvermindert an.

Preben Ulriksen schüttelte den Kopf. Ihm war nicht nach einer Konfrontation mit den beiden Raufbolden zu Mute. Einer von beiden war immerhin ein kaltblütiger Mörder. »Sollen wir nicht Verstärkung holen?«, fragte er.

Roger Høibakk maß die Tür mit den Augen. Er gab keine Antwort, sondern trat nur ein paar Schritte zurück und nahm Anlauf. Mit der Schulter zuerst knallte er gegen die Tür. Das alte Holz gab nach. Es war leichter, als er erwartet hatte. Er wäre fast in die Diele dahinter gepurzelt. »Polizei!«, rief er.

Die beiden Männer verstummten sofort. Bjørn Tore Lønn ließ ein Messer fallen und blieb ratlos stehen, während der andere, der wirklich Johnny Svendsen war, in das Zimmer nebenan stürzte und die Tür hinter sich schloss. Preben Ulriksen lief hinterher, aber Johnny Svendsen hatte bereits den Schlüssel umgedreht. Sie konnten deutlich hören, wie er ein Fenster öffnete.

»Ich lauf nach unten!«, rief Roger Høibakk. »Pass du so lange auf den Bruder auf.«

Er brachte die Treppe mit drei großen Sprüngen hinter sich, stürzte durch die Tür und lief dann die Straße entlang, bis er einen Torweg fand.

Dort sah er sofort Johnny Svendsen. Ein mit Plastikplanen verkleidetes Gerüst war an der Hausfassade angebracht worden. Der Verdächtige kletterte rasch an den schmalen Brettern nach unten, die vor den einzelnen Etagen kleine Plattformen bildeten.

Roger Høibakk räusperte sich. »Wir haben Sie ja doch!«, rief er. »Ergeben Sie sich lieber gleich!«

Johnny Svendsen gab keine Antwort, er sprang nur eine Etage tiefer und wich zwei großen Eisenstangen aus, dann ließ er sich die letzten drei Meter auf den Boden fallen. Er drehte sich zweimal um sich selbst, kam aber sofort wieder auf die Beine und richtete eine Pistole auf den Polizisten.

Roger Høibakk konnte bei Johnny Svendsen keinerlei Anzeichen von Verzweiflung oder Resignation erkennen. Das Gesicht mit den dunklen Augenbrauen und den scharfen Augen starrte ihn wütend an, dann kam der Mann einen Schritt auf ihn zu, bereit, den unbewaffneten Beamten anzugreifen.

Roger Høibakk verfluchte die Bestimmung, dass die Polizei unbewaffnet sein musste. Er wich langsam zurück und starrte den schmalen Ausgang an. »Preben!«, rief er verzweifelt und trat mitten ins Tor, um Johnny Svendsen nicht vorbeizulassen.

Sein Gegner nutzte diesen Moment. Er entschied sich zum direkten Angriff. Schon stand er bei Høibakk, stieß ihn an und rief, er werde schießen, aus lauter Verzweiflung.

Der Polizist ließ die Arme sinken. Johnny Svendsen lief an ihm vorbei und zielte noch immer mit der Pistole auf ihn. Als er ihn passierte, streckte Roger Høibakk ein Bein aus und brachte den Mann damit ins Stolpern. Er ließ die Pistole fallen, als er sich mit beiden Händen abstützte.

Roger Høibakk stürzte auf ihn zu und schrie dabei den Namen seines Kollegen. Johnny Svendsen drehte sich zu ihm um und schmetterte ihm die Faust gegen die Nasenwurzel. Der Beamte empfand einen stechenden Schmerz. Gelbe Punkte tanzten vor seinen Augen, als er gegen die Mauer sank. Mit der Stirn stieß er gegen einen kleinen vorstehenden Stein, der zusammen mit anderen Steinen ein Muster bildete, eine Art Abschluss des Torwegs zur Straße hin. Heißes Blut schoss in seine Augen. Blind vor Wut fuhr er herum und stürzte sich auf Johnny Svendsen, der gerade die Pistole aufheben wollte. Roger Høibakk trat zu und traf ihn an der Hand. Er landete noch einen Tritt, der den Angreifer rückwärts gegen eine Reihe von Mülltonnen warf. Bei dem Höllenlärm wurden sofort mehrere Fenster weiter oben im Haus aufgerissen. Eine scharfe Frauenstimme forderte wütend Ruhe und teilte mit, der Aufenthalt im Hinterhof sei verboten. Ihre Stimme hallte an den Mauern wider und ließ viele leise neue Stimmen zwischen den Häusern hin und her wandern.

Johnny Svendsen war wieder auf die Beine gekommen. Er hatte die Pistole doch noch an sich reißen können. Seine Stimme klang verzweifelt: »Ich schieße!«, rief er und ging rückwärts durch den Torweg. Roger Høibakk glaubte ihm sofort.

Als er fast die Straße erreicht hatte, stand plötzlich Preben Ulriksen da. »Keine Bewegung!«, rief er. Johnny Svendsen fuhr herum. »Ich schieße«, sagte er noch einmal und richtete die Pistole auf sein neues Gegenüber. Seine Miene war nicht schwer zu deuten. Preben Ulriksen blieb nichts anderes übrig, als sich mit erhobenen Händen zurückzuziehen. Johnny Svendsen musterte ihn zwei Sekunden lang, dann warf er einen kalten Blick auf Roger Høibakk, machte kehrt und jagte über die Straße davon.

Preben Ulriksen meldete, dass zwei Beamte im Dienst mit einer Waffe bedroht worden seien. Sofort wurde höchster Alarm ausgelöst und der gesamte Apparat in Gang gesetzt. Bjørn Tore Lønn wurde festgenommen und darauf aufmerksam gemacht, dass das Verschweigen von Informationen einer Ermittlungsbehinderung gleichkomme. Er legte keinen Widerspruch ein, sondern versprach, mit offenen Karten zu spielen.

Roger Høibakk hielt vor der Wohnungstür die Stellung, bis eine Streife eingetroffen war. Noch immer strömte das Blut aus der tiefen Wunde über seinem Auge.

Auf der Fahrt zur Wache bedauerte Bjørn Tore Lønn mehrere Male, was hier passiert war. Roger Høibakk wurde ins Krankenhaus gebracht, weil seine Wunde genäht werden musste, während Preben Ulriksen Ermittlungsleiter Cato Isaksen und Ellen Grue Bericht erstattete.

Cato Isaksen war soeben zu Hause in Asker angekommen, musste aber in der Tür kehrtmachen und nach Oslo zurückfahren. Als er die Wache erreichte, fand er zwei wütende und aufgewühlte Kollegen vor. Ellen Grue und ihr Stab sicherten schon die Spuren in Johnny Svendsens Wohnung in der Sofies Gate. Das gesamte Material würde anschließend mit den Funden aus Ester Synnøve Lønns Wohnung verglichen werden.

»Verdammtes Schwein«, murmelte Roger Høibakk und fasste sich an die Stirn. Dort saß ein großes Pflaster. Er war sofort behandelt worden und konnte berichten, dass zwei Fotografen zur Stelle gewesen waren, als er das Krankenhaus verlassen hatte. »Wer zum Teufel lässt im Moment alles an die Presse durchsickern?«

Bjørn Tore Lønn wurde in eine Verwahrungszelle im Untergeschoss gesteckt und in die Liste der Festgenommenen eingetragen. Sie konnten ihn für vierundzwanzig Stunden festhalten, aber am nächsten Morgen würde ein Polizeijurist um die Formalitäten für die Verhängung einer Untersuchungshaft in die Wege leiten.

»Deine Intuition hat dich immerhin nicht getrogen«, sagte Preben Ulriksen und sah seinen Chef an. Er war völlig aufgekratzt nach den Ereignissen dieses Abends.

Cato Isaksen ließ sich die Sache kurz erzählen und konnte nur feststellen, dass Johnny Svendsen aller Wahrscheinlichkeit nach Ester Synnøve Lønns Mörder war. Er bat Roger Høibakk und Preben Ulriksen, einen Bericht über die Vorkommnisse dieses Abends zu verfassen.

Der Klang des Autoradios störte die Bilder in seinem Kopf. Cato Isaksen hatte nur wenige Stunden geschlafen, als er gegen acht Uhr morgens am Freitag, dem 7. Januar, wieder zur Arbeit fuhr.

Die Unruhe hatte ihn schon erfasst und machte ihn reizbar. Alle Zeichen stimmten wieder. Die Flitterwochen waren einwandfrei zu Ende. Bente und Vetle, der zweitälteste Sohn, hatten geschlafen, als er gegen zwei Uhr nachts nach Hause gekommen war. Der Älteste wohnte nicht mehr zu Hause. Er war vor einem halben Jahr mit seiner Freundin Tone zusammengezogen.

Als Erstes ging Cato Isaksen zusammen mit der gerade erst examinierten Polizeijuristin Marie Sagen zu Bjørn Tore Lønn, um diesen mit den Ereignissen des vergangenen Tages zu konfrontieren. Sie fuhren mit dem Fahrstuhl nach unten und eilten durch die Rezeption. Marie Sagen strich sich mehrere Male ihre rötlichen Haare aus den Augen. Cato Isaksen zog seinen Dienstausweis durch ein Lesegerät und trat dann in den Bereitschaftsraum. Kurz nickte er einem Kollegen zu, der sich ihnen anschloss und die Türen für sie öffnete.

Bjørn Tore Lønn saß vornübergebeugt da und rang auf seinem Schoß mit den Händen. Sein Gesicht war blass, seine Augen leuchteten schwarz in dem weißen Neonlicht. Cato Isaksen und Marie Sagen nahmen zwei Hocker mit in die Zelle.

Bjørn Tore Lønn starrte Cato Isaksen verzweifelt an. »Ich habe letzte Nacht nicht eine Sekunde geschlafen. Tut mir Leid«, murmelte er. Am Vorabend hatten sie nichts aus ihm herausholen können.

»Sie müssen uns alles sagen«, mahnte der Kommissar eindringlich. »Das ist wichtig, damit wir Johnny Svendsen so schnell wie möglich festnehmen können.«

Bjørn Tore Lønn nickte. »In Ordnung«, sagte er.

»Sie sind also einverstanden?«

Wieder nickte der junge Mann. Dann strömten die Worte nur so aus ihm heraus. Er sagte, alles tue ihm aufrichtig Leid, er sei überzeugt davon, dass Johnny Svendsen seine Schwester ermordet habe. Und das habe seine Gedanken verwirrt. Er habe nur an Rache gedacht. Er sagte nichts davon, dass er Johnny Svendsen umbringen und den Leichnam irgendwo verstecken wollte. Er behauptete hingegen, er habe dessen Adresse später melden, ihn aber vorher ordentlich zusammenschlagen wollen. »Ich konnte an nichts anderes denken. In meinem Kopf saßen viele kleine Teufel und befahlen mir, das zu tun. Ich werde ihm den Mord an Ester Synnøve nie verzeihen. Verstehen Sie, man begeht Dummheiten, wenn man hasst. Ich hasse ihn, er soll in der Hölle schmoren.« Bjørn Tore Lønn sank schluchzend vornüber. Er legte die Stirn auf seine Arme, die auf seinen kräftigen Oberschenkeln ruhten.

»Was für eine Waffe hat Johnny Svendsen in seinem Besitz?«

Das Schluchzen verstummte. »Eine neun Millimeter Walther P 88.«

»Woher hat er die?«

Bjørn Tore Lønn schüttelte den Kopf. »Keine Ahnung«, sagte er. »Von irgendwem auf der Straße.«

Cato Isaksen musterte den Mann eine Weile wortlos, dann erhob er sich schwerfällig und wanderte in der kleinen Zelle hin und her. Nach einer Weile sagte er: »Ich glaube Ihnen und glaube Ihnen auch wieder nicht.«

Bjørn Tore Lønn setzte sich sofort aufrecht hin. »Sie glauben mir nicht?«

»Das habe ich nicht gesagt. Ich habe gesagt, ich glaube Ihnen und glaube Ihnen auch wieder nicht.« Cato Isaksen zeigte in einem bissigen Lächeln seine Zähne. »Sie sagen nicht alles.«

Der Bruder der Toten schüttelte verwirrt den Kopf. »Ich begreife nicht, was Sie meinen«, erwiderte er.

»Ich glaube Ihnen, wenn Sie sagen, dass Sie Johnny Svendsen hassen«, erklärte der Ermittler. »Vielleicht glaube ich Ihnen auch, wenn Sie sagen, dass er Ihre Schwester ermordet hat. Vielleicht wird sich das ja als Wahrheit herausstellen.«

»Er war es.« Bjørn Tore Lønn erhob sich halb von seiner Bank. »Wenn Sie mir nicht glauben, dann sind Sie ein Idiot! Sie müssen versuchen, ihn festzunehmen.«

»Wenn Sie von Anfang an offen gewesen wären, dann hätten wir ihn jetzt.«

Bjørn Tore Lønns Gesicht verdüsterte sich.

»Vielleicht haben Sie eine Vorstellung, wo er stecken kann, wissen, wie seine Freunde heißen?«

Der Mann seufzte, dann schüttelte er resigniert den Kopf und setzte sich wieder. »Er ist nicht so blöd, sich an einem auf der Hand liegenden Ort zu verstecken. Und er hat keine Freunde. Nicht einen einzigen.«

»Das können Sie garantieren?«

»Ja.«

Marie Sagen musterte die beiden Männer wortlos. Ab und zu notierte sie etwas auf einem kleinen Block, ansonsten saß sie ganz still da.

»Ich glaube, Sie verschweigen uns etwas und das ist dumm

von Ihnen. Wir werden sowieso alles herausfinden. Es wird nur etwas länger dauern«, sagte Cato Isaksen.

Bjørn Tore Lønn gab keine Antwort, sondern wandte sich nur demonstrativ von ihm ab. »Das hat dann aber nichts mit dem Fall zu tun«, sagte er.

»Spielt keine Rolle, in einem Mordfall ist jede Auskunft wichtig. Was haben Sie zum Beispiel in der Hütte oben bei Bogstad gemacht?«

Der junge Mann blickte ihn verwundert hat. »Sie sind mir also die ganze Zeit ...«

»Ja.« Cato Isaksen nickte.

Bjørn Tore Lønn ließ sich müde auf die Bank sinken. Die Gedanken wirbelten nur so hinter seiner Stirn umher. Doch plötzlich ging ihm das Hoffnungslose an der ganzen Situation auf. Das tote Gesicht seiner Schwester tanzte vor seinem inneren Auge auf und ab. Die weiße Haut, die geschlossenen Augen, die stillen Hände. Was sollte das alles?

Er erzählte alles, abgesehen von dem geplanten Mord an seinem Exschwager. Er erzählte, dass er vorübergehend in die Hütte bei Bogstad gezogen war, weil er die Miete nicht bezahlen konnte. Er erzählte von der Pistole, die er für Johnny aufbewahrt hatte. »Ich wollte ihm nur Angst einjagen, damit er sich stellt.«

Esters Bruder starrte seine Hände an, während er von dem fingierten Raub der Versicherungsunterlagen und von seinen erfolglosen Pferdewetten berichtete. Johnny und er, sie hatten das zusammen durchgezogen. »Aber es war Johnnys Idee. Er meinte, ich könnte so tun, als wäre ich überfallen worden. Er hat es gemacht, hat mich angehalten und mir sozusagen den Postsack weggenommen. Sie haben mir nicht geglaubt, konnten aber nichts beweisen. Trotzdem habe ich meinen Job verloren. Ich saß am Ende mit dem ganzen Dreck da«, sagte Bjørn Tore Lønn empört. »Und jetzt komme ich sicher ins Gefängnis«, fügte er hinzu. »Oder?«

»Das weiß ich nicht«, sagte Cato Isaksen. »Die Sache mit dem Postüberfall ist natürlich auch ein Verbrechen und wir werden Ihr Geständnis weiterreichen, aber mit dem Mord hat das nichts zu tun.«

»Es hat uns auch fast gar nichts eingebracht. Wir konnten nur in einigen Ämtern die Summen mit Hilfe von falschen Vollmachten abheben. Es war eine Menge Arbeit und fast keine Kohle.«

»Nur noch eine Frage zum Schluss.« Cato Isaksen erwiderte Bjørn Tore Lønns traurigen Blick. »War die Pistole geladen?«

»Ja«, sagte der junge Mann und schüttelte resigniert den Kopf. »Es tut mir verdammt Leid«, sagte er dann.

Die Fahnder versammelten sich um den ovalen Tisch. Abteilungsleiterin Ingeborg Myklebust fehlte. Cato Isaksen stutzte, als er es bemerkte. Er würde sie nachher anrufen müssen.

»Jetzt bekommen sie bald ein anderes Thema«, sagte er und legte die Zeitung auf den Tisch. Noch immer füllte das Eisenbahnunglück bei Åsta die Titelseiten. Und noch immer erregte diese schlimme Geschichte aus Nordnorwegen die Gemüter. Der zuständige Behördenleiter sollte an einen anderen Ort versetzt werden, während die Internuntersuchungen liefen. Der Fall wies klare Parallelen zu dem von Ester Synnøve Lønn auf.

»*Bewaffnete Aktion gegen Polizei*«, stand jedoch weiter hinten in einer Zeitung über einem langen Artikel, der sich mit dem Fall Lønn beschäftigte. Das Bild von Roger Høibakk, der mit einem Pflaster über dem Auge aus dem Krankenhaus kam, leuchtete ihnen entgegen.

Preben Ulriksen legte einen Papierstapel auf den Tisch. Roger Høibakk kam wie immer zu spät und ließ sich mit viel Lärm zwischen Randi Johansen und Asle Tengs fallen. Neugierig zog er die Zeitung zu sich und öffnete sie.

»Bleiben wir noch ein wenig bei dem Fall dieser jungen Frau, die von ihrem Exfreund ermordet worden ist, nachdem sie ihn immer wieder wegen Körperverletzung und Morddrohungen angezeigt hatte«, sagte Cato Isaksen. »Besser, wir sind schon mal vorbereitet. Wahrscheinlich wird dasselbe Problem auf uns zukommen.«

»Aber wie gesagt, in Oslo werden deshalb keine Fackelzüge veranstaltet. Hier gibt es keine solchen Idealisten.« Roger Høibakk stöhnte und machte sich an dem Pflaster über seinem Auge zu schaffen.

»Sicher gibt es die.« Randi Johansen beugte sich empört vor. »Machen wir, dass wir vorankommen. Preben, was kannst du uns erzählen?«

Preben Ulriksen legte seine schmalen Hände auf die Papiere, die er mitgebracht hatte. »Fest steht«, sagte er dann, »dass Ester Synnøve Lønn unmittelbar vor Weihnachten, nachdem sie ihren Mann wegen Morddrohungen angezeigt hatte, ohne dass etwas Erwähnenswertes passiert wäre, sich noch einmal um Hilfe an das Frauenhaus gewandt hat. Ich habe mit Sonja Pettersen gesprochen, sie kann sich übrigens noch von dem anderen Fall her an dich erinnern.« Er nickte kurz zu Cato Isaksen hinüber.

»Ja.« Cato bekam bei dieser Vorstellung eine Gänsehaut. »Das war 1996 dieser schlimme Fall mit den vier ermordeten Männern.« Die Tafelrunde nickte zustimmend. »Das war die Frau mit den tollen roten Haaren«, sagte Randi Johansen. »Ich sehe sie noch genau vor mir.«

Preben Ulriksen nahm einen Apfel aus der Schale auf dem Tisch und biss herzhaft hinein. Er kaute fieberhaft und schluckte, ehe er weiterredete. »Auf jeden Fall weiß ich jetzt, dass derzeit fünfhundertundzehn Frauen unter geheimer Adresse wohnen. Siebenundneunzig sind kodiert, wie das so schön heißt, aus Angst vor ihren Exmännern oder Freunden. Das bedeutet, dass alle Informationen über sie aus allen Registern gelöscht worden sind. Nur durch den Code lässt sich ermitteln, wer sie sind.«

Randi Johansen schlug kurz mit der Faust auf den Tisch, um ihren Abscheu zu bekunden. »Und kein Mann, stelle ich mir vor.«

»Kein Mann?«

»Ja, kein Mann hat eine kodierte Adresse.«

Roger Høibakk grinste. »Ich kann dir gern meinen Code verraten«, sagte er und zwinkerte ihr zu.

Randi Johansen bedachte ihn mit einem eiskalten Blick.

»Hat Lønn auch unter Code gelebt?« Cato Isaksen blickte gereizt in die Runde.

»Nein.« Preben Ulriksen biss wieder in den Apfel. »So weit ist es nicht mehr gekommen«, sagte er dann mit vollem Mund. »Das Frauenhaus, besser gesagt, diese Sonja Pettersen, hat sich kurz vor Weihnachten an uns, also an die Kripo, gewandt und dann ist die Sache an die Ordnungsabteilung weitergereicht worden. Aber wir haben es nicht mehr geschafft, etwas zu unternehmen.«

Bisher war Johnny Svendsen noch nirgendwo gesichtet worden. Alle Polizeiwachen im Land, die Flughäfen und die Posten an den Grenzübergängen nach Schweden waren informiert. Aber während der Nacht war keine Meldung eingelaufen. Der Gesuchte war wie vom Erdboden verschluckt.

Randi Johansen und Anne Grethe Juvik wurden zur Straßenbahnverwaltung geschickt, um sich dort nach weiteren Informationen über Johnny Svendsen zu erkundigen. Ob er unter den Kollegen Freunde oder Bekannte hatte, ob jemand irgendeine wichtige Auskunft erteilen könnte.

Gegen halb zehn nach der Morgenbesprechung fuhr Cato Isaksen zu Rakel Mandal, um ihr ein Foto des Verdächtigen zu zeigen, eine Kopie des Hochzeitsbildes, das sie von den Eltern der Toten erhalten hatten.

Die alte Dame freute sich wirklich, als sie durch den Türspalt den Ermittler erblickte, allerdings konnte er ihr klarmachen, dass er diesmal keine Zeit für einen Kaffee hatte.

Er reichte ihr zwei Fotografien. Neben dem Bild von Johnny Svendsen hatte er auch noch eins von Bjørn Tore Lønn mitgenommen.

Rakel Mandel nahm die Fotos und ging mit leichten, eifrigen Schritten zum Fenster, wo sie mehr Licht hatte. Sie suchte in ihrer

Schürzentasche nach ihrer Brille und setzte sie auf. Hob ein Bild nach dem anderen und musterte die Aufnahmen sorgfältig. »Nein«, sagte sie dann. »Keiner ist der Richtige.«

Cato Isaksen verspürte eine Mischung aus Überraschung und Verärgerung. »Sind Sie sich da ganz sicher? Schauen Sie bitte noch einmal nach. Das ist wirklich wichtig.«

Rakel Mandal bedachte ihn mit einem kurzen besorgten Blick. »Ich bin also eine Art Zeugin?«

»Sie sind auf jeden Fall wichtig für uns.«

»Ich habe gestern mit einer Freundin telefoniert und die sagt, das könne für mich gefährlich sein.«

Der Kommissar lächelte kurz. »Wir sind hier nicht in einem Fernsehkrimi, Frau Mandal. Ich bitte Sie nur, sich die Bilder noch einmal anzusehen, damit Sie ganz sicher sein können.«

Dann seufzte er und starrte die Fotos von Johnny Svendsen und Bjørn Tore Lønn an. »Sie haben ihn doch nur von hinten gesehen, oder?«

»Ja, durch den Türspion. Aber danach habe ich ja auch noch durch das Fenster geschaut, und er war nicht zum ersten Mal hier. Es war ein sehr viel hübscherer Mann, größer und irgendwie gebildeter.«

»Gebildeter?«

»Ja.«

»Woran sieht man denn, ob jemand gebildet ist?«

»Das sieht man eben«, erklärte die alte Dame energisch.

»Und Sie sind ganz sicher, dass das hier nicht der Mann von Mittwochabend ist?« Cato Isaksen nahm ihr vorsichtig das Bild von Johnny Svendsen ab.

»Ganz sicher«, sagte Rakel Mandal und richtete ihre scharfen Augen auf ihn. »Ihren Bruder kenne ich doch«, sagte sie und gab ihm auch das Bild von Bjørn Tore Lønn zurück. »Er hat sie ab und zu hier abgeholt. Hat für sie eingekauft. Einmal hat er meine Einkaufstasche hochgetragen. Ein wirklich netter Mann.«

»Gestern haben Sie gesagt, Sie glaubten ihren Exmann gesehen zu haben.«

»Ja?«

»Das hier ist der Exmann«, sagte Cato Isaksen und reichte ihr noch einmal das Bild von Johnny Svendsen.

»Das ist der Exmann?« Rakel Mandal schüttelte langsam den Kopf. »Ich dachte, das wäre der andere. Der junge Mann, der so oft hier war.«

Cato Isaksen schaute auf die Uhr. Er musste noch ein Gespräch führen, ehe er auf die Wache zurückkehren konnte.

»Das ist er auf keinen Fall«, schloss die alten Dame und nickte zu Johnny Svendsens Bild hinüber.

Die Tür, die sie beschützte, war nur ein dünnes Holzbrett. Das Geräusch der Klingel durchschnitt ihren Leib, glitt eiskalt über ihr Rückgrat und hinauf in ihren Nacken. Sie legte ihre Wange an den Türrahmen und spürte das kühle lackierte Holz an ihrer Haut. Sie trug einen verschlissenen, weißen Morgenrock. Der Boden unter ihren bloßen Füßen war kalt. Die Stille nach dem Klingeln brachte ihre Ohren zum Rauschen. Die Angst, die sie vor und nach dem Klingelgeräusch durchströmte, hatte sich gelegt. Sie hielt den Atem an, spürte, wie auf ihrer Stirn und unter ihren Armen der Schweiß hervortrat. Wagte nicht, durch den Türspion zu schauen. Ihr Schatten würde den Spion verdunkeln und ihre Anwesenheit verraten. Ihr Blick traf den Spiegel über dem Telefontisch. Ihre Augen waren groß, rund, blau. Ihre Locken blond, ihre Haut weiß.

Wie groß konnte Angst überhaupt werden? Ein Bild tanzte durch ihr Gehirn. Sie war sechs Jahre alt. *Saß unten im Keller in einer Ecke. Die Hände vors Gesicht geschlagen. Das Gewitter hatte den Himmel über dem Haus zerrissen. Ein Vogel war zu Boden gefallen, vor Angst, hatte ihr Vater gesagt. Der Blitz zeigte mit seinen gelben elektrischen Fingern auf die Landschaft, wieder und wieder. Der Vogel war draußen auf dem Rasen. Der Donner dröhnte durch die Grundmauern und spaltete ihr Gehirn in zwei Teile. Einen Vogelteil und einen Menschenteil.* Der Vogel starb vor Angst. Und ihr konnte das auch noch passieren. Die Angst vor dem Gewitter, als sie klein war, wurde an dieser neuen Angst gemessen. Sie hatte dasselbe Gewicht, dieselbe Farbe.

Die Tür zum Wohnzimmer stand offen und die hellen Vorhänge waren vorgezogen. Das Zimmer hing am Flur wie eine dunkle, Geborgenheit schenkende Lunge. Sie konnte sich lautlos zurückziehen. Indem sie sich zusammenkrümmte, sich von der Tür fortbewegte, langsam und leise, und dann die Tür hinter sich abschloss. Sie sehnte sich nach der sicheren Wärme des Wohnzimmers, wagte aber nicht, sich zu bewegen.

Sie hatte das böse Gefühl, quer durch sich selber in ein schwarzes Loch zu stürzen. Die Klingel riss ihren Körper noch einmal in Stücke. Erbarmungslos fegte dieses Geräusch ihr Bewusstsein in ein kaltes, durchbohrendes Licht. Ein Schwarm von roten Punkten tanzte vor ihren Augen.

Cato Isaksen blieb eine Weile vor der kleinen Tür stehen und lauschte. Dann schellte er. Er glaubte, drinnen etwas gehört zu haben, einfach nur eine kleine Bewegung. Die Stille ragte wie eine Mauer vor ihm auf. Er klopfte leise an die Nachbartür. Auch dort war niemand zu Hause. Anschließend klingelte er noch einmal an der Tür von Lise Sommer, Ester Synnøve Lønns Freundin, um dann einen Zettel mit seiner Telefonnummer hinter das künstlerisch gestaltete Türschild mit der Mitteilung »hier wohnen Lise und Florian« zu schieben. Er wartete noch einen Moment, dann machte er kehrt und ging über den Flur mit den vielen Türen. Das Geräusch seiner Schuhe hallte von den Mauern wider. Er erreichte das Treppenhaus und lief die Steintreppen hinunter.

Auf der Wache betonte Cato Isaksen dann, wie wichtig es sei, dass Bjørn Tore Lønn in Untersuchungshaft blieb, bis Johnny Svendsen festgenommen worden war. »Ich glaub ihm nicht«, fuhr er fort und sah Marie Sagen an. »Wir wissen nicht, ob er die Wahrheit gesagt hat. Vielleicht würde er Svendsen auf dem Laufenden halten und ihm einen noch größeren Vorsprung verschaffen. Und auf jeden Fall kann er Beweise vernichten und eventuelle Zeugen beeinflussen.«

Die Juristin stimmte ihm zu und meinte, dass diese Argumente ausreichen müssten. »Das dürfte kein Problem sein«, sagte sie.

Bjørn Tore Lønn wurde gegen ein Uhr dem Untersuchungsrichter vorgeführt. Die Polizei wollte ihn noch in Gewahrsam behalten, zumindest bis zur Festnahme von Johnny Svendsen. Sie führten an, dass er der Polizei Informationen verschwiegen und offenbar eine geladene Waffe aufbewahrt hatte. Auch der fingierte Überfall und andere Kleinigkeiten wurden erwähnt. Sein Anwalt hielt das alles nicht für überzeugend. Sein Mandant habe in Wut und Panik gehandelt, brachte er vor. Es sei doch nur verständlich, dass er in dieser entsetzlichen Lage nicht mehr klar habe denken können. Immerhin war seine Schwester ermordet worden. Seine anderen kleinen Vergehen, der Betrug und die Mietrückstände, seien nun wirklich kein Festnahmegrund.

Nachdem die Untersuchungshaft verhängt worden war, hatte Cato Isaksen eine kurze Besprechung mit Ingeborg Myklebust. Diese Begegnung verlief allerdings nicht ganz so, wie er sich das vorgestellt hatte. Die Abteilungsleiterin saß bleich und sichtlich erschöpft auf der anderen Seite des Tisches und bat ihn ganz ruhig, ihre Stellung zu übernehmen. Nur vorübergehend, beteuerte sie, und dann erzählte sie, sie sei ernsthaft erkrankt und müsse operiert werden.

Das war eine Überraschung. Ingeborg Myklebust war bekannt dafür, dass sie hart im Nehmen war. Cato Isaksen wäre nie auf die Idee gekommen, dass sie krank werden könnte. Sie war doch unbezwinglich, fast wie eine Festung.

Die Beziehung zwischen dem Ermittler und seiner Vorgesetzten war immer angespannt gewesen. Beide waren starrköpfig und verschlossen, immer auf der Hut vor der Meinung des Gegenübers. Bereits nichtige Kleinigkeiten konnten heftige Debatten auslösen. Sie war zu direkt und neigte dazu, Cato Isaksen und seine Leute zu demütigen. Auch wenn er zugeben musste, dass sie eine tüchtige Vorgesetzte war, eine Strategin, die dafür sorgte, dass alle sich nach Kräften ins Zeug legten, um die ihnen übertragenen Fälle zu lösen. Und wenn ihnen das gelang, dann war Ingeborg Myklebust die Erste, die sie lobte und beglückwünschte. Aber vorher war sie anspruchsvoll und ungeduldig. Sie hatte nicht wenige Seiten, die er in sich wiederfand. Vielleicht wurde er deshalb von ihr so oft provoziert.

Aber die Nachricht, dass bei Ingeborg Myklebust ein bösartiger Brusttumor gefunden worden war, freute ihn wirklich nicht. Es hatte sich immer wieder herausgestellt, dass sie unüberwindlich waren, wenn es wirklich darauf ankam. Die Abteilungsleiterin verließ sich auf ihn und zeigte das, indem sie ihn bei den allerschwierigsten und schwersten Fällen als Chefermittler einsetzte. Im Grunde brachten Ingeborg Myklebust und Cato Isaksen einander tiefe Achtung entgegen.

Jetzt sah sie müde aus, wollte aber kein Mitleid. »Lass mich einfach in Ruhe«, sagte sie. »So leicht werdet ihr mich nicht los.« Ein kleines Lächeln umspielte ihre Mundwinkel. »Ich komme schon wieder zurück. Du brauchst an meinem Platz also nicht anzuwachsen, Cato. Bilde dir bloß nicht ein, dass ich nicht zurückkomme.« Sie lächelte scharf. Ihr Versuch, witzig zu klingen, hatte einen fremden und schmerzhaften Unterton.

Cato Isaksen versprach, seine Vorgesetzte auf dem Laufenden zu halten.

»Das ist gut«, sagte sie. »Dann habe ich Stoff zum Nachdenken.« Einen Moment lang musterte sie ihn mit ernster Miene. »Danke«, sagte sie, erhob sich und ging.

Auf dem Weg nach draußen stieß sie mit Ellen Grue zusammen, die gerade einen gelben Plastikordner vorbeibrachte. Die beiden wechselten ein kurzes Nicken und Cato erkannte, wie ähnlich diese Frauen sich waren, nicht vom Aussehen her, sondern vom Wesen. Kurz angebunden, ein wenig arrogant und herablassend. Ganz anders als Randi Johansen, die stets bescheiden und kooperativ war.

Ingeborg Myklebust ging zu einem wartenden Taxi, während Ellen Grue den Ordner vor ihn auf den Schreibtisch legte.

»Was ist das?«, fragte er.

»Jede Menge Papiere aus der Wohnung des Mordopfers. Nummeriert und mit der Fundstelle versehen.«

»Und wo sind sie gefunden worden?«

»Auf dem Glastisch, unter anderem, und auf dem Esstisch.«

»Und ist etwas Besonderes dabei?«

Ellen Grue schüttelte den Kopf. »Keine Ahnung«, sagte sie. »Die Kinderzeichnungen stammen von ihrem Sohn. Ansonsten gibt es einen Zeitungsartikel über eine Katze, drei Illustrierte und die Hausordnung. Einen Brief von der Post, zwei gedruckte Vorträge über Psychologie, einige private Notizen über Psychopathen sowie einen Prospekt über eine Reihenhaussiedlung in Østfold, in einem Neubaugebiet namens Sørskogen.«

Der Kommissar nickte. »Ich werde alles durchgehen«, sagte er.

»Ansonsten haben wir in Johnny Svendsens Wohnung einiges gefunden. Unter anderem ein Leatherman-Messer. Die Wohnung war arg heruntergekommen und nur spärlich möbliert. Im Schlafzimmer war eine Wolldecke als Vorhang angenagelt. Die verdreckte Küche quoll förmlich über vor ungespültem Geschirr und Essensresten. Wir haben Fingerabdrücke von Gläsern und Tassen gesichert und vom Badezimmerboden schmutzige Kleider aufgehoben und ins Labor gegeben. Alle Schubladen und Schränke sind durchsucht worden.«

Auch Cato Isaksen hatte zwei Mann in die Wohnung geschickt, um das Beweismaterial durchzusehen. Die Leiterin der Spurensicherung erzählte außerdem, dass ein Lederetui gefunden worden und sofort beschlagnahmt worden sei. Das Leatherman-Messer war ebenfalls ins Labor geschickt worden. Zwar wies es keine sichtbaren Blutspuren auf und die Klingen der verschiedenen Messer waren auch nicht sonderlich lang, aber als Mordwaffe konnten sie nicht ausgeschlossen werden. Es war keine lange Klinge nötig, um eine Halsschlagader zu durchtrennen.

»Thorsen und Billington haben übrigens den Vermieter gefunden. Ein etwas zweifelhafter Typ, aber er beteuert, mit der ganzen Sache nichts zu tun zu haben.«

»Schön.« Cato Isaksen wollte schon einen Kaffee vorschlagen. Aber Ellen Grue stand auf und war verschwunden, ehe er mehr hatte sagen können.

Das Telefon klingelte, sobald die Frau das Zimmer verlassen hatte. Bente wollte wissen, wann er nach Hause käme.

»Keine Ahnung«, sagte er. »Aber wenn sich nichts Neues ergibt, dann versuche ich, so gegen sechs Feierabend zu machen.«

»Schön. Ich mache mir Sorgen um Vetle.«

»Ist er wieder deprimiert?«

»Ja.« Er konnte beinahe hören, dass sie nickte. »Ich habe heute Abend um zehn Uhr Dienst. Ich möchte ihn nicht allein lassen.«

»Ich bin gegen sechs zu Hause«, versprach Cato Isaksen und legte auf.

Er berief eine außerplanmäßige Besprechung ein. Die Abteilung wurde von Ingeborg Myklebusts Erkrankung informiert. Als vorläufiger Abteilungsleiter war Cato Isaksen jetzt sein eigener Vorgesetzter. Allerdings stellte er sofort klar, dass er nicht vorhatte, sich vom Feld zurückzuziehen. Verwaltungsarbeit und Papierkram zählten nicht zu seinen Lieblingsbeschäftigungen. Er wollte in diesem Fall weiterhin als aktiver Ermittler tätig sein.

Als ihm bereits eine Viertelstunde später von höherer Warte aus im Fall Lønn freie Hand gewährt wurde, erklärte er sich mit der kommissarischen Beförderung einverstanden. Sie würde ihm nicht nur ein höheres Gehalt einbringen, sondern auch seinen Status erhöhen, was er sich schon lange gewünscht hatte. Noch am selben Nachmittag wollte er sich über alle bisher erteilten Instruktionen informieren.

Die nächste Besprechung fand um drei Uhr statt und Randi Johansen und Anne Grethe Juvik berichteten über ihren Besuch an Johnny Svendsens Arbeitsplatz. Es hatte nur wenig an ihm auszusetzen gegeben. Zumeist war er pünktlich erschienen, hatte getan, was ihm aufgetragen wurde, und zufriedenstellende Arbeit geleistet. Niemand hatte jedoch eine engere Beziehung zu ihm entwickelt, obwohl er fast anderthalb Jahre dort angestellt gewesen war. Der junge Mann hatte sich mit keinem Kollegen angefreundet. Einer beschrieb ihn als verschlossen und eigen.

Der restliche Arbeitstag wurde mit der Zusammenfassung und dem Vergleich von Informationen und mit Schlussfolgerungen verbracht. Das ältere Ehepaar im Untergeschoss wurde noch einmal aufgesucht, bestand aber darauf, dass es gegen elf zu Bett gegangen war und dass beide Ohropax verwendet hatten. Cato Isaksen versuchte außerdem mehrere Male erfolglos, Lise Sommer telefonisch zu erreichen.

Gegen fünf konnte er eine kleine Verschnaufpause einlegen. Ziellos blätterte er in den Unterlagen, die Ellen Grue ihm gebracht hatte. Hatte Ester Synnøve Lønn umziehen wollen? Er sah sich den Prospekt an, der von einem Immobilienhändler in Fredrikstad stammte. Das Reihenhaus, etwa 109 Quadratmeter groß, sollte neunhundertzwanzigtausend Kronen kosten. Das Haus war gelb gestrichen und sah wirklich gemütlich aus, mit kleinen Fenstern und einem winzigen Garten. Der Zeitungsartikel über das Kätzchen, dessen Besitzer es bei der U-Bahn-Station Lambertseter hatte umbringen wollen, war am Dienstag, dem 28. Dezember 1999, aus der Abendausgabe der Zeitung Aftenposten gerissen worden. Cato Isaksens Augen blieben am verängstigten Blick des schwarzen Kätzchens hängen. Er hatte selbst einen Kater und war entsetzt über das, was er hier lesen musste. *Liv Klevland vom Tierschutzverein ist erschüttert über dieses Vorkommnis. Norwegisches Pionierprojekt zum Thema Gewalt gegen Tiere und Menschen.*

Er legte den Artikel weg und sah den Stapel weiter durch. Schließlich fand er einen weiteren Zeitungsartikel, der sich auf die Gesetze der Psychopathie bezog, dazu einige Zeichnungen und aus Zeitschriften herausgerissene Kochrezepte. Die Kinderzeichnungen, die allesamt in schräger kindlicher Schrift mit Markus S. unterzeichnet waren, zeigten einen Jagdbomber mit einer roten Heckflamme, einen Bauernhof mit einem Pferd in einem Pferch und einen großen Wolf, der aus dem Wald hervorlugte, sowie zwei große Dinosaurier mit messerscharfen Zähnen.

Die leuchtenden Fenster der Schule waren mit Transparentpapier und Zeichnungen, in die Löcher geschnitten worden waren, dekoriert. Sie sahen aus wie bunte Spitzen und sollten Sterne, Blumen, Häuser und Autos darstellen. Es war noch dunkel, wenn die Kinder morgens zur Schule kamen. Obwohl die Tage seit dem 21. Dezember wieder länger wurden und die dunkle Zeit zu Ende ging, würde es doch noch einige Wochen dauern, bis das morgens früh zu merken wäre.

Der Schulhof war leer und verlassen. Nur ein blauer Schal und ein Paar vergessene Handschuhe lagen vor dem Klettergestell.

Markus Svendsen lief ziemlich schnell. Eine Elster zerriss die Luft mit ihrem schneidenden Schrei. Seine Schultasche wippte auf seinem Rücken hin und her. Der Schnee knirschte unter seinen Füßen. Er fand die Papierbilder, die an die Fenster geklebt waren, wunderschön, wenn im Haus Licht brannte, während es draußen dunkel war. Es sah geheimnisvoll aus, fast märchenhaft, und das lag an den starken Farben. Markus Svendsen ging in die 2b. Er war ein hübscher Junge, alle sagten, er sehe seinem Vater sehr ähnlich.

Sie hatten ihm erzählt, dass seine Mutter tot sei. *Tot, tot, tot.* Dieses Wort wirbelte durch seine Gedanken, füllte seinen ganzen Körper. Seine Großmutter hatte es ihm sofort gesagt, nachdem es geschehen war. Er war gerade aufgestanden. Sie hatte ihn in eine Wolldecke gewickelt und in die Küche hinuntergetragen. Er hatte ihrem Gesicht ansehen können, wie traurig sie war. Und sie roch auch anders. Der Lastwagen und der Trecker standen vor dem Fenster. Sein Großvater schenkte ihm heißen Kakao ein.

»Markus ... Mama ist tot.« Als sie das gesagt hatte, zerbrach ihr Gesicht. Sie war nicht mehr die Großmutter, die er kannte. Sie setzte sich dicht neben ihn, legte die Arme um ihn, so dass er fast keine Luft mehr bekam. *»Wir werden auf dich aufpassen, Opa und ich. Du brauchst keine Angst zu haben.«* Die Hühner machten in ihrem Stall einen Höllenlärm. Der Hahn schrie. Die Geräusche jagten hin und her, blau und schwarz.

»Sind die Hühner schon aufgewacht, Opa?«, fragte Markus. Vom Küchenboden stieg eine Stille auf, die auf die Stühle übergriff.

»Ich weiß es nicht, mein Junge.«

Bingo bohrte seine Schnauze durch die Wolldecke und leckte ihm die Kniekehle. Sein Schwanz peitschte gegen das Tischbein. Es kitzelte, aber Markus lachte nicht.

»Das wird schon gutgehen.« Die Grußmutter gab ihm auch noch Limonade, zusätzlich zum Kakao, obwohl doch Morgen war.

»Wieso ist sie denn tot?« Die Kaffeemaschine weinte auf der Anrichte.

»Tot«, hatte die Großmutter gesagt, sonst nichts.

Aber er hatte diese Frage noch einige Male wiederholt. *»Wieso denn tot, Oma, wieso tot?«*

Aber das wusste sie nicht. Niemand wusste etwas.

Er dachte an Stiefel. An das braune Kaninchen mit den schwarzen Gummistiefeln, das in der Stadt in seinem blauen Bett auf ihn wartete. Eigentlich war er schon zu groß für dieses Stofftier. Er hatte es zur Großmutter mitnehmen wollen, aber seine Mutter hatte darauf bestanden, dass es in der Stadt auf ihn wartete.

In der ersten Nacht, nachdem die Großmutter gesagt hatte, die Mutter sei tot, konnte er sie in sich hören. Nicht ihre Stimme, denn an die konnte er sich nicht erinnern, aber ihre Geräusche. Das Geräusch, wenn sie sich umdrehte und ging, wenn sie zurückkam, sich neben sein Bett hockte und seinen Kopf streichelte und trotzdem nicht da war. Markus war wieder aufgestanden und hatte die Vorhänge geöffnet. Er hatte sein Gesicht an das Fenster geschmiegt. Es hatte nach kaltem Glas gerochen. In dieser Nacht stand kein Wolf auf dem Hof. Der Mond ruhte sich in den Armen des Hofbaumes aus. Er warf einen ganz besonderen Schatten ins Zimmer. Der Schatten war gelb und gemein.

Auch das Bettzeug roch anders. Und das Haus war ganz still. Nur die eine Wand knackte leise. Ein leises Ticken, ganz plötzlich. Als sitze jemand in der Wand. Jemand, der nicht herauskommen wollte.

Er war einige Tage zu Hause geblieben, aber die Großmutter hatte gemeint, er müsse wieder zur Schule gehen. Markus mochte die Schule ziemlich gern. Auf jeden Fall mehr als früher. Seine Mutter war in der Stadt gestorben. In Oslo, mit den schmutzigen Straßen und dem vielen Verkehr. Die laute Schule, auf die er dort gegangen war, hatte er nicht gemocht. Jetzt hatte er einen besten Freund, der Per Einar hieß. Er wohnte in einem braunen Haus, gleich neben dem Hof, und hatte einen älteren und einen jüngeren Bruder.

Markus spürte den kühlen Luftzug an seiner runden Wange. Die Kälte lag wie eine graue, feuchte Wolldecke über der Landschaft. Seine Großmutter war noch nicht so alt. Nicht wie die von Per Einar. Die war so alt, dass sie im Altersheim wohnte und dünne Hände mit braunen Flecken und blauen Adern hatte.

Markus hatte sie einige Male besucht. Per Einar behauptete, sie sei fast tot. Sie hatten an ihrem Herzen horchen dürfen. Markus hatte sein Ohr an ihre Brust gelegt und gelauscht. Die Großmutter roch nach Zucker und Schweiß. Und auf ihren Schultern lag etwas Weißes, das ihn an einen Schleier erinnerte. Er hatte von ihrem Herzen ein schweres, flaches Geräusch gehört. Es gehörte nicht richtig zu ihr, es existierte irgendwie nicht. Per Einars Großmutter war fast tot.

Markus öffnete die schwere Tür und betrat den Flur. Die Stunde hatte schon angefangen. Er streifte seine Jacke ab. Er hörte Geräusche: *Atem und Lachen, Stille und Lärm, Waschgeräusche, Summgeräusche und Lächelgeräusche.* Die Augen der Mutter würden nie mehr sehen. Ihre Ohren nie mehr hören. Alles war jetzt zu klein. Für immer.

Sveinung kam ihm entgegen, als er die Tür öffnete. Außer ihm unterrichtete noch eine Lehrerin. Sveinung und Trine. Manchmal gaben sie eine Stunde zusammen, manchmal allein. Markus spürte, wie alle ihn ansahen. Er starrte auf den Boden. Sveinung Larsen hob ihn hoch und drückte ihn an sich. Niemand lachte. Der Lehrer war erst dreiundzwanzig. Markus mochte ihn sehr. Er roch nach frischer Luft und nach Seife. Er hatte blonde Locken und kleine, runde Brillengläser und trug Jeans.

Geräusche und Lärm der Stadt strömten ihm entgegen. Eine Gegend tauchte vor seinem inneren Auge auf, braun und grau. Einsam. Die Menschen, die auf ihn zufluteten, waren Fremde. Johnny Svendsen hatte sich noch nie so gefürchtet. Er lief neben sich. Vorbei an allen Menschen, versuchte jeglichen Blickkontakt zu vermeiden. Einmal lag ein alter Mann auf dem Bürgersteig. Er war gestürzt, jemand hatte eine Decke über ihn gebreitet und saß jetzt neben ihm und wartete auf den Krankenwagen.

Niemand konnte Johnny Svendsen das Zusammensein mit seinem Sohn verweigern. Schon gar nicht jetzt, da die Mutter tot war. Die unendliche Wut, die sich in ihm angesammelt hatte, war jetzt dabei, zu einer alles verschlingenden Angst zu zerfließen.

Bjørn Tore hatte es ihm an den Kopf geworfen und dabei die Pistole geschwenkt. »Du hast Ester umgebracht, du Mistkerl.« Er hatte auch die Schlagzeilen in den Zeitungen gesehen. Das Wochenende war die Hölle gewesen. Er hatte sich unter den Brücken unten am Akerselv und in einem Abbruchhaus versteckt. Jetzt musste er zusehen, dass er fortkam. Die Kälte riss an seinem Leib. Es war Montag, der 10. Januar.

Beim Rådhusplass wollte gerade eine Frau in einen roten Toyota einsteigen. Sie hatte vorher noch das Eis von den Scheiben gekratzt. Johnny Svendsen überlegte nicht lange. Zielstrebig steuerte er auf die Frau zu, trat dicht an sie heran und bat sie um ihren Autoschlüssel. Sie drehte sich verwirrt um. Er stand so nah vor ihr, dass ihr Atem über sein Gesicht huschte. Der Kragen ihres Pelzmantels kitzelte ihn am Kinn. Ihre Augen veränderten sich, wurden dunkel und füllten sich mit Tränen. Dieser Anblick gefiel ihm. Die Angst anderer erheiterte ihn.

»Die Wagenschlüssel«, sagte er noch einmal und zeigte ihr die Pistole, die er in der Hand hielt.

Er fuhr in dem roten Toyota in Richtung Østfold. Ein Jahr zuvor hatte die Polizei von Fredrikstad es ihm untersagt, sich Markus weiter als auf dreihundert Meter zu nähern. Ester Synnøves Eltern hatten einem Psychologen eingeredet, der Junge habe schreckliche Angst vor seinem Vater. »Bis auf weiteres«, hatte in der Anordnung gestanden. Er hatte dieses Verbot mehrere Male übertreten. Der Junge schien sich immer zu freuen, wenn er ihn sah. Und jetzt wollte er ihn zu sich holen.

Esters Eltern hatten ihren Willen durchgesetzt. Er wurde gejagt und vielleicht bildeten sie sich ein, der Junge gehöre jetzt ihnen. Johnny Svendsen lachte kurz. Sie hatten es schon immer auf ihn abgesehen. Hatten herumgenörgelt, er sei nicht gut genug, sei faul und unzuverlässig. Unzuverlässig, meine Güte, gerade er. Wenn hier jemand unzuverlässig war, dann sie. Ester hatte ihn verlassen. Nicht umgekehrt. Er hatte sie nie betrogen. Nie. Sie waren an allem Schuld, Ester Synnøve und die Schwiegereltern. Sie hatten ihn schließlich in den Wahnsinn getrieben. Ester hatte nie einen unzufriedenen Eindruck gemacht. Aber wenn er sich das genauer überlegte, dann war sie in der letzten Zeit, in der sie zusammengelebt hatten, ziemlich unmöglich gewesen. Hatte wegen nichts geweint, war ihm ausgewichen, hatte am Telefon geflüstert.

Eines Tages war sie dann verschwunden gewesen. Das Reihenhaus war leer und dunkel. Sie hatte fast alle Möbel mitgenommen. Er hatte zwei Tage lang nach ihr gesucht, hatte alle Bekannten angerufen, ihre Familie, Speditionen, die Bank, Markus' Schule. Alle. Aber die beiden waren spurlos verschwunden.

Als ihm aufging, dass sie sich eine geheime Adresse und eine geheime Telefonnummer besorgt und ihm Markus damit entzogen hatte, war in seinem Gehirn etwas explodiert. Er liebte sie nicht mehr. Jetzt hasste er sie. Sie war seine größte Feindin.

Ihr Vater hatte ihn aufgesucht. Er war sehr kurz angebunden gewesen, fast bedrohlich. Er hatte ihm geraten, Ester Synnøve und Markus in Ruhe zu lassen.

Die Muskeln in seinem Gesicht spannten sich. Die Kopfschmerzen wanderten hinter seiner Stirn. Ester war daran schuld, dass alles so gekommen war. Sie waren eine Einheit gewesen, ehe sie sich von ihm weggeschlichen, ihm seinen Sohn gestohlen hatte.

In der letzten Zeit, bevor sie ihn verlassen hatte, hatte sie ihn bewusst provoziert. Ein einziger Blick von ihr hatte in ihm eine wahnwitzige Wut entfachen können. Und ihr Verhalten hatte ihn dazu gebracht, sie zu schlagen.

Seine Persönlichkeit war von dem scheinbar ruhigen Familienleben in Schach gehalten worden. Erst als ihm aufgegangen war, dass Ester Synnøve ihn wirklich verlassen wollte, war sein gefährliches Ich an die Oberfläche getreten. Am Ende hatte sein geringes Selbstbewusstsein, gut verborgen unter einer frechen, redseligen Fassade, die Kontrolle übernommen und die weiteren Spielregeln festgelegt. Und für den Rest konnte sie sich bei sich selbst bedanken.

Es hatte ihm nicht gepasst, wenn sie Freundinnen besucht hatte. Wenn er nur hätte sicher sein können, dass es wirklich Freundinnen waren. Er hatte Monate hindurch mit einem Gefühlschaos kämpfen müssen, ehe sie dann ihre Drohungen in die Tat umgesetzt hatte. Das war jetzt fast zwei Jahre her.

Zweimal hatte er sie gefunden. Er hatte nur mit ihr reden wollen. Er hatte sie zwar einmal zu Boden gerissen, gleich hinter einer Bushaltestelle, aber nur, weil sie bei seinem Anblick losgekreischt hatte. Er war weggelaufen und dann hatte die Polizei ihm telefonisch mitgeteilt, er dürfe sie nicht mehr aufsuchen.

Johnny Svendsen lenkte den roten Toyota auf die linke Spur und jagte an einer Reihe von Wagen vorbei. Dann fuhr er wieder auf die rechte Spur, vor einen Lastzug. Plötzlich sah er sich die Straße entlanggehen. Einsam, mit hängenden Armen. Er hörte in Gedanken Stimmen. Er hörte seinen alten Klassenlehrer, hörte das jämmerliche Weinen der Tante, wenn sie ihn bat, sich anständig zu benehmen, er hörte auch Esters Eltern und den Unterton in allem, was sie sagten.

»*Alles ist nur Johnnys Schuld.*« Die Stimmen gingen in seinem Kopf in einen schrillen Ton über. Und der vermischte sich mit einem dunklen Trauergefühl. Er hatte den Halt verloren. Zwischen den Bäumen sah er den grauen Winternebel, der langsam über den Boden kroch.

Seine Hände umklammerten das Lenkrad. Aus dem Autoradio dröhnte die Musik. *Trying to smile but the air is so heavy and dry. Strange voices are saying ...*

Cato Isaksen beugte sich vor und drückte auf den Aus-Knopf.

»Grausig«, sagte Randi Johansen. »Ace of Base ...«

Sie saßen in dem blauen Opel Corsa. Randi Johansen wählte auf ihrem Handy eine Nummer. Cato Isaksen steuerte den Stadtteil Tøyen an, wo das Frauenhaus gleich beim Schwimmbad lag. Randi Johansen sprach mit ihrem Mann. »Ich versuche, heute ein bisschen früher zu kommen«, sagte sie.

Der Kommissar fluchte. Es war Montag, der 10. Januar. Von nun an würden andere Saiten aufgezogen werden. Bisher war der Fall Ester Synnøve Lønn in den Zeitungen nur kurz erwähnt worden. Aber jetzt durfte das Eisenbahnunglück einen Tag pausieren. *Exmann gejagt.* Stand auf der Titelseite der VG. Dagbladet dagegen teilte mit: *Polizei rührt keinen Finger.*

Unmittelbar neben dem anonymen Torweg fanden sie einen Parkplatz. Tiefe Abdrücke in den alten Pflastersteinen deuteten an, dass zur Not auch drinnen geparkt werden konnte.

Die Tür war noch immer dunkelrot, wie ein warmes Herz im vielen Grau.

Randi Johansen drückte auf die Messingklingel. Auf der rechten Seite war am Türrahmen eine Gegensprechanlage angebracht.

Der Baum auf dem Hinterhof war in den vier Jahren seit Cato Isaksens letztem Besuch ein wenig gewachsen. Der schmale Streifen von verwelktem gelbem Gras war von einer grauen Eisschicht bedeckt.

Sonja Pettersen öffnete. Sie lächelte kurz und bat ihre Gäste herein. Sie war älter geworden, ihre Gesichtszüge schärfer. Die Frau sah müde aus.

In der hellen Diele duftete es nach Kaffee. Noch immer hing das IKEA-Plakat an der Wand. Rote und lila Herzen, aber auch braune, blaue und gelbe.

»Kommen Sie doch herein.« Sonja Pettersen zeigte ihnen die Garderobe. »Wir haben im Moment nicht so viele hier«, sagte sie. »Weihnachten ist Hochsaison, aber jetzt sind die meisten wieder nach Hause gegangen. Leider«, fügte sie hinzu und legte die Hand auf ihr Herz.

»Wir setzen uns in die Küche.« Sonja Pettersen stellte drei Kaffeetassen auf den Tisch.

Randi lächelte. »Dieselben Tassen, wie ich sehe.«

»Sie waren damals auch hier?«

Randi nickte. »An diese blauen Tassen kann ich mich sehr gut erinnern, ich fand sie so schön.«

Cato Isaksen setzte sich an das kurze Tischende. An dem großen Kiefernholztisch hatten viele Personen Platz.

Sonja Pettersen schloss die Tür. Cato Isaksen betrachtete eines der kleinen Bilder an der Wand. Es zeigte eine große dicke Frau, die mit triumphierender Miene auf einem dünnen Mann saß.

In einem anderen Zimmer fing ein Kind an zu weinen. Sonja Pettersen schenkte heißen Kaffee ein. »Wie geht es denn Sigrid?«, fragte sie.

»Gut.« Cato Isaksen spürte, wie ihm heiß wurde. Er schämte sich dessen, was passiert war, als er Sigrid verlassen hatte. Sonja Pettersen war damals sehr böse auf ihn gewesen, aber das ließ sie sich jetzt nicht anmerken.

»Ich habe seit einem Monat nicht mehr mit ihr gesprochen«, sagte sie. »Aber Hamza wirkt doch sehr sympathisch. Und es ist sicher auch schön für dich, dass er sich so gut um Georg kümmert, meine ich.«

Cato Isaksen nickte. Sigrid und ihr neuer Freund hatten eine kleine Tochter. Sie war jetzt wohl fast ein Jahr alt. »Er ist schon in Ordnung«, sagte der Kommissar knapp. »Kannst du uns kurz von deiner Begegnung oder deinen Begegnungen mit Ester Synnøve Lønn erzählen?«, fragte er.

»Sie war zweimal hier.« Sonja Pettersen setzte sich eine heftig gefleckte Hornbrille auf, schüttelte resigniert den Kopf und legte die Handfläche auf die Unterlagen, die sie vor sich hatte. »Es ist einfach entsetzlich, dass er es wirklich getan hat.«

»Das wissen wir noch nicht sicher«, sagte Cato Isaksen ruhig. »Aber wir haben ihn absolut im Auge.«

»Ich habe meine Notizen hier«, erklärte Sonja Pettersen viel sagend und hob ihre gepflegte Hand mit den unlackierten Nägeln.

Vor ihr lag ein mit blauer Handschrift gefüllter Bogen.

»Wann war sie hier?«

»Ester Synnøve Lønn hat sich zum ersten Mal vor anderthalb Jahren an uns gewandt. Sie hat nicht hier gewohnt, sie wollte sich nur juristischen Rat und moralische Unterstützung holen. Ich habe der Polizei einen Brief geschrieben, der niemals beantwortet wurde. Dann war sie kurz vor Weihnachten noch einmal hier, am neunzehnten Dezember. Am einundzwanzigsten habe ich mich wieder an die Polizei gewandt und um einen Termin gebeten, um für sie ein Alarmgerät zu beantragen. Sie hatte sich ein Jahr lang verstecken können, aber dann stand ihr Exmann plötzlich vor ihrem Arbeitsplatz. Sie geriet in Panik und wandte sich wieder an uns. Sie war bereit, weit wegzuziehen, wenn sie nur ihren Sohn mitnehmen könnte. Der wohnt im Moment ja bei ihren Eltern.«

Cato Isaksen nickte ernst.

»Viele Frauen leben so wie sie. Sie haben alles aufgegeben und kommen mit nur wenigen Habseligkeiten zu uns. Für die Kinder ist das entsetzlich. Im vergangenen Jahr wurden allein in Oslo fast zweihundert Kinder registriert, die mit ansehen mussten, wie ihr Vater die Mutter misshandelte. Und das ist nur die Spitze des Eisbergs. Die Angst vor Misshandlungen versetzt die Kinder in konstante psychische und physische Alarmbereitschaft. Viele zeigen wirklich dieselben Symptome wie Kriegskinder: posttraumatischen Stress. Das kann ihre sozialen und kognitiven Fähigkeiten extrem schwächen. Sie entwickeln unterschiedliche Strategien, sie verdrängen, sie leugnen, sie verwechseln Handlungsabläufe. Ich bin Markus nie begegnet, aber Ester Synnøve hat erzählt, dass er sich in der letzten Zeit, in der sie noch mit dem Vater zusammenlebten, in sich selbst zurückzog und fast apathisch wurde. Ein besonderes Erlebnis festige in ihr dann den Entschluss, ihren Mann zu verlassen. Markus war spätabends nach einem heftigen Zusammenstoß zwischen seinen Eltern in eine Art Koma gesunken. In dieser Nacht schlief er mit offenen Augen. Er war wie erstarrt und seine Haut war weiß und feucht. Die Mutter wollte ihn ins Krankenhaus bringen, aber Johnny Svendsen ließ das nicht zu. Worauf sie beschloss, ihn zu verlassen. Einige Tage später packte sie dann, als ihr Mann bei der Arbeit war, nahm Markus und ging. Ihr Vater und ihr Bruder haben ihr dabei geholfen.«

Cato Isaksen rutschte unruhig hin und her.

»Ester Synnøve Lønn hatte das Gefühl, seit sie vierzehn Jahre alt war, ein Besitzstück ihres Ehemanns gewesen zu sein.« Sonja Pettersen schüttelte resigniert den Kopf. »Sie war völlig niedergeschlagen und sehr unglücklich. Aber ich stecke ja bis zum Hals in solchen Schicksalen«, seufzte sie. »Eigentlich habe ich das alles satt«, sagte sie frustriert. »Das Ganze wirkt so hoffnungslos bei dieser Arbeit. Ich habe es so satt, zu flüstern und zu trösten und zu lachen und aufzumuntern. Viele glauben, dass ich Männer hasse«, fügte sie hinzu. »Und dieser Stempel ist auch eine Last. Manchmal halte ich es einfach nicht mehr aus. Dann fahre ich nach Italien.« Sie lächelte. »Da gibt es Blumen in schönen

Farben und diese ganz besonderen Pinien und in der Ferne sieht man das Meer schimmern. Ich koche leckere Mahlzeiten und trinke Wein.« Plötzlich lächelte sie. »Verzeihung, Cato«, sagte sie dann.

Der Kommissar erwiderte ihr Lächeln. Es freute ihn, dass sie ihn beim Vornamen nannte. Eigentlich machten Frauen wie Sonja Pettersen ihm Angst.

»Ich möchte irgendwann Sigrid und die Kinder mitnehmen«, sagte sie. »Wie findest du die Idee?«

»Klingt gut«, sagte er.

»Läuft es gut mit dir und Bente?«

»Ja«, sagte er kurz.

»Deine Ex war also doch die Richtige?«

Er erwiderte ihren neckenden Blick. »Ja«, sagte er entschieden. »Aber glaub ja nicht, es sei mir damals leicht gefallen, Sigrid zu verlassen.«

»Das weiß ich«, sagte Sonja Pettersen ernst und erhob sich noch einmal. »Aber ihr habt einfach nicht zueinander gepasst. Verzeihen Sie die Unterbrechung«, sagte sie, holte die Kanne und schenkte Randi Johansen nach. Dann setzte sie sich wieder.

»Meinst du, du könntest uns im Fall Ester Synnøve Lønn weiterhelfen?«, fragte Cato Isaksen.

Sonja Pettersen stand wieder auf. »Ich habe ein paar Briefe von ihr an mich.« Sie verschwand in ihrem winzigen Büro und holte einige Unterlagen. Der Ermittler sah sie ungeduldig an.

Sie seufzte und blätterte in den Briefen. Zog einen hervor und überflog ihn. »Anfangs gefiel es ihr«, sagte sie dann, dass dieser Johnny«, sie schaute kurz auf den Briefbogen in ihrer Hand, »sie so behandelte, als ob sie ihm gehörte. Sie wissen doch, wie Mädchen in diesem Alter sein können. Er sah sehr gut aus und sie war stolz darauf, dass er sich für sie entschieden hatte. Von vielen Freundinnen wurde sie beneidet. Aber sie war eben erst vierzehn, als das alles angefangen hat. Das ist doch der pure Wahnwitz. Die Gefühle gingen langsam in etwas anderes über, aber erst mit vierundzwanzig, als sie schwanger wurde, stellte sich der große Unterschied ein. Er veränderte sich nachhaltig, wurde kindisch, trotzig und eifersüchtig. Er interessierte sich nicht für ihre Schwangerschaft, sie sagt, er habe sich vielmehr über sie lustig gemacht, wenn sie für das Kind einkaufte oder darüber sprach. Sein Sexinteresse war enorm. Er zwang sie dazu, noch wenige Tage vor der Geburt. Außerdem versuchte er, sie zu isolieren. Wollte nicht, dass sie ihre Eltern auf dem Hof in Østfold oder ihre beste Freundin besuchte, wie hieß die doch noch gleich ...« Sonja Pettersen suchte den Namen im Brief.

»Lise Sommer«, sagte Cato Isaksen. »Wir haben schon versucht, sie zu erreichen.«

»Ja, richtig«, sagte Sonja Pettersen und berichtete dann weiter. »Kurz gesagt, er misshandelte sie immer stärker. Sie hat erzählt, dass er auch manchmal lieb war, wie sie das nannte. Das provoziert mich mehr als alles andere«, sagte sie, »dass Männer als lieb gelten, nur weil sie sich normal verhalten. Ester Synnøve Lønn zählt zu den Frauen, die glaubten, es werde ihnen gelingen, ein neues Leben anzufangen. Sie rief nicht dauernd um Hilfe, aber sie war zu Tode verängstigt, als er ihre Wohnung verwüstet hatte. Unmittelbar danach zog sie um, aber er fand sie auch in der neuen Wohnung, vor anderthalb Jahren, im Sommer. Sie zeigte ihn noch zweimal an. Zuletzt jetzt im Dezember. Er hatte gedroht, sie umzubringen. Er hatte ihren Arbeitsplatz ausfindig gemacht. Ich versuchte, ihr zu helfen, indem ich mich an die Polizei wandte, um ihr ein Alarmgerät zu besorgen. Ich habe mit einem sehr sympathischen Beamten gesprochen, der der Sache nachgehen wollte. Aber na ja ... Johnny Svendsen hat gewonnen.«

Die Kinder rannten auf den Schulhof hinaus. Die Farben ihrer Daunenjacken verschwammen miteinander. Für einen Augenblick drehte sich alles vor Johnny Svendsens Augen. Er hatte den roten Toyota halbwegs hinter einer Mülltonne versteckt. Sein Magen knurrte. Er hatte seit dem Vortag nichts mehr gegessen. Er hatte es einfach vergessen. Er hatte nur einen Gedanken im Kopf gehabt. Markus.

Er versuchte normal zu atmen. Aber seine Lunge schmerzte, vor Angst, Ungeduld und Wut.

Die Schule von Enger war ausgebaut worden. Der neue Teil umgab den alten. Die Schülerzahl war gewachsen, als die beiden neuen Wohnsiedlungen angelegt worden waren. Johnny hatte diese Schule vor vielen Jahren selbst besucht. Und Ester auch, damals hatten sie einander doch kennen gelernt. Er dachte an sie an ihrem ersten Schultag, mit Zahnlücken und Zöpfen.

Er schloss für einen Moment die Augen. Seine Lider schmerzten vor Müdigkeit. Plötzlich sah er sie vor sich. Drei Tische vor ihm, eine Reihe weiter links. Ihre Haare, ihren Nacken und ihren Rücken. Er wusste auch noch, wie sie beim ersten Mal nackt ausgesehen hatte. Zuerst hatte er sie dazu gebracht, die Hand auf sein Geschlecht zu legen. Diese Berührung hatte ihn in Ekstase versetzt. Dann hatte er sie überredet, sich auszuziehen. Sie hatte nicht gewollt, aber er hatte sie überredet. Er hatte schon damals gewusst, dass sie zusammengehörten. Ester mochte ihn. Sie sah ihn nicht so traurig an, wie seine Tante das tat. Er dachte daran, wie seine Tante ihn mit ihrem gierigen sabbernden Mund geküsst hatte, wenn andere in der Nähe waren. Sie hatte ihn auf die Wangen geküsst, um zu zeigen, wie lieb sie ihn hatte, trotz allem. Sie roch immer nach Äpfeln, nach Äpfeln und Wachs. Er wollte nicht an seine Tante denken.

Die Lehrerin, die die Hofaufsicht hatte, war informiert worden. Sie sollte nach etwas Ausschau halten. Nach einem dunklen Mann, einem fremden Auto.

Die Pause war zu Ende. Die Kinder strömten ins Gebäude, liefen die Treppen hoch. Johnny Svendsen ließ sich im Sitz zurücksinken. In der nächsten Pause wollte er ein Stück weiter vorfahren. Er schlief zehn Minuten, dann fuhr er aus dem Schlaf hoch. Hinter dem Schulhaus ahnte er den weißen, vereisten Acker. Er dachte an den Sommer und ertappte sich dabei, wie er das alles vermisste. Die ockergelben endlosen Felder. Das reife Korn, erfüllt vom stillstehenden Sonnenlicht, vom Wind bewegt, Ester, jung und lebendig, seine Tante, wie sie eben war. Auch darin hatte eine Art Geborgenheit geruht. Im Alltag, den Monaten, den Jahren. In der Zeit, die zu Ende war.

Markus sah das Auto sofort, als er den Schulhof betrat. Er lief sonst gleich zum Klettergestell und kraxelte hinauf. In seinem Magen kitzelte es, wenn er nach unten schaute. Da saß er dann, hoch oben, und verfolgte alles, was passierte. Manchmal ließ er sich los und hing dann nur noch an den Beinen. Seine Kniekehlen taten dabei weh, aber er fiel nicht herunter. Er sah die Gesichter unter sich. Augen und Nasen, auf den Kopf gestellt.

Jetzt zog er sich die große handgestrickte Wollmütze tiefer über die Ohren und starrte das rote Auto an. Ehe er an diesem Tag zur Schule gegangen war, hatte er im Spiegel seinen verzerrten Mund gesehen. Er sah anders aus als sonst. Der Spiegel zeigte ihm nicht das Bild, das er sonst immer sah. Markus war irgendwie nicht mehr Markus.

Die vielen Kinder lösten sich langsam voneinander und verteilten sich über den großen Schulhof. Die Lehrerin bemerkte die

Schnauze des Autos nicht, die hinter dem Müllcontainer hervorlugte. Markus hörte das laute Rufen der anderen. Hörte Stimmen, Lachen, aber alles verstummte in seinen Ohren. Sein Vater hatte das Fenster heruntergekurbelt und sah ihn jetzt an. Markus begegnete seinem Blick. Dann tat er genau das, was ihm verboten worden war. Seine Großmutter erinnerte ihn jeden Tag daran. *»Du weißt, wovor du dich hüten musst. Du weißt, warum?«* Er nickte dann immer und sagte ja. Das hatte er auch an diesem Morgen getan, er hatte genickt, sein Pausenbrot eingepackt und ja gesagt.

Ob der Vater wusste, dass die Mutter tot war? *»Es geht ihr gut. Jetzt, wo sie nichts ist, geht es ihr gut.«* In Gedanken hörte er die Stimme seiner Großmutter.

Markus hatte die kleine Treppe, die zum Parkplatz hinunterführte, fast erreicht. Er legte die Hand auf das kalte Geländer und schloss für einige Sekunden die Augen. In der Dunkelheit vor seinen Lidern sah er seine Mutter. Ihr Gesicht flimmerte als Goldfunken einige Sekunden lang hin und her, dann löste es sich auf und war verschwunden. Er hatte einen Traum gehabt, in dem sein Vater ein brauner Wolf mit großen Zähnen gewesen war.

Als er das Auto fast erreicht hatte, blieb er für einen Moment stehen. Seine Stiefel drückten schwer auf den grauen Boden. Wenn es nun stimmte, dass sein Vater böse war? Die wütende Stimme hatte sich durch die Wohnung gefressen. In das Kinderzimmer mit Markus und dem Bett und dem Kaninchen und allem anderen, war die Treppe hinuntergerollt und leblos auf dem Boden liegen geblieben. Das eine Zimmer füllte das andere. Der Vater hatte auch geschlagen, seine Hand war wie ein wütendes Tier in der Luft gewesen.

Jetzt lächelte der Vater ihn an. Markus hätte gern geweint, lächelte aber auch. Sein Mund tat dabei weh, doch er lächelte.

Die Lehrerin schaute über das unruhige Kindermeer hinweg. »Setzt euch«, mahnte sie mit lauter Stimme. »Und seid jetzt bitte still.«

Sveinung Larsen betrat das Klassenzimmer. Er sah es schon, ehe alle sich gesetzt hatten, ehe Stühlescharren und Geplapper verstummt waren. Markus' Tisch war leer. Er und seine Kollegin wechselten einen Blick. Trine Heier lief zwischen den Tischen hindurch zur Tür und riss sie auf. Trat auf den Flur hinaus und schaute sich in beiden Richtungen um. Sah nur Reihen von Mänteln und unordentliche Haufen aus Stiefeln. Nahm den Geruch von feuchter Kleidung und nassen Kindern wahr, der in der Luft hing. Die scharfe Stimme des Lehrers im Klassenzimmer gegenüber drang durch die verschlossene Tür.

Sie ging zurück in die Klasse. Schloss leise die Tür, fuhr sich zweimal über die Stirn und bat Per Einar, nachzusehen, ob Markus vielleicht auf dem Klo sei. Der bester Freund des Jungen nickte und sprang auf. Die anderen Kinder schlugen ihre Rechenhefte auf. Trine Heier rief zwei Mädchen zur Ordnung, die lachten und mit einer Haarspange Fangen spielten. Die Kinder spürten die Angst, die das Gesicht ihrer Lehrerin erstarren ließ.

Per Einar kam zurück und teilte mit, Markus sei nicht auf dem Klo.

Trine Heier schaute ihren Kollegen an. Sveinung Larsen verschränkte nervös die Arme.

Ein Mädchen zeigte eifrig auf. »Er hat sich in ein rotes Auto gesetzt. Das hab ich gesehen. Vor langer Zeit, ganz am Anfang der Pause.«

»Emilie, bist du ganz sicher?«

Trine Heier spürte, wie ihr Herz loshämmmerte.

Emilie nickte und zog nervös ihre Unterlippe in den Mund. »Das habe ich gesehen«, sagte sie noch einmal.

»Hast du gesehen, wer das Auto gefahren hat? Das war nicht seine Oma oder sein Opa?«

Das Mädchen schüttelte den Kopf. »Das war ein Mann. Das Auto war rot, es stand unten auf dem Parkplatz hinter dem Container.«

Die braunen Felder waren gefroren und von einer dünnen weißen Reifschicht bedeckt. Markus saß in dem roten Auto auf dem Vordersitz, neben seinem Vater. Hinten war ein Kindersitz angebracht. Daneben lag ein abgegriffener Teddy.

Der Wagen fuhr über die schmale Straße. In seinem Kopf saß ein großer brauner Fleck. Wann flogen die Toten in den Himmel? Vor dem Fenster segelte die Landschaft vorbei. Per Einars Haus verschwand hinter der Kurve. Und auch der Laden, bei der Hauptstraße, wo Tante Erna-Oma arbeitete, und Marions grünes Haus. Alles zusammen segelte vorüber, schien davonzugleiten und zu verschwinden.

»Ich musste dich einfach sehen. Wir waren schon so lange nicht mehr zusammen.« Johnny Svendsen lächelte seinen Sohn an, wurde aber zugleich von einer tiefen Traurigkeit überwältigt. Er schloss für einen Moment die Augen. Er konnte jetzt nicht anhalten.

Markus ließ die Beine hin und her pendeln, hin und her. Er dachte daran, was der Vater mit der Mutter gemacht hatte, er hatte sie geschlagen und an den Haaren gezogen. Hatte Wein über ihr ausgegossen und sie getreten. Markus spürte, wie ihm innerlich ganz heiß wurde. Er schluckte den Speichel hinunter, der sich in seinem Mund angesammelt hatte, aber es kam immer wieder neuer dazu. Seine Mütze war ihm fast über die Augen gerutscht. Vorsichtig schob er sie höher. Die ganze Zeit starrte er seine Beine an, die hin und her pendelten, und die Cherrox, die blau waren, mit schwarzen Augen und vorne einer weißen Zahnreihe.

Markus sah, dass das Wasser im Bach in einen dünnen Eisschleier gehüllt war. Im vergangenen Sommer hatten er und Per Einar am Bach gespielt, an einer Stelle zwischen Weg und Wasser. Es hatte genieselt, hellgrüne durchsichtige Tropfen. Ganz kleine. Sie hatten gehört, wie die Blätter den Regen gefangen hatten. Irgendwo hatte ein dünnes, zerrissenes Spinngewebe gehangen. Die Birkenblätter zitterten und bebten unter dem Gewicht der Tropfen, sie waren groß und mussten von mehreren Tropfen bedrängt werden, ehe sie sich in hartem Rucken bewegten. An den Tannennadeln hingen die Tropfen wie Tränen.

Markus hatte Per Einar angesehen. Das grüne Blattlicht hatte seine Augen schmaler gemacht. Dann hatte er an seinen Vater gedacht. Eine schwarze Spinne saß wartend in ihrem zerfetzten Netz. Ein toter blanker Fisch, den sie geangelt hatten, lag zwischen ihnen auf dem Boden.

Markus hatte versucht, auf den Ahornbaum zu steigen. Weil das Gesicht seines Vater ihm in seinem Kopf zugelächelt hatte. Und weil er sich nach ihm sehnte. Es war ungezogen von ihm, sich nach seinem Vater zu sehnen. Doch auf halber Höhe war er abgeglitten und zu Boden gefallen. Seine Handgelenke taten weh. Seine Handflächen waren verschmiert von feuchter Erde und hinter seiner Stirn zitterte ein harter, fremder Schmerz.

Der Vater beugte sich ein wenig vor, durchwühlte die Tasche seiner Lederjacke nach seinen Zigaretten und fand sie dann endlich. Er schob sich eine in den Mund und steckte sie mit dem Zigarettenanzünder an.

Der graue Rauch füllte das Auto. Markus hustete nicht. Er musterte die Hände seines Vaters, die das Lenkrad umklammerten. »Die Wunde musste genäht werden«, sagte er. Er starrte noch immer seine blauen Stiefel an. Dann kniff er für einen Moment die Augen zusammen, damit sie nicht brannten und ihm keine Tränen übers Gesicht liefen.

»Wann denn?« Johnny sah ihn an und lächelte seltsam. »Welche Wunde denn?«

»Die hier.« Markus zog sich die Mütze vom Kopf und schob seinen feuchten Pony zur Seite. Johnny schaute einen Moment die Straße an, dann blickte er auf seinen Sohn hinab.

»Wie ist das denn passiert?«

»Ich bin auf einen Baum geklettert. Ich wollte ganz nach oben, aber dann bin ich abgestürzt«, sagte er.

Ellen Grue hatte soeben die vorläufige Tatortbeschreibung und den vorläufigen Obduktionsbericht auf den Tisch gelegt. Roger Høibakk und Cato Isaksen sahen sie gespannt an.

»Johnny Svendsens Fingerabdrücke sind auf der Außenseite von Ester Synnøve Lønns Wohnungstür identifiziert worden. Auf dem Türblatt, am Rahmen und auf der Klinke. Sie sind mit den Abdrücken in der Wohnung in der Sofies Gate verglichen worden«, sagte sie.

Roger Høibakk lächelte triumphierend. »Svendsen war also am Tatort. Er hat auf der Tür, am Rahmen und auf der Klinke seine Fingerabdrücke hinterlassen. Johnny Svendsen ist unser Mann. Jetzt müssen wir ihn nur noch finden. Und zwar schnell.« Zufrieden ließ er sich auf einen Stuhl sinken und verschränkte die Hände im Nacken.

Die Haare und das restliche biologische Material dagegen konnten nicht so schnell identifiziert werden, doch alle Spuren wiesen unleugbar in dieselbe Richtung.

»Was Ester Synnøve Lønns angeblichen neuen Freund angeht, so haben wir nichts Konkretes gefunden. Bisher handelt es sich nur um eine vage Behauptung ihres Bruders und Rakel Mandals, die meint, am Tatabend nicht Johnny Svendsen gesehen zu haben. Aber ich möchte hinzufügen, dass Frau Mandal eine alte Dame ist und dass wir uns nicht zu sehr an ihren angeblichen Beobachtungen festklammern sollten«, sagte Roger Høibakk.

Ellen Grue berichtete weiter. »Der vorläufige Obduktionsbericht besagt, dass Ester Synnøve Lønn verblutet ist. Der tiefe

Schnitt in den Hals hat ihre Schlagader zerfetzt. Der Todeszeitpunkt wird auf irgendwann zwischen 0.30 und 2.00 Uhr am Donnerstag, dem 6. Januar, angesetzt. Der Schnitt im Hals verläuft uneben. Vermutlich ist kein normales Messer benutzt worden. Falls es sich überhaupt um ein Messer handelte, dann muss es Sägezähne, Rillen oder ähnliches gehabt haben.«

Cato Isaksen ließ sich den Ordner geben und schaute zu ihr auf. Dann öffnete er ihn und zog einen Papierstapel heraus.

»Hier sind auch noch andere Briefe.« Ellen Grue rückte näher an ihn heran. »Einige von ihrer Mutter und andere von einer offenbar sehr guten Freundin, Lise Sommer.«

»Ich habe versucht, sie zu erreichen. Sie ist nie zu Hause. Randi hat ungefähr ein Dutzend Mal angerufen.« Cato Isaksen starrte auf eine Übersicht, eine Kopie von irgendeinem Zeitungsartikel über typische psychopathische Verhaltensweisen. *Wir wollen Macht über andere. Sind oft gerissen, verlogen und manipulierend. Geschickt im Aufspüren der wunden Punkte anderer. Übertreiben Fehler und Mängel der anderen. Haben unsere Gefühlsausbrüche nicht unter Kontrolle. Suchen die Schuld immer bei anderen. Haben kaum oder keine Vorstellung von unseren eigenen Schwächen. Deuten die Umwelt anders als die meisten anderen.*

Der letzte Satz war dick mit Filzstift unterstrichen.

»Deuten die Umwelt anders als die meisten anderen, ja.« Cato Isaksen griff zu einem der Briefe. Ellen Grue beugte sich zu ihm vor. Roger Høibakk musterte die beiden. »Darf ich auch mal sehen?«, fragte er.

Die Kollegin bat ihn um einen Moment Geduld.

Cato Isaksen blätterte in dem Brief. Ellen Grue ließ ihn nicht aus den Augen. »Der ist von der Freundin«, sagte sie.

Er überflog den Text. Der Brief endete mit einem Versprechen: *Wir werden immer zusammenhalten. Egal, was passiert. Johnny darf nicht zwischen uns kommen. Ich werde ihm sagen, dass ich nichts mehr mit ihm zu tun haben will. Aber ich muss zugeben, dass das nicht leicht ist. Johnny ist ja schließlich Johnny.*

Der Brief war unterschrieben mit Lise.

Der Kommissar legte den Brief auf den Tisch. Er war vor zwei Jahren datiert. »Wir müssen diese Lise Sommer einfach finden«, sagte er.

Ellen Grue nickte. »Wann werden wir Johnny Svendsen öffentlich zur Fahndung ausschreiben?«

»Wir müssen noch etwas warten«, sagte Cato Isaksen. »Wir kriegen ihn sowieso. Er sitzt schon so gut wie in der Zelle.« Ein Anruf für Roger Høibakk wurde gemeldet und er verließ den Raum.

Als Abteilungsleiter musste Cato Isaksen eine Eilbesprechung einberufen.

»Danach könnten wir doch irgendwo ein Glas Wein trinken«, sagte er, als Ellen Grue gerade gehen wollte.

Sie drehte sich zu ihm um und lächelte. »Aber wieso denn eigentlich?«, fragte sie.

Er zuckte kurz mit den Schultern.

»Wir haben doch alles gesagt, Cato.« Sie lächelte eins ihrer seltenen strahlenden Lächeln. »Du schuldest mir nichts. Und ich schulde dir auch nichts«, sagte sie.

Gleich darauf kam Roger Høibakk wieder hereingestürzt. »Eine Frau hat einen Autodiebstahl gemeldet. Die Beschreibung des Täters passt genau auf Johnny Svendsen – dunkler Typ mit Lederjacke, hat sie mit der Pistole bedroht. Heute Morgen um zehn vor neun hat er sie dazu gezwungen, ihr die Wagenschlüssel zu gehen, als sie auf dem Rådhusplass gerade ihr Auto aufschließen wollte. Er war beängstigend und aggressiv, die Frau hat nicht gewagt, sich zu wehren. Die Meldung ist vor zwei Stunden eingegangen, aber sie wurde erst jetzt an uns weitergereicht.« Er sah auf die Uhr. Sie zeigte fünf nach drei. »Roter Toyota, Baujahr 98. Kennzeichen KF 96375.«

»Na gut, dann lass danach fahnden.«

Roger Høibakk stand auf und ging zur Tür.

»Ich fahre heute Nachmittag zu den Eltern der Ermordeten«, sagte Cato Isaksen. »Kommst du mit?«

Roger Høibakk schüttelte den Kopf. »Aber frag Asle. Der hat sicher zwei Stunden Zeit.«

Cato Isaksen nickte. Er versuchte gerade Asle Tengs anzurufen, als die Mitteilung hereinkam, dass Johnny Svendsen im Bezirk Fredrikstad offenbar seinen Sohn entführt hatte.

Die Autoreifen fauchten über den gefrorenen Waldboden. Johnny Svendsen stellte den roten Wagen fast im Wald ab, zwischen zwei hohen Bäumen. »Ich habe Angst, dass er sonst gestohlen wird«, sagte er und öffnete das Handschuhfach. Markus sah eine Pistole. Der Vater knallte das Fach wieder zu. Der Junge öffnete die Autotür und stieg aus. Er sah, wie die Räder sich in die dünne Schneedecke gegraben hatten. Draußen war es kalt. Aus seinem Mund quoll Dampf, wie Zigarettenrauch. Er fand auf dem Boden ein Stöckchen, schob es in den Mund und tat so, als sei es eine Zigarette. Die Schatten lagen wie dunkelblaue Finger auf dem schmalen vereisten Weg. Markus dachte an die Wintertiere, die im Wald lebten.

Plötzlich ging dem Jungen auf, dass jetzt etwas Neues begann. Er lief durch den weißen Wald mit den braunen Baumstämmen. Lief und lief hinter seinem Vater her durch eine Trommel aus Kälte, lief mit kleinem, pochendem Herzen.

Am Ende erreichten sie das Meer. Es lag tief unter ihnen, winterkalt und grau. Das Ferienhaus war gelb angestrichen und an manchen Stellen blätterte die Farbe ab. Weiße, verschossene Vorhänge verdeckten die Fenster. Das Haus hatte tote Augen. Auf der heruntergekommenen Veranda waren Gartenmöbel aufeinander gestapelt und mit einer Plastikplane bedeckt. Die Plane wippte auf und ab und schien dabei zu fauchen.

»Hier können wir doch nicht schlafen«, sagte Markus und schluckte. Er lächelte vorsichtig.

Sein Vater hatte den Schlüssel vergessen, deshalb musste er in das Türfenster ein kleines Loch schlagen. Er sagte, er habe das

Haus von einem Freund geliehen und werde das Fenster ersetzen. Dann schob er den Arm hinein und öffnete die Tür. Die Luft, die ihnen entgegenschlug, war feucht und kalt. Aber nachdem der Vater die Vorhänge geöffnet hatte, hatten sie einen schönen Blick auf das Wasser. Johnny Svendsen verschloss das Loch mit einer alten Zeitung.

Markus war müde und hungrig. Im Haus gab es kein Klo, deshalb musste er draußen in den Schnee pinkeln. Tief unten in seinem Bauch verspürte er ein komisches Gefühl, das irgendwie wehtat. Er konnte dieses blöde Haus nicht leiden. Alles hier war so seltsam. Und anders. Hatte einen fremden Klang. In der Wand saßen die Astlöcher und starrten und starrten und starrten. Auf dem Tisch lag ein violettes Häkeldeckchen. Die Sofakissen waren mit lächelnden Mündern bedruckt. Der Teppich war braun und gelb. Oder gelb und braun. Die Lampe auf dem Tischchen sah aus wie ein Helm. Die Bilder an der Wand zeigten fremde Menschen.

Markus fragte sich, wie wohl das Gesicht seiner Mutter aussah. So wie immer oder anders, jetzt, wo sie tot war? Stand ihr Mund offen, hatte sie Tränen in den Augen oder hatte sie die Augen geschlossen? Vielleicht würde sie irgendwann zurückkehren. Er dachte an einen Vogel, den er und Per Einar einmal gefunden hatten. Sie hatten ihn für tot gehalten und ihn in von den Bäumen gerissenen Blättern beerdigt. Aber nach einer halben Stunde hatten die Blätter sich bewegt und der Vogel war verwirrt zweimal auf und ab gehüpft. Danach war er einen Moment still sitzen geblieben, um dann mit leisem Zischen davonzufliegen. Der Vogel war tot und dann wurde er wieder lebendig.

Der Vater fragte, ob er Hunger habe.

Markus nickte und schnupperte an seinen Fingern.

»Ich fahre schnell einkaufen. Du wartest besser hier.«

»Nein.« Der Junge sagte das ganz schnell, ohne nachzudenken, vielleicht würde der Vater jetzt böse werden. Aber das war nicht der Fall, er lächelte. »Ich bin in ein paar Minuten wieder da«, sagte er. »Es geht viel schneller, wenn du hier wartest. Was soll ich dir mitbringen?«

Der Vater war noch so wie in Markus' Erinnerung. Er stand vor dem großen Fenster und war genauso wie früher.

»Wir schlafen hier doch nicht, Papa?«

»Möchtest du Weißbrot? Oder Hamburger?« Johnny Svendsen fuhr sich müde über das Gesicht. Es hatte etwas Trauriges, etwas, das zwischen seinen Augen ruhte, etwas, das zusammen mit dem schweren Winterlicht des Fensters über seine Wangen fiel.

Markus nickte.

»Und Limo?«

Wieder nickte der Junge. Vielleicht hatte auch der Vater dieses schreckliche braune Gefühl im Bauch. Vielleicht taten auch ihm Arme und Beine weh. Oder Kopf und Hände.

Markus sah den Rücken seines Vater auf dem vereisten Weg verschwinden. Seine schwarzen Stiefel waren glatt. Mehrmals drohte er das Gleichgewicht zu verlieren. Er schien in seiner dünnen Lederjacke zu frieren.

Im Haus war es totenstill. Keine tickende Uhr, kein brummender Kühlschrank. Markus öffnete die Tür und ging hinaus. Auch draußen gab es fast kein Geräusch, nur das farblose Wasser tief unten. Es redete so, wie das Meer eben redet. Spülte langsam hin und her und murmelte mit seiner Winterstimme.

Neben der Treppe stand ein spitzer Baum ohne Blätter. Und einige runde Steine lagen unter einer Decke aus weißem und grauem Eis. Markus dachte an seine Großmutter. Wenn er neben ihr stand, konnte er in den Falten ihrer Kleider alles vergessen. Seine Großeltern sagten, er sei ein braver Junge und groß. Das hatten sie auch an dem Tag gesagt, an dem seine Mutter ihn verlassen hatte. An den Tag konnte er sich noch genau erinnern. Die Mutter hatte zugegeben, dass es in der Stadt nicht schön war. Er sollte bei den Großeltern und dem gelben Hund bleiben und eine neue Schule besuchen. »Bis alles wieder gut ist«, hatte sie gesagt.

Markus ging wieder ins Haus. Durch das große Fenster sah er, dass das Licht sich verändert hatte. Es war jetzt hellbraun und grau. An einer Stelle zeigte der Himmel einen dunkelblauen Streifen. Der Junge fragte sich, ob Stiefel ganz allein in der Wohnung der Mutter saß, vielleicht mit den langen Ohren vor den Augen. Er hob die Hände und bedeckte damit sein Gesicht. Stiefel konnte nichts sehen, wenn ihm die Ohren über die Augen hingen. Plötzlich hörte er ein Geräusch. Unter dem Sofa konnte sich ein Wolf verstecken. Er kletterte auf die große Kommode und presste sein Gesicht an die Wand.

Für die Fahrt nach Enger brauchten sie eine Stunde und zwanzig Minuten. Preben Ulriksen war schon vorgefahren, um den Kollegen aus Fredrikstad bei der Suche nach Markus und Johnny Svendsen zu helfen. Cato Isaksen verließ die E 6 und folgte der Bundesstraße 110, bog bei Liane ab und fuhr noch zwei Kilometer, ehe er den Hof der Familie Lønn erreicht hatte.

»Schön hier«, bemerkte Asle Tengs.

Der kleine Hof war sehr gut in Schuss. Das Wohnhaus war frisch gestrichen, kreideweiß mit schwarzem Dach. Die kleine Scheune und die beiden Wirtschaftsgebäude waren rot. Hinter der ebenfalls roten Waschküche war ein Gewächshaus zu ahnen. Auf dem Hof standen ein neuer Golf, ein kleiner Lastwagen und ein alter Traktor. Die neuen Wohnsiedlungen hatten sich von allen Seiten herangefressen, nur hinter dem weißen Wohnhaus erstreckten sich noch immer die Wiesen bis zum dunklen Wald.

Plötzlich stand Ivar Lønn auf der Treppe. Der Hofhund, ein hellgelber Spitz, begrüßte die Gäste mit wütendem Gebell. Er wedelte aufgeregt mit dem Schwanz.

»Bingo!« Der Hund achtete nicht auf seinen Herrn, sondern lief kläffend um die Beine der beiden Polizisten herum.

Cato Isaksen bückte sich und ließ den Hund an seiner Hand riechen. Der Hund schnupperte und schnupperte. Dann hielt der Kommissar Ivar Lønn die Hand hin. Der magere, müde und ziemlich hoch gewachsene Mann trug einen alten verschlissenen Arbeitsanzug aus dünnem Jeansstoff. Seine grauen Haare waren zu lang. »Es gibt nichts Neues?«, fragte er sofort.

Cato Isaksen schüttelte den Kopf. Der Hund wuselte noch immer um ihn herum.

»Wir hatten eben erst Wölfe hier auf dem Hof, deshalb bleibt der Hund im Haus«, sagte Ivar Lønn leise. »Daher gerät er total außer sich, wenn er endlich ins Freie darf.«

Die beiden Polizisten folgten Ivar Lønn und dem Hund ins Haus. Ragnhild Lønn saß mit angezogenen Beinen auf dem Sofa. Trauer und Schock hatten sich in ihre Gesichtszüge eingefressen. Cato Isaksen ging zu ihr und reichte ihr die Hand. Asle Tengs folgte seinem Beispiel. »Leider gibt es noch nichts Neues«, sagte er bedauernd.

Ragnhild Lønns Gesicht erlosch. Der Hund legte die Vorderpfoten auf das Sofa und schaute sie schwanzwedelnd an.

»Ich kann bald nicht mehr.« Sie weinte.

Cato Isaksen musterte die Frau. Mit manchen Menschen sprang das Leben übel um. Ihre einzige Tochter war ermordet worden, ihr Sohn saß im Gefängnis, jetzt war auch noch ihr Enkel entführt worden. Er senkte verlegen für einen Moment den Blick.

Ivar Lønn versuchte sie zu beruhigen und legte ihr eine Wolldecke um die Schultern. Sie wehrte wütend ab. »Lass mich in Ruhe!«, rief sie zornig. Sie kämpfte sichtlich darum, die Wirklichkeit als Irrtum zu entlarven.

Cato Isaksen betrachtete die vielen Blumensträuße mit den Beileidskarten, die jeden freien Fleck im Zimmer füllten. Als das Telefon klingelte, ging Ivar Lønn hin und nahm den Hörer ab. Er sagte ruhig, er könne jetzt nicht sprechen. »Dauernd ruft irgendwer an«, sagte er, »um zu hören, ob es etwas Neues gibt.«

Die Wände in dem hellen Zimmer waren getäfelt und vor den hohen Fenstern hingen hauchdünne weiße Seidengardinen. Auf der Fensterbank blühten rote Pelargonien in ihren Töpfen. Ein schönes rotes Sofa und zwei rote Sessel, ein witziger alter Couchtisch, Flickenteppiche auf dem Boden und Familienbilder an den

Wänden. Ein antiker Schrank mit Rosenmustern und eine Essgruppe im selben Stil standen am einen Ende des länglichen Zimmers. Alles zeugte von Traditionen, Generationen und Geborgenheit.

Ester Synnøve Lønns Eltern waren ein ungleiches Paar. Die Mutter war, trotz ihres derzeitigen Zustandes, eine sehr gut aussehende Frau. Sie war blond wie ihre beiden Kinder und hatte die Haare im Nacken zu einem dicken altmodischen Knoten hochgesteckt. Gepflegt bis in die Fingerspitzen und angezogen wie eine Dame aus einem Osloer Villenviertel, dachte Cato Isaksen und betrachtete ihre teure Kleidung. Sie trug konservativ karierte lange Hosen, eine teure weiße Bluse mit Stickereien am Kragen und darüber eine rote Wollweste.

Ivar Lønn strich sich mehrmals durch die grauen Haare und schaute ängstlich zu seiner Frau hinüber.

»Tut mir Leid«, sagte Ragnhild Lønn leise. »Aber das ist alles zu viel für mich. Sie müssen Johnny finden. Er ist gefährlich. Der arme Markus, er hat doch schreckliche Angst vor seinem Vater.«

Ivar Lønn senkte den Kopf.

»Markus hatte also lange nichts mehr mit seinem Vater zu tun?« Cato Isaksen spürte, wie der Blumenduft in seiner Nase juckte, und das ärgerte ihn.

»Nein«, sagte Ragnhild Lønn mit harter Stimme. »Johnny ist an allem Schuld.« Die Worte strömten wütend aus ihrem Mund. »Ich kann es fast nicht ertragen, seinen Namen zu hören. Er ist ein Teufel.«

Ivar Lønn hob langsam den Kopf. »Wir hatten gehofft, die Polizei würde ihn festnehmen oder so. Er hat sie doch misshandelt. Wir hatten keine Ahnung davon, bis sie uns das vor zwei Jahren erzählt hat, aber offenbar hat er das immer schon getan.«

»Sie hätte sich schon längst von ihm befreien und zu uns zurückkommen sollen«, sagte Ragnhild Lønn.

»War das wirklich ihr Wunsch, zurückzukommen?«

»Ja«, sagte Ragnhild Lønn mit fester Stimme.

»Nein«, sagte Ivar Lønn, »das wissen wir nicht, Ragnhild. Ester war erwachsen, sie wollte ihre eigenen Entscheidungen treffen.«

»Wir haben in ihrer Wohnung einen Prospekt gefunden«, erzählte Cato Isaksen. »Über Reihenhauswohnungen hier in der Nähe, in der neuen Wohnsiedlung.« Er wollte vorsichtig vorgehen, mit einem ganz harmlosen Thema anfangen.

Der Vater seufzte. »Sie hat wohl schon davon geträumt, hierher zurückzuziehen. Aber sie konnte sich das nicht leisten.«

Ragnhild Lønn ließ die Füße auf den Boden sinken und schob sie in ein Paar Pantoffeln.

»Was wäre passiert, wenn sie hierher zurückgezogen wäre?« Cato Isaksen wollte die Eisfront zwischen den Eltern ausloten.

»Johnny wäre garantiert nachgekommen. Er wäre bestimmt wieder zu seiner armen Tante gezogen. Ester wollte nicht in seiner Nähe wohnen. Markus sollte nichts mit seinem Vater zu tun haben müssen.«

»In der Stadt konnte sie sich also verstecken?«

Ragnhild Lønn lächelte kurz. Ihre Mundwinkel zeichneten sich klar und verbittert ab. »Ja. Das glaubte sie. Er hatte eine unglaubliche Macht über sie. Sie konnte die Vorstellung nicht ertragen, ihm in einem Laden zu begegnen.«

Plötzlich wurde die Küchentür geöffnet und eine Frau brachte ein Tablett mit Kaffeetassen und einem Teller Waffeln herein.

»Tausend Dank, Marion«, sagte Ragnhild Lønn und brach wieder in Tränen aus.

»Meine Cousine, Marion Lønn«, stellte Ivar Lønn vor. »Sie wohnt in dem grünen Haus unten am Hang. Alle Nachbarn verhalten sich fantastisch. Seit diese schreckliche Mitteilung gekommen ist, war immer jemand hier, um sich um uns zu kümmern.«

Die Cousine, die Mitte fünfzig sein mochte, nickte den Gästen kurz zu, ehe sie wieder in der Küche verschwand.

Die Türklingel ging. Ivar Lønn öffnete, war jedoch sofort wieder da. »Das war die Lokalzeitung«, sagte er. »Sie wollten ein Bild von uns auf der Treppe. Ich habe nein gesagt«, erklärte er empört. »Die VG war schon hier. Sie haben uns fotografiert, als wir aus dem Auto gestiegen sind.«

»Wir sind eine Runde gefahren, um Markus zu suchen«, fügte Ragnhild Lønn müde hinzu.

Asle Tengs, der bisher geschwiegen hatte, nahm sich eine Waffel und fragte, ob der Junge auch von jemand anderem entführt worden sein könne.

»Nie im Leben.« Ragnhild Lønn schüttelte den Kopf.

»Es ist gefährlich, sich in eine Möglichkeit zu verbeißen, wissen Sie«, erklärte er.

»Er war es«, sagte Ragnhild Lønn mit harter Stimme.

»Wir haben mit seinen Lehrern telefoniert.« Ivar Lønn ließ sich vorsichtig in einen Sessel sinken. »Die können jeden Moment hier sein.«

Cato Isaksen schaute auf die Uhr. »Vorher würde ich Ihnen gern noch eine Frage stellen. Was ist eigentlich zu Silvester passiert?«

Ragnhild Lønn erstarrte. Dann schaute sie ihm direkt ins Gesicht. »Wie meinen Sie das?«, fragte sie.

»Ihr Sohn hat erzählt ... es tut uns Leid, dass wir ihn in Untersuchungshaft nehmen mussten, aber ...«

»Dann sagen Sie doch, was er angestellt hat!«

»Er hat nichts besonderes angestellt, aber er ist mit Johnny Svendsen befreundet und wir wissen nicht so recht ...«

»Er ist durchaus nicht mit Johnny Svendsen befreundet.« Ragnhild Lønn richtete sich halb auf.

»Die beiden waren in letzter Zeit ziemlich viel zusammen«, sagte Cato Isaksen ruhig.

»Nein.« Ragnhild Lønn ließ sich auf das Sofa zurücksinken und schüttelte energisch den Kopf. »Sie meinen doch wohl nicht, dass er etwas mit Esters ...«

»Nein, nein, nein!« Der Kommissar hob abwehrend beide Hände.

»Dieser Junge war immer eine große Enttäuschung«, sagte Ivar Lønn mit harter Stimme.

Asle Tengs blickte resigniert zu seinem Vorgesetzten hinüber, als der sagte: »Bei seiner Vernehmung hat er immerhin erwähnt, dass er Ester Synnøve zu Silvester hier abgeholt hat. Dass es zwischen Ihnen einen Streit gegeben habe, oder so.«

»Das stimmt schon«, sagte Ivar Lønn ruhig. »Es hat in der Regel mit einem Streit geendet, wenn diese beiden«, er nickte zu seiner Frau hinüber, »wenn Ester und Ragnhild sich begegnet sind.«

»Ivar!«

Ivar Lønn hob die Stimme. »Aber das war doch so, zum Henker! Oder etwa nicht?«

Ragnhild Lønn griff sich müde an die Stirn. »Ich begreife das alles überhaupt nicht mehr. Das ist alles zu viel für mich«, sagte sie. Sie schaute Cato Isaksen hilflos an, dann riss sie sich energisch zusammen. »Wir haben uns gestritten, wie immer.« Sie lächelte kurz. Ihr Lächeln ging in ein heftiges Schluchzen über und sie sprang auf und lief aus dem Zimmer.

Ivar Lønn schüttelte traurig den Kopf. »Sie meint es so gut, meine Ragnhild«, sagte er. »Aber oft ist das ein bisschen zu viel des Guten. Was zu Silvester passiert ist, war dumm, aber nicht ernst. Nur das ewige Gequengel, was für Markus am Besten ist. Das mit Bjørn Tore ...« Er hob mit zitternder Hand seine Kaffeetasse an den Mund. Wieder läutete das Telefon.

»Er hat gesagt, er wolle sich Johnny Svendsen vornehmen, er sei sicher, dass der Ester Synnøve umgebracht hat. Aber er hat die Polizei nicht darüber informiert, wo sein Exschwager zu finden sei«, sagte Cato Isaksen. Noch immer läutete das Telefon.

»Ich gehe nicht ran«, sagte Ivar Lønn. »Mein Sohn ist ein Idiot. Er bringt rein gar nichts zu Stande. Ester hätte den Hof übernehmen sollen, ja, als Ältere war sie ja die Anerbin, aber wir haben nicht viel darüber geredet. Was macht Bjørn Tore im Moment eigentlich so, wissen Sie das?« Ivar Lønn blickte seine Besucher fragend an. »Ester Synnøve hat erzählt, dass er krankgeschrieben ist. Uns sagt er ja nichts.«

Ragnhild Lønn kam zurück. Cato Isaksen beschloss, das Thema zu wechseln. »Wissen Sie, ob Ester Synnøve einen neuen Freund hatte?«

»Nein.« Ragnhild Lønn starrte ihn misstrauisch an. »Das kann doch nicht sein!«

»Wir wissen es noch nicht. Aber wir haben von mehreren Seiten gehört, dass es möglicherweise wieder einen Mann in ihrem Leben gegeben hat.«

Ragnhild Lønn schluckte. Sie schloss für einen Moment die Augen. Unzählige Fältchen tanzten ihre Wangen hinunter. »Das stimmt nicht«, sagte sie energisch.

Cato Isaksen und Asle Tengs wechselten einen Blick.

»Wir haben versucht, ihre beste Freundin zu erreichen, Lise Sommer«, sagte Cato Isaksen dann. »Aber das ist uns nicht gelungen.«

Ragnhild Lønns Gesicht verdüsterte sich. »Beste Freundin, du meine Güte«, sagte sie. »Ester hat sie seit Jahr und Tag nicht mehr erwähnt.«

»Warum nicht?«

»Keine Ahnung. Sie wollte nicht darüber sprechen, aber ich habe mir so meine Gedanken gemacht.«

»Wie meinen Sie das?« Der Kommissar musterte sie gespannt.

»Na ja, vermutlich hat sie ihr nicht geholfen. Wahrscheinlich hat auch sie sich von Johnny manipulieren lassen. Wir leben in einer üblen Welt. Es sind so viele schreckliche Dinge passiert. Eine andere Freundin hat sich das Leben genommen.«

»Ach?« Cato Isaksen beugte sich interessiert vor. »Wer denn?«

»Sie hieß Karen Marie Mortensen. Wurde Vesla genannt. Das ist zwei Jahre her.« Die Frau wechselte das Thema. »Wann werden Sie ihn finden, was glauben Sie? Wann bekommen wir Markus zurück?«

»Das wissen wir nicht«, antwortete der Ermittler ehrlich.

»Sie haben nicht zufällig ein Ferienhaus oder eine Ahnung, wo Svendsen sich mit seinem Sohn versteckt haben kann?«, fragte jetzt Asle Tengs und griff zu seinem Notizblock.

Ragnhild und Ivar Lønn schüttelten gleichzeitig den Kopf. »Nein«, sagten sie wie aus einem Munde.

»Und Svendsen ist in dem Laden da hinten aufgewachsen?« Cato Isaksen gefiel Ragnhild Lønns Gesichtsausdruck nicht. Sie sah krank aus, schien kurz vor einem Zusammenbruch zu stehen. Wie sollte sie sich um ein Kind kümmern können?

Ivar Lønn nickte. »Er ist bei seiner Tante aufgewachsen. Sie wohnt noch immer hier und arbeitet im Laden.«

»Zwei Kollegen haben mit ihr gesprochen«, sagte Cato Isaksen und dachte an Preben Ulriksen, auf den die Tante ziemlich unglücklich und hilflos gewirkt hatte. Sie hatte ihren Neffen angeblich schon lange nicht mehr gesehen. Cato Isaksen wollte aber noch persönlich mit ihr reden.

»Eigentlich tut Erna Svendsen mir ein bisschen Leid«, sagte Ivar Lønn. »Sie ist doch im Grunde eine sympathische und fleißige Frau.«

»Aber immerhin hat sie Johnny so erzogen«, sagte Ragnhild Lønn mit harter Stimme. »Sie war einfach zu schwach.«

Ivar Lønn seufzte. »Kinder werden nicht immer so, wie man sich das wünscht«, sagte er niedergeschlagen. »Und immerhin hat sie die ganze Zeit Kontakt zu Markus haben wollen. Ich glaube, er ist ihr wirklich wichtig. In gewisser Hinsicht ist sie seine Großmutter. Er nennt sie Tante Erna-Oma.«

»Der Junge hat nur eine Großmutter.« Ragnhild Lønn musterte ihren Mann gereizt. »Jetzt hör aber auf. Da sind wir doch einer Meinung. Für Markus ist es das Beste, wenn er nichts mehr mit dieser Familie zu tun haben muss.«

Das Kinderzimme des Jungen lag im ersten Stock. Das Bett stand an der einen Wand, schön bezogen, mit blauer Bettwäsche mit großen gelben Sternen. Die Vorhänge waren aus demselben Stoff. Unter der Decke hingen zwei Modellflugzeuge.

»Ihr glaubt doch nicht, dass Johnny, dass er möglicherweise ... dem Jungen etwas antut?« Ivar Lønn blickte die Polizisten besorgt an.

Cato Isaksen erwiderte seinen Blick. Und der war unendlich düster und voller Trauer.

»Wir kennen Johnny Svendsen doch nicht«, sagte er. »Uns liegt nichts über ihn vor und er ist nicht vorbestraft, ihm konnte bisher nur dieser Verstoß gegen das Besuchsverbot vorgeworfen werden.«

»Das ist seltsam. Er ist doch kriminell!« Ivar Lønn ballte die Fäuste.

»Denken Sie an etwas Besonderes?«

»Wir haben das schon von Anfang an gesehen. Alles war ein einziges großes Unglück. Ester war doch erst vierzehn. Johnny hat Autos geknackt, alle wussten, dass er es war, aber er wurde nie erwischt. Außerdem hat er von einem älteren Ehepaar Geld erpresst. Sie sind jetzt beide tot, aber sie haben nie gewagt, ihn anzuzeigen. Ich mache mir wirklich Sorgen um Markus.«

»In der Regel«, sagte Asle Tengs, der vor dem Fenster stand, »in der Regel tun Eltern ihren Kindern nichts an.«

»Hoffentlich haben Sie Recht«, sagte Ivar Lønn.

Asle Tengs schaute aus dem Fenster. Hinter der Waschküche

war eine Ecke des Gewächshauses zu sehen. »Sie haben auch eine Gärtnerei?«

»Wir züchten vor allem Hühner, aber wir ziehen auch ein paar Blumen und Tomaten.«

Ragnhild Lønn, die ihnen nach oben gefolgt war, fügte hinzu: »Früher hatten wir auch Vieh. Damals, als meine Schwiegereltern noch lebten. Kühe und Schweine und wir haben die Felder bestellt. Aber die haben wir jetzt verpachtet.«

Cato Isaksen nickte. »An wen?«

»An einen älteren Mann, der gleich in der Nähe wohnt. Sivert Malling. Ja, aber vermutlich wird er den Vertrag demnächst kündigen müssen und dann müssen wir einen anderen Pächter suchen, er ist auch nicht mehr der Jüngste.«

»Arbeiten Sie hier jetzt allein?« Cato Isaksen nickte zu Ivar Lønn hinüber.

»Ja«, sagte der rasch. »Im Grunde schon. Aber Ragnhild kümmert sich um die Blumen.«

»Und ich fahre im Sommer auf den Markt nach Fredrikstad«, sagte sie. »Ansonsten bin ich verantwortlich für die Blumenlieferungen ans Hotel an der Auffahrt zur E 6. Ich bringe ihnen Blumengestecke und sorge bei Hochzeiten und anderen Festen für den Blumenschmuck.«

»Und bei Beerdigungen«, fügte Ivar Lønn hinzu.

»Ja, in der Kirche, genau. Der Kirche von Enger, einer kleinen weißen Holzkirche, nicht weit von der Hauptstraße entfernt.«

Ragnhild Lønns Miene änderte sich. »Ich weiß nicht, ob ich es noch über mich bringe, die Kirche zu schmücken. Für einige Zeit jedenfalls nicht.« Sie schlug die Arme übereinander, verschlang sie wie zu einem harten Knoten. »Ich kann einfach nicht mehr«, sagte sie leise und dabei strömten Wellen aus unterdrückten Tränen über ihre Lippen. Sie drehte sich um und lief aus dem Zimmer.

»Die Trauerfeier für Ester wird dort stattfinden«, sagte Ivar Lønn leise.

Johnny Svendsen kaufte in dem kleinen Dorfladen drei Plastiktüten voller Lebensmittel. Das Einkaufen würde in den nächsten Tagen nicht leicht werden. Er nahm auch VG und Dagbladet mit, beide hatten Bilder von Ester Synnøve auf der ersten Seite abgedruckt. Er faltete die Zeitungen zusammen und steckte auch das neueste Micky-Maus-Heft und eine große Tüte Gummibärchen für Markus ein. Er trug eine rote Schirmmütze und lächelte der nicht mehr jungen Kassiererin mit der dicken Brille freundlich zu. Sie sah ihn nicht an, streckte nur ihre Wurstfinger nach den Waren aus und hielt sie vor den Scanner.

Innerlich kochte Johnny Svendsen. Aber er hatte Markus. Und wenn auch sonst nichts dabei herauskam, so geschah es den verdammten Großeltern des Jungen doch immerhin Recht. Jetzt erfuhren sie auch ein wenig, was Angst war.

Als er zum Ferienhaus zurückfuhr, konnte er sich plötzlich nicht mehr an den Weg erinnern. Hier draußen auf Onsøy gab es so viele schmale Straßen. Er hätte vielleicht weiter weg fahren sollen, aber er ging davon aus, dass die Polizei die Hauptstraßen und die Grenzübergänge nach Schweden überwachte. Es konnte sich deshalb lohnen, einige Zeit in der Gegend zu verbringen. In wenigen Tagen würde die Lage sich schon beruhigt haben. Dann könnten sie weiterfahren.

Vor ihm, wo die Straße sich gabelte, stand ein Gestell, an dem zwei Reihen von grünen Briefkästen befestigt waren. Gunnvika, stand auf einem Schild. Er wusste nicht mehr, ob er von rechts oder von links gekommen war. Für einen Moment überkam ihn eine Art Panik. Er kannte sich hier draußen nicht so gut aus.

Was, wenn er nicht zu Markus zurückfand? Er schloss die Augen und versuchte sich zu konzentrieren. Dann entschied er sich für den Weg, der nach rechts führte.

Bald darauf glaubte er, die richtige Entscheidung getroffen zu haben. Er passierte eine Scheune, einen noch schmaleren Weg und einen Parkplatz, der ihm bekannt vorkam. Schließlich erreichte er die Stelle, wo er früher an diesem Tag geparkt hatte. Er fuhr in seinen alten Radspuren.

Auf dem Weg durch den Wald fiel ihm auf, dass das Mondlicht die Schneekristalle auf dem Boden zum Glitzern brachte. Vor ihm stürzte eine Ladung Schnee von einem Baum, sie sah aus wie ein weißer fliegender Teppich. Als er den Wald hinter sich hatte, war der Himmel dunkel und das pechschwarze Meer wogte tief unten hin und her.

Markus sprang von der Kommode. Er stürzte auf seinen Vater zu und sah mit seinem »Schön dass du kommst«-Lächeln zu ihm hoch. Wenn er aus Leibeskräften die Muskeln in seinem Gesicht anspannte, konnte er seine Tränen in Schach halten.

Johnny Svendsen stellte die Einkaufstüten auf den Küchenboden, ging wieder ins Wohnzimmer und warf das Micky-Maus-Heft auf das kleine harte Sofa. Dann ging er vor dem Holzkasten in die Hocke und machte sich an dem schiefgemauerten Kamin zu schaffen. »Ich mach nur schnell ein Feuer, dann gibt es bald was zu essen«, sagte er, zerriss alte Zeitungen und legte Holz in den Kamin. Er zündete die Zeitungen an. Das kleine Feuer loderte auf und sah für einen Moment aus wie große rote Hände. Nun fütterte er die Flammen mit neuen Holzscheiten, erhob sich und rieb die Handflächen aneinander sauber.

Markus, der noch immer seine Daunenjacke trug, setzte sich auf das Sofa und griff nach dem Micky-Maus-Heft. In seinem Magen machte sich der Hunger bemerkbar und ließ die Leere noch größer werden. Er sagte kein Wort über den Wolf unter dem Sofa. Er starrte nur in die Flammen und sah zu, wie ein Papierfetzen mit schwarzer Schrift für einen Moment einfach in der Luft hing, ehe das Feuer ihn mit seinen gelben Zähnen packte und in eine kleine schwarze Rolle verwandelte.

»Jetzt brauchen wir immerhin nicht zu frieren«, sagte Johnny Svendsen stolz und lächelte vor sich hin. Es war ein seltsames, dünnes Lächeln, ganz schwarz hinter seinem weißen Gesicht. Gerade so traurig, dass er seinem Sohn Leid tat.

Markus zog die Plastikfolie von der Zeitschrift. Die Haut spannte über seinen Wangenknochen. Ihn überkam eine tiefe Trauer. Hier. Er und sein Vater. Ganz allein.

In der kleinen hässlichen Küche fing Johnny Svendsen an zu kochen. In der runden Lampenkugel lagen schwarze Fliegenleichen vom vergangenen Sommer.

Markus schaute von den Bildern in seinem Heft hoch. Die vertrauten Geräusche von Kochtöpfen und Küchengeräten klangen befremdlich, wenn sein Vater sie verursachte. Nach einer Weile roch es dann trotzdem gut und die Wärme des kleinen Kamins ließ Markus gähnen. Aber er wollte nicht schlafen. Er schaute sich wieder die Bilder in seinem Comicheft an. Onkel Dagobert war gemein zu Donald und den Neffen und zwang sie zur Arbeit auf einem Schiff. Er hatte so viel Geld, dass er davon gemein geworden war.

Markus wiegte das kleine Plastikspielzeug, das er als Zugabe erhalten hatte, in der Hand. Er wusste nicht, was es sein konnte. Es war flach und länglich und hatte runde Ecken. Er sah er sich noch einmal an. Plötzlich fiel ihm ein, dass seine Schultasche noch in der Klasse stand.

Markus ging in die Küche. Hinter sich hörte er den Kamin knurren. »Meine Schultasche ist noch in der Schule«, sagte er.

»Das ist doch egal«, sagte der Vater.

Der Junge schaute den Boden an. An einer Stelle fehlte ein

Stück Linoleum. Er dachte an den verschlissenen Teddy im roten Auto. »Wem gehört der Teddy im Wagen, Papa?«

»Dem Sohn von einem Freund«, sagte Johnny Svendsen kurz.

»Stiefel ist noch bei Mama in der Stadt.«

Der Vater drehte die vier Hamburger um und schaltete die Hitze herunter. »Was sagst du da?« Er schaute auf seinen Sohn herunter.

»Stiefel.«

»Dein Kaninchen?«

Markus nickte ernst.

»Ist das denn nicht bei Ragnhild und Ivar?«

Markus schüttelte den Kopf. Ragnhild und Ivar, das waren Oma und Opa.

»Stiefel ist tot.« Der Junge versuchte verzweifelt, nicht zu weinen. Er zog seinen Fuß zu dem Loch im Bodenbelag weiter. Seine feuchten Lippen zitterten ein wenig. Er sehnte sich so danach, Gesicht und Glasaugen seines Stoffkaninchens streicheln zu können. Johnny Svendsen schob die Bratpfanne von der Platte und öffnete das kleine Fenster. Er wurde vom Schmerz einfach überwältigt. Hastig schaute er aus dem Küchenfenster. Die Dunkelheit hing schwarz über der Landschaft. Die Tannen standen dicht an dicht. Das Licht des Fensters lag wie ein längliches gelbes Viereck über dem unteren Teil der Stämme. Er konnte sehen, dass die Tannen ein wenig Reif auf den Zweigen hatten.

Markus' Mundwinkel zitterten ein wenig und seine Augen standen voller Tränen. Sie brannten. Und Kopfschmerzen hatte er auch.

Johnny Svendsen ging vor seinem Sohn in die Hocke und starrte in das kleine, verschlossene Gesicht. Dann legte er ihm die rechte Hand auf die Schulter und schloss sie behutsam um seinen Nacken. Das Erschreckendste an allem war, dass er Markus vergessen hatte. Wirklich vergessen. Seinen Geruch, die Wärme seiner Haut. Die Art, wie er redete. Das Wichtigste im letzten Jahr war nicht sein Sohn gewesen, sondern die Tatsache, dass jemand entschieden hatte, dass der nichts mit ihm zu tun haben dürfe. Wut, Irritation und ein Gefühl von Demütigung hatten die Erkenntnis überschattet, dass Markus nun einmal Markus war und dass er ihn liebte. Jetzt schluckte er zweimal hart und zog den Jungen unbeholfen an sich. Es kam ihm fremd und unnatürlich vor.

»Stiefel ist nicht tot«, sagte er energisch in Markus' Haare hinein. »Ganz bestimmt nicht. Spielzeug kann nicht sterben.«

»Aber er ist doch kein Spielzeug«, sagte der Junge und schob seinen Vater vorsichtig weg. Jetzt kokettierte er. Ein zartes Lächeln umspielte einen Mundwinkel. Es gefiel ihm, dass sein Vater vor ihm hockte und ihn an sich gezogen hatte. Das half. Die Zimmer wurden ein wenig größer und heller und das Knistern des Feuers klang nicht mehr wie ein Fauchen. Sein Vater hatte seine Stiefel noch an den Füßen. Und die spitzen Stiefel hatten Schnauzen, wie zwei schwarze Tiere.

Als Cato Isaksen eine halbe Stunde nach Mitternacht nach Asker zurückfuhr, dachte er über die Vaterrolle nach. Er sah den kleinen Markus Svendsen vor sich. Er war dem Jungen nie begegnet, brachte ihm aber trotzdem ein sehr warmes Gefühl entgegen. Er sah dessen Augen vor sich, dunkel und ernst auf dem Bild über Ester Synnøve Lønns Sofa. Er dachte an die Großeltern, die vor Besorgnis außer sich waren. Und er dachte an Johnny Svendsen, der in diesem Moment, nach langer Abwesenheit, versuchte den Vater zu spielen. Falls das nun sein Motiv war.

Es war nicht leicht, das Dasein als Eltern mit dem Dasein als Menschen zu kombinieren. Plötzlich fiel ihm ein, dass seine Mutter am nächsten Tag vierundachtzig wurde. Bente hatte ihn daran erinnert. Er durfte es unter gar keinen Umständen vergessen.

Mütter hatten, aller Gleichberechtigung zum Trotz, andere Rollen als Väter. Mütter glitten nicht hin und her wie glatte Aale. Sie hatten das Kind im Leib, im Kopf, in der Haut. Mütter übernahmen die Farbe ihres Kindes. Bei der Geburt ließen sie ihren eigenen Körper los und reichten ihn an das Kind weiter.

Väter dagegen waren wie flatternde Insekten. Libellen mit blauen Flügeln, die nicht von den bunten Blumen hochfliegen konnten, auf denen sie gelandet waren. Die wollten, die versuchten, die sich alle Mühe gaben, aber trotzdem von ihrer eigenen Schwerkraft wieder heruntergezogen wurden. Cato Isaksen war so ein Vater. Er seufzte tief. Manche Dinge im Leben konnte man einfach nicht abschütteln. Er ließ sich im Autositz zurücksinken und dachte an das Kind, das er selbst einmal gewesen war. Damals hatte er Streichhölzer angezündet, wenn die Mutter ihn nicht sehen konnte, mit Spielkameraden zusammen, die viel zu nah am Feuer saßen. Kindische, egoistische Ideen, die im Grunde gefährlich waren. Cato Isaksen fühlte sich zu dem Mistkerl Johnny Svendsen hingezogen. Er war ganz einfach neugierig auf ihn.

Seine Beziehung zu Sigrid und die Tatsache, dass sie mit Georg schwanger geworden war, hatten vor fast fünf Jahren sein ganzes Leben umgestürzt. Cato Isaksen hatte es eigentlich nicht so gewollt. Er hatte Bente geliebt, aber alles an Sigrid hatte ihn in Versuchung geführt, weil es neu war. Die Sache war ihm nicht wirklich ernst gewesen, aber dann war sie schwanger geworden. Er hatte es Bente zu verdanken, dass am Ende alles wieder in Ordnung gekommen war. Sie war die ganze Zeit für ihn dagewesen, hatte ihn gestützt, auch, wenn es sie viel gekostet hatte. Das wusste er. Er wusste, wie sehr er sie alle verletzt hatte. Aber das Schlimmste war seine Trauer darüber, was er seinen Kindern angetan hatte. Dieses Leid würde er sich immer von Neuem vorwerfen.

Nachdem sie entdeckt hatten, dass Gard, der Älteste, mit allerlei Drogen herumexperimentierte, hatte sich vieles verändert. Die Schatten und die scharfen Kanten waren sichtbar geworden. Er hatte Glück gehabt. Er lebte wieder im sicheren Alltag. Gard war wieder auf dem rechten Weg. Er war mit der liebenswerten Tone zusammengezogen, seiner Freundin. Das düstere Loch, das in Cato Isaksen geklafft hatte, war dabei, sich zu schließen.

Als er die Tür zu seinem Reihenhaus aufschloss, wurde im Wohnzimmer plötzlich das Licht ausgeknipst. Cato Isaksen zog die Tür leise hinter sich ins Schloss und lief zur Treppe, wo der sechzehnjährige Vetle in T-Shirt und Unterhose gerade nach oben ging.

»Schläfst du denn noch nicht?«, fragte Cato Isaksen gereizt. »Hast du bist jetzt vor dem Fernseher gesessen?«

Das schwache Licht des Flurs weiter oben zog einen Streifen über das picklige Jungengesicht. Vetles dünne Beine waren von dunklen Haaren bedeckt. »Ich konnte nicht schlafen«, sagte er mit seiner viel zu dunklen Stimme.

»Ist Mama bei der Arbeit?«

»Ja.« Vetle schloss eine Hand um das Geländer. »Sie ist gegen neun gefahren.«

Cato Isaksen fuhr sich müde durchs Gesicht. Er wusste intuitiv, dass etwas den Jungen quälte, aber er brachte es nicht über sich, jetzt darüber zu sprechen.

Am nächsten Morgen leuchteten die Schlagzeilen und die Bilder von Johnny Svendsen ihm vom Zeitungsständer vor dem Seven-Eleven-Laden in Asker entgegen. *Mörder entführt 7-Jährigen!*, hieß es in der VG. Dagbladet titelte mit: *Exfrau ermordet, Sohn entführt!*

Cato Isaksen, der nach nur fünf Stunden Schlaf wieder zur Wache fuhr, riss beide Zeitungen an sich, dann kaufte er, was er eigentlich hatte kaufen wollen, nämlich einen Blumenstrauß und eine Schachtel Pralinen für seine Mutter. Er musste sich im Laufe des Tages einfach eine halbe Stunde freinehmen, zu dem Heim fahren, in dem sie lebte, und ihr gratulieren.

Er nahm den Weg über den Verteilerkreis und bog auf die Schnellstraße ab. Es war kurz nach acht und schon bei Sandvika landete er im Stau. Der Kommissar faltete die Zeitungen auseinander und versuchte sie zu überfliegen, wo er ja ohnehin feststeckte. Es war unglaublich, was sie alles wussten. Die Presseleute hatten die Wohnungsnachbarn in dem Haus interviewt, in dem Ester Synnøve Lønn getötet worden war. Sie waren in Enger gewesen und hatte mit den Großeltern und mit Markus' Lehrern geredet. Eine Klassenkameradin, ein Mädchen von sieben Jahren, sagte, sie habe Angst davor, zur Schule zu gehen.

Cato Isaksen fluchte gereizt und schlug zweimal mit der Faust aufs Lenkrad.

Erst um fünf nach neun konnte er seinen Wagen in der Tiefgarage der Wache abstellen und mit dem Fahrstuhl in den dritten Stock fahren.

Dort waren alle schon hektisch am Werk. Asle Tengs kam ihm mit der Zeitung in der Hand entgegen. »Schon gesehen.« Cato Isaksen eilte an ihm vorbei. Der Kollege machte kehrt und folgte im selben Tempo. Roger Høibakk erwartete ihn in der Bürotür. Randi Johansen saß am Telefon, während Preben Ulriksen, der die Nacht in Østfold verbracht hatte, um mit den Kollegen aus Fredrikstad die Suche nach Markus zu koordinieren, mehrere Male gähnte und am heißen Kaffee in dem Becher in seinen Händen nippte.

Cato Isaksen suchte sich ein freies Besprechungszimmer und bat eine junge Beamtin, aus der Kantine eine Kanne Kaffee und ein paar Brötchen zu holen.

Die anderen setzten sich an den Tisch. Die Stuhlbeine scharrten, als alle gleichzeitig Platz nahmen. Randi Johansen ergriff das Wort, noch ehe sie saßen. Sie schob ihrem Chef einen Zettel hin und teilte mit, der Norwegische Rundfunk habe angerufen, Cato solle am selben Abend in der Diskussionssendung Redaktion 21 interviewt werden. »Es geht darum, dass die Ermordete ihren Exmann mehrere Male angezeigt und die Polizei nichts unternommen hat«, sagte sie resigniert. »Es kommen auch eine Frau aus dem Frauenhaus, der Justizminister und die Schwester einer Frau, die aus Angst vor ihrem Mann untergetaucht ist.«

Cato Isaksen nahm den Zettel an sich. Im Moment erschien ihm alles andere verlockender als ein Auftritt in einer Fernsehsendung. »Das wäre doch die Aufgabe der Polizeipräsidentin«, sagte er.

»Die ist verhindert, sie ist noch bis morgen in Trondheim«, erklärte Randi Johansen. »Kann ich dich also ankündigen? Sie möchten es so schnell wie möglich wissen.«

Cato Isaksen nickte. »Es lässt sich wohl nicht vermeiden«, sagte er seufzend.

Randi Johansen erhob sich und ging zum Telefon.

Die junge Beamtin brachte Kaffee und Brötchen. Während sie alles auf dem Tisch verteilte, fasste Preben Ulriksen die Ereignisse der vergangenen Nacht zusammen. »Die beiden sind einfach nirgendwo gesehen worden. Wir haben die Grenze nach Schweden abgeriegelt, aber das hat nichts gebracht. Außerdem haben wir die E 6 in beiden Richtungen durchkämmt, aber auch das war kein Erfolg. Nach dem gestohlenen Wagen wird gefahndet.« Er zuckte resigniert mit den Schultern und gähnte noch einmal. »Nichts«, schloss er dann.

Asle Tengs meldete sich zu Wort. »Wir können nicht hinnehmen, dass die Zeitungen Johnny Svendsen als Mörder bezeichnen.«

»Das tun sie nur in den Schlagzeilen«, sagte Cato Isaksen. »Im Innenteil sind sie ein wenig vorsichtiger und schreiben: Der mutmaßliche Mörder Johnny Svendsen und so weiter ...«

Randi Johansen kam zurück. »Eine Kassiererin in einem Laden auf Onsøy glaubt, gestern Nachmittag Johnny Svendsen gesehen zu haben. Das ist gerade aus Fredrikstad mitgeteilt worden. Zwei Hundestreifen suchen die Gegend ab.«

Große nasse Schneeflocken klebten an der Motorhaube und schmolzen auf der Windschutzscheibe. Die Scheibenwischer schwangen wie gehetzt hin und her. Er war auf dem Weg nach Skøyen, zu Ester Synnøve Lønns Arbeitsplatz in der Postsortieranlage.

Er hatte die Sache so geregelt, dass die Kollegen aus Fredrikstad offiziell die Beweisaufnahme in Verbindung mit der Suche nach Johnny Svendsen und seinem Sohn übernommen hatten. Sein Kontaktmann in Fredrikstad hieß Frank Muri und war ungefähr in seinem Alter. Preben Ulriksen sollte dort weiter mit Informationen bei der Planung aushelfen. Während der letzten Stunden waren weitere Hinweise eingegangen. Die Kassiererin auf Onsøy hatte einen glaubwürdigen Eindruck gemacht. Nachdem sie sich das Bild in VG genauer angesehen hatte, war sie ganz sicher gewesen, dass Johnny Svendsen bei ihr eingekauft hatte. Aber ein kleiner Junge war nicht bei ihm gewesen. Außerdem wollte eine Frau aus Haugesund Vater und Sohn auf einer Fähre zu den kleinen Inseln gesehen haben, und auch auf dem Schiff nach Dänemark waren sie angeblich gesichtet worden. Es war immer schwer zu unterscheiden, welche dieser Hinweise zutrafen und was Fantasie war. Dass Johnny Svendsen nach Haugesund gefahren war, wirkte kaum vorstellbar. Bis auf Weiteres wurde deshalb die erste Spur verfolgt.

Cato Isaksen öffnete die Tür und betrat einen gut geheizten Flur. Es roch nach grüner Seife und Heizungswärme. Er fand eine Übersichtstafel und suchte mit dem Finger, bis er die Sortierabteilung im ersten Stock gefunden hatte. Dort bat er um ein Gespräch mit Nanna Jacobsen, die Ester Synnøve Lønns Chefin gewesen war.

Die Frau an der Rezeption bat ihn, einen Moment zu warten, und informierte Nanna Jacobsen per Haustelefon. Bald darauf erschien in der Tür eine kleine breite Frau mit eisengrauen Haaren. Cato Isaksen stellte sich vor und nannte den Grund seines Kommens. Nanna Jacobsens Gesicht wurde noch ernster. »Ich weiß nicht, was ich sagen soll.« Sie setzte eine unkleidsame Brille mit einer altmodischen blauen Plastikeinfassung auf.

Mit dem Handrücken wischte sie sich ein paar Tränen ab und führte den Kommissar durch einen schmalen Gang. »Ich bin wirklich total außer mir«, sagte sie. »Wir haben uns sofort verstanden, Ester und ich. Sie hat mir alles über ihre Situation erzählt.« Nanna Jacobsen führte ihren Gast in ihr Büro. »Setzen Sie sich«, sagte sie und schob ihm einen roten Bürosessel hin. Sie selbst nahm auf einem hölzernen Hocker Platz, den sie vorher ans Fenster gezogen hatte.

Cato Isaksen stellte ihr die üblichen Fragen und die nicht mehr junge Frau beantwortete sie alle bereitwillig. Sie leitete diese Postsortieranlage seit sieben Jahren. Nanna Jacobsen konnte erzählen, dass Ester Synnøve Lønn seit einem Jahr hier tätig gewesen war. »Sie war pflichtbewusst und schnell. Es gab nie Ärger mit ihr. Eigentlich hätte sie sich einen besseren Posten suchen sollen. Sie war intelligent und sympathisch. Aber sie hatte keine besondere Ausbildung. Das war sicher nicht möglich gewesen, solange sie mit Johnny Svendsen zusammen war«, sagte die Abteilungsleiterin. »Ich habe mir die Zeitungen angesehen, die Bilder von ihm sind ja scheußlich.«

»Kennen Sie ihn persönlich?«

Sie schüttelte den Kopf. »Ich habe ihn einmal kurz gesehen«, sagte sie und bestätigte das, was Sonja Pettersen erzählt hatte. »Kurz vor Weihnachten hat er herausgefunden, wo sie arbeitete. Die Arme, sie hatte doch eine Höllenangst vor ihm. Plötzlich, eines Nachmittags, brach sie in hysterisches Weinen aus. Sie hatte ihn durch das Fenster entdeckt. Ester Synnøve war ganz sicher, dass er es war. Und das stimmte dann ja auch. Am nächsten Tag kam der erste Anruf und so ging es dann weiter. Alle hier wussten, dass er der Anrufer war. Wir haben ihm ihre Adresse nicht verraten, aber sicher ist er ihr gefolgt.«

»Hat sie Ihnen sonst noch etwas erzählt, das für uns von Interesse sein könnte?« Cato Isaksen warf einen Blick auf den Kalender der Post. Das Januarbild zeigte eine weiße Gebirgslandschaft irgendwo in Norwegen. Zwei kleine rote Häuser leuchteten im weißen Schnee.

»Sie hat nur erzählt, dass sie den Kontakt zu ihrer besten Freundin verloren hatte. Das hat ihr arg zu schaffen gemacht.« Nanna Jacobsen schüttelte den Kopf.

»Wir versuchen, Kontakt zu ihr aufzunehmen«, sagte Cato Isaksen.

»Ich glaube, sie ist auf Dauer krankgeschrieben«, sagte die Postangestellte. »Soviel ich weiß, sind es die Nerven. Ich begreife es einfach nicht«, fügte sie dann hinzu, »dass er wirklich Ernst gemacht hat. Diese tolle Frau und so ein Mistkerl«, sagte sie und rückte ihre unkleidsame Brille zurecht. »Ester fand gerade festen Boden unter den Füßen, einen neuen Freund hatte sie wohl auch, aber sie sehnte sich nach ihrem Sohn«, sagte Nanna Jacobsen. »Der wohnte doch bei ihren Eltern.«

Cato Isaksen nickte. »Dieser neue Freund ...«, begann er neugierig. Nanna Jacobsen fiel ihm ins Wort. »Ich weiß nichts über ihn«, sagte sie. »Sie hat nur einmal kurz erwähnt, dass sie einen neuen Freund habe, der geduldig und lieb sei.«

»Würden Sie das zu Protokoll geben, falls wir das brauchen?«, fragte Cato Isaksen noch, stand auf und reichte ihr die Hand.

»Mit Vergnügen«, sagte Nanna Jacobsen mit harter Stimme und versetzte dann dem Hocker einen so heftigen Tritt, dass er umfiel.

Es war einer von diesen Tagen, an denen es nie hell wird. Die Winterdunkelheit wich nicht ganz zurück, sie lag nur zitternd einige Meter über den Hausdächern, dann senkte sie sich wieder herab, füllte Straßen und Plätze und lehnte ihre Schulter gegen die leuchtenden Fensterscheiben.

Auf der Wache verlief auch der Nachmittag hektisch. Nachdem er Aufgaben verteilt und neue Informationen entgegengenommen hatte, fuhr Cato Isaksen gegen vier Uhr in aller Eile zum Frognerheim, um seiner Mutter zu gratulieren. Die war sehr überrascht und glücklich, als sie ihren einzigen Sohn erblickte. Während seines kurzen Besuchs erzählte sie, dass Sigrid, Hamza und beide Kinder gegen sechs kommen wollten. Sie berichtete außerdem, dass sie ihr eine Sahnetorte versprochen hatten.

Cato Isaksen ärgerte sich schrecklich. Er hatte Sigrid schon so oft gebeten, den Kontakt zu seiner Mutter abzubrechen. Es machte ihn wütend, dass die Mutter Hamza so gern mochte, Sigrids neuen Freund. Die Mutter hatte noch nicht begriffen, dass Georgs Halbschwester nicht ihr Enkelkind war. Immer wieder erzählte sie, wie schön es doch sei, dass endlich noch ein kleines Mädchen dazugekommen war.

Auf dem Weg zur Wache fuhr er in der Stensgate vorbei, in der Hoffnung, endlich Lise Sommer anzutreffen. Diesmal endete dieser Versuch bereits vor der verschlossenen Haustür. Beim ersten Mal war gerade eine Frau mit einem kleinen Kind aus dem Haus gekommen. Er musterte die Namen am Klingelbrett, Wie viele Menschen wohnten eigentlich in diesem Haus?

Endlich fand er das Gesuchte und drückte auf die Klingel. Er wartete eine Weile, dann machte er kehrt und ging wieder.

Als er die Wache erreichte, standen unten im Foyer zwei Journalisten und ein Fotograf. Cato Isaksen lief an ihnen vorbei und hob abwehrend die Hände, als sie ihm Fragen zuriefen. Rasch zog er seinen Dienstausweis durch das Lesegerät und verschwand dann im Treppenhaus.

Gegen fünf schickte er Preben Ulriksen zum Ausschlafen nach Hause. Der Kollege war fast zwei Tage lang im Dienst gewesen. Er war so müde, dass er sich ein Taxi bestellte und seinen eigenen Wagen in der Garage stehen ließ. Drei neue Kräfte waren dem Fall Lønn zugeteilt worden. Unter ihnen war auch Anne Grethe Juvik, die sich schon früher als gut organisiert und tüchtig erwiesen hatte.

Radiostationen, Fernsehsender und Zeitungsjournalisten riefen den ganzen Tag an; am Ende hatten sie auf Cato Isaksens Mobiltelefon achtzehn Mitteilungen hinterlassen.

Randi Johansen wurde schließlich zur Pressesprecherin ernannt, eine Aufgabe, auf die sie gern verzichtet hätte. Sie begleitete Cato Isaksen zum Fernsehen. Unterwegs planten sie für ihn eine Strategie. Wie sollte er sich der Kritik stellen? Wie sollte er sich prinzipiell entgegenkommend verhalten und zugleich erklären, warum das System so schwerfällig funktionierte? Für all das lautete die Erklärung: fehlende Mittel und zu wenig Personal, aber er verspürte einen bitteren Geschmack im Mund beim Gedanken an die unbefriedigenden Antworten, mit denen er seine Landsleute würde abspeisen müssen.

Es war schon dunkel, als sie durch den Wald zum Auto gingen, um weiterzufahren. Es war ein grauer, trüber Tag gewesen. Der Reif auf den Bäumen war erloschen.

»Wenn jetzt Sommer wäre, könnten wir nach Liseberg fahren«, sagte Johnny Svendsen. »Karussell und so, weißt du. Vergnügungspark. In Schweden.«

Markus biss sich in die Unterlippe. In seiner Tasche steckte die Tüte mit den Gummibärchen, die sein Vater ihm gekauft hatte. Er hatte nur die Hälfte essen können. Solche grünen und orangen Süßigkeiten bekam er von seiner Großmutter nie.

»Wann kann ich nach Hause, Papa?« Markus kam es vor, als gäbe es ihn zweimal. Ein Markus ging hier über den Weg. Und ein anderer war nicht dabei. Er wollte nicht nach Schweden. Er wollte nach Hause.

»Werden sehen«, sagte Johnny Svendsen düster.

»Aber ich will nach Hause, Papa!«

»Ich werde mir etwas überlegen, habe ich gesagt.«

»Was denn?«

»Irgendwas, damit wir immer zusammensein können. Das willst du doch auch, oder?«

Johnny Svendsen hörte selbst, dass seine Stimme sich verändert hatte. Er musste aufpassen, dass der Junge keine Angst vor ihm bekam.

Markus presste die Lippen aufeinander und dachte an gelbe Löwen, die er im Fernsehen gesehen hatte. Die Löwen ruhten im Schatten eines Baumes und plötzlich sprangen sie auf und töteten ein kleines braunes Tier, das sich nicht schnell genug gerettet hatte.

»Weißt du noch, wie wir damals zum Baden an dem tollen Strand waren?«

Markus schaute traurig zu seinem Vater hoch. Sie hatten den Wagen erreicht. Der Junge kletterte auf den kalten Sitz. Dann fuhr Johnny Svendsen aus dem Wald, über den kleinen Weg und hinaus auf die Hauptstraße.

»In diesem Sommer«, sagte Johnny Svendsen, nachdem sie eine halbe Stunde schweigend unterwegs gewesen waren. Er starrte die roten Hecklichter des Wagens vor ihm an. Sie sahen in der Dunkelheit aus wie zwei rote Rosen. »Mama hatte einen neuen grünen Badeanzug, weißt du noch?«

»Der hat geleuchtet«, sagte Markus.

»Ja, geleuchtet, neongrün.« Johnny Svendsen starrte die dunkle Fahrbahn an. Seine Hände, die das Lenkrad umklammerten, taten ihm weh.

Markus dachte nach. Er wusste noch, dass er ein Mädchen und einen Jungen kennen gelernt hatte. Sie hatten ein aufblasbares Boot gehabt. Und er selber ein grünes Krokodil.

»Wir haben Hähnchen gegessen«, sagte er.

»Und Weißbrot«, sagte Johnny Svendsen, überrascht, weil sein Sohn solche Einzelheiten noch wusste.

Markus wollte schon sagen, woran er sich am Allerbesten erinnerte, nämlich daran, dass sein Vater nicht böse gewesen war. Aber das sagte er dann doch nicht. Er dachte an den Rhythmus des Wassers. An die Wellengeräusche, die die ganze Zeit da waren, weshalb sie nur laut miteinander reden konnten. Und an den Sand, der so heiß war, dass er sich fast die Füße daran verbrannt hatte.

»Wir fahren jetzt dahin zurück«, sagte Johnny Svendsen. »An diesen Strand.«

Wieder wurde es im Auto still. Wieder fuhren sie wortlos weiter. Das Dröhnen des Motors fraß sich in ihre Köpfe hinein, die Straßenlaternen jagten wie Feuerperlen über sie hinweg.

»Warum fahren wir dahin, Papa?«

Der junge Mann schielte zu seinem Sohn hinüber. »Ich war schon mehrere Male dort.«

»An dem Strand?«

Er nickte.

»Allein?«

Wieder nickte Johnny Svendsen. »Ja«, sagte er.

»Warum denn, Papa?«

»Warum?« Der Mann schüttelte kurz den Kopf. Zur Erinnerung, dachte er. An die schöne Zeit, an alles. Aber er schaffte es nicht, das in Worte zu fassen.

»Warum fahren wir dahin, Papa?«

»Weil ich das so will«, sagte er.

Sie betraten die Rezeption der Sendeanstalt durch die Drehtür. Cato Isaksen fiel auf, dass Randi Johansen müde aussah. Das war sie auch, konnte sie berichten. Ihre Tochter hatte die ganze Nacht geschrien. »Und ich habe ein schlechtes Gewissen«, sagte die Frau. »Sie ist doch so klein.«

Die beiden Polizisten wurden abgeholt, durch die Sperre gelotst und zur Nachrichtenredaktion hochgeführt.

Knut Olsen, der muntere Moderator der Sendung Redaktion 21, begrüßte alle im Foyer, als sie aus der Maske kamen. Die Nachrichtenredaktion war renoviert und modern. Knut Olsen hatte eine sympathische Ausstrahlung, aber Cato Isaksen wusste, dass dieser gut aussehende Mann mit den halblangen, welligen Haaren ungeheuer scharfe Fragen stellen konnte. »Das hier ist Sonja Pettersen vom Osloer Frauenhaus«, sagte er und stellte dann die anderen Teilnehmer vor.

»Wir kennen uns schon«, sagte Cato Isaksen und lächelte Sonja Pettersen an. Als sie ihn umarmte, geriet ihm eine ihrer üppigen roten Haarsträhnen in den Mund.

Die Schwester der untergetauchten Frau grüßte ihn nur kurz. Es war deutlich, dass sie Cato Isaksen und damit die Polizei als ihren Feind Nr. 1 betrachtete.

Der Justizminister sitze noch im Taxi, wurde ihnen dann mitgeteilt. Er kam von einer Anhörung im Parlament, bei der es über die Budgetüberschreitungen beim Bau der Bahn zum neuen Großflughafen ging und der frühere Finanzminister sich vor dem zuständigen Untersuchungsausschuss verantworten musste.

Im Studio herrschte eine angespannte und nervöse Stimmung. Die Techniker und Beleuchter rannten hin und her, um alles für die Live-Sendung vorzubereiten.

In letzter Sekunde hastete Justizminister Odd Einar Dørum ins Studio. Seine Haare standen wie immer wirr von seinem runden Kopf ab. Er sah müde und besorgt aus. Cato Isaksen saß zwischen Sonja Pettersen und der Schwester der untergetauchten Frau.

Techniker mit Kopfhörern und mehrere Beleuchter eilten weiter hin und her und kümmerten sich um die letzten Details. Eine junge Frau überprüfte alle Mikrofone. Cato Isaksen, der ausnahmsweise einmal Uniform trug, zog sein am Hals scheuerndes Hemd gerade. Das Licht und die Hitze der Lampen brachten sein Gesicht zum Glühen.

»Ihr seid jetzt auf Sendung!«, rief ein Techniker. Die rote Lampe seiner Kamera schaltete auf Grün um.

Knut Olsen hieß als Erstes alle willkommen und teilte dem Publikum mit, dass das Thema des Tages kein sonderlich fröhliches sein werde. »Wir werden diskutieren, warum die Polizei so langsam reagiert, wenn Frauen ihre Freunde oder Ehemänner wegen Bedrohung oder Misshandlung anzeigen. Wir hatten vor kurzem einen Fall in Meløy, wo eine junge Frau von ihrem Exfreund ermordet wurde. Und jetzt ist es wieder passiert. Erst vor wenigen Wochen hat eine Zweiunddreißigjährige ihren Exmann angezeigt, weil er gedroht hatte, sie zu ermorden. Jetzt ist sie tot, und der Exmann hat das gemeinsame Kind entführt und ist verschwunden.«

Der Moderator wandte sich an die Teilnehmer und schaute Cato Isaksen ins Gesicht. »Hauptkommissar Cato Isaksen, Mordermittler aus Oslo, was denkt sich die Polizei, wenn sie solche Anzeigen nicht ernst nimmt?«

»Wir nehmen solche Anzeigen sehr ernst«, sagte Cato Isaksen. »Lassen Sie mich zuerst betonen, wie sehr wir diesen konkreten

Fall bedauern. Selbstverständlich würden wir solche Vorkommnisse gern verhindern. Wir verfügen über einen großen Apparat, der sich mit diesen Fällen befasst, aber ab und zu stoßen wir an unsere Grenzen. Vor allem, weil uns die Mittel fehlen. Allerdings möchte ich an dieser Stelle betonen, dass ich mich leider nicht zu diesem konkreten Fall äußern kann. Es besteht auch kein Grund zu der Annahme, der Exmann sei der Mörder. Hier haben die Zeitungen ihre eigenen Schlussfolgerungen gezogen.«

Sonja Pettersen war sofort zur Stelle. »Die Polizei nimmt solche Anzeigen nicht ernst«, sagte sie. »Das hat sich immer wieder gezeigt. Nicht alle enden mit einem Mord, aber derzeit müssen mehr als fünfhundert Frauen in Norwegen unter einer Deckadresse leben, aus Angst davor, was irgendein Mann ihnen antun könnte. Das ist eine unhaltbare und unwürdige Situation. Ich kann außerdem erwähnen, dass es keinen Mann gibt, keinen einzigen«, wiederholte sie, »der sich auf diese Weise vor einer Frau verstecken muss.«

Der Justizminister teilte dann ganz allgemein mit, was die Regierung zu tun gedachte. »Als Erstes werden wir eine Untersuchungskommission einberufen«, sagte er.

»Aber wird die Regierung der Polizei höhere Mittel bewilligen?«, fiel der Moderator ihm ins Wort.

Der Justizminister, dem diese klare Frage sichtlich unangenehm war, wich mit Hilfe einer langen Abhandlung darüber aus, was bisher geschehen sei und wie die langfristigen Zielsetzungen aussahen.

Am Ende kam die Schwester der untergetauchten Frau zu Wort. Sie zitterte vor Wut und hatte Tränen in den Augen, als sie erzählte, wie ihre Schwester lebte, wie die Kinder darunter litten, wie sich das auf Familie und Freundeskreis auswirkte. Sie schaute Cato Isaksen ins Gesicht und fragte, ob er seit dem Mord an Ester Synnøve Lønn nachts noch ruhig schlafen könne.

Randi Johansen, die im Vorraum gewartet hatte, war später des Lobes voll. »Das hast du gut gemacht«, sagte sie. Cato Isaksen war restlos erschöpft, als er gegen halb elf in seinem Reihenhaus in Asker ankam. Bente hatte Spätdienst. Vetle saß wie immer im Wohnzimmer vor dem Fernseher. Ein Arm war eingegipst. Neben ihm schlief sein roter Kater.

»Was ist denn passiert?«, fragte Cato Isaksen entsetzt. »Bist du gestürzt?«

Vetle schüttelte traurig den Kopf. »Ich hab dich im Fernsehen gesehen«, sagte er mit seiner dunklen Männerstimme. »Mama hat versucht, dich anzurufen.«

»Was ist mit deinem Arm passiert?«, fragte Cato Isaksen noch einmal.

»Jemand hat mich gestoßen. Mama sagt, dass ihr mit den Lehrern sprechen müsst. Aber ich weiß nicht so recht. Dann wird sicher alles nur noch schlimmer. Und ich bin ja auch kein Rotzbengel mehr. Einige in der Schule wollen bei mir Geld abzapfen. Ein Typ und seine Freunde. Der Typ sagt, ich hätte ihn beleidigt, und er will Geld, damit er mich in Ruhe lässt. Ich glaube, er kommt aus dem Iran.«

Cato Isaksen seufzte tief.

»Mama sagt, dass Hamza vielleicht mit ihm reden kann.«

»Hamza?« Cato Isaksen spürte, wie seine Wut wieder wuchs.

Vetle nickte.

»Zieh den doch nicht in so was rein. Den geht das ja wohl nichts an.«

Vetle schluckte. »Ich finde Hamza total in Ordnung«, sagte er und blickte seinen Vater traurig an. »Ich hab schon oft mit ihm geredet, am Telefon und so.«

»Worüber denn?«

»Na ja, er will wissen, wie es mir geht und so.« Vetles Stimme klang unbeteiligt, sie gab keine Nuancen preis und war deshalb schwer zu deuten.

»Geht das schon lange so?«, fragte Cato Isaksen und erkannte die Angst von damals, als er auf den Drogenkonsum seines Ältesten aufmerksam geworden war. »Warum hast du nie etwas gesagt?«

Vetle zuckte resigniert mit den Schultern, erhob sich und ging die Treppe hoch.

Die Tankstelle lag im Halbdunkel. Ragnar Bjone wartete bei der Werkstatt. Die Sache gefiel ihm nicht, aber auch nach all den Jahren fiel es ihm schwer, sich Johnny Svendsen zu widersetzen. Als der angerufen und um Hilfe gebeten hatte, konnte er deshalb nur zusagen.

Markus fühlte sich kalt und klamm, aber auch ein bisschen verschwitzt. Er fror. Sein Vater war aus dem Auto ausgestiegen. Gleich darauf kam er angelaufen und sagte, Markus solle auch aussteigen.

Der Junge fror noch mehr. Der Tankwart nickte ihm kurz zu und legte ihm für einen Moment die Hand auf den Kopf. Sie bekamen ein anderes Auto. Auch jetzt durfte er vorne sitzen. Der Vater griff zum Sicherheitsgurt und schloss ihn mit leisem Klicken. Dann ging er auf die andere Seite und setzte sich hinters Lenkrad. »Gut, Ragnar«, sagte er dann und beugte sich aus dem offenen Fenster. »Ich lasse von mir hören.«

Der andere gab keine Antwort, hob nur die Hand, drehte sich um und verschwand in den Schatten hinter der Werkstatt.

»Wem gehört denn das Auto, Papa?«

»Das hat mir ein Freund geliehen.«

Er war nicht so blöd, der Polizei mitten in die Arme zu fahren. Jetzt hatte er die Autos getauscht. Der kleine blaue Fiesta fuhr auf die E 6 und schob sich zwischen einen Lastwagen und einen Golf. Er kannte einen kleinen Weg, einen Karrenpfad fast. Er glaubte, wenn sie für diese Nacht irgendwo zum Schlafen unterkommen könnten, dann könnten sie am nächsten Morgen früh die Grenze überqueren.

Markus schlief ein und schon nach einer Dreiviertelstunde lenkte Johnny Svendsen den kleinen Ford Fiesta auf einen für den Winter geschlossenen Campingplatz. Er fuhr zu den dort abgestellten Wohnwagen hinüber und parkte den Wagen so, dass er vom Weg her nicht zu sehen war.

Er warf einen Blick auf seinen schlafenden Sohn, dem der Kopf auf die Schulter gesunken war und der ganz gleichmäßig atmete.

Der junge Mann stieg aus dem Auto aus und schloss leise die Tür. Draußen war alles öd und kalt. Die Dunkelheit umschloss ihn. Alles war schwarz, abgesehen von dem vereisten Boden und den weißen Wohnwagen. Er schaute zum Himmel hoch. Die Sterne waren wie gelbe Fingerabdrücke darauf verstreut. Plötzlich jagte etwas Weißes über das Gewölbe, dicke Striche, die miteinander verschwommen und sich ineinander schlangen. Das Himmelstheater machte viele Minuten lang weiter und er konnte seine Blicke nicht davon lösen. Am Ende brannte das Nordlicht aus und ebbte langsam hinter den Wipfeln der schwarzen Tannen ab.

Es war totenstill, kein Auto auf der kleinen Landstraße, kein Haus im Umkreis von mehreren Kilometern. Johnny Svendsen zog seine Jacke dichter um sich zusammen, ging zu einem Wohnwagen und rüttelte und riss an der Tür. Sie bewegte sich keinen Zentimeter. Er versuchte es noch an zwei anderen Wagen, musste dann aber aufgeben. Schließlich ging er zum Fiesta zurück, öffnete den Kofferraum und nahm einen Schraubenzieher heraus. Damit konnte er das Türschloss eines der größten Wohnwagen aufbrechen.

In dem Wagen war es ziemlich kalt und muffig. Gleich hinter der Tür lag ein aufgerolltes schwarzes Kabel. Er hob es hoch und zog es hinter sich her zu einem kleinen Transformatorenhäuschen mit mehreren Anschlüssen. Er stöpselte das Kabel ein und ging zurück zu dem Wohnwagen, einem eher noblen Modell mit Herd, zwei Kochplatten, Spitzengardinen, zwei Betten ganz hinten und natürlich zwei Plüschbänken neben dem langen Resopaltisch.

Er fand eine dicke Wolldecke, mit der er das Fenster zum Weg verhängte. Dann trug er Markus hinein und legte ihn auf die weinrote Plüschbank. Er holte eine Plastiktüte voller Lebensmittel aus dem Wagen, suchte sich eine kleine Bratpfanne und schlug zwei Eier hinein. Bald brutzelten die Spiegeleier vor sich hin und ihr Duft verbreitete sich im Wagen.

Davon wurde Markus geweckt. Er schaute sich verwundert um. »Sind wir im Urlaub, Papa?«, fragte er.

»So kannst du das auch nennen«, antwortete Johnny Svendsen.

In mehreren Gegenden Ostnorwegens wurde gestern starkes Nordlicht beobachtet. Die europäische Raumfahrtorganisation ESA hat gestern mithilfe des Forschungssatelliten SOHO die Aktivität eines Sonnensturms gemessen. Die starke Sonnenaktivität ermöglicht die Beobachtung von Nordlicht bis in südliche Regionen wie Oslo und Umgebung. Für die folgenden Tage wird eine große Anzahl heftiger Sonnengasexplosionen erwartet, die die Atmosphäre beeinflussen werden. Das bedeutet …

Cato Isaksen schaltete das Autoradio aus, als er vor dem kleinen Laden auf den Parkplatz fuhr. Er hielt unmittelbar vor der Treppe. Der Motor verstummte, als er den Zündschlüssel umdrehte. Er stieg aus und zog hinter sich die Tür ins Schloss. Ein eiskalter Wind fuhr über die flache Landschaft. Der Laden war ziemlich einsam gelegen, an der Straße waren nur zwei weitere Häuser zu sehen. Die Felder hinter dem Laden wurden nur durch einige mittelgroße Tannen unterteilt.

Cato Isaksen ging die Treppe hoch und öffnete die Tür. Eine dünne, farblose Frau von Mitte fünfzig kam sofort auf ihn zu. Sie schien auf ihn gewartet zu haben. Auf dem Kopf trug sie eine seltsame Mütze. Die Mütze war tief über die fransigen Dauerwellen gezogen, bestand aus dünnem durchsichtigem Stoff und einem roten Schirm. »Livi«, stand mit gelber Schrift darauf und das Pünktchen über dem i war ein kleines Herz. Unter dem roten Ladenkittel trug die Frau einen türkisfarbenen Pullover und einen grauen Rock. Ihre Füße steckten in soliden braunen Schuhen.

»Sie sind Johnny Svendsens Tante, nicht wahr?«, fragte Cato Isaksen.

Die Frau nickte beschämt. Ihre Augenbrauen waren von ihrer Haut fast nicht zu unterscheiden. Der Ermittler stellte sich vor und nannte den Grund seines Kommens. Erna Svendsen nickte schwach und legte ihre deutlich von Gicht geplagten Hände übereinander. »Ich habe Sie gestern im Fernsehen gesehen«, sagte sie. »Das war schrecklich.« Unglücklich redete sie dann über ihren Neffen, sagte, sie habe ihn lange nicht mehr gesehen, begreife das alles nicht und sei so deprimiert, dass sie nachts keinen Schlaf mehr finden könne. Zwei Kunden blieben stehen und schauten die Frau neugierig an, ehe sie ihre Einkaufswagen weiterschoben und hinter einem Regal verschwanden.

Cato Isaksen nickte verständnisvoll.

»Die Polizei war schon ein paar Mal hier. Ich habe es denen gesagt und ich sag es noch mal: Er war es nicht. Johnny ist nicht so.«

Cato Isaksen schaute sich in dem kleinen, mit Waren viel zu vollgestopften Laden um. Die beiden Tiefkühltruhen brummten leise. Der Linoleumboden wies einige hässliche Flecken auf.

Wieder wurde die Tür geöffnet und zwei junge Männer kamen herein. Sie nickten Erna Svendsen kurz zu, holten sich dann einen Einkaufswagen und steuerten zielstrebig die hintere Ladenhälfte an.

»Es wird ja in der ganzen VG breitgetreten«, sagte sie mit tränenerstickter Stimme und schaute zum Zeitungsständer bei der Kasse hinüber. »Ich würde am liebsten alles in den Müll werfen.«

Eine dicke junge Blondine mit gebleichten Haaren und viel zu dickem Lidstrich saß hinter der Kasse und behielt alles im Auge. Als ein Kunde einige Bananen und ein Weißbrot auf das Band legte, gab sie die Preise ein und kaute eifrig auf ihrem Kaugummi. Und immer wieder wandte sie den Kopf, um das leise Gespräch der beiden zu verfolgen.

»Es gibt nicht mehr viele von diesen kleinen Läden«, sagte Cato Isaksen und versuchte ein beruhigendes Lächeln.

»Nein.« Erna Svendsen seufzte traurig. »Es ist entsetzlich viel Arbeit. Ich muss jeden Abend bis sieben arbeiten, fünfmal die Woche. Und jeden zweiten Samstag bis sechs.«

Cato Isaksen nickte. »Das ist viel zu lange.«

Sie gingen in das kleine Hinterzimmer. Die Regale liefen von Tüten mit Kartoffelchips, Schokobärchen und Spülbürsten fast über.

»Tut mir Leid, dass es hier so eng ist«, entschuldigte die Frau sich. »Es war immer so schwer. Aber Johnny ist ein guter Junge. Er hat mich nie, wirklich nie geschlagen, und die vielen schrecklichen Dinge, die in der Zeitung stehen ...«

»Wir suchen trotzdem nach ihm. Wissen Sie, wo er ist?«

Erna Svendsen schüttelte traurig den Kopf. »Das haben die anderen Polizisten auch schon gefragt. Das mit Markus ist natürlich schlimm, aber andererseits, er durfte ihn ja nie sehen, und da ...«

»Ich muss Sie bitten, mir Ihre Wohnung zu zeigen. Sie wohnen doch hier oben, nicht wahr?«

Erna Svendsen nickte. »Die anderen Polizisten waren auch schon oben.«

»Tut mir Leid«, sagte Cato Isaksen energisch.

Die Frau nickte noch einmal kurz, erhob sich und nahm ihre Handtasche an sich, die zusammen mit einem Handtuch an einem Haken an der Wand hing. »Ich hab den Schlüssel hier«, sagte sie. »Wir müssen außen rumgehen.«

Sie bogen um die Ecke des weißen Holzhauses. Auf der Rückseite führte eine Stahltreppe in den ersten Stock. Vor der Wand standen drei graue Container, ein Stück weiter weg waren zwei Autowracks zu sehen. Kotflügel, Türen und Sitze waren entfernt worden. Cato Isaksen registrierte, dass Erna Svendsen sehr dicke, geschwollene Waden hatte. Er war davon überzeugt, dass sie nicht ganz gesund war.

»Sie glauben doch nicht im Ernst, dass er sich hier versteckt?«

»Wir glauben gar nichts«, sagte er. »Aber wir müssen alle Möglichkeiten in Betracht ziehen. Er hat ja schließlich ein Kind entführt.«

»Nicht *ein* Kind, sondern sein Kind. Das ist nun wirklich nicht dasselbe.« Ihre Stimme wurde lauter.

Erna Svendsen zog ihre schweren Füße hinter sich die Stahltreppe hoch, während sie mit dem Schlüssel hantierte. Dann wandte sie sich um und schaute auf die eisgrauen Felder, ehe sie den Schlüssel ins Schloss steckte und umdrehte. Sie sehnte sich nach Farben. Plötzlich war ihr schwindlig, aber sie riss sich zusammen, lehnte sich für ein paar Sekunden gegen das Geländer und öffnete dann die Tür. Sie ließ den Polizisten zuerst hineingehen. »Schauen Sie sich nur um«, sagte sie. »Johnny war schon seit einer Ewigkeit nicht mehr hier.«

Cato Isaksen betrat die grün angestrichene kleine Diele. Es roch muffig. Erna Svendsen führte ihn in eine kleine Küche und ließ sich auf einen Stuhl fallen. Der Kommissar drehte eine Runde durch die Wohnung. Sie war vollgestopft mit Möbeln, Bildern und Flickenteppichen.

Er suchte hinter den Stühlen und in den Schränken nach Gespenstern. Hatte eines das bestickte Sofakissen verlassen? Rasch schaute er zu der großen Tiefkühltruhe in der Küche hinüber, als könne die ein Kind enthalten. Er suchte nach Fingern und Ellbogen und Zehen. Hinter einer Tür lehnte eine Angelrute. Er öffnete einen Schrank. Dort hing eine Reihe von altmodischen Sommerkleidern aus geblümtem türkisfarbenem und hellgelbem Stoff. Hochhackige abgelaufene Schuhe lagen wild durcheinander auf dem Boden.

Zimmer für Zimmer, einsam, eng und leer. Cato Isaksen stellte fest, dass sich in der Wohnung weder Johnny Svendsen noch Markus aufhielten.

»Was ist mit Johnny Svendsens Eltern?« Cato Isaksen blickte Erna Svendsen fragend an. Die Tante musterte ihn für einen Moment mit müdem Blick. »Das war alles nicht leicht«, sagte sie dann. »Seine Mutter, Heddy, war meine Schwester. Ja, eigentlich hieß sie Hedvig. Jedenfalls kam sie ins Unglück, wie das damals hieß. Ich weiß ehrlich gesagt nicht so richtig, woher der Vater kam. Er war Seemann. Ich weiß nicht, ob er Norweger war. Sie hat nie darüber gesprochen, nicht einmal mit mir. Heddy war damals erst achtzehn, ich war zweiundzwanzig. Unsere Eltern wollten nichts mehr mit ihr zu tun haben.« Erna Svendsen zuckte energisch mit den Schultern. »Was sollte ich da machen? Sie musste doch irgendwo wohnen. Also ist sie hergezogen.«

Cato Isaksen nickte. »Sie haben sich also um sie gekümmert. Aber sie ist gestorben?«

»Ja, sie ist gestorben. Das war sehr traurig. Johnny war damals fünf. Es war ein Verkehrsunfall. Hinten auf der E 6.« Erna Svendsen schüttelte den Kopf und erhob sich. Sie ging ins Wohnzimmer und nahm ein Foto von der Wand. Sie reichte es dem Kommissar und setzte sich wieder. Die Frau auf dem Bild war sehr attraktiv und hellblond. Ihre Augen schauten neckend drein. Ihre Haare, die sie zu einem unordentlichen Pferdeschwanz gebunden hatte, waren ihr teilweise vors Gesicht geweht worden.

»Es war im Juni, Anfang Juni. Sie wollte mit dem Bus nach Oslo fahren«, erzählte Erna Svendsen traurig. »Aber so weit ist sie nicht gekommen, sie wurde von Sivert Malling überfahren, einem Mann, der hier gleich in der Nähe wohnt. Er hat behauptet, dass sie viel zu weit auf der Straße gegangen war. Angeblich hatte sie auch getrunken. Aber ich weiß ja nicht, nein. Die Heddy war manchmal schon sehr niedergeschlagen, aber ich glaube nicht, dass sie an dem Tag getrunken hatte. Sie war so stolz auf ihren Johnny, müssen Sie wissen. Und der Markus ist dem Johnny wie aus dem Gesicht geschnitten. Genau wie mein Neffe, als der klein war.«

»Sivert Malling, wo wohnt der?« Cato Isaksen hielt seinen Notizblock in der Hand.

»Der wohnt einen halben Kilometer weiter, zusammen mit seinem Sohn, dem Steinar. Der ist vielleicht ein komischer Vogel. Die Mutter ist bei seiner Geburt gestorben. Es gab irgendwelche Komplikationen. Er ist nicht ganz wie die anderen, aber er ist ein guter Arbeiter. Hier, ich zeige Ihnen das Haus.« Erna Johansen erhob sich ein wenig und zog die Spitzengardine zur Seite. »Da«, sagte sie, »hinter dem Feld sehen Sie ein rotes und ein gelbes Haus. Er wohnt in dem roten. Er hat übrigens die Felder von Ivar Lønn gepachtet, dem Vater von der Ester Synnøve. Markus, der ist wie mein eigenes Enkelkind. Aber Sie wissen ja. Seine feinen Großeltern, die wollen nicht, dass ich viel mit ihm zu tun habe. Aber ab und zu krieg ich ihn ja doch zu sehen. So geht das einfach nicht, wissen Sie. Auch wenn die Ester Synnøve nichts mehr mit dem Johnny zu tun haben wollte, dann muss der doch seinen Sohn besuchen dürfen.«

»Aber die Behörden sagen, dass Markus sich vor seinem Vater fürchtet, dass er nervös wird, wenn er nur in seiner Nähe ist.«

»Das ist gelogen!«, rief Erna Svendsen empört. »Einfach gelogen! So ist der Johnny nicht. Mein Johnny ...« Erna Svendsen rieb ihre groben Hände aneinander. »Der kann schon böse sein, aber nein.« Sie schüttelte energisch den Kopf. »Er hat die Ester Synnøve geliebt, zu sehr geliebt, glaube ich. Wenn ich das so sagen kann.«

»Mochten Sie Ester Synnøve?«

»O ja, das ist doch klar. Die war wirklich in Ordnung. Gab nie Ärger mit ihr. Aber in den letzten Jahren wollte sie nicht mehr so viel mit mir zu tun haben. Ja, aber so ist das ja heute, überall gibt es Scheidungen. Ich selbst habe nie geheiratet. Dem Johnny hätte das nicht gefallen, wissen Sie. Hätte ihm das nicht antun können, nach allem, was er durchgemacht hatte. Ach, nein, da war so viel, wissen Sie. Vor zwei Jahren ist hier auch noch eine Frau verschwunden. Davon haben Sie sicher gehört.«

Cato Isaksen nickte.

»Irgendwer hat das Gerücht aufgebracht, dass der Johnny auch damit was zu tun haben soll. Sie ist nie wieder aufgetaucht. Die Leute sind einfach so gemein.«

Der Kommissar setze sich gerade und musterte Erna Svendsen neugierig. »Das wusste ich nicht«, sagte er, »dass sie nie gefunden worden ist.«

Die Frau blickte ihn erschrocken an und schien zu bereuen, dass sie ihm das erzählt hatte. Sie drehte sich um und schaute aus dem Fenster. »Die Polizei war wohl davon überzeugt, dass sie Selbstmord begangen hat. Sie ist in dieselbe Klasse gegangen wie die Ester Synnøve und der Johnny. Karen Marie hieß sie oder Vesla, so wurde sie genannt. Vesla Mortensen. Ja, sie hat in dem gelben Haus neben dem von Steinar Malling gewohnt.«

Erna Svendsen drehte sich wieder zu ihm hin. Im Licht des Fensters kam sie ihm noch bleicher vor. »Tilla, ihre Mutter, glaubt ganz fest an ein Verbrechen. Sie hat sich nie mit der Erklärung der Polizei abgefunden. Ich finde das alles einfach schrecklich«, sagte sie abschließend.

Cato Isaksen folgte der Straße und bog dann in den ersten Seitenweg rechts ein. Der Weg war schmal, voller Schlaglöcher und schlecht in Schuss. Der Kommissar fuhr vorbei an dem roten Haus mit der kleinen Scheune und dann noch ein Stück weiter, ehe er auf dem Platz vor dem gelben Haus hielt, ausstieg und an der Tür klingelte. »Mortensen« stand auf einem mit Blumen bemalten Holzschild. Niemand öffnete. Die Blumenbeete vor der Grundmauer waren mit Tannenzweigen und Sackleinen bedeckt. Er schaute zum Nachbarhaus hinüber, auch dort war alles still. Auf der anderen Seite des länglichen Feldes konnte er den Laden ahnen.

Er beschloss, in die Stadt zurückzufahren und sich ein wenig genauer über Vesla Mortensens Verschwinden zu informieren.

Als er gerade den huckeligen Weg wieder erreicht hatte, kam ein Mann in einer dunklen Daunenjacke aus dem dichten Wald. Er war um die dreißig, ziemlich groß und dick und hatte ein rotes rundes Gesicht. Der Mann war tief in Gedanken versunken. Er hinkte leicht und hatte den Weg fast erreicht, ehe er Cato Isaksen bemerkte, der angehalten hatte und aus dem Wagen gestiegen war.

Der Mann schaute ihn ängstlich an und der Ermittler wusste sofort, dass er Steinar Malling vor sich hatte, Sivert Mallings zurückgebliebenen Sohn.

»Ich suche Frau Mortensen«, sagte er. »Ich komme von der Polizei.« Er legte den Arm auf das Autodach.

Der junge Mann zwinkerte nur zweimal, kniff dann die Augen zusammen und riss sie wieder auf. »Haben Sie das denn jetzt herausgefunden?«, fragte er und verlagerte sein Gewicht von einem Bein aufs andere.

»Was denn herausgefunden?«, fragte Cato Isaksen zurück.

Steinar Malling schüttelte energisch den Kopf, zog sich langsam zurück, wandte sich ab, schaute dann jedoch wieder den Polizisten an. Dann hob er die Hände, bedeckte damit sein Gesicht und sagte, er wolle nicht mit ihm reden.

»Denkst du an das Verschwinden von Vesla Mortensen?« Cato Isaksen schlug die Autotür zu und ging hinter dem anderen her.

Steinar Malling hob abwehrend die Hände. »Ich sag nix«, nuschelte er und ging seitwärts weiter, dann fuhr er plötzlich herum und rannte zurück in den Wald.

Der Zettel, den Cato Isaksen hinter das Türschild geschoben hatte, steckte noch immer da. Lise Sommer war offenbar verreist. Sie hatten immer wieder erfolglos versucht, die junge Frau anzurufen. Jetzt standen Cato Isaksen und Randi Johansen in dem schmalen Gang vor ihrer Tür und warteten. Hinter einer verschlossenen Tür weiter hinten hörten sie spielende Kinder, deren lautes Lachen plötzlich in Weinen umschlug.

Der Ermittler spürte, dass die Ruhe, die er sich während der Weihnachtsferien erarbeitet hatte, schon wieder verflogen war. Randi Johansens Mobiltelefon klingelte in ihrer Tasche und im selben Moment wurde plötzlich die Tür aufgerissen.

Überrascht musterte Cato Isaksen die schmale blonde Frau, die in den Türspalt trat. Sie trug einen rosa Angorapullover, eine dunkle Hose und Pantoffeln. Er stellte sich und seine Kollegin vor und fragte, ob sie Lise Sommer sei.

Sie nickte kurz, woraufhin der Kommissar fragte, ob sie eintreten dürften.

Lise Sommer musterte ihn ängstlich. »Was ist denn passiert?«, fragte sie.

»Ester Synnøve Lønn ist tot«, sagte Cato Isaksen.

»Tot?« Lise Sommer schlug sich die Hände vor den Mund, dann schüttelte sie ihren Lockenkopf. »Nein«, flehte sie. »Das kann nicht sein. Bitte, das kann nicht sein.«

»Haben Sie denn keine Zeitungen gelesen oder Nachrichten gehört?« Cato Isaksen musterte die Frau. Randi Johansen beendete ihr Telefongespräch.

»Nein«, sagte Lise Sommer ungläubig. »Das habe ich nicht. Was ist denn passiert? Und wie?«

»Sie wurde in der Nacht zum 6. Januar in ihrer Wohnung ermordet«, sagte der Polizist mit ernster Stimme.

Die junge Frau schien mit einer Ohnmacht zu ringen. Sie wich zurück und ließ sich in einen naturfarbenen Korbsessel fallen. Ihre Hände huschten nervös auf ihrem Schoß hin und her. Ihre Augen schwammen in Tränen. Immer wieder schüttelte sie den Kopf. »Die arme Ester«, sagte sie. »Und der arme Markus. Herrgott, der ist jetzt ja ganz allein. Johnny kann sich doch nicht um ihn kümmern.« Ihre Augen verdüsterten sich. »Sie dürfen den Jungen nicht Johnny überlassen«, sagte sie.

Cato Isaksen setzte sich auf die Kante des eierschalenfarbenen Sofas. Randi Johansen stand hinten am Fenster. Das Zimmer war quadratisch, ziemlich farblos und trist. Die hellen dünnen Vorhänge waren vorgezogen. Zwei pastellfarbene gerahmte Plakate hingen an der einen Wand.

Lise Sommer war eine Frau von klassischem Aussehen. Ihr Gesicht war schmal, ihre Locken üppig. Sie war zweiunddreißig Jahre alt, so alt wie Ester Synnøve Lønn gewesen war. »Sie war meine beste Freundin«, sagte sie leise. »Wir waren unsere ganze Kindheit und Jugend hindurch zusammen.«

»Kennen Sie Johnny Svendsen gut?«

Lise Sommer nickte. »Wir waren alle drei in derselben Klasse«, sagte sie und kämpfte mit den Tränen. Schließlich konnte sie sie nicht länger zurückhalten. Sie sprang auf und stürzte aus dem Zimmer, lief über den kurzen Flur und verschwand im Badezimmer. Bald darauf kam sie zurück. In der Hand hielt sie einen zusammengepressten Ball aus Toilettenpapier. Sie setzte sich wieder in den Korbstuhl. Ihr Gesicht war jetzt vom Weinen total geschwollen.

»Es ging mir nicht so gut in letzter Zeit und deshalb habe ich mich völlig verkrochen. Ich habe nicht ferngesehen, bin nicht ans

Telefon gegangen und habe auch die Tür nicht geöffnet. Manchmal verschwinde ich gewissermaßen in einem schwarzen Tunnel.« Sie senkte den Blick.

Cato Isaksen nickte.

»Er hat es getan, nicht wahr?«, fragte sie mit harter Stimme. »Das war Johnny.« Sie wartete nicht auf Antwort, sondern kniff nur wütend die Lippen zusammen. »Das Schlimmste ist«, sagte sie dann, »dass Ester und ich in letzter Zeit nichts mehr miteinander zu tun hatten. Wir waren nicht mehr miteinander befreundet.« Sie putzte sich die Nase und schüttelte langsam noch einmal den Kopf. »Wir haben uns sozusagen auseinander gelebt. Ich habe sie lange nicht mehr gesehen. Ein Jahr vielleicht, nein, es muss noch länger sein«, überlegte die junge Frau traurig.

»Und warum haben Sie den Kontakt zueinander verloren?«

»Das mit Johnny ...« Die Befragte schaute den Kommissar aus unglücklichen Augen an. Cato Isaksen betrachtete sie. Randi Johansen notierte alles auf ihrem kleinen Block. Lise Sommer wirkte plötzlich unsicher. »Sie dürfen ihm nicht verraten, dass ich ihn für den Täter halte«, sagte sie leise. »Er hat sie ja auch bedroht.«

»Haben Sie Angst vor ihm?«

Lise Sommer nickte sofort. »Ja«, sagte sie.

»Wir glauben auch, dass er es gewesen sein kann, aber natürlich wissen wir das nicht sicher. Deshalb möchten wir ja mit Ihnen sprechen. Um ein wenig mehr über das alles zu erfahren.«

Lise Sommer schlug die schmalen Hände vors Gesicht. »Wurde sie ... wie ist es passiert?«

Cato Isaksen und Randi Johansen tauschten einen Blick. »Ihr ist die Kehle durchgeschnitten worden«, sagte die Polizistin ruhig.

Lise Sommer schloss die Augen und wiegte sich langsam hin und her. »Herrgott, Herrgott«, murmelte sie wieder und wieder. »Ich glaube, mir wird schlecht.« Sie ließ die Hände sinken und erhob sich. Ging wieder ins Badezimmer, kam aber gleich darauf zurück. »Wo hat sie zuletzt gewohnt?«, fragte sie.

»Wissen Sie das denn nicht?«

»Nein.«

»In der Odinsgate«, sagte Cato Isaksen.

Lise Sommer nickte. »Sie muss es wie einen Verrat empfunden haben, dass ich mich zurückgezogen habe. Aber ich konnte nicht mehr. Mir ging es ja auch nicht so gut. Ich habe meine eigenen Schwierigkeiten, um ganz ehrlich zu sein. Hatte immer schon Probleme mit den Nerven, aber nie so schlimm wie jetzt. Ich bin auf Dauer krankgeschrieben. Ich will ja versuchen, wieder zu arbeiten, aber ... einmal hat Ester mich übrigens abends angerufen, das war, ehe sie in die Odinsgate umgezogen ist. Johnny stand draußen und hämmerte gegen die Tür. Markus weinte. Sie hatte schreckliche Angst. Ich sagte, sie solle die Polizei anrufen, aber das fand sie übertrieben. Deshalb habe ich mich in ein Taxi gesetzt und war in einer Viertelstunde bei ihr. Da war er schon gegangen, aber ich bin über Nacht bei ihr geblieben. Das war, ehe wir den Kontakt zueinander verloren haben. Ich konnte einfach nicht mehr. Sie haben mich beide ausgenutzt, auf unterschiedliche Weise. Verlangten, dass ich Partei ergriff. Immer waren sie zerstritten. Und Johnny hat auch mich bedroht«, fügte sie hinzu. »Er hat gesagt, er würde mir das Leben zur Hölle machen, wenn ...« Sie verstummte und ein Hauch von Traurigkeit huschte über ihr bleiches Gesicht. »Ich habe sie im Stich gelassen.« Lise Sommer ging zum Fenster und zog einen Vorhang zurück. Dann drehte sie sich um und lehnte sich mit dem Rücken an den Fensterrahmen. »Ich habe sie wirklich im Stich gelassen«, sagte sie. »Und jetzt ist es zu spät.«

»Er hat seinen Sohn entführt«, sagte Cato Isaksen.

»Nein, o Gott!« Lise Sommer hob die Hand und schlug sie wieder vor den Mund. »Der arme Markus! Das kann doch nicht sein!«

Cato Isaksen nickte ernst. »Wann haben Sie Johnny Svendsen eigentlich zuletzt gesehen?«, fragte er dann.

»Er war noch vor einer Woche hier. Aber da habe ich ihn nicht gesehen.«

»Wie meinen Sie das?« Der Kommissar beugte sich interessiert vor.

»Ich habe ihn nicht hereingelassen. Wir haben über die Gegensprechanlage miteinander geredet.« Sie setzte sich wieder in den Sessel. Schaute ihre Hände an, blickte dann wieder auf, schloss für einen Moment die Augen und sagte: »Mich verfolgt er nämlich auch.«

Cato Isaksen musterte die junge Frau mit ernster Miene. Nahm dieser Fall denn immer noch größere Dimensionen an?

»Er hatte immer schon etwas ... irgendwie Gefährliches. Ja, Verzeihung, das wissen Sie ja inzwischen. Johnny ist reizend, aber in ihm lauert eine entsetzliche Finsternis, etwas, das er nicht unter Kontrolle hat.«

Der Kommissar ließ sie nicht aus den Augen. »Könnten Sie das bitte ein wenig genauer erklären?«

»Er ist bei seiner Tante aufgewachsen«, sagte Lise Sommer. »Erna Svendsen. Sie arbeitet im Dorfladen. Und wohnt gleich darüber. Sie war immer so lieb, ein wenig zu lieb. Und hat Johnny seltsamerweise sehr geliebt.«

»Ich habe bereits mit ihr gesprochen«, sagte Cato Isaksen.

»Seine Mutter, also die Schwester dieser Tante, war nicht verheiratet. Sie ist gestorben, als er noch klein war, fünf oder sechs Jahre, glaube ich. Er ging jedenfalls noch nicht zur Schule. Es war ein Autounfall.«

Wieder klingelte Randi Johansens Mobiltelefon und sie stand auf und ging auf den Flur.

Cato Isaksen lehnte sich zurück. »Es ist sehr wichtig, dass Sie sich genau daran erinnern, wann er zuletzt hier war. Kann das am vorigen Donnerstag oder Freitag gewesen sein?«

»Ja«, sagte sie rasch. »So ungefähr. Aber ... nein, ich weiß es nicht mehr genau. Ich habe doch fast die ganze Zeit geschlafen.« Ihr Kopf kippte plötzlich nach vorn und sie schlug die Hände vors Gesicht. »Herrgott, meinen Sie, er will mich auch umbringen, sind Sie deshalb hergekommen?«

Lise Sommer richtete sich auf, schluckte, bückte sich und riss eine Serviette vom Tisch. Der Ausdruck in ihren Augen veränderte sich, sie wurden klarer und dunkler. »Ich hatte während des ganzen letzten Jahres schreckliche Angst. Jemand hat mich verfolgt. Ich dachte, ich würde vielleicht ...«

»Sind Sie sicher, dass *er* Sie verfolgt hat?«

»Wer hätte das sonst sein sollen? So oft, wie er mich bedroht hat. Aber ich habe ihn nie in die Wohnung gelassen. Habe ihm nur gesagt, dass ich ihn nicht sehen will.«

»Wir haben Ester Synnøves Eltern und Johnny Svendsens Tante verhört. Alle drei haben etwas von einer Verschwundenen erzählt ...«

»Vesla Mortensen. Sie war das Mobbingopfer in unserer Klasse.«

»Wer hat sie gemobt?«

Lise Sommer zuckte mit den Schultern. »Alle«, sagte sie. »Aber Johnny und Ester waren die Schlimmsten.«

Cato Isaksen nickte nachdenklich.

Randi Johansen kam zurück. Sie fragte: »Wer ist Florian?«

»Florian?« Lise Sommer blickte sie fragend an. »Warum wollen Sie das wissen?«

»Wegen Ihres Türschilds, da steht: Hier wohnen Lise und Florian.«

»Ach so.« Sie lächelte kurz. »Florian ist mein Kater.«

»Ich dachte schon, das sei Ihr Mann oder Ihr Mitbewohner.« Randi Johansen lächelte ebenfalls.

Lise Sommer verschränkte die Arme über ihrem hellen Angorapullover. »Das ist ja auch der Sinn der Sache. Ich lebe allein, wissen Sie, und da kann es sich lohnen, zu signalisieren, dass hier eine Art Mann wohnt, auch wenn er schwarz ist und Fell und gelbe Augen hat.« Ihr Lächeln ließ das traurige Gesicht weicher erscheinen. Die Augen wurden lebhafter. Sie rief nach dem Kater, aber der ließ sich nicht sehen. »Er ist ein Feigling«, sagte Lise Sommer lächelnd. »Er wäre mir im Notfall wirklich keine Hilfe.«

Sie verabredeten, dass die junge Frau am folgenden Tag zur offiziellen Vernehmung auf die Wache kommen würde. »Das kann ich übernehmen«, sagte Randi Johansen und blickte Cato Isaksen an. Der nickte. »Gut«, sagte er.

Als der Kommissar an diesem Abend gegen acht Uhr nach Hause fuhr, dachte er an Mädchen und ihre Freundinnen. Wie eng waren Ester Synnøve Lønn, Lise Sommer und Vesla Mortensen befreundet gewesen?

Frauen gingen auf andere Weise miteinander um als Männer. Sie schienen in einem eigenen rosa Universum zu leben. Sie hielten wie Pech und Schwefel zusammen, wenn es wirklich sein musste. Bente hatte zwei Freundinnen von dieser Sorte. Wenn sie mit ihnen zusammen war, kam er sich völlig überflüssig und unsicher vor. Er wusste, dass sie über alles informiert waren, was damals geschehen war, als er Bente verlassen hatte. Deshalb würde er sich ihnen gegenüber auch nie mehr normal verhalten können und er musste zugeben, es gefiel ihm gar nicht so sehr, dass Bente sich noch immer mit den beiden traf.

Er dachte an Sigrid und Sonja Pettersen, auch die gingen zusammen durch dick und dünn. War es da nicht ein wenig seltsam, dass Lise Sommer Synnøve Ester Lønn in dieser schwierigen Situation nicht geholfen hatte? Und war es nicht auch seltsam, dass sie erst jetzt von dem Mord und von Markus' Entführung gehört hatte? Cato Isaksen hatte das leise Gefühl, dass hinter allem noch mehr stecken müsse, etwas Ernstes. »Angst«, murmelte er vor sich hin und bremste, als der Wagen vor ihm plötzlich das Tempo drosselte. Johnny Svendsen war ein manipulierender Mensch, der sicher dazu in der Lage war, eine Freundschaft zu ruinieren.

Der Strand im Winter war anders als der Strand im Sommer. Der Himmel war unnatürlich blau und hässlich, er schien den Leuten einreden zu wollen, es sei eine ganz andere Jahreszeit. Sie waren an einem alten Mann in einem dicken Wintermantel vorbeigefahren. Johnny Svendsen hielt vor einem geschlossenen Kiosk. Eine verschossene Eiscremefahne jagte fauchend im Wind hin und her. Er schaltete den Motor aus und stieg langsam aus dem Wagen. Dann lehnte er sich eine Weile an die offene Tür, ehe er sie schloss. Auch Markus stieg aus. Der Tag damals vor langer Zeit war ebenso tot wie das kleine braune Tier, das die Löwen im Fernsehen zerrissen hatten.

Der Junge blieb im gefrorenen Sand stehen. Die grauen Sandkörner waren so klein, dass sie nur schwer voneinander zu unterscheiden waren. Die Mütze war ihm halb ins Gesicht gerutscht. Der Wind bohrte sich wie spitze Eisenzacken durch seine Kleidung und war bis auf die Haut zu spüren. Markus schaute Strand und Meer an. Ging hinunter zum Wasser. Versetzte einem Kiefernzweig, der vom Wind umhergerollt wurde, einen Tritt. Er sah alles und das tat weh. Das Rauschen des Wassers wurde in seinem Kopf zu einem gewaltigen Lärm.

Der Wind verschlang die Wolken so schnell, wie sie sich am Himmel bildeten. Das Meer hatte Zähne aus weißem Schaum.

Johnny Svendsen hockte sich ein Stück weiter hin. Hier, genau hier hatten sie gesessen. Er nahm sich eine Hand voll Sand und ließ die Körner zwischen seinen Fingern hindurchrieseln. Einen Menschen zu finden, um ihn dann zu verlieren, konnte das Ende eines Lebens bedeuten. Er dachte an ihr erstes Mal, an die Begegnung zwischen ihren jungen Körpern. An Esters Atem, der in seinen halboffenen Mund geglitten war. An das Geräusch der schweißnassen Handflächen, die aufeinander trafen und auseinander gerissen wurden. Aufeinander, auseinander. Wieder und wieder. Weich und warm. Das Tosen des Meeres durchdrang wie ein heftiger Schmerz seine Gedanken.

Er richtete sich auf und ging zu der nächstgelegenen kleinen Campinghütte. Es gab insgesamt zehn davon, in Reih und Glied standen sie nebeneinander. Allesamt verlassen und mit vorgelegten Fensterläden. Warum war er hergekommen?

Der junge Mann setzte sich auf die kleine Treppe, stützte den Kopf in die Hände und starrte vor sich hin. Wieder und wieder wanderten die Bilder durch seinen Kopf, rückwärts, wie ein Film, der mit »The End« beginnt.

Markus drehte sich um und sah seinen Vater auf der Treppe sitzen. Er dachte an das grüne Badekrokodil, das er damals bekommen und das sein Vater für ihn aufgeblasen hatte. Es war kaputtgegangen, als er auf den Felsen spielte. Er schaute zu den Felsen hinüber. Sie lagen noch immer an derselben Stelle, waren grau und braun und an einigen Stellen fast gelb.

Seine Mutter hatte ihm die Streifen im Stein gezeigt, die fast wie ein Muster aussahen, und erzählt, dass das Eis vor Millionen von Jahren hier Abdrücke hinterlassen habe. Er sah ihre Finger vor sich, die über die Felskanten gewandert waren.

Unten beim Wasser lagen glattgespülte Steine und einige Granitblöcke. Plötzlich hörte er in Gedanken die Stimme seiner Mutter, so, als stehe sie neben ihm. Er hatte Angst gehabt, sie könne ihre Stimme mit in den Himmel genommen haben. Vielleicht war sie noch gar nicht dort?

Der Badeanzug der Mutter hatte dieselbe Farbe gehabt wie das Krokodil. Kroko und Dil, Dilokrok, Dilofant. Die Haut der Mutter, braun und blank vom Sonnenöl, mit dem sie sich gerade eingerieben hatte, der kühle Kokosduft. Und der Vater mit seinen schönen Augen, der immer wieder das Krokodil ins Wasser warf, wie um ihn aufzuziehen. *Na komm, komm doch, jetzt komm schon!* Und das Lachen, ehe das Krokodil das Loch bekam und alle Luft aus ihm herausströmte. Der Vater war nicht böse geworden, damals nicht. Markus hatte nicht geweint, weil Johnny ihm ein neues Krokodil versprochen hatte.

Er ging über den Strand zu seinem Vater. Er lief zu der kleinen Hütte und setzte sich neben ihn auf die Treppe.

»Wir wollen hier aber nicht schlafen, Papa, oder?«

Johnny Svendsen schaute auf seinen Sohn hinab. Er müsste ihm den Arm um die Schultern legen, aber es war so kalt. Er brachte es nicht über sich, die Hände aus den Taschen zu ziehen. »Aber nein«, sagte er.

»Ich hab kein neues Krokodil gekriegt.« Markus hob einen kleinen Stein hoch. »Warum hab ich kein neues Krokodil gekriegt?« Er warf den Stein in den Sand. Der Stein landete und verschwand in einer kleinen Kuhle.

Johnny Svendsen gab keine Antwort. Tief in seiner Brust verspürte er die Sehnsucht nach einer Zigarette, hatte aber keine. Die Packung in seiner Tasche war leer. Jetzt jagte der Drang nach Nikotin wie ein schmerzhaftes Ziehen durch seinen Körper.

Markus seufzte. »Ich hab Hunger, Papa.«

Der junge Mann sagte noch immer nichts. Er wiegte sich einfach langsam hin und her, um die allerschlimmsten Gedanken auf Distanz zu halten. Es gab so viel, woran er denken musste. Alles war so groß geworden. Er quälte sich mit allem herum. Vielleicht war auch das eine Art zu weinen.

Markus fror. Ein heftiger Windstoß drang durch seine Jacke und bohrte sich in seinen Rücken. Er hätte sich gern an seinen Vater geschmiegt, die Wange an seinen Hals gelegt. Aber das tat er nicht. Der arme Papa, der so traurig war. Die arme Mama, die so tot war. Sie war zu Luft geworden und vielleicht mit den Wolken weitergezogen. Oder sie war auf unsichtbaren Engelsflügeln in den siebten Himmel geflogen. Denn davon hatte er gehört. Dort oben wohnten Gott und der Heilige Geist. Der Heilige Geist war Gottes Atem oder vielleicht eher eine Art durchsichtiges Tier, das auf seiner rechten Hand saß. Und die Engel ruhten auf den Wolken, reisten mit ihnen hin und her, an allen Himmeln dieser Welt.

Sie standen auf. Johnny Svendsen nahm Markus' Hand, drehte sich kurz um und starrte auf das Wasser hinaus, warf dann noch einen letzten Blick auf die Wellen, die auf ihrem eigenen kalten Rücken davonschwammen. Auf die Brecher, die das Land erreichten und sich zurückzogen. Wieder und wieder und wieder. Am Winterstrand lag ein Streifen aus zusammengeklebten Algen. Johnny Svendsen wusste, dass er nie mehr hierher zurückkehren würde.

Als sie den Strand verließen, war es schon dunkel. Aus dem dünnen grauen Rand im Süden senkte sich eine Decke aus Wintersternen, wie ein Trauerkranz aus kleinen weißen Perlen.

Er war am Morgen des 14. Januar, einem Freitag. Markus Svendsen wurde seit dreieinhalb Tagen vermisst. Cato Isaksen hatte sich davon überzeugt, dass Vesla Mortensen wirklich im Sommer 1998 verschwunden war. In den Archiven lagerte ihre Akte neben denen von elfhundert weiteren verschwundenen Personen.

Das Fahndungsteam nahm am ovalen Tisch Platz. Etwas schien in der Luft zu liegen. Ellen Grue ergriff sofort das Wort und berichtete von einem aktualisierten Bericht der Spurensicherung, aus dem einwandfrei hervorging, dass Haare und biologisches Material gesichert worden waren und sich vielleicht mit der Mordtat in Verbindung bringen ließen.

»Es wurden auch einige interessante Spuren gefunden in den Schnittwunden am Hals. Sie sind so klein, dass sie bisher nicht analysiert werden konnten. Wir können nur feststellen, dass irgendein Material vorliegt.«

Ellen Grue hatte eine tiefe Furche zwischen ihren dunklen Augenbrauen. »In zwei Schnittwunden ist also etwas gefunden worden«, präzisierte sie. »Vielleicht etwas, das an der Mordwaffe festgesessen hat.«

»Vielleicht hat er ein Brotmesser mit Essensresten benutzt?« Randi Johansen beugte sich interessiert vor.

»Und was ist mit dem Leatherman-Messer, das wir in Johnny Svendsens Wohnung gefunden haben?«

»Wir glauben nicht, dass es sich dabei um die Mordwaffe handelt. Es gibt kein Blut daran und wie ich beim letzten Mal schon gesagt habe, passen die Schnittspuren nicht dazu. Die sehen zu unregelmäßig aus, wie mit einer nicht ganz glatten Schneide gezogen«, erklärte Ellen Grue.

Der Computer, der auf Ester Synnøve Lønns Schreibtisch gestanden hatte, enthielt keine interessanten Informationen. Vermutlich hatte vor allem Markus ihn zum Spielen benutzt.

Roger Høibakk und Asle Tengs hatte Bjørn Tore Lønn ein weiteres Mal verhört. Er bestritt noch immer jegliche Beteiligung an dem Mord. »Aber auf dem Messer sitzen seine Fingerabdrücke«, sagte Asle Tengs. »Er besteht nach wie vor darauf, dass das Messer Johnny Svendsen gehört und dass er es während ihres Handgemenges vom Boden aufgehoben hat, um sich zu verteidigen. Er glaubt, dass während dieses Kampfes Johnny Svendsens Fingerabdrücke verwischt worden sind.«

Roger Høibakk fuhr sich vorsichtig über das Pflaster auf seiner Stirn. Er sah Ellen Grue an. »Wir können also davon ausgehen, dass es sich bei der Mordwaffe nicht um ein Messer handelt?«

»Das habe ich nicht gesagt. Ich habe gesagt, es könne so aussehen, als sei etwas anderes benutzt worden, etwas mit einer Art gerillten Schneide, aber das wissen wir noch nicht. Das dauert seine Zeit, aber wir sagen Bescheid, sobald wir mehr wissen. Ich werde euch die aktualisierten Berichte kontinuierlich zukommen lassen. Fest steht allerdings«, sagte Ellen Grue, »dass Ester Synnøve Lønns Wohnungstür aufgebrochen worden war. Das ergibt sich aus kleinen Kratzern im Schloss. Aller Wahrscheinlichkeit nach wurde dazu der Dietrich benutzt, den wir in Johnny Svendsens Wohnung gefunden haben. Aber wir wissen natürlich nicht, wann das passiert ist«, fügte sie hinzu und schob Cato Isaksen den Bericht hin.

Roger Høibakk klatschte mit leisem Knallen in die Hände. »Sieh mal einer an.« Er lächelte zufrieden.

Cato Isaksen, der sich ebenfalls erleichtert fühlte, ärgerte sich zugleich darüber, dass die Gerichtsmedizin so endlos lange für die biologische Analyse der Fundstücke brauchte. »Ihr müsst doch wenigstens sagen können, wann wir die Ergebnisse bekommen«, verlangte er und schaute Ellen Grue ins Gesicht.

»Eine DNA-Analyse dauert einen Monat. Das weißt du doch.«

»Was ist aus der Forderung der Kripo geworden, die chemischen Untersuchungen selbst durchzuführen?« Auch Asle Tengs ärgerte sich. Weil es so lange dauerte, kamen die Fahnder mit ihren Ermittlungen nicht weiter.

»Da gibt's noch nichts Neues«, antwortete Cato Isaksen. »Die Mühlen der Bürokratie mahlen langsam. Bisher ist das nur ein Antrag.«

Ellen Grue war selbst gereizt. »Ich bin ja ganz eurer Meinung«, erklärte sie. »Aber wir können nicht viel daran ändern.«

»Wir haben genug, um Johnny Svendsen in U-Haft zu nehmen«, sagte Randi Johansen. »Nur müssen wir ihn zuerst finden.«

Ein Bauer, der in der Gegend von Halden wohnte, hatte einen Einbruch in einem für den Winter abgestellten Wohnwagen gemeldet. Er glaubte, am Vortag in der Nähe einen Mann und einen kleinen Jungen gesehen zu haben.

Als die Besprechung beendet war und alle wieder an ihre Schreibtische eilten, blieb Ellen Grue noch einen Moment stehen.

»Setz dich doch kurz.« Cato Isaksen sah seine Kollegin an. Sie wirkte müde, hatte dunkle Schatten unter den Augen. Doch ihr Gesicht unter dem dunklen kurzen Pony sah trotzdem jung und reizend aus. Sie trug ihre Maske mit Würde. Alle hatten Respekt vor ihr. Sie konnte schroff wirken und erzeugte in anderen häufig ein Gefühl von Unterlegenheit. Aber Cato Isaksen hatte einige Male dieses Eis brechen können. Sie war die Einzige unter den Kollegen, der er damals seine Verzweiflung angesichts von

Gards Drogenkonsum anvertraut hatte. Und Ellen hatte von ihrem Bruder erzählt, der jahrelang an der Nadel gehangen hatte.

»Ich denke an den kleinen Markus«, sagte Ellen Grue und setzte sich. »Jetzt muss bald etwas passieren. Was glaubst eigentlich du, was Johnny Svendsen zu beweisen versucht?«

»Ich weiß es nicht. Hoffentlich ist es einfach nur ein verzweifelter Versuch, Zeit zu schinden. Wenn er nicht total labil ist, meine ich.«

»In den USA hat vor kurzem ein Vater seine ganze Familie erschossen, Frau und vier Kinder.«

»Ja, das habe ich gelesen. Ich mache mir Sorgen«, fügte er hinzu. »Dass die Polizei nach ihren Anzeigen nichts unternommen hat ... wir müssen uns auch mit dieser Frau befassen, die vor zwei Jahren verschwunden ist, dieser Vesla Mortensen.«

»Kann es da denn einen Zusammenhang geben?«

»Johnny Svendsens Tante hat erzählt, dass er damals damit in Verbindung gebracht worden ist. Aber das war wohl nur ein Gerücht. Die Vermisste ist als Kind in dieselbe Klasse gegangen wie Ester Synnøve Lønn und Johnny Svendsen.«

Ihre Blicke begegneten einander. Und wieder schien zwischen ihnen etwas zu wachsen.

Der gestohlene Toyota wurde am folgenden Tag hinter der Shelltankstelle von Enger gefunden. Deren Besitzer, Ragnar Bjone, meldete sich gegen sieben Uhr abends am Samstag, dem 15. Januar. Er erzählte, er sei ein Jugendfreund von Johnny Svendsen, habe aber nichts mit den aktuellen Ereignissen zu tun. »Ich habe Johnny schon lange nicht mehr gesehen«, sagte er.

Eine Stunde zuvor hatte ein Zollbeamter der Grenzstation Svinesund gemeldet, dass ein Mann und ein Junge, auf welche die Beschreibung der Vermissten passte, in einem alten blauen Ford Fiesta nach Norwegen gefahren seien. Er hatte das Kennzeichen notiert.

Sofort rückten mehrere Streifen aus Fredrikstad und Halden aus. Zudem patrouillierten Zivilstreifen durch die Straßen der Umgebung und gegen halb neun an diesem Abend sah eine davon den kleinen blauen Fiesta vor einer Raststätte an der E 6 bei Skjeberg.

Roger Høibakk und Randi Johansen waren sofort nach Østfold aufgebrochen. Als die Meldung einlief, der Wagen sei vor der Raststätte gesichtet worden, waren sie nur zehn Minuten von dort entfernt. Der Fiesta stand noch immer dort, als sie von der Hauptstraße abbogen.

Randi Johansen wurde als Kundschafterin ins Lokal geschickt. Sie schaute sich rasch um. Typische Raststätte, mit halbhoher, knallbunter Täfelung, Seidenblumen und farbenfrohen Töpfen auf allen Tischen und einem groß gemusterten Teppichboden. Schließlich entdeckte sie die beiden Vermissten in einer

Ecke der Raucherabteilung, jeder hatte einen Hamburger und eine Cola vor sich stehen. Sie holte zwei Tassen Kaffee und eine Zeitung und setzte sich zwei Tische weiter. Sie war zutiefst erleichtert darüber, dass Markus unversehrt zu sein schien. Die Polizistin hatte das Gefühl, ihn ein wenig kennen gelernt zu haben, da sie nun seit fast sechs Tagen mit seinem Fall beschäftigt war. Bald darauf kam Roger Høibakk hereingeschlendert und setzte sich an ihren Tisch. Er hatte sich eine grüne Strickmütze tief in die Stirn gezogen, damit Johnny Svendsen ihn nicht erkennen konnte. Immerhin waren die beiden neun Tage zuvor aneinander geraten.

Roger Høibakk zog Randi Johansens Hand über den Tisch zu sich und drückte sie neckend. »Mein Herzchen«, sagte er.

»Nicht übertreiben.« Die junge Frau zog gereizt ihre Hand zurück. Ein müdes Lächeln erschien in ihrem Mundwinkel. Ihre Tochter hatte auch die letzte Nacht hindurch fast nur geschrien.

»Wir lassen sie fertig essen«, sagte sie.

Markus sah erschöpft aus. Nach jedem Bissen ließ er den Kopf auf die Tischkante sinken. Er hatte dunkle Ringe unter den Augen und der Reißverschluss seiner warmen Daunenjacke war bis zum Hals hochgezogen. Er gähnte immer wieder und rieb sich ein Auge. Seine große Mütze lag neben ihm auf dem Tisch.

Johnny Svendsen hatte den anderen den Rücken gekehrt. Er trug eine schwarze Lederjacke. Gierig verschlang er seine Mahlzeit und blätterte rasch durch eine Zeitung. Das Eisenbahnunglück von Åsta war in die Schlagzeilen zurückgekehrt. Aber in der Zeitung fand er dann doch auch einen ausführlichen Artikel über sich und sein armes Kind.

Markus schaffte nur den halben Hamburger. Der Junge war so müde, dass ihm immer wieder die Augen zufielen. Er hob die Hand und wischte sich den Mund, trotzdem klebten noch zwei vertrocknete Ketchupreste an seiner Wange. Neben ihm stand ein halb leeres Colaglas. In einem Topf auf dem Tisch prangte eine grünblaue Seidenblume mit rosa Blüte. Er schob seinen Teller zurück, griff nach seiner Mütze und ließ seinen Kopf wieder auf die Tischkante sinken.

Johnny Svendsen sah seinen Sohn an, dann drehte er sich um und ließ den Blick rasch durch das Lokal wandern. Er hatte das scheußliche Gefühl, überwacht zu werden. Er betrachtete eine Frau zwei Tische weiter und registrierte, dass sie dunkle Augen und braune Locken hatte. Sie lächelte ihren Begleiter an und streichelte liebevoll seine Hand. Johnny Svendsen drehte sich wieder um, klappte die Zeitung zu und faltete sie sorgfältig zusammen.

Randi Johansen warf Roger Høibakk einen viel sagenden Blick zu. »Er ist nervös«, sagte sie leise.

»Er hat eben über sich selbst gelesen«, erwiderte Roger Høibakk und trank einen Schluck Kaffee. Draußen warteten fünf Zivilfahnder von der Wache in Fredrikstad.

»Glaubst du, er ist bewaffnet?« Randi Johansen hoffte, dass alles ruhig ablaufen würde, dem Jungen zuliebe. Der hatte schon genug durchgemacht.

»Wir sollten das nicht ausschließen«, sagte Roger Høibakk besorgt.

Als Johnny Svendsen dann endlich aufbruchsbereit wirkte, liefen die beiden rasch zur Eingangstür.

Der junge Mann weckte seinen Sohn, der aus Schlafmangel losweinte. »Ich will nicht, Papa«, sagte er.

»Komm jetzt, aufgestanden.«

»Warum denn?«, murmelte Markus schlaftrunken.

»Jetzt mach schon.« Johnny Svendsen hatte es plötzlich eilig. Seine Stimme klang strenger, als ihm lieb war. Energisch zog er seinem Sohn die Mütze über die Augen. Von allen Seiten drängte die Angst auf ihn ein. Er wusste nicht, was er jetzt tun sollte.

Markus zu Ester Synnøves Eltern bringen oder diese wahnwitzige Flucht fort von allen und allem fortsetzen?

Der Junge schob seine Hand in die seines Vaters. Auf dem Weg zur Tür beschloss Johnny Svendsen, die Entscheidung bis zum nächsten Tag hinauszuschieben. Vom Auto aus würde er Ragnar anrufen. Der würde sicher einen Unterschlupf wissen.

Plötzlich fiel ihm auf, dass das Paar, das vorhin zwei Tische hinter ihm gesessen hatte, jetzt abwartend beim Ausgang stand. Und irgendetwas stimmte nicht an ihrer gelassenen Haltung, ihrem Gespräch. Johnny Svendsen begriff plötzlich, dass sie ihn überwachten. Die scharfe Erkenntnis, entdeckt worden zu sein, jagte von seinem Zwerchfell in seinen Hals hoch.

Markus gähnte laut. Der junge Mann bückte sich und zog ihm wieder die Mütze vom Kopf. »Du musst doch Pipi machen, oder?«

Der Junge schüttelte den Kopf.

»Na komm schon«, sagte sein Vater laut. »Das ist gleich hier die Treppe runter.«

Er zog seinen Sohn hinter sich her, bückte sich wieder, redete leise auf ihn ein und lachte ein wenig, zog ihn aber zugleich gereizt an den Haaren.

Randi Johansen registrierte die Veränderung. Aber sie war sich nicht ganz sicher. Vielleicht musste der Junge ja wirklich.

Roger Høibakk löste sich von der Wand. »Ich geh mal kurz aufs Klo«, sagte er munter.

»Ich warte hier«, sagte die Kollegin und bedeutete durch die Glastür einem der wartenden Fahnder, dass höchste Bereitschaft angesagt sei. »Keine Dramatik, denk an den Jungen«, sagte sie ruhig zu Roger Høibakk, der bereits die Treppe hinunter lief.

Der Polizist öffnete die Tür zur Herrentoilette, blieb stehen und horchte. Zwei Zellen waren besetzt, ein älterer Herr stand mit dem Rücken zu ihm vor dem Pissoir.

Er konnte das Kind nicht hören. Rasch bückte er sich und schaute unter den Türen hindurch. Johnny Svendsen hatte sie ausgetrickst. Roger Høibakk lachte laut. Der ältere Mann fuhr herum und musterte ihn verwundert. Rasch riss der Polizist die Tür auf und lief wieder auf den Gang hinaus. Aus der Damentoilette hörte er eine schrille Frauenstimme. Er riss die Tür auf und wusste sofort, dass er zu spät gekommen war. Über den Waschbecken schlug eines der schmalen länglichen Fenster hin und her. Eine Frau von Mitte fünfzig sah ihn gereizt an. »Was ist hier eigentlich los?«, rief sie, während Wasser von ihren Händen tropfte.

Markus Svendsen musste nicht Pipi machen. Er hatte sich in einer Zelle versteckt. Sein Herz hämmerte wie besessen. Sein Vater war durch das Fenster gekrochen. Er hatte gesagt, Markus solle keine Angst haben, aber die Glühbirne hier in der kleinen Zelle war erloschen und die Dunkelheit in dem engen Raum hatte seine Angst entfacht.

Roger Høibakk rannte die Treppe hoch, schob eine Frau mit einem kleinen Kind auf dem Arm zur Seite und stieß mit einer Kellnerin zusammen, die mit zwei Tellern einen Tisch ansteuerte.

Randi Johansen nahm die Signale schon wahr, als ihr Kollege ganz unten an der Treppe auftauchte. Seine Hand jagte das Geländer hoch, seine Füße nahmen drei Stufen auf einmal.

Roger Høibakk riss die Glastüren auf und rannte hinaus. Die bereitstehenden Kollegen rannten in alle Richtungen davon. »Das Fenster, auf der Rückseite!«, rief Roger Høibakk und verlor auf dem glatten Boden fast das Gleichgewicht, als er um die Ecke schlitterte.

Die Gäste an den Fenstertischen sprangen auf und beugten sich vor, um ja nichts zu verpassen. Zwei Fahnder folgten Roger Høibakk hinter das Haus.

»Holt ihn euch!«, schrie der Ermittler und spurtete zu einem Wäldchen hinter der ein Stück entfernt gelegenen Tankstelle.

Randi Johansen lief die Treppe hinunter. Öffnete zuerst die Tür zur Herrentoilette. Ein verärgert dreinblickender alter Mann kam heraus. »Ist hier ein kleiner Junge?«, fragte sie. Der Mann schüttelte energisch den Kopf.

Aus der Damentoilette hörte sie das Rauschen des Händetrockners. Sie öffnete die Tür. Vor dem Wickeltisch stand eine Frau mit einem Baby auf der Hüfte, eine andere, ältere, mit einer weiten grünen Steppjacke, teilte der jungen Frau mit empörter Stimme etwas mit. »Diese Drogensüchtigen ... einfach aus dem Fenster ... und das Waschbecken erst ... total verbogen!«

Randi Johansens Blick fegte über die beiden verschlossenen Türen. Sie bückte sich und schaute darunter nach. Zwei schwarze Damenstiefel in der ersten Zelle, in der zweiten zwei blaue Cherroxschnauzen mit weißen Zähnen und schwarzen Augen. Die Frau in der grünen Jacke öffnete schon den Mund, aber Randi Johansens Blick ließ sie verstummen. Dann richtete die Polizistin sich wieder auf und öffnete vorsichtig die Tür der hintersten Zelle.

Markus Svendsen hielt seine große Mütze in der Hand. Zwei schwarze Augen schauten zu ihr hoch. Er zitterte leicht um den Mund. Kniff die Lippen zusammen, um sein Weinen zu unterdrücken.

»Komm, Lieber«, sagte Randi Johansen und lächelte. Sie nahm seine Hand. »Jetzt ist alles gut«, sagte sie leise und fuhr ihm über die Haare.

Der Junge leistete keinen Widerstand. Seine kleine, glühend heiße Hand lag zitternd in ihrer. Randi Johansen spürte in sich eine düstere Trauer brennen. Sie führte den Jungen die Treppen hoch und aus dem Lokal hinaus. Die ganze Zeit hindurch redete sie beruhigend auf ihn ein. Sie hoffte, dass ihre Kollegen Johnny

Svendsen gefasst hatten. Der Ärmste sollte nicht noch mehr Angst erleiden müssen. Was sollte sie jetzt tun? Das Jugendamt verständigen oder ihn zu seinen Großeltern bringen? Sie wusste es nicht so recht.

Johnny Svendsen befand sich nicht im Wäldchen. Die dünnen Baumstämme waren so weit voneinander entfernt, dass er sich dort nicht verstecken konnte. Also lief Roger Høibakk zur Tankstelle hinunter. Plötzlich bemerkte er einen Schatten, der sich hinter einigen parkenden Wagen bewegte. Das Licht der Fenster fiel als gelbes Dreieck über Asphalt und Motorhauben. Am Rande des Dreiecks sah er einen Mann, der sich gebückt zwischen zwei Wagen hindurch bewegte.

»Johnny Svendsen«, rief er. »Geben Sie auf!«

Die Gestalt lief in Richtung E 6. Roger Høibakk blieb stehen. Er konnte sich ja vorstellen, was jetzt passieren würde. Er konnte den Mann doch nicht in den Tod hetzen. Die Autobahn würde er niemals lebend überqueren können.

Aber da irrte er sich. Johnny Svendsen lief zuerst über die beiden nächstgelegenen Spuren. Zwei Autos hupten irritiert. Ein drittes wich mit quietschenden Bremsen aus und schrammte seitwärts in die Leitplanke.

Er blieb für einen Moment stehen und wartete, ehe er die beiden anderen Spuren hinter sich brachte und auf der anderen Seite in einem Wäldchen verschwand. Seine dunkle Kleidung verschwamm mit den schwarzen Baumstämmen und dem kaum verschneiten Boden.

»Verdammt!«, rief Roger Høibakk und versuchte die Kollegen zu informieren. Aber der Lärm der Autobahn übertönte seine Rufe.

Ihm blieb nichts anderes übrig, als die Verfolgung aufzunehmen. Dieser Mistkerl sollte nicht noch einmal davonkommen. Mit hämmerndem Herzen und unter Einsatz seines Lebens erreichte er ebenfalls die andere Seite. Mit dem Verkehrslärm im Rücken, lief er hinter dem Flüchtenden her durch den Wald. Es ging ein Stück lang steil bergauf, dann flachte der Boden wieder ab.

Je weiter er sich von der Autobahn entfernte, um so dunkler wurde es. Der Januarhimmel war schwarz und unendlich, kein Mond, nur ein leichter Wind, der die dünnen Wipfel wispern ließ.

»Ich will zu Oma«, sagte Markus und ließ Randi Johansens fremde Hand los. Auf der Autobahn bremste ein Auto mit kreischenden Rädern. Dieses schreckliche Geräusch schien die Dunkelheit zu zerreißen.

»Du musst meiner Oma Bescheid sagen«, bat er, »mit deinem Handy, dass sie mich holen kommen soll.«

»Wir rufen sie gleich an, einen Moment noch«, versprach die Polizistin und wählte die Nummer ihres Chefs.

Als Cato Isaksen erfuhr, was passiert war und dass Roger Høibakk die Verfolgung des Ausreißers aufgenommen hatte, befahl er Randi Johansen, sofort die Großeltern des Jungen anzurufen. »Das ist jetzt das Beste«, sagte er. »Lass das Jugendamt erst mal noch aus dem Spiel. Der Kleine hat genug durchgemacht.«

Johnny Svendsen lief an einem mit Reif überzogen Feld entlang, bis er einen schmalen Weg erreichte. Er drehte sich um und sah, dass er verfolgt wurde. Mit einem leisen Fluchen lief er in einen Garten, bog um eine Hausecke und ging hinter einem großen viereckigen Müllcontainer in die Hocke. Im Haus fing ein Hund an zu bellen.

Roger Høibakk rutschte auf einem Eisbuckel aus und kippte zur Seite. Er konnte sich zwar noch abstützen, aber der Schmerz in seinem Ellbogen war unerträglich. Trotzdem kam er sofort wieder auf die Beine. Lief über das Feld und erreichte eine kleine

Wohnstraße, wo die Straßenlaternen das Sehen erleichterten. Der Polizist blieb stehen, sein Herz hämmerte. Er horchte. Es gab hier in alle Richtungen Stichstraßen. Irgendwer öffnete eine Tür und ließ einen bellenden Hund heraus.

Plötzlich entdeckte er Johnny Svendsen, der von einem Garten in einen anderen huschte. Der Hund jagte wütend bellend hinterher, sein Besitzer rief vergeblich seinen Namen.

Roger Høibakk lief die Straße entlang, überquerte einen Graben und erreichte den Garten auf der anderen Seite. Plötzlich stand er auf einer schwarzen, glatten Rasenfläche und gleich vor ihm kam Johnny Svendsen zum Stehen.

Die beiden Männer musterten einander für einen Moment, dann zuckte Johnny Svendsen zusammen und unternahm einen letzten Fluchtversuch. Dabei stolperte er fast über den bellenden Hund. Roger Høibakk war sofort zur Stelle. Er hatte den Vorteil, dass er viel größer war als sein Gegner. Und den nutzte er nun. Er schlang von hinten die Arme um ihn und zog ihn an sich, dann trat er ihm die Beine weg und drückte ihn zu Boden. Doch Johnny Svendsen wollte sich nicht ergeben. Er streckte einen Fuß aus und die scharfe schwarze Stiefelspitze bohrte sich in den Oberschenkel des Kommissars. Der Schmerz jagte wie Feuer durch die angespannten Muskeln des Polizisten, was seine Wut nur noch verschärfte. Roger Høibakk hob eine Hand, ballte sie zur Faust und ließ sie mit aller Kraft gegen Johnny Svendsens Wangenknochen prallen. Das dumpfe Geräusch, mit dem sie dort auftraf, wurde von dem großen Hund übertönt, der gleich danebenstand und die beiden Männer mit gebleckten Zähnen anstarrte.

»Mit Dank zurück«, sagte Roger Høibakk und dachte an die Wunde über seinem Auge.

»Scheiße!«, schrie Johnny Svendsen. »Ich gebe auf!«

Als endlich per Telefon mitgeteilt wurde, dass Markus wohlbehalten gefunden sei, sank Ragnhild Lønn auf dem roten Sofa in sich zusammen. Sie fühlte sich wie gerädert. Ihr Körper kam ihr fremd und kalt vor. Ihre Tochter war ermordet worden, ihr Sohn saß im Gefängnis, aber ihr Enkel war unversehrt gefunden worden. Licht und Schatten trieben über sie hinweg wie dünne Wellen. Sie konnte sich fast nicht rühren. In den letzten neun Nächten hatte sie so gut wie nicht geschlafen. *Ester ist für immer von uns gegangen, du bist selbst so gut wie tot,* dachte sie. *Auf diese Weise wirst du nicht mehr lange leben.*

Ihr Körper war immerzu in Alarmbereitschaft und in viele verschiedene Teile zerfallen. Sie war davon überzeugt, dass ein lautes Geräusch oder eine jähe Bewegung ihr Herz zum Stillstand bringen könnten.

Zwischen Leib und Seele gab es eine Trennlinie. Eine klare, gerade Grenze, die beides physisch teilte. Sie waren Massen, die denselben Platz einnahmen, aber nur wenig miteinander zu tun hatten.

Ivar Lønn versuchte vergeblich, sie zu erreichen. Er machte sich an ihr zu schaffen und fragte sich, ob er den Arzt rufen solle. Ragnhild Lønn hatte ihm das mit letzter Kraft untersagt. Am Ende machte sie ihm klar, dass alles noch viel schlimmer würde, wenn er ihr nicht gehorchte. Sie wollte nur einen kleinen Moment liegenbleiben. Am liebsten wäre sie im Schlaf ertrunken. Aber das durfte sie nicht, denn die Zeit hatte sie aneinander gebunden. »Markus kommt zurück«, sagte sie. Sie musste für ihn eine heiße Schokolade kochen, musste tiefgefrorene Rosinenbrötchen auftauen und ihm eine Wärmflasche in das Bett legen.

Dauernde Rückblicke ließen ihr Gehirn nicht zur Ruhe kommen. Ester Synnøve mit vier Jahren auf der Schaukel, in dem weißen Kleidchen, das auf der Brust mit einem Haus bestickt war.

Ester Synnøves kleine Fußsohlen, voller Grashalme, weil sie barfuß über den feuchten Rasen gelaufen war. *Mindestens vierzig Grad an der Hauswand.* Schmetterlinge, die ins Gewächshaus geraten waren und die hysterisch auf der Suche nach süßer Nahrung von einer Pflanze zur anderen flatterten. Gelbe Wespen, die gegen das Glas brummten. Schwarze Erde, die nach Eisen roch.

Als der Wagen mit Randi Johansen, einem Kollegen aus Fredrikstad und Markus auf den Hofplatz fuhr, standen die Großeltern schon wartend in der offenen Tür. Das Scheinwerferlicht fegte über die spitzen, kahlen Zweige des Hofbaumes. Markus lächelte nicht, als er die Tür öffnete und ausstieg. Er hatte in die Hose gemacht, alles war nass und eklig und stank. Fieberhaft machte er sich an den Ketchupflecken auf seiner Wange zu schaffen. Randi Johansen warf die Autotür ins Schloss und kämpfte mit einem Weinkrampf, der in ihrem Gesicht zuckte. Verdammtes Weinen. Verdammter Job.

Ragnhild Lønn ging ruhig die Treppe hinunter, streckte ihrem Enkel die Arme entgegen und zog ihn behutsam an sich. Die Haut in ihrem Gesicht war weiß wie Schnee. Ein leichtes Fieber hatte die Haare in ihrem Nacken feucht und kräuselig gemacht. Sie lächelte auf den Kopf des Jungen hinab und strich ihm vorsichtig über die Haare. »Hallo, Herzchen«, sagte sie ruhig, während sie mit den Tränen rang. Die Stimmen in ihrem Kopf plapperten und plapperten, sie konnte einfach nicht daraus schlau werden. Sie spürte die raue Januarluft an ihrem Leib. Ein Zittern setzte in der Brust ein und pflanzte sich durch beide Arme hindurch fort. Wohin hatte diese wahnwitzige Reise ihn eigentlich geführt? Sie hatte das Gefühl, plötzlich nicht mehr atmen zu können, aus großer Höhe abzustürzen und nur auf den grausamen Aufprall auf den Boden zu warten. Energisch riss sie sich zusammen. »Ich habe Kakao für dich gekocht«, sagte sie ruhig. »Aus richtiger Blockschokolade und Opa hat Rosinenbrötchen für dich aufgetaut.«

Cato Isaksen betrachtete den Mann, der vor ihm saß. Johnny Svendsen hatte die Hände im Schoß liegen. Noch immer trug er die schwarze Lederjacke. Die Nacht in der Zelle hatte ihm nicht viel Schlaf, aber dafür noch mehr Angst bereitet. Ein tiefer Kratzer in seiner linken Hand und ein geschwollener blauer Fleck auf der Wange berichteten von seinem Kampf mit Roger Høibakk. Viel mehr lenkte eine Wunde in der rechten Hand die Aufmerksamkeit des Kommissars auf sich. Sie war fast verheilt. Es war keine neue Verletzung.

Die ganze harte und pathetische Erscheinung hatte etwas Bemitleidenswertes. Im Aschenbecher lag seine Zigarette und füllte das kleine Verhörzimmer mit grauem, stinkendem Rauch.

Svendsen war ein Pflichtverteidiger zugeteilt worden. Eivind Stang hatte den Fall übernommen. Er gehörte zu den Bekannten, zu den Meistbeschäftigten. Cato Isaksen legte die Unterlagen auf den Tisch. Er ärgerte sich über die Fähigkeit gewisser Anwälte, die Fälle zu wittern, bei denen mit den größten Schlagzeilen zu rechnen war. Sie waren berechnend und mediengeil. Fanden es wunderbar, wenn sie ihre Fälle in den Fernsehnachrichten kommentieren durften. Sonnten sich in dem ganzen Elend. Und das alles nur aus der Gewissheit heraus, dass der Status des Prominenten alsbald zu saftigen Honoraren führen konnte. Eivind Stang und seine Familie hatten eben erst auf einer Doppelseite in einer Klatschillustrierten geglänzt. Schöne blonde Gattin. Zwei Kinder, ein Junge und ein Mädchen, hübsch angezogen. Das Mädchen mit bunten Haarspangen. Und der obligatorische Hund lag vor dem teuren Glastisch und dem Kaminfeuer auf dem Perserteppich.

»Ich weiß nicht, was Sie zu sagen haben«, fing Cato Isaksen an und wurde von Svendsens mürrischer Stimme unterbrochen. »Ich rede erst, wenn dieser Anwaltsheini hier ist.«

Roger Høibakk kam ins Zimmer. Er hielt eine Colaflasche in der Hand. »War nett gestern«, sagte er sarkastisch. Er war im Krankenhaus gewesen, um seinen Ellbogen untersuchen zu lassen. Dort hatten sie ihm einen straffen Verband verpasst. »Wir können schon mal anfangen«, sagte er. »Stang ist von seinem Ferienhaus im Håfjell aus auf dem Weg.«

Johnny Svendsen nahm die halb gerauchte Zigarette zwischen die Finger und machte einen tiefen Zug.

Cato Isaksen verabscheute Zigarettenrauch, wollte aber auf keinen Fall sein Gegenüber noch weiter unter Stress setzen. Vielleicht war der Mann schon so sehr mit den Nerven am Ende, dass er reden würde. Der Hauptkommissar warf Roger Høibakk einen düsteren Blick zu. Dieser Blick sagte: nicht provozieren.

»Haben Sie uns etwas zu erzählen?« Cato Isaksen setzte sich auf seinem Stuhl behaglicher hin. Er wollte signalisieren, dass er Zeit genug habe und auf eine Erklärung warte.

»Sie können das auch gleich erledigen«, sagte er dann, »jetzt, wo Sie eine Menge Schuldgefühle und Angst auf Ihren Sohn abgeladen haben, meine ich.«

Die Reaktion blieb nicht aus. Johnny Svendsen ballte demonstrativ die Faust mit der fast verheilten Wunde. »Darf ich nicht mal mit meinem eigenen Sohn einen Ausflug machen?«, rief er. »Wollen Sie mir das weismachen?«

»Ich rede von Mord«, sagte Cato Isaksen mit harter Stimme. »Wie haben Sie sie umgebracht, wie sind Sie in die Wohnung gelangt, welche Waffe haben Sie benutzt?«

»Ihr irrt euch.« Johnny Svendsen drückte wütend seine Zigarette in dem schwarzen Aschenbecher aus. »Ich war das nicht, verdammt noch mal.« Dann sagte er: »Für wie blöd halten Sie mich eigentlich? Okay, ich bin blöd, ich hab mich kindisch aufgeführt oder was immer Sie wollen. Ja, ich war wütend, eifersüchtig, gereizt ...« Plötzlich breitete er die Arme aus und ein Ausdruck der Verzweiflung jagte über sein verletztes Gesicht. »Ich konnte es nicht ertragen, dass sie mich verlassen hat ... dass sie mir auch meinen Sohn weggenommen hat. Und deshalb habe ich sie gehasst. Er war doch mein Sohn genauso wie ihrer. Und wir hatten es so gut zusammen. Ich weiß nicht, was passiert ist.«

Cato Isaksen dachte an den Artikel über die Merkmale von Psychopathen, der in Ester Synnøve Lønns Schublade gelegen hatte. *Deutet die Umwelt anders als die meisten anderen.*

Roger Høibakk trank noch einen Schluck aus seiner Colaflasche. »Wir haben einen Zeugen«, sagte er langsam. »Jemand hat an dem Abend, an dem Ester Synnøve ermordet worden ist, einen dunklen Mann vor dem Haus gesehen.«

»Nein, nein, nein, nein!« Johnny Svendsen schüttelte verzweifelt den Kopf. »Das stimmt nicht. Verdammt, ich war wirklich nicht da!«

Da wurde leicht an die Tür geklopft und Eivind Stang stand vor ihnen. Umgeben vom Duft eines stark riechenden Rasierwassers. Er blickte die Polizisten gereizt an. »Sagt bloß nicht, ihr habt schon angefangen«, sagte er sauer. »Ihr wusstet doch, dass ich komme.« Dann reichte er Johnny Svendsen die Hand.

»Zeigt mal den Haftbefehl«, sagte er kurz und zog am Hosenbein seines teuren Anzugs, um ihn nicht auszubeulen, ehe er sich setzte.

»Den haben wir dir heute Morgen in dein Ferienhaus gefaxt«, sagte Roger Høibakk und knallte die Colaflasche auf den Tisch.

»Ich will einen Moment unter vier Augen mit dir sprechen.« Eivind Stang sah Cato Isaksen an, der sich widerstrebend erhob und mit ihm aus dem Zimmer ging.

»Wie lauten die Prämissen?«

»Wir haben acht Wochen Untersuchungshaft mit Post- und Besuchsverbot beantragt. Unserer Ansicht nach gibt es eine Wahrscheinlichkeit von über fünfzig Prozent, dass Johnny Svendsen seine Exfrau umgebracht hat. Auf dieser Grundlage haben wir die U-Haft beantragt. Wir haben allerlei Dinge beschlagnahmt, unter anderem ein Leatherman-Messer, von dem wir uns einiges erwarten. Wir haben sein Mobiltelefon und eine Pistole, die er im Auto bei sich hatte. Wir überprüfen, ob er an besagtem Tag in der Nähe der Wohnung der Ermordeten gewesen ist. Wir haben eine entsprechende Aussage, eine Nachbarin hat am betreffenden Abend einen gut aussehenden dunklen Mann beobachtet. Aus Rücksicht auf den Stand der Ermittlungen wird das Gericht uns garantiert zustimmen. Ich glaube, du solltest dir keine zu großen Hoffnungen machen, das noch ändern zu können.«

»Aber ihr habt nichts Konkretes, alles stützt sich auf Annahmen. Damit kommt ihr nicht weit«, sagte Stang.

»Weit genug«, sagte Cato Isaksen. »Außerdem haben wir auch noch die Entführung, wenn das nötig sein sollte.«

»Das ist keine Entführung, wenn jemand mit seinem eigenen Sohn einen Ausflug macht«, sagte der Anwalt.

»Das ist es wohl, zumal Besuchsverbot vorliegt«, erklärte Cato Isaksen.

Als sie das Verhörzimmer wieder betraten, starrten Roger Høibakk und Johnny Svendsen einander feindselig an.

»Sie scheinen genug Anhaltspunkte zu haben, um Sie in U-Haft zu stecken«, sagte der Anwalt kurz und sah seinen Mandanten an.

Johnny Svendsen schnaubte laut und schüttelte wütend den Kopf. »Ja, verdammt«, sagte er aufgebracht. Dann änderte sein Gesichtsausdruck sich plötzlich. Ein ironisches Lächeln huschte über seine Lippen. »Wer zuletzt lacht, lacht am besten«, sagte er. »Ein Unschuldiger kann doch wohl nicht verurteilt werden, oder?«

Eivind Stang sah für einen Moment besorgt aus.

»Die Wunde an Ihrer rechten Hand, woher haben Sie die?« Cato Isaksen hatte sie schon am Vorabend fotografieren lassen. Ein Gerichtsmediziner sollte sie begutachten.

Johnny Svendsen grinste. »Ich habe vor einer Woche in der Stensgate eine Klingelanlage ruiniert.« Er zuckte mit den Schultern. »Ich war wütend, sie wollte nicht aufmachen.«

»Wer wollte nicht aufmachen?«

»Lise Sommer, eine Freundin«, sagte er.

Roger Høibakk und Cato Isaksen wechselten einen viel sagenden Blick. »An welchem Tag war das?«

»Am 6. Am verdammten 6. Januar.« Johnny Svendsen zuckte gleichgültig mit den Schultern. »Das könnt ihr ja überprüfen«, fügte er hinzu.

Der Kommissar spürte einen kurzen zuckenden Schmerz in der Schläfe. Er blickte den Anwalt mit ernster Miene an. »Ester Synnøve Lønn ist zwei Jahre von diesem Mann verfolgt worden. Sie hat ihn zweimal wegen Belästigung und Brutalität angezeigt. Zuletzt im November wegen Morddrohungen.«

»Und was hat die Polizei unternommen?« Eivind Stang wühlte in seinem Diplomatenkoffer nach irgendwelchen Unterlagen.

»Das müssen wir noch überprüfen«, sagte Cato Isaksen und hörte selbst, dass seine Stimme eine Oktave höher lag als sonst.

»Sie wollte mich meinen Sohn nicht treffen lassen.« Johnny Svendsen lief dunkelrot an. »Sie war immer gegen mich«, sagte er. »Und jetzt hat ihre Mutter diese Rolle übernommen.«

»Sie meinen Ester Synnøves Mutter?«

Er nickte. »Sie hat sich schriftlich geben lassen, dass ich als Vater nichts tauge. In so einem Fall wird man viel zu leicht abgestempelt. Markus und ich haben schöne Tage hinter uns. Die brauchten wir, alle beide.«

»Sie brauchten diese Tage, sollten wir wohl eher sagen«, erwiderte Roger Høibakk sarkastisch.

»Der Junge braucht mich. Er ist schließlich mein Sohn«, sagte der Mann verbissen. »Die Kuh, bei der er jetzt wohnt ...« Er starrte Cato Isaksen wütend an. »Markus soll da nicht wohnen. Markus ist jetzt mein Sohn. Jetzt, wo seine Mutter tot ist, meine ich ... Er ist jetzt mein Sohn«, wiederholte er.

Der Ermittler betrachtete den jungen Mann auf dem Stuhl. In dessen Augen lag nicht nur Trotz, sondern auch eine Art Trauer. Er wirkte nicht nur unsympatisch, obwohl er auch jetzt diesen frechen und selbstgerechten Zug im Gesicht hatte.

Langsam ging Johnny Svendsen auf, was er da gesagt hatte. »Er war ja die ganze Zeit mein Sohn, aber ...« Er ließ die Schultern ein wenig sinken und nahm sich noch eine Zigarette. Für einen kurzen Moment schien er mit den Tränen zu ringen. Aber er hatte sich bald wieder gefasst. Zündete sich mit einem Feuerzeug die Zigarette an und machte einen tiefen Zug.

Cato Isaksen wechselte das Thema. »Das mit Ihrer Mutter. Glauben Sie, das hat irgendeinen Einfluss auf Sie gehabt?«

Johnny Svendsen schlug so hart mit der Faust auf den Tisch, dass der durchsichtige Glasaschenbecher einen Satz machte.

»Meine Mutter hat nichts damit zu tun.«

»Ich habe mit Ihrer Tante gesprochen und ...«

Johnny Svendsen beugte sich über den Tisch. »Sie haben mit Tante Erna gesprochen? Und worüber, wenn ich fragen darf?«

»Über Sie, über Ihre Jugend, über solche Dinge.«

»Sieh mal an!« Der junge Mann lachte ironisch und setzte sich auf seinem Stuhl gerade. »Über meine Jugend und über solche Dinge.« Seine schmalen Augen hielten den Blick des Kommissars fest.

Cato Isaksen betrachtete ihn und erwiderte seinen Blick. In Gedanken stellte er fest, dass dieses Verhör ein Fiasko war. Es war von Anfang an schief gelaufen. Zwischen ihnen gab es einfach kein Vertrauen.

Endlich schlug Johnny Svendsen die Augen nieder. Cato Isaksen betrachtete ihn noch immer. Das verschlossene Gesicht, die dunklen Augen, die schwarzen Haare.

»Ihr Vater«, sagte er plötzlich. »Wissen Sie etwas über den?«

»Mein Vater.« Der Mann spuckte diese Wörter förmlich aus. »Ich hab keinen Vater. So einfach ist das.«

»Wissen Sie etwas über ihn?«

»Nein. Und ich will auch nichts wissen.«

»Sie waren fünf Jahre alt, als Ihre Mutter bei diesem Autounfall ums Leben kam.«

Johnny Svendsen fuhr hoch. »Ich bring das einfach nicht«, sagte er. »Ich hab dieses idiotische Verhör satt. Ich will mir hier nicht meine Familienverhältnisse aufs Butterbrot schmieren lassen. Was zum Teufel hat das mit diesem Fall zu tun? Ich hab mir Markus geholt, weil ich ihn sehen wollte. Sie werden mich nie dazu bringen, etwas zuzugeben, was ich nicht getan habe, da können Sie sich auf den Kopf stellen. Ich war das nicht.«

»Sie behaupten also, nie in der Wohnung Ihrer Frau gewesen zu sein und nicht einmal gewusst zu haben, wo sie wohnte.«

»Richtig.«

»Aber wir haben an der Tür Ihre Fingerabdrücke gefunden. Und jemand hatte das Schloss aufgebrochen.«

Johnny Svendsen erstarrte. Er hatte den anderen halbwegs den Rücken gekehrt, bereit, das Verhörszimmer zu verlassen. Jetzt fuhr er herum und funkelte seinen Anwalt an.

Eivind Stang rutschte unruhig auf seinem Stuhl hin und her.

»Setzen Sie sich«, sagte Cato Isaksen zufrieden über diesen wichtigen Trumpf, den er noch im Ärmel gehabt hatte.

Johnny Svendsen gewann seine Fassung wieder, setzte sich und knallte seine Zigarettenpackung auf den Tisch. »Das kann ich erklären«, sagte er. »Und außerdem habe ich die Tür nicht aufgekriegt. Das ist ein Missverständnis. Ich kann alles erklären.« Die Wörter strömten nervös und aggressiv aus seinem Mund.

Cato Isaksen freute sich über die Erkenntnis, dass dieser Fall gelöst war. Es lagen noch genug andere auf Halde. Außerdem fand er Johnny Svendsens dreiste Herablassung unerträglich.

Roger Høibakk konnte das kleine Lächeln, das die ganze Zeit seine Mundwinkel umtanzt hatte, nicht mehr zügeln. »Wo waren Sie zwischen 0.30 und 2.00 in der Nacht zum 6. Januar?«, fragte er.

Johnny Svendsen schlug die Hände vors Gesicht. »Sie irren sich«, murmelte er. »Sie liegen total schief.«

Nach dem Verhör ging Cato Isaksen in sein Büro. Mit dem Fall Vesla Mortensen wollte er den Verdächtigen vorerst noch nicht konfrontieren. Zuerst musste er mit Tilla Mortensen sprechen, der Mutter der Verschwundenen.

Er durchsuchte seine Ordner, bis er das Protokoll der Vernehmung fand, die Randi Johansen mit Lise Sommer durchgeführt hatte. Hatte Johnny Svendsen sie wirklich ebenfalls bedroht und verfolgt?

Lise Sommer sagt aus, dass auch sie sich verfolgt gefühlt und gewusst habe, dass der Ehemann der Ermordeten gewalttätig und teilweise auch gefährlich war. Deshalb konnte sie am Ende die Beziehung zu ihrer besten Freundin Ester Synnøve Lønn nicht mehr fortsetzen. Sie fand es schwer, Stellung zu beziehen, obwohl die beiden so eng befreundet waren. Sie kannte Johnny von der Schulzeit her sehr gut. Auf ihre Weise mochte sie ihn auch gern. Zugleich fand sie es entsetzlich, was er ihrer Freundin antat. Die beiden Freundinnen Ester Synnøve Lønn und Lise Sommer – ab sofort ESL und LS – sprachen oft darüber, wie die Ermordete den Weg in ein normales Leben finden könnte. Das war, ehe LS den Kontakt abbrach.

Dieser Entschluss wurde vor fast zwei Jahren gefasst. Es kam damals immer wieder zu Streitereien und Auseinandersetzungen. LS fand, das nehme zu viel Raum in ihrem Leben ein. Au-

ßerdem hat Johnny Svendsen auch sie bedroht. Sie war die Sache Leid und beschloss, den Kontakt zu beiden abzubrechen. Auf die Frage, ob sie jemals in Johnny Svendsen verliebt gewesen sei, reagierte sie mit einem Wutausbruch und stritt alles energisch ab.

LS hatte mehrmals den Eindruck, verfolgt zu werden. Ein vages, undefinierbares Gefühl, das sie nicht konkret begründen kann. Sie drückt es so aus: »Oft, wenn ich unterwegs bin, schaue ich mich um. Das Gefühl, dass jemand dort ist, draußen in der Dunkelheit, ist unerträglich. Ich weiß genau, dass es nicht nur ein Gefühl ist. So geht es mir jetzt seit Monaten. Ab und zu, wenn ich mich aus dem Haus wage, weiß ich einfach, dass ich verfolgt werde. Ich glaube, es ist Johnny Svendsen, aber ich weiß nicht, was er eigentlich von mir will. Meines Wissens habe ich ihm nie etwas getan. Oder vielleicht doch, einfach durch meine Beziehung zu Ester? Glaubt er, ich wisse etwas, das ich nicht wissen soll? Ich begreife es nicht. Er war mehrere Male bei mir und wollte Esters Adresse von mir wissen. Aber die konnte ich ihm nicht geben, da ich sie selbst nicht kannte.«

Das braune Kaninchen lag mit dem Gesicht nach unten in der Schublade. Sein Fell war abgenutzt und die übertrieben langen Ohren und die schwarzen Stiefel ließen es ein bisschen komisch aussehen.

Ester Synnøve Lønns Mutter hatte angerufen und die Polizei gebeten, das Kaninchen aus der Wohnung ihrer Tochter zu holen.

Cato Isaksen wollte mit Markus sprechen. Er wollte dessen Version der Ereignisse hören. Er hatte versucht, Ragnhild Lønn zu beruhigen, die fand, ihr Enkel habe genug durchgemacht.

Markus Svendsen, nur drei Jahre älter als sein eigener Sohn Georg, saß auf der Stuhlkante. Er war sorgfältig angezogen worden, mit einer blauen Hose und einer blauen Jacke mit grünkariertem Futter. Der Kommissar öffnete die Schublade und nahm das Stoffkaninchen heraus. »Das gehört dir, nicht wahr?« Er hielt es ihm hin.

Der Junge streckte die Hände aus und nahm sein Schmusetier an sich.

»Endlich, hier hast du Stiefel«, sagte Ragnhild Lønn, zupfte das Kaninchen kurz an den Ohren und streichelte den Kopf ihres Enkelkindes.

Markus legte das Kaninchen gelassen auf seinen Schoß.

»Er ist müde«, sagte seine Großmutter. »In der ersten Nacht, nachdem er gefunden worden war, hat er gut geschlafen, aber gestern Abend wollte er nicht ins Bett. Er hat Angst, etwas Schreckliches könne geschehen, während er schläft.«

»Etwas mit Dinosauriern und Wölfen.« Markus Svendsen

sprach leise und starrte auf den Boden. Er hatte seinen Großvater und den Nachbarn über Wölfe sprechen hören. Sie hatten gesagt, im Mai werde sich deren Anzahl verdoppeln.

»Mit Dinosauriern und Wölfen?« Cato Isaksen lächelte den Jungen an. Er hasste solche Gespräche mit Kindern. Er versuchte, seine professionelle Maske aufzusetzen. Hatte Angst, Markus könne einen zu großen Eindruck auf ihn machen. Er hatte die Bilder vieler solcher Kinder im Kopf. Nachts suchten sie ihn oft heim. Das Bild des Elfjährigen, der zugesehen hatte, wie sein Vater den Großvater erschlagen hatte. Das Bild des kleinen Mädchens, das verzweifelt in der Wohnung hin und her lief, während seine Mutter tot in der Badewanne lag.

»Du hast mit deinem Papa einen kleinen Ausflug gemacht.« Cato Isaksen gab sich alle Mühe, seine Stimme so freundlich wie möglich klingen zu lassen.

»Wir waren in einem Ferienhaus.« Markus Svendsen ließ seine Beine vorsichtig hin und her baumeln. »Und danach waren wir an einem Strand.«

»An einem Strand?«

Der Junge nickte. »Am letzten Strand«, sagte er. »An dem Mama gelebt hat.«

»Und was habt ihr da gemacht?«

»Wir haben ihn uns angesehen.«

»Wart ihr auch noch woanders?«

»Wir haben einen Wohnwagen geliehen, ehe wir am Strand waren, und danach haben wir in einem komischen Haus geschlafen, das Motel hieß.«

Der Kommissar nickte. »Worüber habt ihr denn gesprochen?«

Markus schaute zu seiner Großmutter hinüber. »Über Mama und so«, sagte er.

»Was hat Papa denn über Mama gesagt?«

»Dass sie lieb war und einen grünen Badeanzug hatte.«

Cato Isaksen seufzte unhörbar.

Ragnhild Lønn rutschte unbehaglich auf ihrem Stuhl hin und her. Sie musste all ihre Selbstdisziplin aufbringen, um dieses Gespräch nicht zu unterbrechen. Am liebsten hätte sie ihren Enkel an sich gerissen, um zu verschwinden und nie mehr zurückzukehren.

Markus' Beine hielten jetzt still und er atmete auch so gut wie nicht. Stiefels Fell war weich unter seiner Handfläche. Er hätte ihn so gern an sein Gesicht gehoben und daran geschnuppert. Und die kalten Glasaugen an seiner Wange gespürt.

Ragnhild Lønn lehnte sich auf ihrem Stuhl zurück. »Sie wollen Markus doch wohl nicht mit ihm zusammenbringen?«, fragte sie gereizt.

»Nein, nein, das ist im Moment nicht notwendig«, sagte Cato Isaksen beruhigend.

Sie atmete erleichtert auf.

»Diese Schulfreundin von Ester Synnøve, die verschwunden ist«, fuhr der Kommissar dann in ernstem Tonfall fort. »Wie gut waren die beiden befreundet?«

»Vesla Mortensen und Ester waren überhaupt nicht befreundet. Warum fragen Sie danach?«

Cato Isaksen musterte sie. »Es handelt sich um einen unaufgeklärten Fall«, sagte er.

Ragnhild Lønn seufzte. »Es passieren so viele seltsame Dinge. Vesla war ein eigenartiges Mädchen. Ich mochte sie nicht. Sie hatte etwas Krankhaftes, ich kann das nicht genau beschreiben.«

»Sie wurde gemobt und schikaniert.«

Ragnhild Lønns Miene verhärtete sich. »Als Kind, meinen Sie?«

»Natürlich.«

»Ja.« Rasch schüttelte sie den Kopf. »Das wurde behauptet, aber was hat das eigentlich mit diesem Fall zu tun? Es ist doch so lange her.«

»Ich weiß es ehrlich gesagt nicht, vielleicht nichts.«

»Ich bin mir nicht sicher, ob man das wirklich so nennen kann ... Schikane, meine ich. Ihre Mutter war einmal bei uns, um darüber zu sprechen. Aber sie hat allen eigentlich nur Vorwürfe gemacht. Und ich weiß nicht, Ester war doch kein boshafter Mensch. Sie konnte niemandem wehtun. Da bin ich mir ganz sicher.«

Die Großmutter strich Markus' Jacke glatt. »Und wenn es so war, dann hat sicher Johnny sie dazu gebracht, falls überhaupt«, fügte sie hinzu. »Außerdem, wenn ich mir das so überlege, einige Tage vor ihrem Verschwinden hat mein Mann sie draußen im Gewächshaus erwischt.«

»Ach.« Cato Isaksen wartete gespannt.

»Nein, passiert ist nichts, sie irrte nur draußen umher. Sie ist losgerannt, als mein Mann sie entdeckt hatte. Ich glaube nicht, dass sie etwas gestohlen hatte, aber ...« Ragnhild Lønn richtete die blauen Augen auf den Kommissar, »sie kam ihm total verwirrt vor. Und sie hatte etwas an die Wände geschrieben, an die Glasscheiben, meine ich, mit Lippenstift.«

»Mit Lippenstift?«

»Ja.«

»Wissen Sie noch, was sie geschrieben hatte?«

Ragnhild Lønn schüttelte langsam den Kopf. »Nein, irgendetwas Seltsames, Schwülstiges fast, nein ... ich weiß nur noch, dass wir es unangenehm fanden. Ja, und gleich darauf war sie dann verschwunden und ... nein, wir haben nicht weiter darüber nachgedacht. Von ihrem Verschwinden haben wir erst einige Tage später erfahren.« Sie senkte den Blick. »Wir konnten uns ja denken ... dass sie sich umgebracht hatte, und das ist natürlich schrecklich traurig.«

»Was hat Ester Synnøve zu Veslas Verschwinden gesagt?«

»Ach, Ester, die wollte lieber nicht darüber reden.«

»Glauben Sie, Ihre Tochter hat sich auf irgendeine Weise schuldig gefühlt?«

»Schuldig?« Ragnhild Lønn hob die Stimme. »Nein, absolut nicht. Warum auch?«, fügte sie beleidigt hinzu.

Markus strampelte jetzt wieder mit den Beinen. Er hatte das Kaninchen ein wenig bewegt und hielt es nun unter dem Arm.

»Vesla Mortensens Mutter ist wohl nicht vom Selbstmord ihrer Tochter überzeugt, habe ich gehört.«

»Nein, natürlich nicht, welche Mutter würde sich damit schon abfinden.« Ragnhild Lønn brach plötzlich in Tränen aus. Markus schaute ängstlich zu ihr hoch. Seine Großmutter schlug die Hände vors Gesicht. »Das ist alles so schrecklich!«

Cato Isaksen ließ für einen Moment seinen Gedanken freien Lauf. *Markus ist jetzt mein Sohn.* Der Satz, den Johnny Svendsen am Tag zuvor beim Verhör gesagt hatte, wirbelte ihm durch den Kopf. *Mein Sohn, jetzt, wo sie tot ist.*

Ragnhild Lønn schien plötzlich zu erwachen. Sie setzte sich auf ihrem Stuhl gerade, ließ die Arme sinken und runzelte heftig die Stirn. Dann beugte sie sich ein wenig vor. »Sie wollen doch wohl nicht sagen, dass Johnny ... dass die Gerüchte, er könne etwas mit Vesla Mortensens Verschwinden zu tun haben, wirklich zutreffen? Ich habe das alles für puren Unsinn gehalten.«

Cato Isaksen schüttelte kurz den Kopf. »Bisher wissen wir nichts«, sagte er und schaute zu Markus hinüber, dem soeben das Kaninchen auf den Boden gefallen war.

Die Beisetzung fand am Dienstag, dem 18. Januar, statt. Es regnete und schneite gleichzeitg. Der Niederschlag hing wie weiße Fäden in der Luft. Der Wind jagte hin und her und riss die Fäden mit sich.

Markus hatte Angst. Die Füße taten ihm weh, als er zwischen seinen schwarz gekleideten Großeltern durch den Mittelgang schritt. Überall sah er Arme und Beine und traurige Rücken. Er prägte sich den warmen Geruch der brennenden Kerzen ein, den zuckersüßen Duft der Blumen, die Geräusche und die Menschen, die sich ruhig und bekümmert hin und her bewegten.

Was würde er hier wohl zu sehen bekommen? Bisher hatte das Allerschlimmste irgendwo in ihm auf der Lauer gelegen. War seine Mutter jetzt kleiner, näherte sie sich der Unsichtbarkeit? Er hörte in einem Ohr ein lautes, schrilles Geräusch. Vielleicht versuchte seine Mutter, ihm etwas zu sagen.

Der gute Anzug, den er trug, war zu eng und überhaupt scheußlich. Auf einer der Bänke, zwischen vielen anderen, machte er den Arm seiner Klassenkameradin Emilie aus. Und an einer anderen Stelle sah er einen Schuh, den er kannte. Sie sollten eine ganze Stunde hier verbringen. Und die ganze Zeit würde er still sein müssen.

Die Musik, die schwer und durchdringend von der Decke zu fallen schien, war erfüllt von Schatten und Dunkelheit.

Cato Isaksen und Roger Høibakk glitten lautlos in eine der hinteren Bänke. Die kleine Holzkirche war fast voll besetzt. In den ersten Reihen saßen die nächsten Angehörigen der Ermordeten.

Erna Svendsen ließ sich leise neben den Polizisten nieder. Sie nickte Cato Isaksen kurz zu. Sie schien sich zu schämen. Bestimmt hatte sie lange überlegt, ob sie kommen sollte oder nicht. Egal, was sie machte, sicher wäre es falsch. Der Kommissar hielt Ausschau nach Lise Sommer, konnte sie jedoch nicht entdecken. Immerhin sah er Nanna Jacobsen von der Post und Marion Lønn, Ivar Lønns Kusine, die die Waffeln serviert hatte. Bjørn Tore Lønn sprach leise mit dem Küster. Er war am Vortag aus der Untersuchungshaft entlassen worden. Es hatte kein Grund bestanden, ihn noch länger festzuhalten, jetzt, wo Johnny Svendsen gefunden war.

Der Sarg stand in einer Vertiefung aus Marmor. Er war mit weißen und zartlila Blumen bedeckt. Am Rand stand ein brennendes Teelicht neben dem anderen. Neben dem Sarg erhoben sich viele Gestelle mit Kränzen und Gestecken mit langen weißen Schleifen und Goldbuchstaben.

Wie eine tote Mama wohl aussah? War ihr Gesicht wie früher oder war es leer, ohne Augen und Mund? Hatte sie noch ihre Haare? Hatte sie noch ihre Stimme oder war die schon vorher in den Himmel geflogen? Wie traurig war sie? Hatten sie den Sarg verschlossen oder gab es Luftlöcher, damit sie atmen konnte? War es drinnen weiß oder schwarz? Oder vielleicht rot wie Blut?

Markus saß zwischen seinen Großeltern auf der ersten Bank. Er sah seine Großmutter an. Ihr Gesicht war wie zerstört. Ihre Hand presste seine, bis sie wehtat und feucht wurde. Der Junge drehte sich um und schaute in die Gesichter seines Lehrers und seiner Lehrerin. Sein Hemd spannte am Hals. Sveinung hob leicht die Hand, wie um zu winken und zu sagen, er müsse jetzt ein tüchtiger Junge sein. Trine weinte die ganze Zeit und konnte sich nur immer wieder mit einem weißen Taschentuch die Augen wischen.

»Man kann eine solche Tragödie nicht mit Worten beschreiben«, sagte der Pastor. »Worte sind zu klein und zu arm. Wir Menschen können es nicht verstehen und sollen es auch nicht verstehen. Der Herr hat's gegeben, der Herr hat's genommen.«

Die Stimme des Pastors war tief und laut, fast wie die des Weihnachtsmannes. Markus bewegte die Beine. Ließ sie langsam immer wieder gegen die Holzbank stoßen. Leise, harte Geräusche. Ragnhild Lønn legte ihm die Hand auf den Arm und flüsterte, er müsse still sein. Der Junge gähnte, zog die Luft ganz tief ein und hielt sie in seiner Lunge fest. Dann sangen sie einen Choral. Jesus, meine Zuversicht. Die Kirche atmete gewissermaßen erleichtert auf, als sie mit Singen fertig waren. In jeder Ecke schien sich ein leises Schweigen versteckt zu haben. Die hohen Fenster hatten blaues, rotes und gelbes Glas.

Markus dachte an das Kaninchen und daran, dass er eigentlich zu groß für Schmusetiere war. Es hing zu Hause im Trockenschrank, mit Wäscheklammern an beiden Ohren. Am Vorabend hatte er etwas mit dem Kaninchen gemacht. Die Glasaugen hatten plötzlich böse geschaut und sein Körper war in sich zusammengesunken, als Markus versucht hatte, es zum Sitzen zu bringen. Das Kaninchen musste bestraft werden.

Das Junge hatte kochend heißes Wasser in einen roten Plastikeimer laufen lassen. Dann hatte er das Kaninchen hineingestopft. Das Wasser war so heiß, dass er sich die Fingerspitzen schon verbrannte, wenn er sie nur darüber hielt. Das Schmusetier war angeschwollen, war groß und seltsam geworden. Dann hatte er das Wasser in die Badewanne gegossen und das Kaninchen hin und her getreten. In die Badewanne, so dass es in seinem Ohren widerhallte. An die Wand, so dass das feuchte Fell klatschte und dunkle Spuren an der gelben Wand hinterließ. Er hatte sich einen Vers ausgedacht und beim Treten aufgesagt. Bobbedi-bobbedi-bobbedi-Bo. Bobbedi-bobbedi-bobbedi-Bo.

Nachdem seine Mutter im Loch in dem Boden verschwunden war, kam ganz viel Besuch. Den Gästen wurde Kaffee und Kuchen serviert. Sie aßen und aßen und sprachen leise und mit summenden Stimmen miteinander. Eine Frau lachte. Markus sah dabei das Loch in ihrem Mund an. Später, als alle gegangen waren, rutschte er über das Geländer. Dann fiel ihm sein Milchglas auf den Boden. Seine Großmutter saß weinend im Sessel. Er bewarf sie mit einem Kissen. Sie legte sich hin. Er spielte vor ihrer Tür mit seinem Auto. Dabei machte er laute, hässliche Motorgeräusche. Plötzlich stand sein Großvater vor ihm. Er hatte seine braunkarierten Pantoffeln an den Füßen. Markus sprang auf und nahm seine Hand. »Wer kann den Wolf verjagen, wenn der heute Nacht kommt?«, fragte er.

Tilla Mortensen fing fast sofort an, über den Nähtisch zu reden. Cato Isaksen hatte sich nach der Trauerfeier ins Auto gesetzt und war zur Mutter der vermissten Vesla Mortensen gefahren. Roger Høibakk war in die Stadt zurückgekehrt.

Die Frau war sehr überrascht, als Cato Isaksen sich vorstellte. Sie fuhr sich mit den nassen Händen über ihre breite Schürze.

»Wissen Sie etwas Neues über Vesla?«, fragte sie ängstlich. »Kommen Sie deshalb?«

Der Kommissar wehrte ab und beruhigte sie mit der Versicherung, dass die Polizei nur wissen wolle, was damals wirklich passiert sein könnte.

Tilla Mortensens Gesicht verdüsterte sich, als sie ihn zum Küchentisch führte. »Aber warum kommen Sie erst jetzt?«, fragte sie.

Cato Isaksen seufzte. »Ich komme aus Oslo«, sagte er. »Eigentlich ist ein anderer Bezirk für die Sache zuständig, aber es sind neue Hinweise aufgetaucht und deshalb würde ich gern kurz mit Ihnen reden. Außerdem war ich schon vor einigen Tagen hier, aber da habe ich Sie nicht angetroffen.«

»Was sind das für neue Hinweise?«, fragte sie.

Der Ermittler wurde vom Klingeln des Telefons gerettet. Tilla Mortensen lief eilig hin. Das Gespräch dauerte nicht lange, sie sagte, sie werde später zurückrufen. Cato Isaksen folgte ihr ins Wohnzimmer und erkundigte sich nach Veslas Wesen, nach ihren Interessen und Freundschaften. Ihm fiel ein Bild über der Kommode auf. Ein Konfirmationsfoto, das ein blondes jungenhaftes Mädchen mit kurzen Haaren zeigte. *Sie drehte sich halb um und starrte in die Kamera. In ihren Augen schien ein heimliches Licht zu liegen, in dem sich eine gewisse Erwartung spiegelte.*

»Sie hat genäht«, sagte die Mutter rasch und rang dabei die Hände. »Ihr Nähtisch steht noch immer hier, im Wohnzimmer. Ich hätte ihn natürlich wegräumen müssen«, plapperte sie. »Aber Vesla hat immer hier gesessen. Ich fand, er solle bei ihrer Rückkehr hier auf sie warten. Aber jetzt weiß ich nicht mehr.«

»Interessiert sie sich für Kleider?« Cato Isaksen benutzte bewusst die Gegenwartsform.

Tilla Mortensen stutzte für einen kurzen Moment. »Nicht gerade für Kleider ganz allgemein, sondern mehr für Kostüme und künstlerische Dinge. Sie hat die seltsamsten Kostüme genäht, wissen Sie. Keine Vorhänge oder Decken, das nicht. Sondern Glockenblumenkostüme, Weihnachtsmannsmäntel, ein Schmetterlingskostüm. Ich weiß nicht mehr genau, wann sie damit angefangen hat, ich glaube, schon in der Grundschule. Ich hatte das Gefühl, dass sie sich alles Schlimme aus dem Leib nähen wollte. Sie hat selbst einmal gesagt, dass vieles verschwand, sobald sie sich an den Nähtisch setzte. Dass Stoffe und Muster und Farben gewissermaßen wie kleine geheime Welten zu ihr kamen. Sie hatte so viel Fantasie, wissen Sie.«

Jetzt hatte Tilla Mortensen selbst die Vergangenheitsform benutzt. Der Kommissar registrierte, dass die Mutter, vielleicht ohne es selbst so richtig zu wissen, von ihrer Tochter in der Vergangenheit sprach.

»Veslas Vater ist an einem Herzinfarkt gestorben, als sie acht war. Seither waren wir beide allein«, sagte die Mutter. »Und es war schlimm, dass sie Vesla so gequält haben.«

»Davon habe ich gehört. Können Sie mir mehr darüber erzählen?«

»Sie haben fast alle mitgemacht, glaube ich. Ist das nicht immer so, dass ein Kind aus einer Klasse automatisch zum Mobbingopfer wird?«

Cato Isaksen nickte und dachte an seinen eigenen Sohn, Vetle.

»Ich kann mich vor allem an ein Mal erinnern.« Tilla Mortensen fuhr sich mit den Händen übers Gesicht. »Ich glaube, sie hatten sich nicht mit gehässigen Reden begnügt. Vesla hatte rote Flecken am Hals, als ob jemand sie gewürgt hätte. Ich weiß nicht mehr, wie alt sie war, vierzehn vielleicht oder fünfzehn. Einer der Quälgeister hieß Ester Synnøve Lønn. Sie ist heute übrigens beigesetzt worden.«

»Ja, ich komme gerade von der Trauerfeier«, sagte der Ermittler.

Tilla Mortensen musterte ihn für einen Moment verwundert. »Hat der Mord an Ester Synnøve Lønn etwas mit Vesla zu tun?«, fragte sie.

»Dazu haben wir absolut keinen Anhaltspunkt«, sagte Cato Isaksen.

»Aber ich verstehe nicht ... warum ...«

»Wir müssen in Verbindung mit dem Fall Lønn einfach alle möglichen Informationen einholen«, erklärte er. »So ist das eben.«

Die Frau gab sich mit dieser Erklärung zufrieden und zählte weitere Namen auf, Johnny Svendsen, Lise Sommer, Ragnar Bjone, Anne Haraldsen und schließlich den eines Mädchens mit englischer Mutter. »Sie hieß Rita Helen«, sagte sie. »Sie alle bildeten den Kern der Clique. Einmal haben sie Vesla unter Wasser gehalten. Ich weiß nicht so recht, ich habe nie aus ihr herausbekommen, wo das passiert sein soll. Ob sie vom Bach oder vom Weiher oder vom Fluss redete.«

»Wie lange ist das so gegangen?«

»Ach, bis sie sechzehn war, glaube ich. Aber sie hat es irgendwie nie überwinden können. Ihr Selbstvertrauen war für alle

Zeiten ruiniert. Danach hat sie nicht mehr viel geschafft. Hatte keine Freunde. Hat einfach hier bei mir gewohnt. Und das ist doch nicht normal.«

»Wann genau ist sie verschwunden?«

»Am ersten Montag im Juli vor fast zwei Jahren. Am 6. Juli 1998.« Die Frau sank ein wenig in sich zusammen und stützte sich auf die Tischkante, dann ließ sie sich in einen verschlissenen Ohrensessel sinken. »Ich habe sie noch am selben Abend vermisst gemeldet. Sie war nähmlich nicht so, hat immer Bescheid gesagt, wohin sie ging.«

»Was ist passiert?«

»Nichts. Die Polizei hielt sie für eine Selbstmordkandidatin. Suizidgefährdet, haben sie das genannt. Genau das hat der Polizist gesagt, sie hätten keine Kapazitäten, um nach suizidgefährdeten Personen zu suchen.« Tilla Mortensen holte tief Luft. »Ich musste mir anhören, dass jedes Jahr viele Menschen verschwinden, dass manche nie wieder auftauchen, dass viele Eltern dasselbe durchmachen wie ich. Er hat auch gesagt, dass sie vielleicht einfach verreist sein könnte. Verreist, du meine Güte!« Die Frau tippte sich demonstrativ an die Stirn. »Ohne mir Bescheid zu sagen. So war sie nicht«, wiederholte die Mutter müde.

»Derzeit werden elfhundert Norweger vermisst«, sagte Cato Isaksen, um die Fakten klarzustellen. »Die Kripo hat eine offizielle Liste der vermissten Personen. Ich habe nachgesehen. Ihre Tochter ist auch darauf verzeichnet.«

Tilla Mortensen schüttelte müde den Kopf. »Es ist so entsetzlich«, sagte sie, »es ist eine solche nervliche Belastung, nicht zu wissen, was wirklich passiert ist. Ich bin sicher, dass sie einem Verbrechen zum Opfer gefallen ist.«

»Warum glauben Sie das?«

Die Frau zuckte resigniert mit den Schultern. »Es ist einfach ein Gefühl«, sagte sie leise. Dann hob sie den Kopf und schaute

Cato Isaksen in die Augen. »Sie sollten auf mich hören. Eine Mutter weiß meistens Bescheid. Ich bin auf jeden Fall sicher, dass sie sich nicht das Leben genommen hat.« Sie stand auf, ging in die Küche und öffnete eine Kommodenschublade. »Schauen Sie«, sagte sie und reichte dem Kommissar einen Zettel. »*An allem sind nur Johnny, Ester und Lise schuld*«, stand darauf. In schräger, ein wenig kindlicher Handschrift. »Ich habe ihn damals auch der Polizei gezeigt, aber die haben das nur als einen weiteren Beweis dafür betrachtet, dass sie ...« Tilla Mortensen ließ hilflos die Arme sinken.

»Hatte Vesla vor Johnny Svendsen besondere Angst, wissen Sie darüber etwas?«

»Nein, das nicht. Sie mochte ihn nicht. Niemand hier mochte Johnny Svendsen.«

Cato Isaksen legte den Zettel auf den Tisch und fragte, ob Vesla einen Freund oder einen guten Bekannten gehabt habe.

Die Mutter schüttelte traurig den Kopf. »Nein«, sagte sie. »Nie. Abgesehen von Steinar natürlich, Steinar Malling, dem Sohn des Nachbarn. Er ist geistig behindert und wie ein Kind. Das wird sich auch nie ändern. Vesla war immer sehr lieb zu ihm.«

»Ich bin ihm begegnet«, sagte Cato Isaksen. »Er kam aus dem Wald, als ich zum ersten Mal hier war. Er schien Angst zu haben. Wie alt ist er?«

»Er ist zwei Jahre jünger als Vesla. Äußerlich ist er ein Mann, aber in seinem Innern ein Kind«, sagte sie. »Er fürchtet sich vor Fremden.«

»Bei ihrem Verschwinden war ihre Tochter dreißig«, sagte Cato Isaksen. »Vielleicht wussten Sie ja nicht alles über sie.«

»Wie meinen Sie das?«

»Sie kann doch ein Liebesleben gehabt haben.«

»Nein.« Tilla Mortensen hob die Stimme. »Wie ich schon gesagt habe, außer Steinar gab es niemanden. Und den dürfen Sie nicht in diese Sache hineinziehen«, fügte sie in bittendem Tonfall hinzu. »Sivert Malling, sein Vater, ist wirklich ein prächtiger Bursche. Er hilft mir bei allem, hackt Holz für mich, räumt im Winter für mich Schnee, Sie wissen schon. Ich glaube, er würde alles für mich tun.«

Cato Isaksen fuhr auf den Hof vor dem Nachbarhaus und stieg aus. Am Ende der Scheune bemerkte er mehrere hohe Bretterstapel. Mitten auf dem Hof stand eine Säge. Ein alter grauer Traktor und ein Pflug waren in der Scheune zu sehen. Die Doppeltür stand offen.

Der Kommissar stieg die Treppe hinauf und drückte auf den Klingelknopf. Ein lautes Schellen hallte durch das Haus. Gleichzeitig registrierte er eine Bewegung hinter dem verschossenen Küchenvorhang. Nach einer kleinen Weile wurde die Tür von einem älteren Mann in verschlissener Arbeitskleidung geöffnet. Er strich sich die grauen Haare nach hinten und blickte seinen Besucher neugierig an.

Cato Isaksen stellte sich vor und nannte den Grund seines Kommens.

Sivert Malling schien ihn nicht hereinbitten zu wollen. Hinter ihm tauchte Steinar Malling auf. Der Ermittler begrüßte ihn und erwähnte ihre erste Begegnung. Dabei dachte er daran, wie Tilla Mortensen ihn beschrieben hatte, *äußerlich ein Mann, aber in seinem Innern ein Kind.*

»Sie kennen Steinar schon?«, fragte Sivert Malling verwundert.

»Ja«, bestätigte Cato Isaksen. »Wir sind uns vor einigen Tagen begegnet. Er kam aus dem Wald.«

Sivert Malling runzelte nachdenklich die Stirn. »Ach«, murmelte er und drehte sich zu seinem Sohn um.

»Wenn ich einen Moment hereinkommen dürfte«, bat Cato Isaksen freundlich. Der Mann in der Tür schien zu erwachen.

»Ja, natürlich«, sagte er und ließ den Kommissar in die dunkle triste Diele. Das Haus war erfüllt von schwerem Essensgeruch, gemischt mit Staub und muffiger Luft.

Sivert Malling führte ihn ins Wohnzimmer, wo Steinar bereits wartete. Er machte sich an einem Holzvogel zu schaffen, der auf dem Fernseher stand.

»Bitte, setzen Sie sich«, sagte Sivert Malling und nahm einen Stapel Zeitungen und Illustrierte von dem braunen Cordsofa im Stil er Siebzigerjahre.

Cato Isaksen streckte Steinar Malling die Hand hin, was ihm einen schlaffen, feuchten Händedruck einbrachte. Der junge Mann wandte seinen großen Kopf für einen Moment ab, die Augen mit dem vagen Blick starrten aus dem Fenster und sein zu breiter Mund zog sich nach innen. Um diese Zeit überprüfte er immer die Windrichtung. Was würde passieren, wenn der Wind in die falsche Richtung wehte?

Der Kommissar musterte ihn. Er war groß und kräftig. Sein dicker Bauch hing über den Hosenbund. Trotzdem deutete irgendetwas darauf hin, dass sein Aussehen trog. Er bekam offenbar alles mit, was vor sich ging.

Cato Isaksen sagte, er sei wegen Vesla Mortensen gekommen. »Wegen ihres Verschwindens«, fügte er hinzu.

»Warum hast du dich neulich so gefürchtet?«, fragte er und sah Steinar Malling an.

Der junge Mann humpelte auf die Tür zu. »Wo willst du hin?«, fragte sein Vater gereizt. Der Sohn machte sofort kehrt, zog ungeschickt einen Holzstuhl zum Tisch hinüber und setzte sich hin. Sein Gesicht war von roten Flecken übersät. Sein Blick irrte umher. »Der weht heute in die falsche Richtung«, sagte er. Seine Augen suchten das Zimmer ab. Er betrachtete ein Sofakissen, dann das Fenster, den abgenutzten Teppich. In der Hand hielt er noch immer die geschnitzte Holzfigur. »Niemand kann wissen, wie lange die Toten aushalten«, nuschelte er.

»Steinar!« Der Vater musterte seinen Sohn irritiert. »Er redet Unsinn«, sagte er dann mit harter Stimme. »Das mit Vesla hat ihm arg zugesetzt. Er hat sie sehr geliebt.« Der alte Mann hatte einen schmerzerfüllten und resignierten Ausdruck im Gesicht. »Warum kommen Sie eigentlich jetzt, nach so langer Zeit? Die arme Tilla bittet doch seit fast zwei Jahren um Hilfe.« Gereizt schüttelte er den Kopf. »Warum finden Sie die Sache plötzlich interessant?«

»Aus mehreren Gründen.« Cato Isaksen beugte sich ein wenig vor. Ihm fiel auf, dass dem älteren Mann zwei Finger der rechten Hand fehlten.

»Um es ganz offen zu sagen, wir bringen ihr Verschwinden mit einem anderen Fall in Verbindung.«

»Mit was für einem Fall?«

»Mit einer anderen Frau hier aus der Gegend, die ...«

»Sie meinen Ester Synnøve Lønn?«

Der Kommissar nickte.

»Was hat das mit Vesla zu tun?«

»Das wissen wir noch nicht, vermutlich gar nichts.«

Sivert Malling schüttelte den Kopf. »Vesla ist im Wald verschwunden«, sagte er.

»Wie meinen Sie das?«

»So, wie ich das sage.«

»Sie glauben, dass sie Selbstmord begangen hat?«

»Das kann ich nicht beurteilen. Aber ich mache mir ja so meine Gedanken.«

»Tilla Mortensen glaubt, sie ...«

»Tilla irrt sich, aber Sie hätten ihr schon längst helfen müssen, die Wahrheit zu begreifen. Diese Ungewissheit ist entsetzlich für sie.«

Cato Isaksen wandte sich an Steinar. »Ihr wart gute Freunde, du und Vesla.«

Das rote Gesicht verzog sich unsicher. Der Angesprochene

nickte stumm. »Ich mache meinen Kopf zu«, sagte er. »Ich will nicht an Vesla denken.«

»Warum nicht?« Der Ermittler hob den Kopf.

Sivert Malling mischte sich ins Gespräch. »Die beiden waren als Kinder viel zusammen, haben im Wald gespielt, Hütten gebaut und so. Steinar hat sich voll und ganz auf Vesla verlassen. Sie war nie gemein zu ihm, anders als viele andere.«

»Hast du auch Ester Synnøve gekannt, Steinar?« Cato Isaksen versuchte seinen Blick einzufangen.

Steinar Malling schüttelte den Kopf. »Die war blöd«, sagte er hart.

»Er hat sie nicht gekannt«, sagte Sivert Malling gereizt. »Jetzt redest du dummes Zeug, Junge.«

Cato Isaksen nickte. »Was glaubst du, was mit Vesla passiert ist, Steinar?«

»Die ist nicht tot«, sagte der schnell, mit belegter, fast kindlicher Stimme. »Das ist sie nicht.«

»Aber vorhin hast du gesagt, dass sie tot ist.«

»Wir haben zusammen einen Baum, mit Rinde. Der redet«, sagte er. »Bäume können reden.«

Sein Vater seufzte tief.

»Was ist mit Johnny Svendsen?«, fragte Cato Isaksen.

Sivert Malling verzog das Gesicht. »Ich habe gehört, dass er seine Frau umgebracht hat, aber uns hat er nie etwas getan.«

Steinar Malling schüttelte energisch den Kopf. »Uns hat er nie etwas getan«, wiederholte er.

»Wie meinen Sie das, dass er Ihnen nie etwas getan hat?«

»Na ja, er war doch wohl auf die schiefe Bahn geraten, wenn ich das so ausdrücken kann.« Der alte Mann fuhr sich mit den drei Fingern der rechten Hand durch die Haare. »Es gab allerlei Ärger mit ihm und getrunken hat er auch.«

»Ich kann Johnny nicht leiden«, erklärte Steinar. »Wirklich nicht, gar nicht.«

»Er hat doch seine Mutter früh verloren«, sagte der Ermittler.

»Ich auch«, sagte Steinar Malling und umklammerte seinen Holzvogel.

»Was ist denn das?« Cato Isaksen beugte sich über den Tisch.

»Hab das für Vesla gemacht, als alles so blöd geworden ist. Einen Vogel mit Schnabel.« Er zeigte ihn dem Kommissar, der das Werk gebührend bewunderte. Die Augen waren mit Filzstift gemalt, die Flügel auch.

Sivert Malling betrachtete seine groben Arbeitshände. Noch immer schmerzten manchmal die beiden verlorenen Finger. Er ließ sich ein wenig zurücksinken und durchwühlte seine Taschen nach seinem Tabak. Dann zog er ihn hervor, griff zu den Blättchen und drehte mit gewohntem Griff eine Zigarette. Unter seinen Nägeln saß Dreck.

Cato Isaksen musterte ihn. »Sie waren derjenige, der sie überfahren hat, Johnnys Mutter, meine ich?«

Sivert Malling drehte weiter, hob die Zigarette dann an den Mund und leckte am Blättchen, ehe er sich mit der Zigarette auf die Handfläche schlug und sie sich anschließend zwischen die Lippen schob. »Ja«, seufzte er. »So war das wohl.«

»Können Sie mir davon erzählen?«

»Da gibt es nichts zu erzählen.« Er gab sich Feuer und nahm einen tiefen Zug, dann ließ er sich zurücksinken. »Wir wissen nicht viel über Morgen. Der Tod ist dem Greis nicht näher als dem Säugling und das Leben auch nicht«, sage er und fügte dann hinzu: »Sie ging die Straße entlang und gleich hinter einer Kurve schwenkte sie dann aus. Sie trug Stöckelschuhe. Ich konnte nicht mehr anhalten. Ich habe sie mit dem rechten Kotflügel erwischt. Sie flog durch den Luft.« Er schüttelte verzweifelt den Kopf. »Ich hatte noch lange Alpträume davon.«

Steinar Malling verschränkte die Arme vor der Brust und wiegte sich rhythmisch hin und her.

»Sie hatte getrunken, wie so oft«, sagte Sivert Malling jetzt. »Das kam so nach und nach heraus, sie wollte wohl zur Arbeit in die Stadt. Ich bin freigesprochen worden.«

Cato Isaksen nickte. »War sie Prostituierte?«

Sivert Malling erhob sich und holte einen bereits vollen Aschenbecher von der Kommode. »Das wurde damals wohl nicht so genannt«, sagte er. »Aber alle wussten doch, was sie da trieb.«

Cato Isaksen reichte Steinar Malling über den Tisch hinweg den Holzvogel. »Der ist wirklich toll«, sagte er. Steinar stand auf und stellte ihn zurück auf den Fernseher.

Der Kommissar beobachtete ihn dabei. Ein wenig später, als er aufstand und gehen wollte, schlug Steinar beide Hände vor die Augen.

Sein Vater lief irritiert zu ihm hinüber und riss sie herunter. »Hör jetzt auf«, sagte er wütend und schüttelte resigniert den Kopf.

Steinar Malling stand hinter dem Fenster. Er sah zu, wie der Polizist die Treppe hinunter und über den Hof ging, zu seinem Zivilwagen. Der junge Mann fand es enttäuschend, dass der Besucher keinen richtigen Streifenwagen fuhr. Und eine Uniform trug er auch nicht. Vielleicht würde er noch einmal zurückkommen und ihn mit seinem Polizeiauto abholen. Niemand konnte wissen, wie lange die Toten aushielten. Plötzlich weinte er. Inzwischen musste er auf sich aufpassen. Und dann wollte er für sich und seinen Vater Brote schmieren und sie würden wie immer zusammen fernsehen.

Der Hausmeister der Stensgate 21 bestätigte, dass am 6. Januar wirklich die Gegensprechanlage zerstört worden war, genau wie Johnny Svendsen erzählt hatte. Er hatte sie noch am selben Abend repariert. Das bedeutete einen Strich durch die Rechnung der Polizei, die glaubte, die Wunde an der Hand des Verdächtigen müsse vom Mord an dessen Exfrau herstammen.

Johnny Svendsen hatte inzwischen zugegeben, dass er versucht hatte, die Tür aufzustochern, um in Ester Synnøves Wohnung zu gelangen. Die Beweise konnte er schließlich nicht ignorieren. Auf die Frage, was er dort gewollt habe, gab er keine eindeutige Antwort. Aber er beteuerte immer wieder, sie nicht ermordet zu haben. Und auch in der Mordnacht nicht in der Nähe gewesen zu sein.

Außerdem gab er zu, zwei Tage vor Weihnachten ihre Adresse ausfindig gemacht zu haben. Aus purem Zufall, er hatte gesehen, wie sie ein Warenhaus verließ und sich zu ihrem Bruder ins Auto setzte. Johnny Svendsen war in ein Taxi gesprungen und hatte die beiden verfolgt. Vor allem, sagte er, habe er wissen wollen, wo Markus war.

Eivind Stang machte einiges Aufheben um diesen Punkt. Doch die Polizei bestand auf der Behauptung, er müsse gewusst haben, dass Markus in Enger war, und es deshalb auf Ester Synnøve abgesehen haben.

Bjørn Tore Lønn hatte Ester Synnøve zur Arbeit gefahren. Johnny Svendsen glaubte, sie habe ihn durch das Fenster gesehen. Deshalb war er vor dem Postamt stehen geblieben und hatte ihr durch das Fenster bei der Arbeit zugesehen. Er wusste, welche Angst ihr das machen würde.

Nur wenige Tage darauf hatte er ihre Adresse ausfindig gemacht. Er gab zu, dass dieses Wissen ihm ein Gefühl von Macht verliehen habe. Und dann erzählte er, dass er zwei Tage vor Silvester versucht hatte, ihre Wohnungstür aufzustochern, nachts, als Ester Synnøve schlief. Es war ihm nicht gelungen und nach Neujahr hatte er einen neuen Versuch machen wollen. Aber dazu war er nicht mehr gekommen. Als die Nachricht von ihrem Tod in der Zeitung stand, hatte er einen Schock erlitten. Er hatte eine tiefe Verzweiflung empfunden und nur einen wirklichen Wunsch gehabt: seinen Sohn zu sehen. Und deshalb hatte er ihn aus der Schule geholt.

In Bezug auf Lise Sommer stritt er energisch ab, sie bedroht oder verfolgt zu haben. Er begreife nicht, warum sie nichts mit ihm zu tun haben wollte, sagte er. Allerdings gab er zu, sie mehrere Male angerufen und auch per Gegensprechanlage verlangt zu haben, dass sie ihn einließ. Aber er habe sie seit einer Ewigkeit nicht mehr gesehen, behauptete er.

Lise Sommer ihrerseits bestand hartnäckig darauf, dass sie unter keinen Umständen als Zeugin auftreten werde. Sie sagte, sie könne zur Not ein ärztliches Attest vorlegen, das ihr eine Konfrontation mit diesem Psychopathen ersparen werde. Es sei jedoch kein Problem für sie, eine schriftliche Aussage zu machen, die vor Gericht vorgelesen werden könne.

Ellen Grue hatte noch ein Ass im Ärmel. Sie stellte klar, dass Svendsens Behauptung, er habe vor Weihnachten versucht, die Tür seiner Exfrau aufzubrechen, und sei seither nicht mehr dort gewesen, nicht stimmen konnte. Die Fingerabdrücke auf der Türklinke waren sehr deutlich. Ältere wären garantiert teilweise oder vollständig von anderen verwischt worden. »Auch wenn sich Fingerabdrücke nicht zeitlich festlegen lassen, sind wir doch sicher, dass Johnny Svendsen einer der Letzten gewesen sein muss, die die Tür berührt haben«, schloss sie.

Der Winter verzehrte sich langsam selbst. Der Februar ging in den März über, ohne dass Bewegung in den Fall gekommen wäre. Die ständigen Verhöre mit Johnny Svendsen brachten sie nicht weiter. Am Ende verweigerte der Verdächtigte jegliche Zusammenarbeit mit der Polizei. Sein Anwalt Eivind Stang war ganz auf seiner Seite und meinte, die Ermittler besäßen nicht ausreichend gute Indizien und Gründe, um seinen Mandanten in Haft zu behalten.

Die Nachrichten über den Regierungswechsel standen an erster Stelle bei Zeitungen, Radio und Fernsehen. Aufgrund von Meinungsverschiedenheiten, was den Bau neuer Gaskraftwerke anging, war die alte Regierung zurückgetreten. Während der gesamten vergangenen Woche hatte das Bild Jens Stoltenbergs die Titelseiten geschmückt, Norwegens jüngsten Regierungschefs aller Zeiten.

Cato Isaksen stand an seinem Bürofenster und betrachtete den Park und die Straßen, in denen Autos und Menschen dahineilten. Laue Frühlingswinde wirbelten Staubwolken von den schmutzigen Bürgersteigen hoch.

Mit einer plötzlichen Bewegung war überall wieder Licht und der Frühling plapperte und gluckste in allen Gossen. Überall wies der Schnee schmutzige Streifen auf. Das Wasser sprudelte in kleinen Bächen, klebrige, schwarze Erde kam auf Friedhöfen und in Parks zum Vorschein. Eine schwache Sonne schien höhnisch auf die Fensterscheiben des Polizeigebäudes. Vertrocknete Regentropfen und Asphaltstaub hatten schmutzige Flecken auf die Glasflächen gemalt.

Der Kommissar bereitete den Antrag auf Verlängerung der Untersuchungshaft für Johnny Svendsen vor. Schließlich bestand der Verdacht weiterhin. Es war absolut möglich, dass er Ester Synnøve Lønn umgebracht hatte. Da war die Truppe sich einig. Dass der Verdächtige seine Unschuld beteuerte, hatte nichts zu bedeuten.

Cato Isaksen ärgerte sich oft über die Tatsache, dass selbst bei Fällen, in denen die Polizei sicher war, den Täter gefasst zu haben, die raffinierten Anwälte ihre Mandanten dazu brachten, Aussagen zu verweigern, auf den löchrigsten Alibis zu beharren und sich als schneeweiße Unschuldslämmer darzustellen. In einzelnen Fällen konnte das wirklich zu weit gehen. Die Frustration, die ihn dann oft überkam, trug dazu bei, dass seine Arbeit ihm zusehends mehr widerstrebte. Der erfahrene Ermittler hatte ein ambivalentes Verhältnis zu Anwälten.

Am schlimmsten war es, wenn ein Täter sich wegen Mangels an Beweisen loseisen konnte. Manche ließen sich danach sogar noch Schadensersatz bezahlen. Es war fast nicht auszuhalten. Während der vergangenen Jahre hatte es mehrere Fälle dieser Art gegeben.

Die mit dem Mord an Ester Synnøve Lønn Beschäftigten hatten in Zusammenarbeit mit Morten Rein aus Fredrikstad und der Polizeianwältin Marie Sagen die Grundlagen für den Antrag auf Verlängerung der Untersuchungshaft ausgearbeitet.

Johnny Svendsen sollte am 17. März um zwölf Uhr dem Untersuchungsrichter vorgeführt werden, haargenau dann, wenn der neue Ministerpräsident mit seinem neuen Kabinett auf den Schlossplatz treten würde. Roger Høibakk und Marie Sagen würden an der Verhandlung teilnehmen. Wieder wurden acht Wochen Untersuchungshaft mit Post- und Besuchsverbot beantragt.

Auch den Fall Vesla Mortensen brachte Cato Isaksen mit dem Verdächtigten zusammen. Der war zum Zeitpunkt ihres Verschwindens in Enger gewesen. Seine Tante konnte sich zwar nicht an Daten erinnern, hatte aber zugegeben, dass ihr Neffe damals vorübergehend bei ihr gewohnt hatte, weil es mit dessen Ehe bereits bergab gegangen war.

Cato Isaksen fuhr mit dem Fahrstuhl zur Kantine im sechsten Stock. Es war schon halb zwei und er hatte noch nicht zu Mittag gegessen. Die Untersuchungshaft war problemlos verlängert worden. Während er sich am Tresen bediente, fiel ihm plötzlich ein, dass er Marmelade nicht gefüttert hatte. Er hatte den Kater morgens ins Haus gelassen, als alle anderen schon gegangen waren. Zwar war er erst spät aufgebrochen, hatte aber vergessen, dem Tier Futter zu geben.

An sich eine Bagatelle, der Kater kam sehr gut zurecht. Doch es ärgerte Cato Isaksen, dass er überhaupt daran dachte. Es gab auch noch etwas anderes, das er vergessen hatte, aber das fiel ihm einfach nicht ein. Er musste sich mit wichtigeren Dingen beschäftigen.

Der Kommissar lächelte der Kantinenleiterin zu, plauderte kurz mit ihr und ging dann mit Baguette und Kaffee zu einem Tisch in der Ecke. Er nickte zu zwei Polizeijuristen und einer Rezeptionistin hinüber.

Dann faltete er die Zeitung Dagsavisen auseinander und atmete erleichtert auf, als er sah, dass die Verlängerung der Untersuchungshaft nur als kurze Notiz erwähnt wurde.

Energisch biss er in sein Schinken-Käse-Baguette und trank einen Schluck heißen Kaffee. Irgendetwas lag schon seit einer Weile murrend in seinem Gehirn auf der Lauer. Warum hatte der Mörder nach dem Mord an Ester Synnøve Lønn die Tür offen stehen lassen? Das ergab einfach keinen Sinn. Wenn die Tür geschlossen gewesen wäre, hätte man die Leiche erst viel später gefunden. Und das musste doch im Sinne des Mörders sein?

Er spürte, wie tiefe Müdigkeit ihn überwältigte. Jetzt war es wieder da, dieses Gefühl der Unzulänglichkeit. Dass er vielleicht niemals die Antwort finden würde. Sie hatten Johnny Svendsens Fingerabdrücke an der Tür, mehr aber auch nicht. Es würde noch lange dauern, bis die Haare analysiert wären. Und genau das war so entsetzlich hoffnungslos. Schon jetzt wussten sie, dass das gefundene Haar von anderer Farbe war als Johnny Svendsens. Aber das Haar brauchte ja nicht vom Mörder zu stammen. Es konnte auch an ihm oder an Ester Synnøve gehaftet haben und ganz anderer Herkunft sein.

Cato Isaksen blätterte die Zeitung durch, merkte aber selbst, wie unkonzentriert er war. Es gab Dinge, die ihn quälten, mehrere Dinge. Wieder empfand er diese Unruhe, die sich durch seinen Körper fraß. Sie war ein Zeichen dafür, dass die Ungeduld ihn bald im Griff haben würde. Er musste sich zusammenreißen. Er versuchte zu analysieren, was ihm so zu schaffen machte, und fand drei Gründe. Da war vor allem der Mordfall, an dem er arbeitete, dann Ingeborg Myklebusts Krankheit und schließlich die Tatsache, dass sein Sohn Vetle unglücklich war.

Dass sein Sohn erst an dritter Stelle kam, war kein gutes Zeichen. Dass Ingeborg Myklebust immer wieder in seinen Gedanken auftauchte, ärgerte ihn. Er spielte schon seit einigen Tagen mit dem Gedanken und wusste, dass er ihn jetzt in die Tat umsetzen sollte, er musste sie in der Strahlenklinik besuchen. Er hatte mit ihr telefoniert, hatte sie über den Stand der Ermittlungen informiert, aber nun musste er sich zusammenreißen und zu ihr fahren.

Hamza hatte sich wirklich für Vetle eingesetzt. Er hatte mit ihm die Eltern des Quälgeistes aufgesucht. Die Aktion hatte zu einem wilden Aufstand geführt, allerdings im positiven Sinn. Onkel, Tanten und Eltern versprachen, dass der Junge Vetle von nun an in Ruhe lassen würde. Danach hatte Bente Hamza zum

Essen eingeladen. Cato Isaksen war nicht dabei gewesen. Er hatte keine Zeit gehabt, hatte aber beschlossen, nachmittags einmal bei Sigrid und ihrem Mitbewohner vorbeizuschauen, um sich zu bedanken. Der Kommissar war in Gedanken versunken und merkte nicht, dass Roger Høibakk an seinen Tisch getreten war. Plötzlich stand der Kollege mit einem Zettel in der Hand vor ihm. Um seine Mundwinkel spielte das übliches schiefes Grinsen.

»Machst du es dir hier gemütlich, während andere schuften?«, fragte er.

Cato Isaksen sah sein Gegenüber an. Er hatte keine Lust auf blöde Sprüche. »Was ist los?«, fragte er.

Wieder lächelte Roger Høibakk, diesmal sogar breiter. »Der Kater ist gar keiner«, sagte er dann.

Der Ermittler musterte seinen Kollegen überrascht. »Was faselst du da?«

Roger Høibakk ließ sich Zeit, zog einen Stuhl heran und setzte sich lässig darauf. Cato Isaksen musterte den Zettel, den Høibakk in der Hand hielt.

»Lise Sommers Kater, der Name Florian auf dem Türschild. Daran kannst du dich doch erinnern, nicht wahr?«

Cato Isaksen nickte.

Roger Høibakk legte eine Visitenkarte und einen Brief vor ihn hin. »Das lag in einem Kästchen in Ester Synnøve Lønns Küche. Florian Rosati ist ein quicklebendiger Mann. Einer, den Lise Sommer uns verschwiegen hat. Warum hat sie das wohl gemacht? Warum hat sie ihn als Kater ausgegeben?«

Der Kommissar schüttelte den Kopf und musterte die Visitenkarte. Florian Rosati, Inhaber des Pastarestaurants Freddy auf Grünerløkka, stand dort in künstlerisch geschwungener Schrift.

Roger Høibakk machte es sich auf seinem Stuhl bequem. »Lies den Brief«, sagte er. Cato Isaksen fing an zu lesen.

An Ester,
das werde ich dir nie verzeihen. Ich dachte, ich könnte mich auf dich und auf Florian verlassen. Ich habe ihn dir für den Umzug »geliehen«, weil du meine beste Freundin warst. Das bist du nicht mehr. Ich will nichts mehr mit dir zu tun haben. Nie mehr.

Lise.

Roger Høibakk wischte ein paar Krümel von der Tischplatte und fegte sie zu Boden. »Das sagt doch klar, dass Ester Synnøve Lønn ihr den Liebhaber ausgespannt hat«, sagte er. »Vielleicht ist er derjenige, den Rakel Mandal gesehen hat.«

»Wo hast du das her?«

»Eigentlich purer Zufall. Randi glaubte, den Namen Florian in einem der Briefe gelesen zu haben, die wir in Ester Synnøves Wohnung gefunden haben.« Er grinste kurz, nahm einen Kamm aus der Hosentasche und zog ihn durch seine dunklen Haare. »Ich glaube, sie hat so ungefähr gesagt: Wir sollten wohl noch mal bei Lise Sommer und dem pelzigen Florian vorbeischauen. Und als sie das gesagt hatte, zuckte sie plötzlich zusammen und stürzte aus dem Büro. Ihr war etwas eingefallen, was sie an einem der ersten Tage nach dem Mord gelesen hatte. Sie holte den Ordner mit den Briefen und sie hatte Recht. Wir sind dann alles noch einmal durchgegangen. Plötzlich tauchte der Name Florian Rosati auf, im Brief und auf der Visitenkarte.«

Cato Isaksen beugte sich vor. Der Brief war von vor zwei Jahren. Er sah Lise Sommers süßes Puppengesicht vor sich. »Dann hat Lise Sommer Ester Synnøve Lønn also wirklich gehasst«, sagte er und musterte seinen nachdenklich nickenden Kollegen.

Eine heftige Röte überzog Lise Sommers Gesicht. Zugleich sah sie verwirrt aus, kniff den Mund zu seinem dünnen, bitteren Strich zusammen. Die Frau hatte wohl nicht erwartet, dass sie das herausfinden würden. »Können Sie uns ein wenig von Florian Rosati erzählen?«, fragte Cato Isaksen noch einmal. Er genoss solche Momente, wenn er Menschen, die in einen Mordfall verwickelt waren, mit ihren Lügen konfrontieren konnte. Es gab immer so viele Puzzlestücke, zu viele und zu kleine, aber auf diese Weise kamen sie ans Ziel, durch emsige Arbeit, Stück für Stück. Durch unendliche Geduld und mit einem Blick für die kleinsten, unwichtigsten Dinge. Die Arbeit kam ihm vor, als bestehe sie aus lauter Steinchen, wie auf einem Kiesweg. Tausende von Steinchen, kleine, graue, fast alle gleich aussehend. Und unter einem fanden sie dann vielleicht einen Punkt, der sich als entscheidend erweisen sollte.

»Wer ist Florian Rosati?«, fragte er zum dritten Mal.

»Ein Mann, mit dem ich eine Zeit lang zusammen war«, flüsterte die Frau traurig. Sie zuckte abweisend mit den Schultern. »Ich kann Ihnen seine Visitenkarte geben, wenn das so wichtig ist.«

»Ja, bitte«, sagte Cato Isaksen.

Lise Sommer ging zu einer kleinen Kommode auf dem Flur. Sie öffnete die oberste Schublade und kam mit der Karte zurück. Es war die gleiche, die Ester Synnøve Lønn gehabt hatte.

Das Gesicht der Frau war jetzt wieder bleich. Ihr Blick begegnete seinem, unschuldig und triumphierend zugleich. Ein sanftes Lächeln kam in ihren Mundwinkeln zum Vorschein. »Florian«, begann sie zögernd. »war, wie gesagt, ein Freund, aber ich möchte lieber nicht über ihn sprechen. Und es ist ja wohl nicht verboten, Katzen nach Exliebhabern zu benennen, oder?«

»Wo ist er jetzt und wann haben Sie ihn zuletzt gesehen?«

»Das ist lange her«, sagte sie. »Wir haben eine Weile zusammengewohnt, dann haben wir uns auseinander gelebt. Die übliche Geschichte. Anfangs war es sehr schön, aber sein Temperament ... südeuropäisch«, fügte sie erklärend hinzu und zuckte mit den Schultern, »ich weiß nicht, ob er dieses Restaurant noch hat, aber das war jedenfalls seine Adresse.«

»Ester Synnøve Lønn hat ihn Ihnen ausgespannt, nicht wahr?«

Lise Sommer wirkte für einen Moment unsicher. Ihre großen blassblauen Augen starrten den Kommissar an.

»Wir haben Ihren Brief an sie gefunden«, erklärte Cato Isaksen.

»Ach so.« Sie holte Atem, fast erleichtert. »Das ist nicht so wichtig«, sagte sie. »Ich denke nicht mehr daran.«

»Aber warum haben Sie gelogen?«

»Ich habe nicht gelogen«, widersprach sie selbstsicher. »Mein Kater heißt wirklich Florian.«

»Aber ich sehe keinen Kater«, sagte der Kommissar.

»Kennen Sie sich mit Katzen aus?«

»Ja«, sagte er.

»Florian versteckt sich unter der Badewanne. Er ist ein Feigling.« Lise Sommer schaute ihrem Gegenüber in die Augen. Für einen Moment kam ihre Iris ihm gelb vor, ihre Augen schienen schmal zu werden.

»Haben Sie beide hier gewohnt?«

»Ja. Aber warum wollen Sie das wissen? Was hat er mit der Sache zu tun?«

Cato Isaksen hielt ihrem Blick stand. »Das wollten wir eigentlich Sie fragen.«

»Warum das?«

»Wegen des Briefes.«

»Das ist meine Privatsache«, sagte sie ein wenig kleinlaut. »Eigentlich habe ich Angst«, fügte sie hinzu.

»Vor ihm?«

Sie schüttelte den Kopf. »Bitte, ziehen Sie ihn nicht in diese Sache hinein.«

»Ich fürchte, darauf können wir keine Rücksicht nehmen. Wir haben es mit einem Mord zu tun. Wo waren Sie übrigens in der Nacht zum 6. Januar, zwischen 0.30 und 2.00 Uhr?«

»Was?« Lise Sommer sprang auf. »Verzeihung«, rief sie. »Was wagen Sie da anzudeuten?«

Plötzlich veränderte sich ihr Gesicht und sie sank zurück in den Sessel.

»Sie haben die Frage nicht beantwortet.«

»Ich war hier«, sagte sie. »Wo sonst?«

»Dafür haben Sie natürlich keine Zeugen?«

»Natürlich nicht«, sagte sie und ballte auf ihrem Schoß heftig die Fäuste. »Aber ich habe Ester nicht umgebracht. Ich kannte ja nicht einmal ihre Adresse, das habe ich doch schon gesagt. Sie müssen doch etwas gefunden haben, Fingerabdrücke oder so. Verschwenden Sie Ihre Zeit nicht mit mir, suchen Sie lieber Beweise, die den Mörder überführen. Suchen Sie Beweise und verpassen Sie diesem verdammten Johnny Svendsen seine Strafe.« Sie verstummte, dachte eine Weile nach, öffnete dann die Augen und sagte leise: »Jemand will mich umbringen.«

Cato Isaksen musterte sie hart. »Wissen Sie, was Sie da sagen?«, fragte er.

Sie nickte verbissen.

»Und wer kann das sein, was glauben Sie?«

»Johnny Svendsen natürlich.« Jetzt zitterte ihre Stimme. »Er war schon immer so. Er ist zu allem fähig, was ...« Sie beendete diesen Satz nicht. Ein leises Schluchzen kam über ihre Lippen.

Cato Isaksen musterte sie neugierig. »Sie wissen, dass er im Gefängnis sitzt?«

»Ja, aber sicher kommt er wieder frei«, sagte sie ruhiger. »Das ist ja auch egal, aber ich werde nicht gegen ihn aussagen.«

»Das ist ja auch egal«, wiederholte der Kommissar, »wenn Sie glauben, dass er Sie umbringen will. Wissen Sie etwas, das wir nicht wissen?«

Jetzt schüttelte die Frau energisch den Kopf. »Das nicht, aber ich trete nicht vor Gericht auf«, erklärte sie.

»Sie waren auch nicht auf Ester Synnøves Trauerfeier?«

Cato Isaksen staunte über ihre Reaktion. Sie lächelte. Lise Sommer lächelte breit. »Sie kapieren einfach gar nichts«, sagte sie. »Ich will Johnny Svendsen nicht begegnen, das habe ich doch schon gesagt.«

»Der war nicht da.«

»Er war nicht auf der Trauerfeier?«

»Natürlich nicht«, sagte Cato Isaksen und erhob sich. »Das wäre doch ein Hohn gegen die Familie.«

Lise Sommer nickte nachdenklich.

»Sie müssten in den nächsten Tagen bitte mal auf die Wache kommen, damit wir Ihre Fingerabdrücke nehmen können«, sagte der Ermittler und registrierte die Stille in der kleinen Wohnung. Die Ruhe der Buchrücken, die nebeneinander im Regal standen. Das stumme Telefon, die gedämpften Plakate an der Wand. Fast ohne Farben.

Sie entdeckten das kleine Lokal nicht sofort. »Da.« Randi Johansen zeigte auf das Restaurantschild. »Da ist es.« Das Schild mit der Aufschrift »Freddy« war klein und die Farbe war verblichen.

Die Scheibenwischer glitten rhythmisch über die Windschutzscheibe. Cato Isaksen und seine Kollegin fanden einen Parkplatz und liefen vom Auto zur Tür. Die Regentropfen fielen schwer vom Himmel und trafen mit leisem Knallen auf den Boden auf.

Das Lokal lag eingeklemmt zwischen einer Reinigung und einem pakistanischen Gemüseladen. Auf dem Bürgersteig davor stand ein großer blauen Container. Dahinter klaffte ein längliches Loch im Asphalt. Kleine Bäche aus Regenwasser glitten über den Rand und verschwanden in der Tiefe. Ein großmaschiger Drahtzaun umgab die Baustelle. Unten in der braunen Erde waren Rohre und Leitungen zu sehen.

Eine Glocke läutete munter, als sie die Tür öffneten. Das Lokal war dunkel und heruntergekommen. Über dem Tresen hing ein Plakat, auf dem zehn Nudelgerichte abgebildet waren. An einem Fenster saß ein junges Paar und hielt quer über den Tisch hinweg Händchen. An einem anderen Fenster saßen drei Männer, einer trug eine eng sitzende schwarze Daunenjacke, auf deren unterem Rand drei gelbe Streifen prangten. Ansonsten war das Lokal leer. Eine junge Frau kam durch eine Schwingtür hinter dem Tresen. Sie wischte sich die Hände an ihrer Schürze ab, nickte den neuen Gästen zu und fragte, ob sie behilflich sein könne.

Cato Isaksen erkundigte sich nach Florian Rosati. Die junge

Frau schaute ihn für einen Moment lang staunend an, sie schien nicht so recht zu wissen, welche Antwort sie ihm geben sollte.

»Polizei«, sagte er.

Die Frau wischte sich noch einmal die Hände an ihrer Schürze ab und verschwand dann durch die Schwingtür. Sie blieb eine Weile weg, dann kam sie zurück und bat ihre Gäste, sich zu setzen und einen Moment zu warten. »Möchten Sie einen Kaffee?«, rief sie hinter ihnen her.

Cato Isaksen und Randi Johansen nahmen dankend an und suchten sich ebenfalls einen Fenstertisch. Die Frau brachte ihnen zwei hohe lila Tassen.

Das Erste, was Cato Isaksen registrierte, als Florian Rosati an ihren Tisch kam, war, dass er einen *gut aussehenden dunklen Mann* vor sich hatte. Der Restaurantinhaber trug ein kurzärmliges grünes Hemd und sah wirklich gebildet aus, genau, wie Rakel Mandal den Mann beschrieben hatte, den sie am Abend vor Ester Synnøve Lønns Ermordung gesehen und den sie für Johnny Svendsen gehalten hatte.

Florian Rosati war älter, als der Kommissar erwartet hatte, er tippte auf Mitte vierzig. Er hielt ein Handtuch in der Hand, begrüßte seine neuen Gäste überschwänglich und fragte, ob sie etwas essen wollten.

Die beiden Polizisten wechselten einen Blick. »Eigentlich wäre das gar nicht schlecht«, sagte Randi. »Ich bin heute Mittag nicht zum Essen gekommen.«

»Ich habe gerade gegessen«, sagte Cato Isaksen.

»Aber etwas Süßes?«

»Na gut.« Der Kommissar nickte.

Florian Rosati verschwand hinter dem Tresen und brachte ihnen einen Teller Brownies mit Sahne. »Es dauert nur ein paar Minuten.« Er lächelte Randi Johansen an. »Dann bekommen Sie ein leichtes Pastagericht.«

Die Ermittlerin bedankte sich und schaute hinaus auf den Bürgersteig, wo die Leute mit umgestülpten Regenschirmen vorüberjagten. Der Regen tanzte im Wind hin und her, dann ging er in üppigen Schneeregen über, und der Schnee blieb für einen Moment weiß auf dem Boden liegen, bevor er schmolz.

Florian Rosati zog sich einen Stuhl heran und setzte sich ans Tischende. Er legte die Arme übereinander. Seine Unterarme waren kräftig und mit dunklen Haaren bedeckt.

»Sie können sich vielleicht denken, warum wir gekommen sind.« Cato Isaksen blickte ihn fragend an.

Der Mann nickte und betrachtete für einen Moment seine großen Hände. »Ester«, sagte er düster. »Nicht wahr?«

Der Kommissar nickte. »Wir vernehmen alle, die mit dem Mordopfer in Verbindung standen. Durch Lise Sommer haben wir erfahren, dass Sie eine Beziehung zu ihr gehabt haben.«

Wieder nickte sein Gegenüber. »Ja«, sagte er traurig. »Das stimmt.«

»Warum haben Sie sich nicht bei der Polizei gemeldet?«

»Warum?« Florian Rosati stöhnte fast und schlug die Hände vors Gesicht. »Es ist so grauenhaft«, sagte er. »Ich habe darüber in der Zeitung gelesen.« Er hob dramatisch die Arme. Die heftige Körpersprache und seine Mimik wiesen auf seine südeuropäische Herkunft hin, obwohl er perfekt Norwegisch sprach. »Ich begreife nicht, dass er es wirklich getan hat. Sie hatte Angst vor ihm. Wirkliche Angst, aber ich weiß nicht ... ich schäme mich so, ich hätte besser auf sie aufpassen müssen.«

Cato Isaksen biss in einen Keks. Die Serviererin brachte ein Gericht aus Nudeln, Kräutern und Salat und stellte den Teller vor Randi Johansen hin.

»Sie haben meine Frage nicht beantwortet.« Cato Isaksen trank einen Schluck Kaffee.

»Tatsache ist, ich hätte besser auf sie aufpassen müssen, aber das hat sie nicht zugelassen. Sie hat mich auf Distanz gehalten, hat sich als gebranntes Kind bezeichnet. Gebranntes Kind scheut das Feuer und so ... ich weiß nicht.« Er stützte die Ellbogen auf den Tisch und schlug noch einmal die Hände vors Gesicht.

»Warum haben Sie sich nicht bei der Polizei gemeldet?«, fragte Cato Isaksen geduldig zum zweiten Mal.

»Weil ich nicht dachte, dass das nötig sei. Ich hatte auch keine Zeit.« Florian Rosati schaute wieder auf.

»Keine Zeit?«

»Ich musste ein großes Arrangement vorbereiten, eine Prominentenhochzeit. Davon haben Sie sicher in der Zeitung gelesen. Außerdem hat Ester Synnøve immer wieder gesagt, dass ihre Eltern nichts von mir wissen dürften. Noch nicht. Ich wollte das eben respektieren. Aber ich war auf der Trauerfeier. Dort kannte mich ja schließlich niemand und es waren so viele Leute da und ... aber ich weiß auch nicht mehr als Sie. Ich habe in der Zeitung gelesen, dass Sie Johnny Svendsen für den Täter halten. Und es *war* Johnny Svendsen.« Er zuckte dramatisch mit den Schultern und schüttelte den Kopf. »Ich kann Ihnen wirklich nicht weiterhelfen. Ich bin dem Kerl nie begegnet. Er steht ja nicht einmal im Telefonbuch.«

Florian Rosati drehte sich um und rief der Serviererin zu, sie solle auch ihm einen Kaffee bringen.

»Sie haben also nach ihm gesucht?«

Der Restaurantbesitzer schüttelte den Kopf. »Im Grunde nicht«, sagte er. »Ester hatte schreckliche Angst davor, dass er von unserer Beziehung erfahren könnte. Dann hätte er sie wirklich zusammengeschlagen. Ich bin auch ihrem Sohn oder ihrem Bruder, von dem sie so viel geredet hat, nie begegnet. Auch das wollte sie nicht. Niemand sollte von mir wissen. Ihre Eltern hatten wohl gewaltige Macht über sie. Vor allem die Mutter. Ester hatte Angst vor ihrer Mutter, so war das. Wir wollten im Sommer heiraten, nicht in diesem Sommer, im nächsten. Wir haben über Rom gesprochen.«

Cato Isaksen dachte an die Reise nach Rom, die er Bente versprochen hatte. Er musste sich wirklich darum kümmern. Nachher wollte er in ein Reisebüro gehen und sich einige Kataloge geben lassen, dann würde sie immerhin sehen, dass er sein Versprechen halten wollte.

Die Serviererin brachte den Kaffee. »Danke, Anna«, sagte Florian Rosati freundlich. »Wir waren nur zusammen, wenn Markus in Enger war«, sagte er dann. »Oft war sie sehr kalt, fast abweisend. Keine Ahnung, aber das alles hat ihr wohl schrecklich zugesetzt. Sie war doch mit diesem Johnny zusammen gewesen, seit sie vierzehn war. Das ist echt Wahnsinn. Er hatte wirklich zu große Macht über sie.«

»Sie waren zuerst mit Lise Sommer liiert, nicht wahr, ehe Sie Ester Synnøve Lønn kennen gelernt haben?«

Florian Rosati nickte düster.

»Sie wissen natürlich, dass die beiden sich ihretwegen zerstritten haben.«

»Ja, das weiß ich. Es war schrecklich, aber es war nicht zu vermeiden. Ich habe ein halbes Jahr mit Lise zusammengewohnt. Dann hat sie mir Ester vorgestellt und ich war verloren. Total verloren. Ich wusste einfach, dass sie die Frau meines Lebens war. Sie hatte sich von Johnny getrennt. Sie lebte allein, aber er terrorisierte sie. Ich habe ihr beim Umzug in die neue Wohnung geholfen. Nicht in die, in der sie zuletzt gewohnt hat, sondern in die davor.« Er lächelte kurz. »Ich habe ihr am selben Tag einen Antrag gemacht. Wir standen im Treppenhaus, sie war total erschöpft, fast grau im Gesicht. Ich habe gefragt, ob sie mich heiraten wollte.« Wieder lächelte er kurz. »Sie kam mir so jung und unschuldig vor, obwohl sie über dreißig war.«

»Nach nur einem Tag haben Sie ihr schon einen Heiratsantrag gemacht?«

»Ich kannte sie doch länger. Sie war schließlich Lises beste Freundin.«

»Wie hat Lise darauf reagiert?«

Florian Rosati sah Randi Johansen traurig an, er schien auf ihr Verständnis zu rechnen, da sie eine Frau war. »Ich habe es Lise erst nach einiger Zeit erzählt. Sie war wütend und verzweifelt, war einfach außer sich, die Arme. Ich habe ihr viele erklärende Briefe geschickt.« Aufgeregt breitete er die Arme aus. »Aber sie hat nicht geantwortet, wollte mich nicht mehr sehen.« Er zuckte resigniert die Schultern. »Es ist nicht leicht mit den Frauen«, sagte er dann und ließ seinen Blick zu Cato Isaksen wandern. »Dann wollte sie auch mit Ester nichts mehr zu tun haben. Das war traurig, aber es war nicht zu ändern. Ester und ich waren wie füreinander geschaffen.«

Plötzlich brach Florian Rosati in Tränen aus. Nur ein sehr guter Schauspieler hätte das so perfekt geschafft. »Sie war so schön«, schluchzte er. Die Gäste an den anderen Tischen drehten sich um und sahen ihn an.

»Sie ... mit ihren schönen blonden Haaren, den blauen Augen und den kleinen Sommersprossen. Sie war ... ganz einfach wunderbar. Die Liebe meines Lebens. Ich werde nie darüber hinwegkommen.« Er richtete seinen feuchten Blick auf Cato Isaksen. »Haben Sie sich mal überlegt, was sie alles verloren hat?«, fragte er. »Alles, was sie geliebt hat, ihren Sohn und ihre Familie und mich. Ja, ich weiß, dass ich ihr viel bedeutet habe. Mein Vater ist Italiener. Er hat viele Jahre hier gelebt, hat eine Norwegerin geheiratet, meine Mutter, aber jetzt sind sie geschieden und er lebt wieder in Italien. Dort wird anders gedacht. Hier in Norwegen bedauern wir die Hinterbliebenen, die einen Menschen verloren haben. In Italien sehen wir das anders. Dort bedauern wir die Toten, die Toten, die alles verloren haben. Meine Großmutter hat immer vom Garten der glücklichen Toten gesprochen, aber daran glaube ich nicht. Ester tut mir entsetzlich Leid, weil sie nicht mehr lebt.«

»Haben Sie sich am Mordabend vor Ester Synnøve Lønns

Haus aufgehalten?« Randi Johansen musterte ihm mit scharfem Blick.

Florian Rosati stellte langsam seine Kaffeetasse auf den Tisch. »Das nun wirklich nicht«, sagte er entschieden. »Wie kommen Sie denn darauf?«

»Es gibt entsprechende Beobachtungen«, sagte Cato Isaksen. »Aber wir werden das genauer untersuchen. Sie müssten in den nächsten Tagen bitte mal zu einer offiziellen Vernehmung auf die Wache kommen.«

Florian Rosati erbleichte. »Kann ich mich weigern?«, fragte er.

»Nein, aber warum sollten Sie auch?«

»Nein, nein, natürlich komme ich«, sage der andere.

Die Menschen sind durch sehr zarte Bänder miteinander verbunden, die reißen, fast ohne dass wir das merken. Diese Worte, von denen er nicht wusste, woher er sie kannte, wirbelten immer wieder durch seinen Kopf. Cato Isaksen schaltete und fuhr auf die linke Spur. Er war auf dem Weg nach Hause. Fuhr an den Messehallen von Sjølyst vorbei und hielt dann zum Tanken an der Noroltankstelle. Auf der Rückbank saß Georg und schlief. Der Junge war total verdreckt. Er hatte mit einem anderen Jungen auf dem Hinterhof gespielt, als der Kommissar ihn abgeholt hatte. Der Vater hatte einige Zeitungen unter ihn, auf den Kindersitz und auf den Boden, unter die schmutzigen Cherrox, gelegt.

Sigrid hatte müde ausgesehen. Ihre kleine Tochter klammerte sich an ihre Beine und quengelte. Georgs Halbschwester hatte die kohlschwarzen Haare und die dunklen Augen ihres Vaters.

Florian Rosati war für den folgenden Tag auf die Wache bestellt. Rakel Mandal war informiert. Sie war sehr gern bereit, der Polizei bei der Suche nach dem Mann zu helfen, den sie am Mordabend durch das Fenster gesehen hatte.

Cato Isaksen wusste nicht so recht, wie zuverlässig die alte Dame war. Immerhin war es Monate her, dass sie den Mann gesehen hatte, aber den Versuch war es doch wert.

Er dachte daran, was der Restaurantbesitzer über den Tod gesagt hatte. *Der Garten der glücklichen Toten. Die Toten sollten uns Leid tun.* Absoluter Widerspruch, alles nur Gefasel. Er hatte das unangenehme Gefühl, dass Florian Rosati nicht der war, als der er sich ausgab. Warum hatte er sich nicht bei der Polizei gemeldet? Seine dummen Ausflüchte waren nun wirklich nicht überzeugend.

Der Ermittlungsleiter würde später noch einmal zur Wache zurückmüssen. Seit er als Ingeborg Myklebusts Vertreter fungierte, gab es unglaublich viel Organisationsarbeit zu erledigen. Ein neuer Fall musste geklärt werden. Am Morgen war der Mord an einem älteren Mann gemeldet worden, der von einem Familienmitglied erstochen worden war. Cato Isaksen hatte Thorsen und Billington die Ermittlungen übertragen. Er sorgte dafür, dass vorübergehend noch zwei weitere Kollegen vom Fall Lønn abgezogen wurden. Außerdem musste er noch die letzten Berichte ins Reine schreiben. Nicht, dass es viel Neues gäbe, aber er musste die letzten Verhöre von Johnny Svendsen und Bjørn Tore Lønn zu Papier bringen und an die anderen weiterreichen.

Bjørn Tore Lønn bestand weiterhin darauf, nichts vom Freund seiner Schwester gewusst zu haben. *Ich wüsste garantiert Bescheid,* hatte er erklärt. *Wir haben einander alles erzählt.*

Cato Isaksen hatte ihn jedoch daran erinnert, dass seine Schwester keine Ahnung von dem fingierten Überfall gehabt hatte, den er und Johnny Svendsen ausgeführt hatten. Vielleicht hatte auch sie ihre Geheimnisse gehabt.

Er dachte an Ester Synnøve Lønn, Lise Sommer, Vesla Mortensen und Johnny Svendsen. Seltsam komplexe Bande. Ester stammte aus einer so genannten normalen Familie. Johnny war bei seiner Tante aufgewachsen. Vesla bei ihrer Mutter. Lises Eltern waren gestorben, als sie noch ziemlich jung gewesen war. Was hatte diese Clique eigentlich umgetrieben? Hatten noch andere Bindungen bestanden als die üblichen? Waren Dinge passiert, von denen niemand etwas wusste? Er musste Lise Sommer stärker unter Druck setzen, musste sie zu genaueren Aussagen bringen. Er wollte auch mehr über ihre Beziehung zu Florian Rosati wissen, wollte hören, ob der romantische Wirrwarr, von dem der Italiener gefaselt hatte, wirklich der Wahrheit entsprach. Außerdem wollte er Johnny Svendsen von Florian Rosati erzählen und dessen Reaktion testen.

Von jetzt ab würde die Sache vielleicht einfacher werden. Er glaubte durchaus, dass er Eivind Stang beeinflussen könnte. Dass ein neuer Mann als möglicher Verdächtiger mit im Spiel war, konnte den Anwalt vielleicht dazu bringen, auf Johnny Svendsen einzuwirken, so dass dieser sich zu neuen Verhören bereit erklären würde.

Rakel Mandal stolzierte durch den Korridor, gefolgt von einem bärtigen Polizisten. Zur Feier des Tages trug sie einen grauen Filzhut mit roten Beeren und einem durch ein Band an der Krempe gesteckten Zweiglein. Ihr Frühjahrskostüm hatte einwandfrei bessere Tage gesehen. Und das galt auch für ihre braunen Straßenschuhe.

Ihre Hilfe war wichtig für die Polizei. Sie war sich ihrer Sache sicher. Vor ihrem inneren Auge sah sie den Mann auf der Straße. Sie würde ihn nie vergessen. Die Polizei konnte ganz ruhig sein. Sie würde ihnen bei der Identifizierung helfen.

Cato Isaksen begrüßte die alte Dame herzlich. Sie lächelte, als sie dann auch Roger Høibakk erkannte. Es war ein sehr wichtiger Tag in ihrem Leben. Sie hatte vorher ausgiebig mit ihren Freundinnen telefoniert.

Die sechs Männer standen nebeneinander. Bjørn Tore Lønn war Nummer 1, Florian Rosati Nummer 2, dann kamen zwei dunkle, in Zivil gekleidete Polizisten als 3 und 4. Johnny Svendsen war Nummer 5, ein weiterer Polizist Nummer 6.

Cato Isaksen und Roger Høibakk brachten Rakel Mandal ins Nebenzimmer. Die sechs Männer hatten die Hände im Rücken verschränkt. »Bitte, überlegen Sie sich die Sache genau«, bat Cato Isaksen. »Sagen Sie erst etwas, wenn alle sechs sich umgedreht haben und Sie ihr Profil sehen. Warten Sie, bis jeder einen Schritt vorgetreten ist.«

»Ich sehe ihn schon.« Rakel Mandal drehte sich zu den beiden Polizisten um. »Ich brauche nicht zu warten. Es ist Nummer 2. Wie ich schon gesagt habe, ein dunkler, gut aussehender Typ. Er ist es.«

Dennoch wurde die Sache vorschriftsmäßig noch einmal wiederholt. Diesmal war Florian Rosati Nummer 6. Auch diesmal erkannte Rakel Mandal ihn sofort.

Danach wurde sie mit Lob und Dank überhäuft und trug, als sie die Wache verließ, ihre spitze Nase noch ein wenig höher als sonst.

Florian Rosati wurde mit ihrer Aussage konfrontiert, kroch gleich zu Kreuze und gab zu, am Abend des 5. Januar doch in der Odins Gate gewesen zu sein. »Aber ich war schon vor elf wieder im Restaurant. Das kann ich beweisen. Das können mehrere von meinen Angestellten bestätigen. Wir hatten ein Betriebsessen für einen Verlag. Ich bin sicher, dass auch einige Gäste sich an mich erinnern.«

Er ließ sich bereitwillig Blut und Fingerabdrücke abnehmen, hatte danach aber wieder seine Zweifel. »Sie werden in der Wohnung viele Spuren von mir finden. Ich war ja oft da, auch an dem Abend, wie gesagt, aber ich bin vor elf gegangen«, beteuerte er noch einmal.

»Warum haben Sie gelogen?« Cato Isaksen musterte ihn skeptisch. »Ist Ihnen klar, dass es strafbar ist, die Polizei anzulügen?«

Florian Rosati schüttelte resigniert den Kopf. »Ich habe nichts mit diesem Mord zu tun«, sagte er. »Ich wollte einfach nicht hineingezogen werden«, beteuerte er.

Ende April lag Johnny Svendsens DNA-Analyse vor. Daraus ergab sich, dass keines der Beweismittel in Ester Synnøves Wohnung von ihm stammen konnte. An der Wohnungstür waren seine Fingerabdrücke zwar reichlich vorhanden, aber er bestand hartnäckig und ziemlich überzeugend darauf, dass er vergeblich versucht habe, in die Wohnung zu gelangen. Die Haaranalyse war jedoch noch nicht abgeschlossen.

Für die Polizei kam dieses Ergebnis unerwartet und überaus ungelegen. Alle waren fest davon überzeugt gewesen, dass weitere handfeste Beweise Johnny Svendsen als Täter entlarven würden. Er hatte einen Wutanfall erlitten, als er von Florian Rosati gehört hatte, aber Cato Isaksen hegte den Verdacht, dass der Verdächtigte bereits von dieser Beziehung gewusst hatte. Die Polizei maß den Fingerabdrücken auf der Wohnungstür weiterhin hohes Gewicht bei. Johnny Svendsen war am Tatort gewesen. Und das vermutlich am Tag der Ermordung.

Plötzlich schien in Cato Isaksens Kopf der Blitz eingeschlagen zu haben. Warum hatte die Wohnungstür offen gestanden, als die Zeitungsbotin die tote Ester Synnøve Lønn gefunden hatte? War es möglich, dass Johnny Svendsen die Tür aufgebrochen und dann einen Schock erlitten hatte, als seine Exfrau tot vor ihm auf dem Boden lag? War Florian Rosati vor ihm dort gewesen?

Diese Überlegungen verwirrten ihn. Von Bjørn Tore Lønn, Florian Rosati und Lise Sommer waren Proben genommen worden, die Analysen waren jedoch noch nicht beendet. Und was war mit Steinar Halling? Was wollte er nicht verraten, was versuchten er und sein Vater zu verbergen?

Der Untersuchungsrichter wollte Johnny Svendsen nicht länger festhalten. Es gab zwar durchaus noch Verdachtsmomente, aber keinen konkreten Beweis dafür, dass er den bestialischen Mord an seiner Exfrau begangen hatte. Die vielen Indizien reichten jedoch aus, um ihn weiterhin unter Anklage zu halten. Die Gefahr der Beweisvernichtung war jedoch nicht mehr gegeben und deshalb wurde er auf freien Fuß gesetzt. Am Freitag, dem 12. Mai, konnte Johnny Svendsen das Gefängnis verlassen. Bis auf weiteres stand er unter Meldepflicht. Aber die Polizei hatte das Untersuchungsgericht nicht davon überzeugen können, dass der junge Mann mit einer Wahrscheinlichkeit von über fünfzig Prozent der Mörder war. Im Gegenteil, da weder die Fingerabdrücke noch das andere biologische Material in der Wohnung von ihm stammten, hatte seine Position sich verbessert. Bjørn Tore Lønn und Florian Rosatis Fingerabdrücke dagegen waren an mehreren Stellen identifiziert worden. Auf dem Bett, auf dem Tisch, am Waschbecken. Die von Lise Sommer schließlich fehlten ganz und gar.

Roger Høibakk warf einen Stapel Zeitungen auf den Tisch. »Der Untersuchungsrichter will die Haft nicht verlängern. Wir können Widerspruch einlegen, aber ich glaube nicht, dass uns das hilft. Wir haben nicht gerade gute Argumente. Und das kann so nicht weitergehen.«

Cato Isaksen warf einen kurzen Blick auf die Titelseite der VG. *BRUTALER EHEMANN FREIGELASSEN! Die Polizei hat keine stichfesten Beweise.* Er schlug den entsprechenden Artikel auf und fand ein Bild, auf dem ein lächelnder Johnny Svendsen zusammen mit seinem Anwalt das Gefängnis verließ.

Eivind Stang kritisierte die Polizei, die von Anfang an nur seinen Mandanten als Schuldigen gesehen hatte. *So kann man einfach keine seriöse Ermittlungsarbeit leisten. Statt in alle Richtungen zu ermitteln, hat die Polizei sich vom ersten Moment an einseitig auf meinen Mandanten konzentriert. Johnny Svendsen kann durch keinerlei Beweismittel mit dem Mord in Verbindung gebracht werden. Die DNA-Analyse des untersuchten Material zeigt deutlich, dass er nicht der Mörder sein kann. Und zum Glück ist es in der norwegischen Justiz nicht so, dass der Verdächtige seine Unschuld beweisen muss. Im Gegenteil, die Polizei muss die Beweise für seine Schuld vorlegen. Bisher hat sie das nicht getan. Sie ist ganz einfach auf unprofessionelle Weise ihren Vorurteilen gefolgt. Ich möchte sogar die Ermittlungen in einigen Teilen ganz offen als dilettantisch bezeichnen.*

Jetzt will ich meinen Sohn zurückhaben!

Johnny Svendsen sagt zu VG, dass er während seiner gesamten Untersuchungshaft nur einen einzigen Gedanken hatte. »Ich habe die Tage und die Stunden bis zum Wiedersehen mit meinem Sohn gezählt. Es gibt schließlich Vorschriften. Niemand kann mir die Verantwortung für mein eigenes Kind vorenthalten. Ich werde mit allen Mitteln darum kämpfen. Und ich hoffe, dass die Polizei den oder die Mörder meiner Exfrau findet. Es war eine ganz entsetzliche Zeit.« Auf die Frage unseres Reporters, ob er seine Frau wirklich in der Zeit vor dem Mord bedroht und misshandelt habe, antwortete er: »Ich habe sie nicht misshandelt. Das zu behaupten ist wirklich stark übertrieben. Dass ich in meiner Verzweiflung darüber, dass sie mich verlassen und unseren Sohn mitgenommen hatte, vielleicht mündli-

che Drohungen ausgestoßen habe, will ich nicht leugnen. Aber alle, die je in einer solchen Situation gewesen sind, wissen, wie verzweifelt man dann sein kann. Ich habe Ester Synnøve geliebt und liebe sie noch.«

VG möchte darauf hinweisen, dass Johnny Svendsen weiterhin unter Mordverdacht steht, obwohl er sich jetzt auf freiem Fuß befindet. Sichere Quellen innerhalb der Polizei teilen mit, dass die Ermittlungen auf Hochtouren weiterlaufen, um ausreichend Beweise für eine Verurteilung zu sammeln.

In einem kleinen Kasten unten auf der Seite stand ein Interview mit Ester Synnøve Lønns Eltern. *Er war es!*, lautete die Überschrift.

Ragnhild und Ivar Lønn glauben noch immer, dass ihr Exschwiegersohn ihre Tochter ermordet hat. Er ist und war schon immer zu allem fähig. Wir sind davon überzeugt, dass die Wahrheit eines Tages ans Licht kommen wird. Und er soll ja nicht versuchen, sich Markus zu nähern. Der Junge fleht darum, nichts mit seinem Vater zu tun haben zu müssen. Er hat genug gelitten. Wir hoffen, dass das sogar Johnny Svendsen begreifen kann. Es ist typisch für Psychopathen, nur an sich selber zu denken. Es ist unser brennender Wunsch, dass er seinen Egoismus vergisst und den Jungen in Frieden lässt. Wir möchten unsere Ruhe, um wieder ein normales Leben anfangen zu können. Aber wenn Johnny Svendsen auf freiem Fuß bleibt, dann wird das wirklich nicht leicht sein, sagt Ivar Lønn.

Cato Isaksen schlug wütend die Zeitung zu und warf sie auf den Tisch. Er war gereizt und fühlte sich durch diesen Zeitungsartikel geradezu gedemütigt.

Roger Høibakk sah ihn an. »Wir können uns ja auch an die Öffentlichkeit wenden«, sagte er, »und mitteilen, dass wir durchaus mehreren Spuren folgen.«

»Kann es denn doch Florian Rosati gewesen sein?« Der Ermittlungsleiter spürte, wie sich in ihm Unruhe ausbreitete.

»Wir müssen die Analysen abwarten«, seufzte Roger Høibakk. »Und das dauert noch gut einen Monat, o verdammt.«

»Für die Zeit nach elf Uhr hat er ein Alibi«, sagte Randi Johansen. »In seinem Lokal hatte am 5. Januar ein Verlag eine Weihnachtsfeier.«

»Und wann war die zu Ende?«

»Um halb drei«, sagte Randi Johansen. »Wir haben mehrere Aussagen, die bestätigen, dass er bis halb drei im Restaurant war. Diese Aussagen stammen von Angestellten und von Gästen. Und der Mord wurde zwischen 0.30 und 2.00 Uhr begangen.«

Die Presse sollte auf keinen Fall erfahren, dass es noch weitere Verdächtige gab. Auf gar keinen Fall. Jetzt wollten sie in aller Stille weiterarbeiten. Aber schon am folgenden Tag verkündete Eivind Stang in VG, dass die Polizei noch weitere mögliche Mörder im Visier habe. Dagbladet hatte sich zu Florian Rosatis Restaurant durchgeschnüffelt und brachte folgende Schlagzeile: *Restaurantbesitzer verdächtigt!*

Florian Rosati rief wütend bei Cato Isaksen an und machte der Polizei Vorwürfe wegen dieser Indiskretion. »Und da fragen Sie noch, warum ich mich nicht bei Ihnen gemeldet habe!«, rief er und knallte den Hörer auf die Gabel.

Auf der Wache herrschte eine nervöse und müde Stimmung. Ingeborg Myklebust meldete sich und verlangte, Cato Isaksen solle ihr einen Teil der Papiere in die Strahlenklinik bringen. Das war ein Befehl. Er rief irritiert zurück und kündigte seinen Besuch für einen der nächsten Tage an.

»Wenn dieser Arsch ungeschoren davonkommt, dann suche ich mir einen anderen Job«, sagte Randi Johansen.

Cato Isaksen nahm ein Blatt vom Papierstapel. »Ich habe mir

etwas anderes überlegt. Ester Synnøve Lønn war doch Anerbin auf diesem Hof in Østfold.«

»Ja, wieso?«

Cato Isaksen ließ sich zurücksinken. »Weil Bjørn Tore nun doch sicher in der Erbfolge an die Stelle seiner Schwester tritt.«

»Bist du dir da sicher? Was ist mit ihrem Sohn?«

»Keine Ahnung. Ich werde mich erkundigen«, sagte er. »Ich werde auch noch einmal mit Tilla Mortensen und mit den Mallings sprechen. Ich bin davon überzeugt, dass sie uns nicht alles gesagt haben.«

Die späte Nachmittagssonne wurde durch das Laub gefiltert und floss dick und langsam über die Möbel. Die Bilder an der Wand starrten ihn wütend und düster an. Die Sonnenstrahlen machten alles noch trauriger. Die tiefe Langeweile wanderte durch die Zimmer. Er hatte schreckliche Angst bekommen, als die getarnten Polizisten wieder aufgetaucht waren. Sein Vater war draußen im Wald. Warum trugen sie keine Uniform? Ihm kam das so vor, als spielten sie nicht mit offenen Karten, als versuchten sie, ihn mit Tricks zum Reden zu bringen. Der Polizist hatte gefragt, ob Steinar Auto fahren oder allein den Bus nehmen könne. »Nicht doch«, hatte er geantwortet. Dann hatte der Polizist noch einmal gefragt, ob er Ester Synnøve blöd gefunden habe. »Ja«, hatte er gesagt, und dann wollte er nichts mehr sagen, sondern wiegte sich nur noch hin und her.

Jetzt saß Steinar Malling in der Küche und wartete. Der Polizist war zu Tilla gegangen. Das Geschirr vom Mittagessen des vergangenen Tages stand noch immer auf dem schmutzigen Herd.

Der junge Mann dachte daran, was sein Vater immer sagte: Faulheit ist des Teufels Kopfkissen. Unter seiner Zunge hatte er einen fiesen Essiggeschmack. Wenn er seinem Vater nicht mit dem Holz und den Brettern und allem half, dann war er ziemlich viel im Wald unterwegs. Das hatte er auch dem Polizisten erzählt. Jetzt stand er auf und ging ans Fenster. Es war fast wieder Sommer. Die Blätter der Bäume drängten sich hellgrün und kräftig aus den braunen Zweigen. Er sah, wie sein Gesicht sich draußen in den Bäumen spiegelte. Das transparente Selbstporträt bestand aus Haut, Glas und grünen Blättern. Glas war gefährlich. Das Fenster war ein großes Bild der hellgrünen Wand. Ein Bild, das sich veränderte, das immer wieder in neuen Farben gemalt wurde, mit Bäumen und Sonne und Mond in der Nacht.

Steinar drehte sich um und betrachtete im Spiegel sein rötliches rundes Gericht. Weißblonde Haare, helle Wimpern und ein großer Mund mit viel zu roten Lippen. Steinar Malling war ein Mann. Er war ein wirklicher Mann. In seinem Kopf steckten die vielen fremden und scharfen Gedanken. Er ging zu den beiden Klappstühlen vor dem Fernseher und legte sie zusammen. Einmal hatte er langsam in eine Plastiktüte geatmet. Aber nichts war passiert. Er dachte an Ester und Lise und Johnny – und an Ragnar. Ragnar war einmal zum Spielen zu Steinar nach Hause gekommen, sie waren damals vielleicht acht oder neun gewesen. Sie hatten hinter der Scheune im Sand mit Autos gespielt. Das war seine schönste Erinnerung. Er und Ragnar. Zwei Freunde, oben auf einem hohen Sandhaufen. Ragnar hatte einen Thermoanzug und eine Mütze getragen.

Aber es war bei diesem einen Mal geblieben. Danach hatte es nur Fußspuren und Löcher im Sand gegeben. Und die Straßen, die zwischen den Gartenstühlen und dem großen Plastikelefanten verliefen, der zur Zierde hier stand, waren leer. Steinar verharrte hinter dem großen Müllkasten und behielt alles im Auge. Aber er weinte nicht, als Ragnar nicht wiederkam. Er hatte gesagt, er werde zurückkommen, aber das tat er nicht. Zu Vesla waren sie besonders gemein. Sie hatte ihm erzählt, dass sie mit ihnen zusammen sein durfte, obwohl sie sie nicht leiden konnten. Er durfte nicht mit ihnen zusammen sein. Sie nannten ihn Trottel. Das war nicht so schlimm. Schlimmer war alles, was sie Vesla antaten, die war doch kein Trottel. Vesla war lieb. Sie war ein ganz normaler Mensch.

Einmal, vor langer Zeit, er war vielleicht sechzehn und sie achtzehn gewesen, hatte sie sich hinten auf seinen Motorroller gesetzt. Sie hatte die Arme um seine dicke Taille gelegt und den Kopf an seinen Rücken gelehnt. Steinar hatte sie an sich gespürt. Und der Wind war warm über seine Wangen gestrichen.

Im Fahren hatte er an vieles gedacht. An das, was ihm durch den Kopf ging, wenn er nachts nicht schlafen konnte. An die Bilder, die er in einer der Zeitschriften seines Vaters gesehen hatte, an die Wölbung des Bauches über dem dunklen Dreieck. Und an das, was in dem Dreieck saß, was sich blank und rot öffnete. Er dachte an Vesla. An ihre dünnen Hüften, an die harten Brustwarzen, die unter ihrem Pullover aussahen wie zwei kleine Beeren. Das Mädchen hatte im Grunde kaum Brüste, sie schienen nur aus den Brustwarzen zu bestehen.

Er hatte den Motorroller da angehalten, wo der Waldweg begann. Sie waren in den Wald gegangen, ohne miteinander zu sprechen. Ein Zweig brach unter seinem Gewicht. Der dichte Wald öffnete sich zu schmalen dunklen und einigen helleren Spalten. Sie gingen bis zu einer kleinen Lichtung. Hinter seiner Stirn wuchs die Spannung. Er dachte an die Stunden mit Ragnar auf dem Sandhaufen. Normaler Mensch. Er war ein normaler Mensch. Er ging hinter Vesla her. Sie drehte sich nicht um, sah ihn nicht an. Sie hob das Gesicht und betrachtete die Baumwipfel. Dann blieb sie plötzlich stehen und legte sich hin, in den hohen Farn. Er schaute auf sie hinab und hatte Angst. Sie behauptete, es sei blöd, solche Angst zu haben. »Angsthase«, sagte sie. Erst machte ihn das traurig, dann ein bisschen wütend, aber nicht so wütend, dass sie das gemerkt hätte. Er wusste ja, was sie meinte. Denn er hatte Angst. Für einen Moment wich seine Leere zurück. Er stieß einen tiefen Seufzer aus. Die Welt war still. Nur leises Rauschen, wie dünne Stimmen, war von den Baumwipfeln zu hören. Er wollte sie nicht sehen. Er hörte den Fluss in der Nähe, schnell und redselig. Er lachte herzlich hinter dem hohen Farn.

Plötzlich weinte er, aber nicht laut. Er weinte in Gedanken, ganz leise, während seine Augen und seine Nase trieften. Sie stand auf, trat dicht ihn heran und zog ihn neben sich nach unten. Dann legte sie ihm die Arme um den Hals und drückte ihre Wange an seine. Seine Tränen ließen sie nass werden.

Er dachte an die Lichtung, an den kleinen Graben hinter dem Baumstamm. Seine Herzgeräusche störten ihn. Sie flossen mit dem Blut durch seine Adern und durch seinen ganzen Leib.

Vesla sah ihn an. »Wir kennen uns doch«, sagte sie.

Er stimmte ihr zu.

»Es ist nicht so, dass wir uns nicht kennen«, sagte sie. »Glaubst du, es sind Tiere in der Nähe?«, fragte sie.

Er lachte und spürte, wie die warme Sommerluft ihn umschloss, in seinen Ohren rauschte und sich um seinen Hals schlang. Und dann passierte es. Ihr Mund auf der weichen Haut an seinem Hals. Die ganze Zeit, wie ein Saugnapf, während sie ihn über sich zog. Ihre Beine und ihr Bauch unter ihm. Ihre Arme in gerader Linie neben ihrem Körper. Beide Körper umgeben vom Wald, aufeinander zugetragen. Kleine Tannennadeln in ihren Haaren und an ihrem Ohr. Er zog sie aus. Sie wollte das, führte seine Hände. Er versuchte, ihn hervorzuholen. Jetzt war er angespannt, in seinem ganzen Leib pochte es. Eine tiefe Sehnsucht, über die er keine Kontrolle mehr hatte. Er presste sein Geschlecht in sie hinein. Erst vorsichtig, dann tiefer. Als er drinnen war, spürte er für einen Moment ihre Wärme, dann stieß sie ihn plötzlich weg. Er war verwirrt und fürchtete sich. Fürchtete sich sehr. Er war eben doch kein Mensch. Er hatte sie nur ganz kurz gespürt, tief und eng. Sie drehte sich von ihm weg. Sie hatte trockene Blätter auf dem Rücken, als sie aufstand. Dann wandte sie sich ihm zu und rief, dass sie ihn am Liebsten schlagen würde. Sein widerliches Gesicht mit dem blöden vagen Blick schlagen.

Danach waren sie zum Kiosk gefahren und hatten Limonade, Eis und dunkle Blockschokolade gekauft, die Vesla für ihr Leben gern aß. Danach hatte er immer an diesen Sommer gedacht. Er konnte sich an alles erinnern, wusste noch genau, wie es gewesen war. Die Sätze, die sie gesagt hatte, die Wärme ihrer Haut, die Farben und die Geräusche der Bäume. Der Geruch ihrer Achselhöhlen.

Danach hatte er gedacht, alles sei zu Ende. Sie könnten sich nach dem, was passiert war, nicht mehr zusammen sehen lassen. Wenn sie zusammen sein wollten, dann mussten sie im Wald zusammen sein. Sie würden den Wald nie verlassen können. Sie sagte, sie wolle das nicht mehr mit ihm machen. Aber sie war nicht böse. Am nächsten Tag war alles so wie immer. Sie fuhren zum Laden und kauften Eis, dann gingen sie zusammen zum Baum. Sie hatten einen gemeinsamen Baum. Einen seltsamen Baum, der reden konnte, wie Vesla glaubte. Früher, als sie kleiner waren, waren sie oft hingegangen, hatten gelben Saft in einer Thermosflasche und Butterkekse mitgenommen. Anfangs hatte er ihr nicht geglaubt, Bäume konnten doch nicht sprechen. Aber jetzt ging er oft zu dem Baum und legte sein Ohr an den Stamm. Bäume klatschen nicht. Sie leben einfach, indem sie ihre Zweige ausstrecken, jedes Jahr ein paar Zentimeter mehr. Der Baum hatte alles gesehen. Es gab viele Arten von Augen in einem Baum. Ein Auge an jedem Blatt. Im Winter hatte der Baum die Arme voller Schnee. Steinar Malling glaubte, dass der Baum wartete. Er wartete und wartete und hatte überall Schmerzen, in den Fingern, in den Ohren und in den Wurzeln, die sich in der schwarzen Erde festkrallten.

Vor den Buckelglasfenstern mit den blassgelben Vorhängen wogten die Zweige hin und her. Tilla Mortensen stand in der Küche und buk Waffeln. Es war später Nachmittag und das Licht wurde langsam schwächer. Hinten bei der Scheune war eine hoch gewachsene dünne Sonnenblume festgebunden. Der Mai war in den Juni übergegangen. Im August würde das Blumengesicht sich zusammenziehen und schwarz werden. Sonnenblumen starben immer auf diese Weise.

Der Himmel war weiß, die Tür zum Garten stand offen. Cato Isaksen fühlte sich unruhig. Bald musste etwas passieren. Sie versuchten weiterhin vor allem, Beweise gegen Johnny Svendsen zu finden. Florian Rosati war nach allen Regeln der Kunst vernommen worden. Vesla Mortensens Verschwinden jedoch war wegen der allgemeinen Arbeitsüberlastung während der vergangenen Wochen wieder in den Hintergrund gerückt.

Der Kommissar blätterte langsam in dem Fotoalbum, das Tilla Mortensen ihm hingelegt hatte. Es enthielt Schwarzweißbilder einer glücklichen Familie. Vater, Mutter und die Tochter. Vesla als Baby, als Einjährige, als Zweijährige mit weißen Locken. Fröhliche Bilder. Er kannte diese Fotos. Solche Fotos waren immer gleich. Er hatte solche Fotos von sich selbst, von seinen Kindern, sogar von seinen Eltern. Sie wurden aufgenommen, ehe die Welt sich zusammenzog, ehe das brutale Netz der Wirklichkeit seine Maschen über die kleinen Seelen legte und sie aus ihrer Sicherheit herausriss.

Auf einem Bild hielt Vesla ein viel zu großes Fahrrad. Es war ein Farbbild, allerdings verblasst. Sie war vielleicht sieben Jahre alt. Ernster Blick, Beine leicht gespreizt, von der Sonne gebleichte blaue Turnschuhe an den Füßen. Ein Pflaster auf einem Knie.

»Darauf konnte sie doch sicher nicht fahren?« Cato Isaksen schaute zu Tilla Mortensen hoch, die mit zwei Tassen Kaffee und einem Teller voll Waffeln aus der Küche gekommen war.

Sie stellte die Tassen auf den Tisch und schaute kurz das Foto an. »Doch, doch«, sagte sie. »Vesla konnte fast alles. Aber ab und zu ist sie natürlich gestürzt. Sehen Sie sich doch ihr Knie an.« Die Mutter lachte kurz.

Weiter hinten im Album: ein lustiges Bild von fünf Mädchen beim Kostümfest. Eine ging als Hexe, eine andere als Schmetterling, die dritte als Troll. Die beiden anderen waren Prinzessinnen. Drei Mädchen waren blond, eine war rothaarig, eine hatte halblange schwarze Haare.

Tilla Mortensen lächelte. »Geburtstagsfest«, sagte sie. »Ich glaube, bei Anne Haraldsen, der mit den dunklen Haaren, der einen Prinzessin. Das war ein nettes Mädchen. Ich glaube, Vesla mochte sie gern. Die andere Prinzessin, die mit den roten Haaren, heißt Rita Helen, ihre Mutter ist Engländerin. Sie sind vor einigen Jahren nach England zurückgegangen. Rita Helen hat sich scheiden lassen. Sie hatte keine Kinder und da ist sie lieber mit ihren Eltern gegangen, um in einem neuen Land ein neues Leben anzufangen. Anne ist Bäuerin, auf einem der großen Höfe bei Rønning.«

Cato Isaksen betrachtete Tilla Mortensen, die vielleicht einmal schön gewesen war, was er sich aber nur mit Mühe vorstellen konnte. Ihre unförmigen Brüste wurden von einem viel zu engen Pullover brutal gezähmt. Und ihre weite graue Hose war am Saum eingerissen. Beide Knie waren von dunklen Erdflecken bedeckt.

Die alte Frau schien seine Gedanken gelesen zu haben. »Tut

mir Leid, wie ich aussehe«, sagte sie, »aber ich war gerade draußen im Garten beschäftigt.« Sie zeigte ihm ihre derben Hände. »Erde unter den Nägeln, ohne die werden Sie mich niemals antreffen.« Sie lachte kurz. »Aber Erde ist sauber, sauberer sogar als die meisten anderen Dinge. Haben Sie das gewusst? Die Erde ist warm, sauber und sicher.«

Cato Isaksen schüttelte den Kopf. »Jedenfalls habe ich mir das noch nie überlegt«, sagte er. »Leider habe ich zum Gärtnern nie Zeit.«

Tilla Mortensen musterte ihn ernst. »Für mich ist das wirklich die beste Psychokur. Ich weiß nicht, wie ich die letzten beiden Jahre ohne den Garten überlebt hätte.«

»Und im Winter?«

»Na ja, dann gibt es ja nicht viel Beschäftigung. Ich koche ab und zu für Sivert und Steinar. Lade sie zum Essen ein und so. Sivert hat es nicht leicht. Seine Frau ist doch bei Steinars Geburt gestorben. Es war entsetzlich. Der Junge hat keinen Sauerstoff bekommen.«

Cato sah sich noch einmal das Geburtstagsbild an. »Welche von ihnen ist Vesla?«, fragte er.

Die Mutter beugte sich über das Fotoalbum. »Sehen Sie das denn nicht?«, fragte sie und zeigte auf das kleinste und dünnste Mädchen. »Die von der grünen Pflanze halb verdeckt ist, die mit dem Trauermantel, dem Schmetterlingskostüm. Der Trauermantel ist einer der schönsten Schmetterlinge überhaupt. Sehen Sie sich doch mal die witzigen Fühlhörner an. Sie hat sie aus Draht hergestellt, den sie an einem Haarreifen befestigt hatte, das weiß ich noch. Sie war so schüchtern als Kind, hat sich immer im Hintergrund gehalten. Wollte niemandem im Weg stehen. Sehen Sie, wie viel schöner ihr Kostüm ist als die der anderen?« Tilla Mortensen lächelte stolz. »Und hier sehen Sie Ester Synnøve«, sagte sie dann und zeigte auf das Mädchen in der Mitte. Das lächelte mit viel zu großen Vorderzähnen in die Kamera. Die Sommersprossen auf der Stirn waren schon voll aufgeblüht. Die zerzauste Trollperücke sah witzig aus.

»Und da steht Lise.« Tilla Mortensen tippte mit dem Finger auf das Bild. »Die Hexe mit den wilden Locken. Das Fest war im Juni, kurz vor den Sommerferien. Ich glaube, sie waren elf, vielleicht zwölf. Als Vesla etwas älter war, so dreizehn oder vierzehn«, fügte sie hinzu, »wurde sie mit dem Nähen von Kostümen für ein Amateurtheater in Fredrikstad beauftragt. Sie hat das Theater geliebt, wissen Sie, die Kleine hätte sicher am Liebsten mitgespielt.«

»Wie hieß das Theater, für das sie genäht hat?«

»Ach, es war kein richtiges Theater, es war einfach eine kleine Theatergruppe. Sie haben im Bürgerhaus von Greåker geübt. Ich weiß nicht, ob die Gruppe noch existiert, es ist doch fast achtzehn Jahre her. Der Leiter jedenfalls hieß Edgar Holme.«

Cato Isaksen notierte den Namen auf seinem Block.

»Dieses Schmetterlingskostüm ist später auch in einer Kindertheateraufführung benutzt worden.«

Der Kommissar nickte. »Hat Vesla vielleicht Tagebuch geführt?«

Tilla Mortensens Gesicht verdüsterte sich. Sie wandte sich halbwegs ab. »Wenn Sie wüssten, wie sehr ich nach diesem Buch gesucht habe.«

»Es gibt also eins?«

»Ich weiß nicht, ob es noch immer existiert. Aber es hat mal eins gegeben. Es war rot und hatte ein goldenes Herz auf dem Einband. Ich kann mich sehr gut daran erinnern. Sie hat es einmal zum Geburtstag bekommen.«

»Ist das Buch zusammen mit ihr verschwunden?«

»Das weiß ich nicht. Ich habe keine Ahnung, ob sie es vorher weggeworfen oder ob sie es mitgenommen hat. Ich kann mich nicht erinnern, wann ich es zuletzt gesehen habe.«

Mit einem leichten Knall klappte Cato Isaksen das Fotoalbum zu.

Tilla Mortensen seufzte und schlurfte in die Küche, wo sie die oberste Schublade der abgenutzten Kommode aufzog. »Diese Kommode stand in ihrem Zimmer«, sagte sie und nahm ein zusammengefaltetes Stück Papier heraus. »Töricht, aber ich wollte sie hier unten haben, damit ich sie jeden Tag sehen kann. Ihr Tagebuch hatte in der obersten Schublade gelegen. Es war natürlich abgeschlossen, mit so einem winzigen Schlüssel, der zu solchen Mädchentagebüchern gehört.«

Der Ermittler nickte.

Tilla Mortensen reichte ihm den Zettel. »Sie hat so viele merkwürdig Dinge aufgeschrieben. Das hier ist eins von ihren eigenen Gedichten. Ich fand es schon seltsam.« Der Kommissar nahm das Blatt. »Aber ich nehme an, dass sie es beim Tod ihres Vaters geschrieben hat.«

Es ist schwer ein Mensch zu sein
und eine Blume ist eine Blume;
wenn jemand stirbt, trauern wir uns
gelbbraun und krank.
Und ein Baum ist ein Baum.

Cato Isaksen spürte, wie es ihn eiskalt durchlief. Hätte sie ihm dieses Gedicht doch nur schon eher gezeigt. Er deutete es so, dass es von seiner sehr labilen Person geschrieben worden war.

Er schaute zu Vesla Mortensens Mutter hoch. »Das ist sehr schön«, sagte er. »Aber sind Sie sicher, dass es mit dem Tod ihres Vaters zu tun hat?«

»Nein. Ich habe es erst nach ihrem Verschwinden gefunden. Sie war in vielerlei Hinsicht so begabt, meine Vesla. Meinen Sie, sie hätte Künstlerin werden sollen?«

Der Mann nickte. »Hatte sie Arbeit?«, fragte er dann.

»Sie hat eine Zeit lang in einer Raststätte oben an der E 6 gearbeitet. Und sie hat Kostüme genäht. Aber davon abgesehen ... sie hätte Künstlerin werden sollen.« Tilla Mortensen ging zum Fenster und zupfte einen Vorhang gerade.

Cato Isaksen faltete das Gedicht zusammen. Er wollte es ihr schon reichen, als ihm auffiel, dass mit schwacher Bleistiftschrift etwas auf die Rückseite geschrieben war. Er faltete den Zettel wieder auseinander und las: *Wenn Mama böse wird, ist ihr alles zuzutrauen.*

Tilla Mortensen drehte sich zu ihm um und nahm ihm den Zettel weg. Der Satz auf der Rückseite war ihr nicht aufgefallen. »Sie hätte Künstlerin werden sollen«, sagte die Frau noch einmal.

Cato Isaksen bat darum, das Geburtstagsbild ausleihen zu dürfen. Er wusste eigentlich nicht, warum. Vielleicht war es das einzige Foto, auf dem Ester Synnøve und Vesla zusammen zu sehen waren, abgesehen von dem einen oder anderen Klassenbild. Als er nach Hause fuhr, dachte er daran, was Vesla auf die Rückseite des Zettels mit dem Gedicht geschrieben hatte. *Wenn Mama böse wird, ist ihr alles zuzutrauen.*

Das kalte Licht der Neonröhren ließ die Wände auf dem langen Gang bleich aussehen. Cato Isaksen fühlte sich nicht wohl, Krankenbesuche behagten ihm nicht. Seit Johnny Svendsen aus der Haft entlassen worden war, jedenfalls bis auf Weiteres, erfüllte ihn eine heftige Unruhe. Er litt ganz besonders deshalb unter dieser Niederlage, weil er den jungen Mann auch weiterhin für den Mörder hielt.

Es war ein ungewöhnlich heißer Tag. Die Sonne brannte in seinem Rücken. Er lief eine Stunde in Majorstua hin und her, trank einen Kaffee, kaufte für Bente ein Geschenk, dann schlug er zwei Fliegen mit einer Klappe, besuchte seine Mutter im Pflegeheim und fuhr von dort zu Ingeborg Myklebust in die Strahlenklinik. Nachdem sie einige Wochen zu Hause verbracht hatte, lag sie jetzt wieder hier. Dem Kommissar grauste davor, ihr von Johnny Svendsens Freilassung berichten zu müssen, die Beziehung zu seiner Chefin konnte noch immer angespannt sein. Und er wusste, wie sehr sie sich darüber ärgerte, dass die Ermittlungen im Fall Lønn in allen wichtigen Punkten Schiffbruch erlitten hatten.

An der Wand stand ein Wagen voller Laken und Handtücher. Durch ein Glastür sah er Krankenschwestern an einem Tisch sitzen und essen. Irgendwo ließ jemand einen Eimer fallen.

Er klopfte kurz an die Tür mit der Nummer 205 und ging hinein.

Ingeborg Myklebust saß aufrecht im Bett, hatte die Augen jedoch geschlossen. Vor ihr auf der Bettdecke lag eine aufgeschlagene Illustrierte. Sie öffnete die Augen, als er an das Bett herangetreten war. Cato Isaksen versuchte zu lächeln, er reichte ihr die

Hand und leierte ein paar Phrasen über ihr Wohlbefinden herunter, zog einen Stuhl ans Bett und setzte sich.

Die stets gepflegte Ingeborg Myklebust kam ihm fremd vor, wie sie so vor ihm im Bett saß. Die Vorhänge waren zugezogen. Der Sommer draußen sollte unbarmherzig ausgesperrt werden. Hinter dem roten und gelben Stoff versuchten die Sonnenstrahlen, sich einen Weg ins Zimmer freizukämpfen. Das Fenster war angelehnt und die Geräusche von anfahrenden Autos und redenden Menschen strömten in den warmen Raum und teilten zynisch mit, dass draußen alles beim Alten war.

Sie lächelte ihn müde an. »Ihr habt ihn nicht gekriegt«, sagte sie.

»Das ist sehr bedauerlich«, sagte Cato Isaksen. »Aber wie geht es dir eigentlich?«

Es war nicht so, wie es sein sollte. Ingeborg Myklebust wusste nicht so recht, was sie sagen sollte. Sie empfand Cato Isaksen gegenüber eine fremde Verlegenheit. Daher zog sie die Decke weiter hoch, um die flache Seite ihrer Brust zu verbergen.

Der Kommissar entschied, dass die Situation sich nur retten ließ, wenn er gleich zur Sache kam. So hatten sie es immer gehalten, so musste es auch bleiben.

»Möglicherweise kommt er ungeschoren davon«, sagte er.

Ingeborg Myklebust nickte. »Das ist vielleicht nicht so wichtig«, sagte sie. »Wie geht es denn bei dir zu Hause?«

»Danke, gut«, antwortete er erstaunt und schaute ihr ins Gesicht.

»Es ist seltsam, hier zu liegen und krank zu sein. Wo ich doch immer die Starke war, die alles im Griff hatte. Ich habe fast nur an die Fälle gedacht.« Sie musterte ihn für einen Moment mit scharfem Blick und fügte dann hinzu: »Als Mutter habe ich versagt.«

Cato Isaksen schwieg noch immer. Ihm gefiel die Richtung nicht, die das Gespräch eingeschlagen hatte. Er wollte mit seiner Vorgesetzten durchaus keine Vertraulichkeiten austauschen.

»Ich habe eine Tochter«, sagte sie jetzt. »Das weißt du?«

Er nickte.

»Sie ist dreißig und ein bisschen ... ach, was soll ich sagen? Sie bekommt ihr Leben nicht so ganz in den Griff. Und manchmal glaube ich, dass es meine Schuld ist.«

Der Ermittler dachte an seine eigenen Kinder, an Gard und Vetle. Daran, wie unzulänglich er sich bisweilen vorgekommen war.

»Wir nehmen stets an, dass unsere Kinder glücklich werden. Halten es fast für selbstverständlich. Und wenn es anders kommt, dann scheint unser Leben ruiniert zu sein.« Ingeborg Myklebusts Stimme klang traurig. »Sie hat schlimme Nervenprobleme, die Arme. Ich war wohl immer zu streng. Nicht wahr?« Sie musterte ihn forschend. »Ich war streng?«

Cato Isaksen setzte sich gerade, damit wollte er nichts zu tun haben. »Du warst sicher auch nicht schlimmer als andere«, sagte er diplomatisch.

»Doch, ich glaube, das war ich. Schon als sie ganz klein war, war meine Arbeit mir wichtiger. Ich dachte, als Frau müsste ich dieselben Rechte wie die Männer haben. Das habe ich ja auch unter Beweis gestellt, aber ...«

»Heute arbeiten doch alle«, sagte Cato Isaksen, aber sie hörte nicht auf ihn.

»Ich weiß nicht genau, was falsch gelaufen ist.«

Der Kommissar erhob sich und ging zum Fenster. Als er den Vorhang ein wenig zur Seite zog, glitt ein Sonnenstrahl ins Zimmer. Krankenhaus im Sommer war die reine Folter. Die Welt draußen schien neckisch zu winken. Der Stillstand und der süßliche Krankheitsgeruch glitten durch den Raum. Ihn schauderte. Das Krankenzimmer war wie eine Trommel, gefüllt mit Geräuschen, Schmerzen, Klarheit und Stille. Ingeborg Myklebust betrachtete seinen Rücken. »Habt ihr im Fall Lønn denn noch irgendwelche Trümpfe im Ärmel?«, fragte sie mit einer ganz anderen Stimme.

Cato Isaksen mochte diese Stimme lieber, sie erinnerte ihn an die Ingeborg Myklebust, die er kannte, so, wie sie sein sollte. Er entspannte sich, drehte sich um. »Es sind viele seltsame kleine Details aufgetaucht, von denen ich nicht so recht weiß, wie sie ins Bild passen.«

»Erzähl.« Die Polizistin setzte sich im Bett besser zurecht. Ein leichter Windstoß drang durch das halb offene Fenster ins Zimmer. Bauschte den Vorhang auf, der für einen Moment aussah wie ein Ballkleid.

Cato Isaksen ging zurück und setzte sich auf den Stuhl vor dem Bett. Er erzählte ihr alles, über Vesla, die vermisst wurde, über Steinar Malling, der sich seltsam verhielt, über dessen Vater, der vor vielen Jahren Johnny Svendsens Mutter angefahren und tödlich verletzt hatte, über Lise Sommer, die sich fürchtete. Über Florian Rosati, der gelogen hatte. Über den Zettel, den Veslas Mutter in der Kommodenschublade gefunden hatte. Den Zettel, auf dem stand, an allem seien Johnny, Ester und Lise schuld.

Die Frau hörte interessiert zu. »Möchtest du einen Rat hören?«, fragte sie plötzlich, ihre Stimme klang ein wenig scharf.

Der Ermittler sah keine andere Möglichkeit, als diese Frage zu bejahen.

»Wende dich an Karsten Tønnesen«, sagte sie kurz.

Cato Isaksen wusste nicht, was er dazu sagen sollte. Er lächelte kurz, stand auf und ging wieder zum Fenster. »Karsten Tønnesen hat noch nie etwas Konkretes zur Lösung eines Falles beitragen können«, widersprach er mit schroffer Stimme.

»Ich weiß, dass du ihn immer schon für überflüssig gehalten hast.« Sie zog ihre Decke ein Stück nach unten. Die Hitze war unerträglich.

Karsten Tønnesen war Psychiater. Ingeborg Myklebust zog

ihn immer wieder hinzu, um Profile von denkbaren und undenkbaren Mördern zu erstellen. Er hatte der Polizei schon manchmal in schwierigen Fällen geholfen. Seine Analysen hatten zwar nie ein greifbares Ergebnis erbracht, aber er hatte die losen Fäden zusammengefasst. Hatte die Puzzleteile auf neue Weise zusammengelegt. Hatte die Dinge in einer anderen Perspektive betrachtet.

»Tu das«, sagte sie. »Erzähl ihm alles und bitte ihn, die Lage zu analysieren. Tu es.«

»Na gut«, sagte Cato Isaksen und drehte sich zum Krankenbett um. »Wann kommst du zurück?«, fragte er.

»Das weiß ich nicht«, antwortete Ingeborg Myklebust ruhig.

Die Sonne hatte wieder ihren gelben Hitzemantel über die Landschaft gebreitet. Die Erdbeerpflanzen sahen aus wie kleine grüne Tiere, wie sie da hintereinander standen. Die Pflanzenrücken bewegten sich vorsichtig in dem sanften Sommerwind.

Cato Isaksen besuchte Anne Haraldsen drei Wochen nachdem er sich von Tilla Mortensen das Geburtstagsfoto erbeten hatte. Die Ermittlungen waren wirklich in eine Sackgasse geraten. Es war Urlaubszeit und zwei weitere Kollegen waren von dem Fall abgezogen worden.

Jetzt standen Cato Isaksen und Anne Haraldsen vor dem ersten Feld und ließen die Blicke darüber wandern. Es wimmelte dort nur so von Menschen. Vor der Scheune stand ein alter Tisch mit einer Waage. Ein sonnengebräunter Mann nickte dem Kommissar im Vorübergehen zu.

»Das ist mein Mann, tut mir Leid, er ist etwas gestresst. Wir haben zu wenig Leute, um in der Selbstpflückerzeit mit dem ärgsten Druck fertig zu werden. Zwei Jugendliche helfen uns ein bisschen und mein Vater kommt manchmal herüber, wenn er sich kräftig genug fühlt. Meine Eltern haben sich in der neuen Siedlung ein Haus gekauft. Ich habe den Hof vor fünf Jahren übernommen. Mein Vater ist jetzt auch hier«, sagte sie und nickte zu einem älteren Mann hinüber, der gerade auf sie zukam. Er war noch immer muskulös, doch die Haut an seinen Oberarmen und seinem Hals war schlaff und dünn. Seine Brust war ein wenig eingefallen. Er war sonnverbrannt und schweißnass. Beklagte sich über die Hitze und sagte, er müsse sich aus der Küche etwas zu trinken holen.

Cato Isaksen nickte und entschuldigte sich für die Störung.

Anne Haraldsen blickte ihn freundlich an. »Macht doch nichts«, sagte sie. »Eigentlich ist mein Vater glücklich, wenn hier etwas passiert. Er hat noch immer das Gefühl, dass der Hof ein bisschen ihm gehört.«

Die Frau vor ihm war schlank und attraktiv, sie hatte braune Augen und halblange dunkle Haare. Ihre Züge erinnerten an Ellen Grues. Sie trug gestreifte Shorts und ein knallgrünes T-Shirt.

Anne Haraldsen sah ihn an. »Ich habe Vesla zum letzten Mal hier gesehen«, sagte sie und versetzte einem Grasbüschel einen leichten Tritt. »Sie hat für ihre Mutter Erdbeeren gepflückt. Tilla hat Marmelade und Saft genug für eine ganze Kompanie gekocht, obwohl sie doch nur zu zweit waren. Aber sie hat natürlich Steinar und Sivert mit versorgt. Sie war immer schon so nett zu ihnen. Ich würde mich nicht wundern, wenn sie die beiden immer noch bekocht.«

In Gedanken sah Cato Isaksen Vesla über das Feld gehen. *In einem weißen Kleid, Sonne in den blonden Haaren, Erde an den Fingern und Turnschuhe an den Füßen.*

Er hob die Hand an die Stirn, um seine Augen abzuschirmen. Die Sonne war weiß, die Strahlen flossen über die ausgetrocknete Landschaft. Die Pflanzenreihen zogen sich wie lange Schlangen über die Felder.

»Wir müssen jeden Abend gießen.« Anne Haraldsen schüttelte resigniert den Kopf. »Entweder regnet es zu viel oder zu wenig. Aber fast nie genug.« Sie lachte kurz. »Wenn die Leute wüssten, wie viel Arbeit das ist. Es ist schrecklich anstrengend, auf Knien über das Feld zu rutschen. Der Rücken tut weh und die Erde dringt durch den Hosenstoff. Aber es hilft ja auch nichts, sich zu beklagen.«

Cato Isaksen schaute sich in der großen Küche um. Blaukarierte Vorhänge an den Fenstern. Eine große, träge Fliege brummte vor dem Glas. Ein weißer gemütlicher Kamin und ein langer alter, blitzblank gescheuerter Ausziehtisch. Auf dem Herd stand ein Dampfkochtopf. Anne Haraldsen holte eine Flasche Limonade und zwei Gläser heraus. »Möchten Sie etwas essen?«, fragte sie.

Cato Isaksen schüttelte schnell den Kopf. Er wollte keine Umstände machen. Die Luft war heiß und stickig und von Geflüster erfüllt; von Tratschstimmen, die Bilder von Hexen und Prinzessinnen von einem Geburtstagsfest an einem Sommertag vor zwanzig Jahren mit sich brachten.

Er zog das Bild hervor und reichte es der Frau. Sie lachte laut. »Das habe ich auch«, sagte sie. »Ich habe es sogar gerahmt. Mein Vater hat es gemacht. Es hängt oben im Gang. Es ist im Wohnzimmer aufgenommen worden, vor der Verandatür. Ich fand mich so schön, ich hatte ein glänzendes rosa Nachthemd an, das meine Mutter umgenäht hatte, aber Vesla war noch schöner. Sie hat später für ein Theater Kostüme genäht. Wissen Sie das?«

Cato Isaksen nickte.

»Ich durfte nicht mitmachen. Meine Eltern meinten, ich müsse auf dem Hof helfen, hätte keine Zeit. Lise war auch in der Theatergruppe, wenn ich das richtig in Erinnerung habe. Die Gruppe wurde von einem Mann namens Edgar Holme geleitet. Das war ein netter Mann. Aber jetzt, wo ich mir das so überlege, es waren auch einige Gerüchte über ihn im Umlauf ...« Rasch schüttelte sie den Kopf.

»Was für Gerüchte?«

»Ach, dass er die Kinder belästigt habe. Ich weiß nicht ... das war sicher nur blödes Gerede. Sprechen Sie doch einfach mal mit ihm«, sagte sie. »Er wohnt in Fredrikstad. Er wird dauernd in der Zeitung erwähnt, als wahre Kulturpersönlichkeit.« Plötzlich wurde sie ernst. »Was ist eigentlich los?« Sie zog sich einen Stuhl heran, setzte sich und bot Cato Isaksen die Bank vor der Wand an. »Ich begreife nicht, was da Schreckliches im Winter mit Ester

Synnøve passiert ist. Und Vesla, die ist einfach verschwunden ... warum zeigen Sie mir dieses Bild? Glauben Sie, es gibt da einen Zusammenhang? Untersuchen Sie das alles deshalb so sorgfältig?«

»Wir wissen es nicht. Was meinen Sie?«

»Ich meine natürlich gar nichts. Ich habe auch nicht viel darüber nachgedacht. Das mit Ester fand ich schrecklich. Aber Vesla, ja, ich ...«

Cato Isaksen sah gespannt zu ihr hoch.

»Eigentlich ...« Anne Haraldsen goss Limonade in die Gläser. »Eigentlich«, wiederholte sie, »glaube ich, dass Vesla nicht mehr konnte.«

»Denken Sie an etwas Besonderes?«

»Ich weiß nicht.«

»Dass sie schikaniert wurde, wissen wir.«

Anne Haraldsen blickte ihn unglücklich an. Dann schüttelte sie rasch den Kopf. »Es ist schlimm, daran zu denken, wie sie behandelt worden ist. Sie haben Dinge mit ihr gemacht, die einfach nicht in Ordnung waren.«

»Denken Sie an etwas Besonderes?«

»Ja ... oder, ich weiß nicht. Ich war eigentlich nicht dabei, wenn es ganz schlimm zuging. Ich habe es nur nachher gehört.«

»Was haben Sie gehört?«

»So allerlei. Johnny ... er ist zu weit gegangen. Aber wir waren doch alle Kinder, nicht wahr? Und das, was ich eben gesagt habe, dass sie nicht mehr konnte, stimmt irgendwie auch nicht. Das ist eine zu leichtfertige Schlussfolgerung. Viele Kinder und Jugendliche werden schikaniert, aber deswegen bringen sie sich doch nicht um. Nein, ich will das nicht so sehen. Aber ich muss noch einmal wiederholen, dass ich nicht die Schlimmste war. Johnny, Lise und Ester waren die Clique, der harte Kern sozusagen. Ich, Ragnar und Rita Helen, wir waren nur ab und zu dabei. Und ich kann mich eigentlich nicht daran erinnern, dass ich ihr etwas getan habe. Aber es ist wohl so, dass wir zustimmen, wenn wir schweigen, nicht wahr, und ich will mich deshalb gar nicht von Schuld freisprechen ...«

Cato Isaksen unterbrach ihren Wortschwall. »Können Sie mir vielleicht etwas genauer sagen, was die anderen ihr damals angetan haben?«

Anne Haraldsen konnte nicht mehr antworten. Ein Mädchen von sieben oder acht Jahren kam durch die offene Tür in die Küche gelaufen. »Martine sagt, das eine Kätzchen soll Baster heißen, aber das will ich nicht.«

»Baster? Das ist wirklich ein seltsamer Name. Aber das eine kann doch ruhig so heißen.« Die Mutter strich dem Mädchen über die Haare. »Du hast aber schmutzige Hände. Was macht ihr da eigentlich?«

»Wir bauen für die Katzen ein Haus, hinter der Waschküche ... aber ... aber Martine soll nicht alles bestimmen, auch wenn sie älter ist.«

Anne Haraldsen blickte den Kommissar kurz an und schüttelte den Kopf. »Geh jetzt bitte wieder spielen«, sagte sie. »Aber sag zuerst unserem Gast guten Tag«, fügte sie hinzu und schob die Kleine vor Cato Isaksen. Das Kind knickste rasch und stellte sich als Emilie vor, dann fuhr es herum und rannte davon.

»Sie haben gerade schulfrei bekommen.« Anne Haraldsen lächelte. »Hier ist so viel zu tun. Und es ist ein Glück, dass sie so aufwachsen können. Emilie hat übrigens gesehen, wie Markus damals im Winter von seinem Vater entführt worden ist. Das hat ihr arg zugesetzt. Beide Mädchen haben seither große Angst.«

Cato Isaksen nickte. »Wie alt sind sie?«

»Acht und zehn.«

»Zurück zu unserem eigentlichen Thema.«

»Der Sache mit Vesla.« Anne Haraldsen setzte sich wieder und legte die Hände auf den Tisch. Cato Isaksen fiel auf, dass sie Erde unter den Nägeln hatte.

»Ich meinte, dass Vesla etwas Besonderes war. Etwas mit ihr schien nicht zu stimmen, sie hatte etwas ... ja, irgendwie Unheimliches. Ich weiß noch, dass ich einmal mit ihr allein war. Die anderen waren irgendwo, ich weiß das nicht mehr genau, aber ... nein, irgendetwas stimmte da nicht.«

Während sie das sagte, ließ sich eine Spinne an einem dünnen glitzernden Faden von der Decke herunter. Cato Isaksens Mutter hatte immer behauptet, Spinnen brächten Glück.

»Sie sprechen die ganze Zeit in der Vergangenheit, als ob sie wirklich nicht mehr lebte.« Der Kommissar sah zu, wie die Spinne auf dem Boden landete und dann unter der Bank verschwand.

»Ja.« Anne Haraldsen nickte. »Glauben Sie das denn nicht? Ich habe jedes Mal schreckliche Angst, wenn die Kinder im Wald spielen. Ich habe Angst, sie könnten ihre Leiche finden. Plötzlich auf ein Skelett stoßen. Ich denke auch daran, wenn ich selber joggen gehe. Und Halvard, mein Mann, hat sogar schon nach ihr gesucht.«

Cato Isaksen leerte sein Glas. Die Sonne schien durch ein Fenster und malte einen dicken Streifen auf den Boden. Die Zweige des Baumes auf dem Hofplatz zogen dünne Schattenmuster über den Streifen.

»Aber die Mädchen fürchten sich auch noch vor anderen Dingen, vor Wölfen zum Beispiel.« Anne Haraldsen stand auf und holte eine Obstschüssel von der Anrichte.

»Greifen Sie zu«, sagte sie und reichte ihrem Gast die Schüssel. Cato Isaksen nahm sich pflichtschuldig einen Apfel. Die Bäuerin setzte sich wieder und verbreitete sich über die Wölfe. »Es ist schrecklich, dass die Behörden nichts gegen diese wilden Tiere unternehmen. Wissen Sie, dass jetzt im Mai acht Wolfspaare geworfen haben? Angeblich gibt es vierzig Welpen. Die Jäger haben ja früher im Jahr die drei Hybriden geschossen, die hier in der Gegend herumzogen, aber jetzt scheinen neue, offenbar echte Wolfsjunge da zu sein.«

»Aber die halten sich doch sicher nicht alle hier in der Gegend auf?«

»Nein, natürlich nicht. Hier ist wohl die Rede von einer Meute aus vielleicht sechs Tieren.«

Cato Isaksen nickte und biss wieder in seinen Apfel.

»Tut mir Leid«, sagte Anne Haraldsen und schaute auf die Uhr. »Ich bin abgeschweift.«

Der Ermittler lächelte und legte das Kerngehäuse auf eine Serviette. »Hatten Sie auch als Erwachsene noch mit Vesla Mortensen zu tun?«, fragte er dann ruhig. Er hatte ihren Hinweis begriffen, dass sie nicht mehr viel Zeit hatte, aber er musste seine Fragen nun einmal stellen.

»Ich bin ihr ab und zu im Laden begegnet und sie ist zum Erdbeerenpflücken hergekommen. Sie hat auch Kartoffeln gekauft, für ihre Mutter. Immer kam Vesla, Tilla nie.«

»Sie sagen, dass sie ein wenig seltsam war. Aber sie sieht doch ganz normal aus.«

»Nein, nein, sie war nicht so wie zum Beispiel Steinar Malling. Den kennen Sie doch?«

Cato Isaksen nickte.

»Nein, sie war hübsch und ihr fehlte nichts. Aber sie hatte so unglaublich wenig Selbstvertrauen. War auf irgendeine Weise so armselig. Und Sie wissen ja, wie Kinder sind.« Sie schüttelte resigniert den Kopf. »Die werden sofort zu gemeinen Quälgeistern.«

»Sie haben sie also zuletzt beim Erdbeerpflücken gesehen?«

»Ja, so um den Johannistag oder vielleicht zwei Wochen später. Das muss zwei Jahre her sein, Martine war acht und jetzt ist sie zehn ...« Anne Haraldsen hob die Hände vom Tisch und fuhr sich über die Stirn. »Es ist so heiß. Ich mache mal eben ein Fenster auf, damit ein wenig Luft hereinkommt.« Sie stand auf und hob die altmodischen Fensterhaken. Die Luft, die in den Raum strömte, war heiß, aber frischer als die schon vorhandene.

Sie setzte sich wieder. »Dass die Mädchen solche Angst haben, liegt nicht nur an Markus' Entführung und an den Wölfen. Ich erinnere mich so gut, weil wir hier einen Zwischenfall hatten mit ...« Plötzlich wurde sie ernst, als sei ihr etwas eingefallen, was sie lieber nicht sagen wollte. Fieberhaft versuchte sie, sich aus der Sache herauszureden.

Cato Isaksen musterte sie misstrauisch. »Was wollten Sie eben sagen?«

»Ach, nur eine blöde Kleinigkeit. Sie hat nichts mit dem Fall zu tun. Tut mir Leid«, sagte die Frau und schüttelte den Kopf.

Der Kommissar blieb ganz ruhig. Er wollte sie dazu bringen, ihre Meinung zu ändern. »Sagen Sie es ruhig, auch wenn es nichts mit dem Fall zu tun hat«, bat er neugierig. »Oft sind es auf den ersten Blick unwichtige Details, die einen Fall am Ende lösen. Die Kleinigkeiten, auf die wir eigentlich kaum Gewicht legen. Das ist fast wie ein Puzzlespiel. Winzige Stücke ...«

Anne Haraldsen sah ihn an, dann lächelte sie entschlossen. »Ich habe nichts mehr hinzuzufügen. Wie gesagt, es war nur eine Kleinigkeit, die mit den Kindern zu tun hatte.« Sie sprang auf und nahm die Gläser vom Tisch. »Aber jetzt muss ich wieder an die Arbeit gehen«, sagte sie bedauernd. »Wir haben nicht genug Leute, wie gesagt. Diese Selbstpflückerei verschlingt sehr viel Zeit und Kraft.«

Der Kommissar erhob sich und bedankte sich für die Bewirtung. Er ärgerte sich darüber, dass dieFrau ihm offensichtlich etwas verschwieg. Anne Haraldsen brachte ihn zum Auto auf den Hof, es stand gleich vor der Scheune. Die Sonne war eben hinter der Ecke verschwunden und malte ein Dreieck auf den trockenen Boden und eins oben an die rote Wand. Das gelbe Bild an der roten Wand sagte ihm etwas. Ein schwacher Uringeruch drang in seine Nase. Ein helles, lautes Lachen der beiden kleinen Mädchen ließ ihn herumfahren. Sie kamen über die Hof auf ihre Mutter zugelaufen. Beide trugen Shorts und bunte T-Shirts. Sie waren barfuß, und Martine, die ältere, hatte sich die Zehennägel rot lackiert. Für einen Moment sah Cato Isaksen Ester Synnøve Lønns rote Zehennägel vor sich, mit denen sie im Winter in ihrer kalten Wohnung gelegen hatte.

»Der soll Virus heißen«, sagte die Jüngere und schwenkte ein Kätzchen hin und her. »Das finden wir beide, aber bei dem anderen wissen wir das noch nicht. Du kannst einen Namen aussuchen und Papa auch.« Die Kleine lachte Cato Isaksen an, woraufhin er abwehrend die Hände hob und beteuerte, von so was keine Ahnung zu haben. »Aber es kann doch Marmelade heißen«, sagte er lächelnd. »Ich habe einen Kater, der Marmelade heißt.«

»Marmelade?« Die Mädchen prusteten los.

»Er ist rot«, sagte der Kommissar, »aber ihr habt vielleicht kein rotes dabei?«

Die beiden schüttelten den Kopf. »Nur schwarze und weiße«, sagten sie und stürzten wieder davon.

Er warf einen Blick auf die Uhr. Es war schon nach drei. Die Sonne stand hoch am Himmel. Erst in vielen Stunden würde sie mit den sonnenverbrannten Rücken, die sich noch immer über die Erdbeeren bückten, Erbarmen haben.

»Ich habe nur noch eine Frage, so ganz zum Schluss«, sagte Cato Isaksen.

Anne Haraldsen schluckte, in ihren Augen lag ein Ausdruck, den er nicht richtig deuten konnte.

»Sie sind doch die Anerbin hier auf dem Hof, nicht wahr?«

Sie nickte unsicher.

»Haben Sie Geschwister?«

Wieder nickte sie. »Zwei Brüder«, sagte sie. »Aber die sind jünger als ich.«

»In der Erbfolge sind Frauen und Männer also gleichberechtigt? Wir haben das natürlich überprüft, aber sicherheitshalber wollte ich noch einmal danach fragen.«

»Ja, das Gesetz gilt seit 1965.« Anne Haraldsen blickte ihn überrascht an.

»Ester Synnøve Lønn war Anerbin für den Hof ihrer Eltern, aber jetzt, nach ihrem Tod, an wen fällt das Erbrecht jetzt?«

»An ihren Sohn, Markus, an wen sonst?«, war die Antwort.

Eine durchsichtige, helle Staubwolke folgte wie ein Kometenschweif dem Wagen, der auf dem schmalen, kurvenreichen Weg durch die Felder davonjagte.

Kleeblüten, Margeriten und Wiesenkerbel standen am Straßenrand und verbargen den dunklen Boden. Erst als er am Livi-Laden vorbeifuhr, in dem Johnny Svendsens Tante arbeitete, fiel Cato Isaksen ein, dass Anne Haraldsen ihm die Antwort auf die Frage, auf welche Weise die Clique Vesla damals schikaniert hatte, schuldig geblieben war. Er würde sie beim nächsten Mal noch einmal danach fragen müssen.

Gereizt versuchte er eine Wespe zu vertreiben, die im Auto Zuflucht gesucht hatte. Das Insekt summte vor der Scheibe neben dem Beifahrersitz herum. Er beugte sich vor, öffnete das Fenster und ließ es hinaus. Dann zog er eine Sonnenbrille aus dem Handschuhfach, setzte sie auf, blinkte und fuhr bei der Shell-Tankstelle vor.

Ragnar Bjone war ein kleiner runder Mann mit schütteren, straff auf die eine Seite gekämmten blonden Haaren. Er hatte Segelohren und trug eine dicke Brille. Seine Augenbrauen waren schlohweiß. Cato Isaksen musterte ihn überrascht. Er hatte sich unter einem Jugendfreund von Johnny Svendsen einen härteren Typen vorgestellt.

Als er seinen Gast erkannt hatte, wurde Ragnar Bjone sofort nervös und unsicher. Er bediente die Kundschaft, die vor dem Ermittler gekommen war, fieberhaft und hektisch. Es handelte sich um Vater und Tochter, die offenbar vom Schwimmen kamen und die jetzt tanken und Eis kaufen wollten. Ragnar Bjone wich dem Blick des Kommissars ganz bewusst aus. Er redete laut und nervös. Er hatte schreckliche Angst, Johnny Svendsen könne verraten haben, dass er ihm im Winter, als er seinen Sohn entführt hatte, mit einem Auto ausgeholfen hatte. Oder hatte der Kleine etwa geklatscht?

Cato Isaksen schaute sich um. Die Klimaanlage sorgte für eine sehr angenehme Luft. Er dachte darüber nach, wie viele Menschen sich verraten, indem sie ihre Nervosität zeigen. Aber er wusste, dass nicht immer ein Grund bestand, dies wirklich wichtig zu nehmen. Manche litten einfach an einer Angst vor Autoritäten, die sich auf die seltsamste Weise niederschlug.

Nachdem Vater und Tochter gegangen waren, bedankte Cato Isaksen sich dafür, dass Ragnar Bjone damals das gestohlene Auto gemeldet hatte. Der sagte, das sei doch nicht der Rede wert. »Das tut man eben«, fügte er hinzu.

»So etwas ist aber nicht so leicht, wenn es um einen guten Freund geht«, sagte Cato Isaksen und versuchte, Blickkontakt zu seinem Gegenüber zu behalten.

Ragnar Bjone wollte gerade einen passenden Kommentar ablassen, als er von einem neuen Kunden gerettet wurde. Der Polizist schaute noch einmal auf die Uhr. Es war jetzt fast vier. Sollte er in die Stadt zurückfahren oder sollte er sich die Mühe machen und diesen Edgar Holme aufsuchen, den Leiter des Kindertheaters, von dem Tilla Mortensen und Anne Haraldsen erzählt hatten?

Er kaufte sich eine Wurst und bat um das Telefonbuch. Darin fand er Edgar Holme sofort. Er wohnte in der Tøihusgate. Cato Isaksen wusste, dass diese Straße in Fredrikstads pittoresker Altstadt lag.

Er versuchte, ein Gespräch über Johnny Svendsen und Tilla Mortensen in die Wege zu leiten, wurde aber von neuer Kundschaft gestört. Am Ende gab er auf, reichte Ragnar Bjone die Hand und bedankte sich noch einmal für dessen Hilfe. Der Händedruck des Tankwarts war schlaff und feucht.

Draußen in der Hitze sah er zwei Kühe, die hinter dem Zaun, der die Tankstelle umgab, auf der Weide standen. Sie hatten scharfe Hüftkämme und verjagten die Fliegen mit ihren Schwänzen und Ohren. Zwei füllige Damen in geblümten Sommerkleidern kamen vorbei. Er hörte nur Bruchstücke ihrer Unterhaltung. »Bringt diese Hitze noch um ... ach, nichts ... Alptraum. Da würde ich noch lieber ... sicher, der Winter.«

Cato Isaksen kaute auf dem letzten Stück seiner Wurst und spülte es mit eiskaltem Mineralwasser hinunter. Ragnar Bjone hatte erzählt, er sei Junggeselle und habe keine Kinder. Er habe auch keine Freundin und lebe allein. Ein Eigenbrötler, ganz einfach, dachte der Ermittler.

Die Hitze ruhte über der flachen Landschaft. Er setzte sich wieder ins Auto und kurbelte das Fenster herunter. Ließ im Fahren die Sommerluft in sein Gesicht peitschen und an seinen Haarwurzeln reißen. Er beschloss, Holme doch aufzusuchen, wo er schon in der Gegend war. Er wählte seine eigene Nummer und holte Bentes Stimme zu sich in den Wagen. Sie klang munter, erzählte, Vetle habe einen neuen Freund mit nach Hause gebracht. Einen, den er in Hvalstrand kennen gelernt hatte. »Sie sind sich so ähnlich«, lachte sie. »Ich glaube, sie werden ...«

Dann wurde die Verbindung für einen Moment unterbrochen. »... zum Essen«, sagte Bente.

»Das habe ich gerade nicht gehört«, sagte Vato Isaksen und bat sie, es noch einmal zu wiederholen.

»Gard und Tone kommen zum Essen. Ich hatte gehofft, du könntest ...« Wieder riss die Verbindung ab. Sein Akku war leer. Er würde später noch einmal anrufen.

Plötzlich fiel ihm ein, dass wieder Georg-Wochenende war. Am nächsten Tag musste er den Jungen gegen vier Uhr abholen. Und bald würden die Sommerferien beginnen. Er hatte keine Ahnung, wie er die überstehen sollte, jetzt, wo der Fall zunehmend verworrener wurde. Georg sollte drei Ferienwochen bei ihnen verbringen. Ihn schauderte bei diesem Gedanken und er schämte sich. Was für eine Vorstellung, sich vor dem Zusammensein mit dem eigenen Kind zu grausen! Er liebte den Kleinen doch. Aber Georg war so anstrengend und quengelig. Und dann war da noch die Romreise, die er Bente versprochen hatte, nur sie beide, als eine Art verspätete Hochzeitsreise. Vielleicht im Herbst oder im nächsten Sommer.

Er fuhr über die Brücke, vorbei am Park mit den hohen alten Eichen und der Glasbläserhütte auf der linken Seite. Schließlich hielt er auf dem gepflasterten Platz vor der Infanteriekaserne. Die gelbe Nachmittagshitze schlug von den Häuserwänden zurück. Die engen Straßen waren fast menschenleer. Er warf einen Blick auf den alten Pranger mitten auf dem Marktplatz, ehe er in die Torvgate einbog. Die Menschen waren aus der Stadt geflohen, an die Strände oder die Cafés am Flussufer. Zwischen den alten Holzhäusern stand die flirrende Luft. Die Schaufenster der wenigen Häuser waren glühend heiß und voller Staub. Er ging an einer offenen Töpferwerkstatt vorbei. Die Töpferscheibe brummte. In den Fenstern waren blaue, rot und gelb getupfte Teller und Tassen ausgestellt.

Der Kommissar hatte den Fluss erreicht, ging vorbei an den Wällen, an einem alten Tor und dann ein Stück durch die Tollbugate, um dann nach links abzubiegen und die Tøihusgate zu erreichen. Die wenigen Wohnhäuser lagen zwischen dem Rathaus und dem alten Krankenhaus. An den Häusern waren kaum Hausnummern zu finden, aber am Ende entdeckte Cato Isaksen Edgar Holmes Namen an einer Tür. Das bezaubernde alte Holzhaus war gelb und hatte grüne Fensterrahmen. Der Kommissar drückte auf die Klingel und bald hörte er Schritte hinter der grünen Tür. Ein kleiner rundlicher Mann mit grauem Bart und sonnenverbranntem Gesicht öffnete ihm. Er trug beige Shorts und weiße Socken, schwarze Schuhe und ein bis zum Nabel aufgeknöpftes gestreiftes, kurzärmliges Hemd. Er kaute auf irgendetwas herum.

»Verzeihen Sie die Störung«, begann Cato Isaksen. Plötzlich fühlte er sich schwindlig, als die Nachmittagssonne ihm im Rücken brannte.

Der Mann fiel ihm ins Wort. »Kommen Sie erst mal in den Schatten, ehe Sie weiterreden«, kommandierte er freundlich.

Der Polizist ging ins Haus und stand dann plötzlich auf einem gepflasterten Hinterhof. »Wir nennen das hier unser Schattenland«, lachte der joviale ältere Mann. Eine junge Frau stand von einem Tisch auf, an dem sie beim Essen gesessen hatte. Sie reichte dem Gast die Hand. »Das ist meine Tochter Anette«, sagte Edgar Holme und stellte auch sich vor. Die Tochter musste ungefähr im Alter von Ester Synnøve und Vesla sein. Cato Isaksen stellte sich ebenfalls vor und Edgar Holme machte große Augen. »Meiner Frau ist doch hoffentlich nichts passiert«, sagte er ängstlich.

Der Kommissar schüttelte rasch den Kopf. »Absolut nicht«, sagte er beruhigend. »Es geht um etwas ganz anderes. Es tut mir wirklich Leid, Sie beim Essen zu stören.«

»Ach, Gott sei Dank!«, rief Edgar Holme erleichtert. »Sie ist mit Freundinnen in Dänemark unterwegs, wissen Sie.«

Dem Gast wurde ein Stuhl angeboten. Ein alkoholfreies Bier wurde geöffnet und vor ihn hingestellt. Sein Mund war vor Durst wie ausgedörrt. Er trank in großen Schlucken.

Ein Jasminbusch in einer Ecke verströmte einen intensiven Geruch. Zwischen den Steinplatten wuchs unbezähmbares Unkraut und in einem Blumenbeet vor einem grünen Bretterzaun leuchteten gepflegte Gartenblumen aller Art gelb und rot.

Die Tochter ging einen Teller holen und servierte ihm Geflügelsalat und Weißbrot.

Cato Isaksen bedankte sich herzlich und fühlte sich seltsam willkommen bei diesen beiden fremden Menschen.

Edgar Holme strahlte eine seltene Wärme aus und seine

Tochter lachte laut und streichelte ihm belustigt den Arm, wenn er eine seiner vielen witzigen Bemerkungen machte. Cato Isaksen dachte daran, was Anne Haraldsen erzählt hatte, an die Gerüchte, dieser Mann habe die Kinder belästigt. Er brachte es einfach nicht über sich, dieses Thema zur Sprache zu bringen. Nach allerlei Geplauder erzählte er dann kurz, warum er gekommen war, dass es um Vesla Mortensens Verschwinden gehe, dass er nach den winzig kleinen Puzzlestücken suche, nach irgendetwas, das sich vielleicht am Rand ihres Umgangskreises befand.

Edgar Holme sagte, er habe Vesla immer für etwas ganz Besonderes gehalten. »Die Kleine war tüchtig, wissen Sie, hat für uns fantastische Kostüme genäht. Sie hatte wirklich Visionen. Aber nein.« Er schüttelte den Kopf. »Sie war so verschlossen. Wollte wohl gern spielen, Schauspielerin werden, aber sie war zu schüchtern, zu gehemmt. Kannst du dich daran erinnern, Anette?«

Die Tochter nickte verlegen.

Cato Isaksen holte jetzt das Geburtstagsbild aus der Tasche. Zugleich zog er die Jacke aus und hängte sie über die Stuhllehne. Er reichte dem Theaterleiter das Bild.

Edgar Holme setzte eine runde, altmodische Brille auf, die bisher neben seinem Teller gelegen hatte. »Sieh an, ja. Da sehen Sie ihr Trauermantelkostüm. Wir haben es einmal in einem Stück über Waldtiere benutzt, das weiß ich noch. Der Trauermantel ist doch einer unserer größten Schmetterlinge. Er ist schwarz und hat einen gelben Rand an der Flügelkante und gleich daneben blaue Tupfen, wie Augen.« Der alte Mann lächelte vor sich hin. Nahm die Brille ab und legte sie wieder auf den Tisch. »Haben Sie sich übrigens schon einmal einen Schmetterling durch ein Vergrößerungsglas angesehen?«

»Nein«, Der Polizist zögerte mit der Antwort. »Nicht, dass ich wüsste.«

»Warten Sie.« Edgar Holme sprang auf und verschwand im Haus. Die dünnen weißen Vorhänge flatterten, als er sie streifte.

»Mein Vater hat Schmetterlinge an der Wand.« Die Tochter lachte. »Er interessiert sich unglaublich für tote Dinge.«

Der Vater brachte einen kleinen flachen Glaskasten, in dem vier Schmetterlinge angebracht waren. »Sehen Sie«, sagte er, reichte Cato Isaksen den Kasten und zeigte eifrig auf den am weitesten rechts sitzenden. »Da sehen Sie den Trauermantel, Nymphalis antiopa. Er lebt von Birkensaft und seine braunschwarzen Larven haben rostrote Stacheln. Sie sind ziemlich unangenehme Geschöpfe, wissen Sie. Schmetterlinge sehen aus der Entfernung sehr schön aus, aber in mehrfacher Vergrößerung wirken sie grotesk, mit bösen Augen und großen Fühlhörnern und ziemlich eklig behaarten Beinen.«

»Ach, Papa.« Die Tochter legte Messer und Gabel hin. »Immer musst du alles auseinander reißen und analysieren und auf solche Weise darstellen. Hör doch auf.« Sie lachte.

Edgar Holme stemmte die Hände in die Seiten und lachte ebenfalls. »Das ist kein Witz! Sieh dir nur die blauen Augenzeichnungen am Flügelrand an, sie dienen als Augenattrappen und sollen die Angreifer verwirren.«

Cato Isaksen musterte den Schmetterling. Er hatte Insekten noch nie gemocht, aus der Nähe schon gar nicht. Er reichte dem Theatermann den Glaskasten. Edgar Holme ging hinaus, um ihn wieder aufzuhängen. Danach griff er zu dem Foto der kostümierten Mädchen und sah es sich noch einmal an. Diesmal ohne Brille. »Da ist ja auch Lise!«, rief er plötzlich. »Hieß sie nicht so? Hast du nicht auch an dieser Vorstellung mitgewirkt, Anette?«

Die Tochter nickte. »Ich war eigentlich zu klein, aber du hast es mir erlaubt.« Sie lachte. »Ich war ein Hase.«

Cato Isaksen sah sie an. »Können Sie sich gut an Vesla erinnern?«

»Eigentlich nicht«, sagte die Frau. »Bei den Proben saß sie meistens ganz hinten im Saal und sie hat nie etwas gesagt.«

»Nein, da hast du Recht. Wir hätten uns besser um sie kümmern müssen.« Edgar Holme runzelte die Stirn. »Und Sie glauben, dass Sie sich das Leben genommen hat?«

»Das wissen wir nicht, aber sie wird ja schon seit zwei Jahren vermisst.«

»Ist das schon so lange? Ich weiß noch, wie ich davon erfahren habe.«

»Lise Sommer war also auch Mitglied der Theatergruppe?«

»Sommer hieß sie, ja. Sie hat nur kurze Zeit mitgemacht. Aber sie war gut, wissen Sie. Hat sie nicht einmal Schneewittchen gespielt? Anette, weißt du das noch?«

»Nein, daran erinnere ich mich nicht mehr, Papa«, sagte die Tochter.

»Machen Sie noch immer Theater?«, wollte Cato Isaksen wissen.

Edgar Holmes Gesicht öffnete sich zu einem breiten Lächeln. »Jetzt habe ich eine Theatergruppe für Senioren.« Er lächelte. »Sie heißt ›Fossil‹. Von einem Extrem zum anderen, nicht wahr? Aber das Theater ist mein Leben, wissen Sie. Obwohl ich es immer nur als Hobby betrieben habe. Eigentlich bin ich Architekt. Ich bin jetzt im Ruhestand, aber ich hatte viele Jahre meine eigene Firma. Übrigens ...« Sein Gesicht verzog sich auf seltsame Weise. »Da fällt mir etwas ein. Ich bin eigentlich sicher, dass ich Vesla vor einem halben Jahr gesehen habe. Kurz vor Weihnachten war das, glaube ich.«

»Sie haben sie gesehen?« Cato Isaksen starrte ihn an. »Sind Sie sich da ganz sicher?« Sein Puls beschleunigte sich.

Edgar Holme schloss für einen kurzen Moment die Augen. Dann schüttelte er kurz den Kopf. »Das war sicher Einbildung, aber es war bei der Eröffnung des Weihnachtsmarktes. Jetzt weiß ich es wieder. Auf dem Marktplatz standen allerlei Buden.

Ich hatte mir eine heiße Brühe gekauft und als ich mich umdrehte, stand sie plötzlich da. Sie trug ein großes kariertes Kopftuch. Sie stand zwar ein Stück von mir entfernt, aber ich bin ziemlich sicher, dass sie es war. Ich hatte sie seit vielen Jahren nicht mehr gesehen und auch von ihrem Verschwinden gehört. Deshalb war ich so überrascht, das weiß ich noch genau. Trotzdem habe ich sie automatisch angelächelt und ihr zugenickt. Aber sie drehte sich einfach um und verschwand in der Menschenmenge.«

Cato Isaksen spürte an seinem Hals eine pochende Ader. Eine dünnhäutige Gewissheit. Irgendetwas stimmte nicht. Es war vielleicht nur Unsinn, aber trotzdem ... er trank den letzten Schluck Bier und lehnte die sofort angebotene zweite Flasche ab.

»Wahrscheinlich war sie es doch nicht«, sagte Edgar Holme und erwiderte den Blick des Kommissars. »Denken Sie nicht mehr daran. Sie wissen doch, wie das ist. Man kann sich alles mögliche einbilden.«

Seine Augen brannten, als er sie schloss. Die schwere, stickige Luft machte ihn schläfrig und schlapp. Das Thermometer vor dem Fenster zeigte sechsundzwanzig Grad.

Cato Isaksen überprüfte die Behauptung, Edgar Holme habe die Kinder in seiner Theatergruppe belästigt. Ein Kollege aus Fredrikstad teilte mit, diese Anschuldigung hätte sich als nicht stichhaltig erwiesen. »Ich habe die Unterlagen vorliegen«, sagte er. »Wir sind zu dem Schluss gekommen, dass es leere Unterstellungen von Eltern waren, die sich darüber geärgert hatten, dass er ihrer Tochter keine Hauptrolle geben wollte.«

»Eine Anne Haraldsen will dich sprechen.« Plötzlich stand Randi Johansen in der Tür und sah ihn an. Cato Isaksen beendete sein Gespräch mit dem Kollegen aus Fredrikstad und hatte dann die Stimme der jungen Frau im Ohr.

»Entschuldigen Sie bitte«, sagte sie als Erstes. Er hörte sofort, wie unsicher sie klang. Er sah ihr schönes Gesicht und ihre dunklen Haare vor sich. »Als Sie vor ein paar Tagen hier waren«, sagte sie dann, »wollte ich Ihnen eigentlich etwas erzählen. Wissen Sie das noch?«

»Ja, das habe ich bemerkt.«

»Wirklich? Ach Gott, wie peinlich. Nicht, dass es so ... ernst gewesen wäre, aber vor zwei Jahren ist einer von meinen Kleinen ein böser Schreck eingejagt worden, wissen Sie. Die beiden haben nicht nur vor Vesla Mortensen und den Wölfen Angst. Damals haben drei Polen für uns gearbeitet.«

Cato Isaksen spürte, wie die Ungeduld in ihm hochstieg.

»Ich weiß ja, dass es nicht erlaubt ist. Schwarzarbeit und so, meine ich ... aber sie arbeiten schnell und sie sind billig. Ach, das klingt schrecklich, wenn ich das so sage, aber sie waren auch sehr sympathisch und zurückhaltend.«

»Wir werden wirklich nichts gegen Sie unternehmen, nur weil Sie Polen angestellt hatten«, sagte der Ermittler zu Anne Haraldsens Beruhigung. »Uns geht es nur um diesen Mordfall und um das Verschwinden von Vesla Mortensen. Ihre illegalen Polen sind für uns nicht interessant, verstehen Sie?«

Er konnte hören, wie sie erleichtert aufatmete. »Na gut«, sagte sie. »Ich dachte, vielleicht ... das war blöd von mir.«

»Wie gesagt, wir ermitteln in einem Mordfall und einem unbegreiflichen Verschwinden, das möglicherweise mit diesem Mord in Zusammenhang steht. Alles andere ist uns egal.«

»Es ist nur, dass Martine, die damals acht war, im Wald einem von den polnischen Erdbeerpflückern begegnet ist. Ja, die Kinder laufen ja zum Spielen überall herum und wir haben das auch nie gefährlich gefunden, aber dieser Pole hat ihr sein Glied gezeigt. Sie ist ihm auf einem Waldweg begegnet.«

»Das ist interessant«, sagte Cato Isaksen freundlich. »Aber hat er ihr sonst etwas getan?«

»Nein, er hat sich nur gezeigt, aber sie fand das ganz schrecklich. Sie traut sich noch immer nicht wieder allein in den Wald. Die Polen wohnten in einem Zelt. Und es war gerade zu der Zeit, als Vesla verschwunden ist.«

»Aber niemand hat diese Polen und Veslas Verschwinden in einen Zusammenhang gebracht?«

»Nein«, sagte Anne Haraldsen unsicher. »Wir waren wohl ziemlich sicher, dass sie Selbstmord begangen hatte. Die Polizei hat Tilla Mortensens Vermisstenmeldung damals ja auch nicht ernst genommen. Sie wissen doch, wie das ist, wenn die Polizei sich ihrer Sache sicher ist.«

Cato Isaksen lief ein kalter Schauer über den Rücken. *Wenn die Polizei sich ihrer Sache sicher ist.* Rasch fasste er sich wieder.

»Und diese Episode hat sich also vor Veslas Verschwinden abgespielt?«

»Zwei Tage davor. Wissen Sie, ich muss zugeben, dass ich anfangs ein wenig in diese Richtung gedacht habe, als wir zuerst von Veslas Verschwinden hörten, aber ich konnte das doch nicht sagen ... ich habe so ein entsetzlich schlechtes Gewissen, weil ich es nicht sofort gemeldet habe.«

»Wissen Sie die Namen dieser Polen noch?«

»Nein, leider nicht. Nur, dass einer Marek hieß, aber sie waren zu dritt und ich weiß nicht, welchem Martine begegnet ist. Sie fuhren einen kleinen, vollgepackten gelben Wagen. Den haben sie in der Scheune abgestellt, es sollte doch niemand wissen, dass sie bei uns arbeiteten.«

»Haben Sie diese Polen danach noch weiter beschäftigt?«

»Nein, mein Mann hat sie sofort vom Hof gejagt. Wir haben ihnen nicht einmal ihren Lohn ausgezahlt.«

»Auf jeden Fall ist es gut, dass Sie uns Bescheid gesagt haben«, sagte Cato Isaksen. »Wir werden uns das ein wenig genauer ansehen. Aber leicht wird das nicht, wo Sie die Namen nicht mehr wissen. Haben Sie die Männer noch einmal wiedergesehen?«

»Nein.«

»Haben Sie noch andere Polen beschäftigt, voriges Jahr oder jetzt?«

»Nein, wir nicht, aber andere in der Gegend beschäftigen Osteuropäer. Sivert Malling unter anderem. Sie helfen ihm im Wald.«

Steinar Malling hatte das Gefühl, Vesla hinten vor dem Haus zu sehen. Aber in ihr war kein Geräusch. Sie stand einfach nur da, mit einem seltsamen Licht im Blick. Er schloss die Augen. Als er sie wieder öffnete, war sie verschwunden.

Die Männer von der Polizei waren noch einmal aufgetaucht. Aber diesmal hatten sie mit seinem Vater sprechen wollen und der war nicht zu Hause gewesen. Er hackte zusammen mit den beiden Ausländern Bäume um. Steinar hatte ihm auch geholfen, früher an diesem Tag. Aber dann hatte er keine Lust mehr gehabt. Er hatte die Axt fallen lassen und war nach Hause gegangen. Er hatte Angst, spürte oben im Bauch einen vagen Schmerz. Einen Punkt, der in seinen Gedanken festzuhängen schien. Er wusste nicht, ob er es schaffen würde, es weiterhin nicht zu sagen. Er stand auf dem Hofplatz. Es war völlig windstill. Die Himbeerbüsche hatten schlaffe dunkelgrüne Blätter und die grauen Sandkörner auf dem Boden waren heller als sonst.

Er setzte sich auf die unterste Treppenstufe und machte die Augen auf und zu, das tat er immer, wenn er unsicher wurde, wenn er zu viele Gedanken auf einmal im Kopf hatte.

Steinar Malling verdrängte die Bilder in seinem Kopf. Es war genau zwei Jahre her, seit der Spuk im hellgrünen Waldlicht zum Vorschein gekommen war, an diesem ganz besonderen Sommernachmittag. Er hatte einen roten Kreis in den Kalender gezeichnet. Er würde nie vergessen, was er gesehen hatte. In seinem Kopf schwirrten die bösen Erinnerungen umher. Der Wald war gewissermaßen nicht mehr nur ein Wald. Er hatte sich verwandelt, war von Geschrei und Raubtierzeichen erfüllt. Die Bilder waren irgendwo zwischen Gehirn und Nervensystem festgehalten worden, aber jetzt kehrten sie wieder zurück.

Als Tante Tilla damals gekommen war, um zu fragen, ob sie Vesla gesehen hätten, hatte er mit den Schultern gezuckt und den Kopf geschüttelt. Ganz normal hatte er das getan, als ob er ein normaler Mensch sei.

Der Vater hatte Tante Tilla bei der Suche nach Vesla geholfen und auch Steinar hatte gesucht. Er hatte unter den vom Wind umgestürzten Baumstämmen nachgesehen. Er hatte sich gebückt und war mit den Händen durch das hohe Gras gefahren. Die ganze Zeit hatte unten in seinem Nacken dieses böse Gefühl gesessen. Sie hatten überall gesucht, im ganzen Wald. Stille, nur Stille. Und das Meer, tief, zwischen den Baumstämmen. Wasser, braunes schweres Moorwasser. *Sie stellten sich tot, sie sahen wirklichen Toten zum Verwechseln ähnlich.* So wollte er daran denken, wie an etwas, das nicht stimmte.

Einmal, ein Jahr nach Veslas Verschwinden, als er und sein Vater und Tante Tilla Blaubeeren gepflückt hatten, hatten sie einen Elch durch das Moor waten sehen. Seine Beine waren gefährlich tief in den weichen Grund gesunken. Steinar hatte schreckliche Angst gehabt, aber es war gut gegangen. Sie war noch immer nicht zu sehen.

Im Frühling des vergangenen Jahres, gleich nach der Schneeschmelze, war er nachts aufgestanden und zum Moor gegangen. Es war ziemlich hell, aber die Tannenwipfel zeichneten sich vor dem Horizont scharf ab. Plötzlich sah er ihre Hand. Das Gras am Rand des Moores war gelb und das Moor war von Wasser bedeckt. Er hatte sie wieder eingegraben.

Im Sommer trocknete das Moor aus, aber dann kam der Herbst. Er bewachte die Umgebung, passte auf, behielt alles im Auge. Gelbe und rote, ja fast violette Blätter rieselten von den Bäumen und bedeckten den Boden. Hinter dem Haus hingen Äpfel an den Herbstbäumen, wenn sie nicht auf dem Boden lagen.

Aber dann, als es wieder Winter geworden war, hatten die Menschenreste sich an die Oberfläche gezwungen. Das Eis hatte sie hervorgepresst. Er wurde wahnsinnig von ihrem Anblick. Wie sollte er etwas unternehmen können, wenn doch alles gefroren war? Er bedeckte sie mit Tannenzweigen und Schnee. Aber jetzt, vor kurzem, war sie wieder zum Vorschein gekommen. Er begriff einfach nicht, was da passierte. Sie schien nicht dort unten sein, sondern nach oben kommen und wieder leben zu wollen. Das sah ihr ähnlich. Das sah ihr wirklich ähnlich.

Karsten Tønnesen ließ sich von Roger Høibakk eine Kaffeetasse reichen und stellte sie dann auf das Tischende. Alle hatten sich im größten Besprechungsraum eingefunden. Der Tag ruhte heiß und schwer an den Wänden. Nur ab und zu drang ein winziger frischer Lufthauch durch die halb offenen Fenster.

Es war mitten in der Urlaubszeit. Die Stadt war tagsüber fast menschenleer. Alle waren an die Strände am Fjord geflohen, nach Ingierstrand, Huk, Kadettangen, Hvalstrand und Vollen. Abends dagegen füllten sich die Straßencafés mit sommerbraunen Menschen in heller Kleidung.

Cato Isaksen hatte, wie viele andere, seinen Urlaub aufschieben müssen. Fast alle waren zu der Besprechung mit dem Psychiater erschienen. Thorsen und Billington, Randi Johansen, Anne Grethe Juvik, Roger Høibakk, Preben Ulriksen, Asle Tengs und Ellen Grue. Der Fall machte ihnen zu schaffen wie eine Eiterbeule. Keine neuen Aspekte waren aufgetaucht. Cato Isaksen war endlich Ingeborg Myklebusts Wunsch nachgekommen und hatte den Psychiater um Hilfe gebeten. Er hatte früher an diesem Tag mit seiner Chefin gesprochen. Sie war optimistisch, rechnete mit ihrer vollständigen Genesung. Sie freute sich über die Nachricht, dass Cato Isaksen sich endlich entschlossen hatte, bei Karsten Tønnesen eine Profilanalyse der Verdächtigen und anderer Beteiligter zu bestellen.

Der Psychiater war braun gebrannt und hatte Schweißperlen auf der Stirn. Immer wieder rieb er sich mit dem weißen Hemdsärmel über die Stirn. »Das ist eine komplizierte Geschichte«, sagte er als Erstes. Mit schmalen Augen musterte er sein resigniertes Publikum. An der Tafel hinter ihm waren mit Heftzwecken Bilder von Ester Synnøve Lønns Leichnam befestigt worden. Von ihrer erstarrten Totenmaske mit dem halb offenen Mund und den halb offenen Augen. Von ihrem zerfetzten Hals, dem vielen Blut. Den blonden Haaren, den Blutergüssen auf der Stirn. Den bloßen Füßen mit den lackierten Nägeln. Den ringlosen Fingern. Von ihrem Körper, einem endlosen Rahmen.

»Ich habe mir alle Tatsachen vorlegen lassen und kann gut nachvollziehen, welche Schwierigkeiten euch die Sache macht«, sagte er. »Wie in anderen Fällen, mit denen wir uns früher abgemüht haben, gibt es auch hier, im so genannten Fall Lønn, nicht viele konkrete Anhaltspunkte. Außerdem haben wir diesmal eine Nebenspur, die wir ebenfalls in Betracht ziehen müssen. Ich denke natürlich an die verschwundene Vesla Mortensen. Die beiden Ereignisse sind sehr unterschiedlich und haben aller Wahrscheinlichkeit nach nichts miteinander zu tun, aber lasst uns eine kurze Zusammenfassung versuchen, ehe wir weitermachen.«

Er erhob sich, legte eine neue Seite auf den Overheadprojektor und sagte: »Das bisher analysierte biologische Material, unter anderem Speichel, stimmt nicht mit den DNA-Proben von Johnny Svendsen, Bjørn Tore Lønn oder Florian Rosati überein. Aber wir wollen das nicht zu wichtig nehmen. Diese Funde sind winzig klein und die Tote kann sie von woanders mitgebracht haben.« Karsten Tønnesen drehte sich um. »Aber Ellen, du hattest neue Aspekte, in Bezug auf ... ja, in Bezug auf was eigentlich?«

Ellen Grue stand auf. »Die Fragmente aus unbekanntem Material, die in der Schnittwunde an Ester Synnøve Lønns Hals gefunden worden sind, haben aller Wahrscheinlichkeit nach an der Mordwaffe geklebt. Es kann sich dabei um irgendeine Art von Tierfutter handeln. Wir können es nicht eindeutig identifizieren, aber wie gesagt, es kann Tierfutter sein.«

»Was denn für Tierfutter?« Roger Høibakk, der ganz hinten saß, hatte interessiert zugehört.

»Das wissen wir nicht, Hundefutter, Katzenfutter, Viehfutter, Hühnerfutter, unmöglich, das zu sagen. Es kann sich aber auch um Gartendünger handeln.«

»Warum könnt ihr das nicht identifizieren?«

»Weil nur so wenig davon vorhanden ist und weil viele Futtersorten dieselben Stoffe enthalten. Vitaminzusätze und so.«

Cato Isaksen betrachtete Ellen Grue. Ihr Hals war von der Hitze feucht. Ihre dunklen Haare klebten an ihrer Stirn. Für einen Moment begegneten ihre Blicke sich, dann war ihr kleiner Vortrag beendet und sie setzte sich wieder.

Karsten Tønnesen musterte die anderen mit ernster Miene, dann redete er weiter. Seine monotone Stimme fasste die Tatsachen zusammen. »Alles beginnt mit dem Mord an Ester Synnøve Lønn, in der Nacht zum 6. Januar. Sofort gerät ihr Exmann Johnny Svendsen unter Verdacht. Später muss er wegen Mangels an Beweisen auf freien Fuß gesetzt werden. Der Bruder der Toten, Bjørn Tore Lønn, gilt nicht mehr als verdächtig. Die Anerbenspur hat sich als nicht stichhaltig erwiesen. Er hat kein Erbrecht auf den Hof. Falls dem kleinen Sohn der Toten nichts passiert, meine ich. In dem Fall wäre er der nächste Erbe. Florian Rosati, der neue Liebhaber, der zuvor mit Lise Sommer zusammen war, der besten Freundin der Ermordeten, hat die Ermittlungen mit ziemlich heiler Haut überstanden. Zuverlässige Zeugen bestätigten, dass er sich zum relevanten Zeitpunkt nicht am Tatort befunden haben kann. Ansonsten sind polnische Erdbeerpflücker ins Scheinwerferlicht geraten. Du hast doch gestern mit zweien geredet, nicht wahr?« Karsten Tønnesen nickte Cato Isaksen zu, der das bestätigte. »Ja, Sivert Malling, ein älterer Waldarbeiter sowie Nachbar und Freund von Tilla Mortensen, hatte für eine Woche zwei Polen angestellt. Einer war auch früher schon in Norwegen und gehört vermutlich zu den dreien, die vor zwei Jahren auf Rønning gearbeitet haben, also bei Anne Haraldsen. Ich gehe der Sache weiter nach«, sagte er zum Schluss.

»Es gibt hier noch einen Zufall, der sicher keine Bedeutung hat.« Karsten Tønnesen ergriff wieder das Wort. »Vesla Mortensen ist am 6. Juli 1998 verschwunden, Ester Synnøve Lønn am 6. Januar diesen Jahres. Der 6. taucht also zweimal auf.«

»Das ist uns auch schon aufgefallen«, sagte Roger Høibakk, »aber wie du schon gesagt hast, es ist sicher ein Zufall.«

»Der 6. 6. ist der Geburtstag des Teufels«, teilte Karsten Tønnesen mit.

Cato Isaksen nickte. »Aber wir haben keinen Grund zu der Annahme, dass die Sechs hier irgendeine Bedeutung hat.«

Karsten Tønnesen nickte. »Ich habe alle Berichte durchgesehen und mir ist aufgefallen, dass auch Lise Sommer, Tilla Mortensen, Sivert und Steinar Malling sowie Ragnar Bjone erwähnt werden. Und der Theatermann Edgar Holme. Sie stehen zwar nicht im Mittelpunkt der Ermittlungen, aber es sind doch Untersuchungen angestellt worden, die bisher kein Ergebnis erbracht haben. Schließlich haben Ragnhild und Ivar Lønn, die Eltern der Ermordeten, offiziell das Sorgerecht für Markus Svendsen beantragt. Wogegen Johnny Svendsen energisch Einspruch erhebt, wie ich gehört habe.«

»Gestern ist ein Brief von seinem Anwalt gekommen«, sagte Cato Isaksen.

»Wäre das denn nicht das Beste?« Randi Johansen zupfte sich ein wenig trockene Haut von ihrem sonnenverbrannten Unterarm. »Wenn sie den Jungen bekämen, meine ich.«

Cato Isaksen sah sie lange an. »Ehrlich gesagt weiß ich das nicht, Randi«, sagte er.

»Was Johnny Svendsen betrifft«, sagte Karsten Tønnesen jetzt, »bin ich davon überzeugt, dass sein Liebeskummer in der Beziehung zu Ester Synnøve Lønn Wut und das Gefühl der Vernichtung auslösen konnte. Und das wiederum kann zum Mord geführt haben. Er hat als kleines Kind seine Mutter verloren. Vielleicht ist dieser alte, verdrängte Verlust wieder hochgekommen und hat sein Elend noch verstärkt, als seine Frau ihn verlassen hat. Kinder sind ihrer Umgebung gegenüber besonders verletzlich. Wenn sie Fürsorge und Geborgenheit erleben, können sie später im Leben traumatische Krisen bewältigen. Wenn nicht, dann kann das katastrophale Folgen haben. Die gefühlsmäßige Reaktion bei Männern und Frauen mit Liebeskummer ist oft ziemlich gleich«, sagte er dann. »Aber sie gehen auf unterschiedliche Weise mit diesen Gefühlen um. Männer versuchen meist, ihre Maske aufzubehalten. Können ihre Gefühle nicht in Worte fassen. Zeigen aufgesetzte Fröhlichkeit, feiern und trinken. Ich weiß nicht, ob Johnny Svendsens Liebeskummer noch auf anderen Dingen basierte. Auf Hass zum Beispiel, weil seine Frau ihn erniedrigt hatte. Es können allerlei Gefühle eine Rolle gespielt haben. Es begehen mehr Männer als Frauen Selbstmord.«

Karsten Tønnesen nahm einen tiefen Schluck Wasser aus dem Glas, das vor ihm auf dem Tisch stand. »Vesla Mortensens Schicksal ist interessant. Sie wurde aus dem Freundeskreis ausgeschlossen, wurde schikaniert und war viel allein. In vieler Hinsicht ist sie eine Versagerin. Aber auch Johnny Svendsen kann als Versager gelten. Obwohl beide im Ausgangspunkt erwachsene und vernünftige Menschen sind, können sie sich wie Kinder verhalten haben, weil sie verlassen worden sind oder sich lange Zeit als minderwertig gefühlt haben. Aber meiner Analyse nach weist alles daraufhin, dass Vesla Mortensen Selbstmord begangen hat.«

Roger Høibakk gähnte laut.

»Eine andere Überlegung ist natürlich, dass Johnny Svendsen sie beide umgebracht hat«, wandte Randi Johansen ein.

»Natürlich«, erwiderte Karsten Tønnesen ruhig. »Ist das nicht die Theorie, von der wir ausgehen?«

»Aber es steht doch gar nicht fest, ob sie überhaupt tot ist.« Cato Isaksen fand diese Vorstellung selbst unheimlich. »Ich gehe zwar davon aus«, fügte er hinzu, »aber wir haben schließlich keine Leiche.«

Karsten Tønnesen fuhr sich mit einer Papierserviette über die Stirn. »Eigentlich spricht alles dafür, dass sie tot ist«, sagte er ruhig und fügte dann hinzu: »Steinar Malling kann vielleicht etwas wissen, ich denke jetzt an Vesla Mortensens Verschwinden. Ihr müsst ihn euch weiter vornehmen. Er hat schließlich allerlei seltsame Bemerkungen fallen lassen.«

»Ich bin schon dabei«, sagte Cato Isaksen. Die Hitze war fast nicht auszuhalten. Allein schon bei dem Gedanken an seine seltsamen Unterhaltungen mit Steinar Malling fühlte er sich unwohl.

Preben Ulriksen stand auf und öffnete ein weiteres Fenster. Die Luft, die in den Raum drang, war von Auspuffgasen gesättigt. Die Hauptverkehrszeit hatte begonnen.

»Bisher steht niemand außer Verdacht, abgesehen vielleicht vom Bruder.« Karsten Tønnesen redete unangefochten weiter. »Ihr müsst euch weiterhin mit den Polen, mit Johnny Svendsen, Florian Rosati, Lise Sommer, Tilla Mortensen sowie Sivert und Steinar Malling befassen. Und dieser Ragnar Bjone, ich weiß ja nicht, aber er scheint ein großer Bewunderer von Johnny Svendsen zu sein. Könnten die beiden gemeinsame Sache gemacht haben?«

»Die Tankstelle hat rund um die Uhr geöffnet und Bjone hatte in der Mordnacht Dienst«, erwiderte Roger Høibakk ruhig.

Der Psychiater nickte. »Ich weiß, dass ihr außerdem noch mit Touristen zu tun hattet, die vor zwei Jahren in der Umgebung von Enger waren. Aber es ist fast unmöglich, ein einheitliches Bild der Situation zu entwerfen. Außerdem fehlt uns eine Leiche, wie du schon gesagt hast, Cato. Wichtig ist jedoch«, schloss er dann, »dass ihr die psychologischen Zusammenhänge seht. Enger ist ein kleiner Ort. Die Menschen dort können düstere Beziehungen zueinander haben. Ich glaube, es fehlen einige Puzzlestücke, aber ihr seid auf dem richtigen Weg. Nur dürft ihr nicht vergessen, dass wir es auch mit einem völlig unbekannten Täter zu tun haben können, was alles in ein ganz anderes Licht rücken würde. Allerdings gibt es keine Zeugenaussagen, die darauf hinweisen.«

Cato Isaksen schaute die schrecklichen Bilder der weiblichen Leiche an. Sein Blick blieb an den halb offenen Augen hängen, an dem graugrünen Halbkreis und den Sommersprossen über der Nasenwurzel.

Der Seifenschaum im Eimer bildete auf der Wasseroberfläche kleine Wolken. Erna Svendsen bückte sich und wrang den Lappen aus. Sie hatte in letzter Zeit so seltsame Träume. Von Ester Synnøve und Heddy, von Markus und Johnny. Zwei parallele Schicksale, zwei Mütter mit zwei kleinen Söhnen. Wenn sie die Augen zusammenkniff, erblickte sie im Wasser das Gesicht ihrer Schwester. Die Frau sehnte sich nach ihrer Schwester, sie dachte an die vielen entsetzlichen Dinge, die geschehen waren, vielleicht wären sie nie passiert, wenn Heddy noch lebte. Obwohl, wer konnte das schon wissen. Heddy war vielleicht nicht sonderlich moralisch gewesen, aber ihren Jungen hatte sie geliebt. Den kleinen hübschen Johnny mit den dunklen Augen. Und dem traurigen Mund, der fast nie lächelte. Sie dachte daran, wie er abends am Fenster gesessen und ihr zugewunken hatte, wenn sie sich auf den Weg nach Oslo machte.

Erna Svendsen wrang mit ihren geschwollenen Händen noch einmal den Wischlappen aus und wandte sich dann dem Ladenboden zu. Johnny wollte wieder nach Hause ziehen. Er hatte sie am Vorabend angerufen, erzählt, dass er bei Ragnar an der Tankstelle arbeiten könne. Er hatte auch erzählt, dass er sich ein großes Motorrad gekauft habe. Sie wusste nicht, woher das Geld dafür stammte. Er sagte, er habe es geliehen. Ein Verbrecher, ein Mörder. War er das? Ihr Johnny?

Er hatte sie eigentlich immer in sich gehabt, diese Unruhe, hatte seine Seele immer auf den Kopf stellen müssen. Erna Svendsen fuhr sich müde über die Stirn. Das bräunliche Wasser schwappte durch den Eimer. Sie hatten einmal Himmel gespielt, sie und

Heddy. Da waren sie noch klein, vielleicht fünf und neun Jahre. Der Seifenschaum im Eimer, die Wolken am Himmel.

Erna Svendsen richtete sich auf und merkte, wie der Laden mit allen Regalen, Packungen, Tüten und Milchkartons sich vor ihr drehte. So war ihr Leben gewesen. Sie fröstelte, obwohl es heiß war. Langsam setzte sie einen Fuß vor den anderen und konnte sich ins Hinterzimmer schleppen, wo sie auf einen Holzstuhl sank.

Ragnhild Lønn war früher an diesem Tag im Laden gewesen. Sie hatte Markus bei sich gehabt. Er sah Johnny so ähnlich. Sie hatte nicht mit dem Jungen sprechen können. Ragnhild Lønn wollte nicht, dass Johnnys Sohn etwas mit ihr zu tun hatte. Manchmal aber, wenn Ivar Lønn in Arbeitsanzug und Gummistiefeln hereinschaute und den Jungen mitbrachte, durfte sie ihn einige Sekunden lang anlächeln. Markus lächelte zurück und nahm das Eis oder die Schokolade an sich, die sie ihm zusteckte. Sie sprachen ohne Worte, zwischen den Regalen. Sie sprachen durch Eis und Kekse und Drops. Markus erzählte seiner Großmutter nie davon, was er von Tante Erna-Oma bekam.

Erna Svendsen fühlte sich nicht wohl. Sie konnte im Moment so wenig ertragen. Spürte eine tiefe Angst. Sie war diejenige, die Johnny Svendsen am besten kannte. Es machte ihr schwer zu schaffen, dass sie nicht wusste, ob er wirklich der Mörder war. Sie hatte ihm alles aufgetischt, von Muttermilchersatz, als er ein Baby war, bis zu Kuchen, Koteletts, Vitaminen und Nachtisch. Er war sozusagen ihr Sohn. Oft konnte sie ihm bis in die Seele blicken. Früher, als er jünger gewesen war, hatte er ihr frech widersprochen und ihre Argumente mit einem Schnauben abgetan. Er hatte sie höhnisch angegrinst und sie als Idiotin bezeichnet. Außerdem hatte er aus dem Laden Bier gestohlen. Er hatte geglaubt, sie merke das nicht. Alles hatte sie ausgeglichen, wenn es um ihn ging. Sie seufzte tief. Das war jetzt alles so lange her.

Sie erhob sich langsam, musste mit Putzen fertig werden und

in die Wohnung hochgehen. Der Hahn ließ schwere kleine Wassertropfen fallen. Tropf, tropf, tropf. Erna Svendsen wischte sich den Seifenschaum von der Hand und lehnte sich erschöpft an die Wand.

Dabei erblickte sie sich in dem kleinen Spiegel hinter der Tür. Sah die Runzeln, die über ihr Gesicht liefen. Sie musterte sich mit ängstlichen Augen, ihre Einsamkeit, den Tod, der in ihrer Halsgrube auf der Lauer lag. Immer allein. Sie wusste nicht mehr so recht, wer sie war. Wo fingen Mütter an, wo endeten sie?

Die Stille im Wald war zusammengesetzt aus vielen grünen und gelben Geräuschen. Aus dünnen Geräuschen, die von Blättern und kleinen Schnäbeln stammten. Es waren helle, durchsichtige Geräusche. Etwas kletterte die hohen Baumstämme hinunter, etwas ließ die trockenen Blätter auf dem Boden rascheln.

Steinar Malling irrte am Ufer des Tümpels, an dem die Moorlandschaft begann, hin und her. Er rutschte auf den glatten Steinen fast aus, fand dann aber das Gleichgewicht wieder und lief weiter. Der Moorboden schwankte leicht unter seinen Füßen. Unter seinen Sohlen schmatzte und plapperte die Erde. Der Boden war uneben und mit großen harten Grasbüscheln bewachsen. Auf einem Hof auf der anderen Seite des Feldes bellte ein Hund. Das Gebell war ein Teil der Stille.

Seine Stiefel versanken plötzlich bedrohlich tief im glitschigen Schlamm, dort, wo das Moor an den Tümpel grenzte. Seerosen und andere Blütenkapseln hatten ihre Samen freigesetzt. Jetzt segelten sie auf der Oberfläche umher und sahen aus wie kleine weiße Papierboote. Der Tümpel hatte keinen Abfluss, nur die Tiefe. Ein langer Zweig hing über das Wasser. Der Zweig streckte seine Finger so weit aus wie möglich, konnte aber den blanken Wasserspiegel nicht erreichen.

Das Moorwasser war lauwarm und verströmte einen fauligen Geruch. Es war schwerer, grüner, kälter und tiefer als anderes Wasser. Hatte eine andere Stimme, eine fiese, flüsternde, dunkle Stimme.

Steinar Malling schaute zwischen den Bäumen hindurch und begriff, dass der Wald bis zum Rand mit Leere gefüllt war. Der

Geruch nach Tanne und Harz trieb ihm entgegen. Er zuckte zusammen, glaubte, ein Tier zu sehen, aber es war nur eine Blütendolde, die ihre Kronen verräterisch zusammensteckte.

Er hielt sich die Ohren zu und schloss die Augen. Er ging in die Hocke und wiegte sich hin und her. Dann stand er auf und stolperte wieder ein Stück in den Wald. Er riss ein Blatt von einem Busch und starrte es an. Er musterte die Adern und die Härchen auf dem Blattrücken. Dann entdeckte er ein kleines Insekt, dass einen Baumstamm hochkroch. Die schwarzen Tupfen auf dem Rücken betonten das Rot noch. Es war ein Marienkäfer. Die roten Flügel waren auf dem Rücken zusammengefaltet, als trage das Insekt einen kleinen Frack.

Steinar ging zurück zum Tümpel, an die Stelle, wo das Wasser ins gelbbraune Moor überging. Er wollte das nicht. Petzen war gemein. Er riss die Füße aus dem glitschigen Schlamm. Dann entdeckte er hoch oben in einem Baum ein Elsternnest. Es bewegte sich ein bisschen und sah aus wie ein großer Hut.

Er ging weiter. Der Waldboden war von hellgrünen Sauerampferblättern und braunen Tannennadeln bedeckt. Die riesigen Baumwurzeln zogen sich wie dicke braune Schlangen dahin. Die Zweige verflochten die Arme miteinander und bildeten Tore aus Blättern, die in alle Richtungen führten.

Und dann sah er es plötzlich. Das, was er schon so lange umstreifte, um es zu hüten. Jetzt waren die Menschenreste wieder zu sehen. Sein Herz hämmerte wütend los. So war das. Er lehnte sich für einen Moment an sich selbst an, dann fing er an zu rennen. *Gehe zurück auf Los. Die, die sich tot stellen, sehen den wirklichen Toten zum Verwechseln ähnlich.*

Sivert Malling konnte nicht fassen, was sein Sohn da so eifrig erzählte. »Jemand im Moor«, sagte er. Nuschelte wie immer. Speichel tropfte aus seinen Mundwinkeln. »Jemand im Moor.« Wieder und wieder. Am Ende hatte der alte Mann seinem Sohn den Mund verboten. Das hatte gewirkt. Steinar Malling kam wieder zu sich, ging ruhig mit seinem Vater in den Wald und führte ihn zu ihr.

Ein Fuß, das war unverkennbar, ein verwester Fuß mit einem gelb gewordenen Knochen ragte aus der Moorlandschaft hoch. Nicht weit entfernt, vier Meter vielleicht. Vesla. Das musste Veslas Fuß sein. Und damit war die Wahrheit doch ans Licht gekommen. Arme, arme Tilla, dachte Sivert Malling und fuhr sich mit den schmutzigen Fingern durch die Haare. Sein Gesicht war düster vor Kummer. Sein Sohn stand unruhig neben ihm. Konnte Arme und Beine nicht mehr still halten.

Der alte Waldarbeiter fuhr sich müde durchs Gesicht. Er wandte sich an seinen Sohn, der den Boden anstarrte. »Weißt du das schon lange, Steinar?«, fragte er.

Der junge Mann biss die Zähne zusammen, um nicht weinen zu müssen. Dann setzte er sich auf den Boden und wiegte sich hin und her. Weil sie auf seinem Motorroller gesessen hatte, hatte er nichts sagen wollen. Für einen Moment war er in ihr gewesen. Er konnte nichts sagen, auch wenn das, was passiert war, so schrecklich war. In Gedanken zählte er die Minuten.

»Steinar.« Sein Vater räusperte sich. Dann legte er ihm die Hand auf den Kopf. »Hast du Vesla umgebracht? Hast du ihr etwas getan?«

Steinar Malling unterbrach seine Wiegebewegung. Es war eine totale Verwandlung. Er sprang auf, spannte die Gesichtsmuskeln an und schaute seinem Vater müde in die Augen. Tage, Monate und Jahre waren vergangen. Er konnte sich an alles genau erinnern.

»Nein«, sagte er laut. »Ich habe Vesla nicht umgebracht. Vesla hat Vesla umgebracht.«

Er hatte oben auf Rønning ausgeholfen. Vesla hatte auf dem heißen Erdbeerfeld gestanden und sich immer aufgerichtet, wenn sie müde wurde. Er hatte sie mit den Augen verschlungen. Sie hatte blaue Shorts getragen und ihm war die Kraft ihrer dünnen Beine aufgefallen. Ihre braunen Waden und Arme. Ihre blonden, von der Sonne gebleichten Haare. Er sah sie so, wie sie an dem Tag gewesen war, als sie sich zuerst ausgezogen hatte und dann wütend geworden war. Er dürfe sie nie wieder anrühren, hatte sie gesagt. Aber sie war schön. Mehr als schön genug für ihn.

Später an diesem Nachmittag war er zu ihr gegangen. Aber sie hatte nicht mit ihm sprechen wollen. Das machte nichts. Seine Seele war ohnehin von ihr geformt und er wusste, dass sie mit ihm sprechen würde, wenn die anderen das nicht sahen. Vielleicht nachher auf dem Weg, im Wald. Er hatte auf sie gewartet.

Drei Polizisten aus Fredrikstad gingen hinter Sivert Malling und dessen Sohn in den Wald. Cato Isaksen war von dem Fund unterrichtet worden. Konnte Vesla Mortensen sich im Tümpel ertränkt haben und dann am Rand des Moores liegen geblieben sein?

Tilla Mortensen wurde von einem ihr unbekannten Beamten besucht, der versuchte, ihr die Sache schonend beizubringen. Eine Stunde später stiegen Cato Isaksen und Roger Høibakk in ein Auto und machten sich auf den Weg nach Enger.

Veslas Mutter war im Garten, als die Polizisten eintrafen. Sie hockte vor dem Beet, das sich an der einen Querwand entlangzog. An den Füßen trug sie dicke Socken und braune Sandalen. Ihr Rock war von Blättern und Erde bedeckt. Ihre Hände auch. Sie drehte sich zu Cato Isaksen um und erhob sich. Wischte sich die Hände am Rock ab. »Ich weiß schon Bescheid«, sagte sie.

Der Kommissar antwortete mit einem traurigen Lächeln.

Das Moor tat sich vor ihrem inneren Auge wieder und wieder auf. Das gelbbraune Wasser, die rotbraunen Gewächse, der dichte Wald. Sie schüttelte den Kopf. »Ich hatt ...« Sie schloss für einen Moment die Augen, dann sagte sie: »Ich hatte es irgendwie noch nicht geglaubt. Sie war ... sie war nicht ...«

Cato Isaksen trat vor sie hin und berührte ihren Arm. »Eine Tasse Kaffee wäre jetzt gut«, sagte er. »Und ich glaube, Sie könnten auch eine brauchen.«

»Natürlich, wo Sie doch bei der Hitze den weiten Weg gekommen sind.« Sie schaute kurz auf die Uhr. »Es ist ja fast schon sechs. Arbeiten Sie um diese Zeit noch? Und Sie haben sicher auch Hunger?«

»Nein, nein.« Roger Høibakk, der sich bisher im Hintergrund gehalten hatte, schüttelte rasch den Kopf. »Wir arbeiten rund um die Uhr«, sagte er. »Jedenfalls in Fällen wie diesem.«

Tilla Mortensen öffnete eine neue Kaffeepackung. Die Uhr an der Küchenwand musterte sie aus ihren zwölf Augen. Sie dachte daran, wie sie in der ersten Zeit nach dem Verschwinden ihrer Tochter die Uhr im Blick behalten hatte. In den ersten Stunden, Tagen. Die Uhr war eine Feindin gewesen. Eine kalte Widersacherin, mit ihrem rhythmischen Gerede. Sie hatte es so unbarmherzig eilig gehabt. Sie war einfach immer weitergegangen. Die Stimme wurde dunkler und dunkler. Jetzt ging die Frau entschlossen hinüber und hielt die Uhr an.

»Warum haben Sie das getan?« Cato Isaksen war in die Tür getreten und sah sie an.

Sie antwortete nicht sofort, sondern nahm Kekes aus einer alten Dose. »Ich stelle die ganze Dose auf den Tisch, wenn Sie entschuldigen.« Sie fuhr sich erschöpft über die Stirn. »Ich bin so schrecklich müde«, murmelte sie. »Ich will dieses Generve nicht mehr hören.« Sie nickte zur Uhr hinüber. »Ich habe sie einmal beim Bingo im Gemeindehaus gewonnen, genauer gesagt, Vesla hat sie gewonnen. Wir haben sie sofort aufgehängt, als wir nach Hause gekommen sind.«

Nachdem sie Kaffee getrunken hatten, bestand Tilla Mortensen darauf, ihnen einige der von Vesla genähten Kostüme zu zeigen. Sie griff mit beiden Händen in einen Pappkarton und zog Kostüme in vielen Farben hervor. »Ich habe mich zwei Jahre lang nach Gewissheit gesehnt«, sagte sie, »aber«, sie schüttelte den Kopf. »Es war doch ein Schock, es zu erfahren.«

»Wir müssen Sie darauf hinweisen, dass wir bisher nur wissen, dass im Moor ein weiblicher Leichnam gefunden worden ist, wir können noch nicht sagen, ob es sich wirklich um Vesla handelt.«

Tilla Mortensen ließ die Kostüme, die sie in der Hand hielt, wieder in den Pappkarton fallen und trat vor ihn hin. »Das ist rücksichtsvoll von Ihnen«, flüsterte sie, »vielen Dank, aber ich weiß, dass es meine Tochter ist. Natürlich ist sie es.« Sie hob die Hand und fuhr dem Kommissar behutsam über die Wange.

Cato Isaksen fühlte sich ziemlich unwohl in seiner Haut. Roger Høibakk wandte sich verlegen ab.

»Ich setze noch einmal Kaffeewasser auf«, sagte Tilla Mortensen, ging in die Küche und klapperte mit dem Geschirr. Sie kochte Kaffee noch auf die altmodische Weise.

Nach einer Weile kam sie dann zurück. Sie trocknete sich an einem Geschirrtuch die Hände ab. »Er war so nett, dieser Edgar Holme. Er war ganz begeistert von ihren Kostümen.«

»Wir haben mit ihm gesprochen.«

»Wegen Vesla?«

»Ja«, sagte der Ermittler.

Tilla Mortensen seufzte. »Ich bin so froh, dass Sie das alles gemacht haben. Sie haben mich ernst genommen. Und da waren Sie die Ersten.« Die Frau wandte sich ab und verschwand wieder in der Küche. Roger Høibakk bedachte seinen Kollegen mit einem traurigen Blick.

Cato Isaksen stand auf und trat vor den Pappkarton. Er bückte sich und zog das Trauermantelkostüm heraus. Plötzlich durchfuhr es ihn eiskalt. Vesla Mortensen hatte auf dem Geburtstagsbild dieses Kostüm getragen. Es war wie ein schwarzer, glänzender Umhang genäht. Am Rand saßen gelbe Ränder, daneben blaue Tupfen. Cato Isaksen hielt es an sein Gesicht und roch daran. Irgendetwas an diesem Kostüm beunruhigte ihn.

»Es wurde bei einer Kindertheatervorstellung verwendet«, erklärte Tilla Mortensen und schaute zu Roger Høibakk hinüber, der noch immer in seinem Sessel saß und seinen Kollegen musterte. Cato Isaksen ließ das Kostüm wieder in den Karton fallen und sah Veslas Mutter an. Die schien sich verändert zu haben. Sie senkte die Schultern und atmete leichter. *Wenn Mama böse wird, ist ihr alles zuzutrauen.* Cato Isaksen glaubte, in Gedanken Vesla Mortensens unbekannte Stimme zu hören.

Sivert Malling legte sein ganzes Gewicht auf den Hobel und drückte ihn gegen das Brett. Das Holz knackte. Er legte den Hobel weg und griff zur Axt. Sah zu, wie das Metall sich durch das Holz fraß. Dann fuhr der zivile Streifenwagen auf dem Hof vor. Die Polizisten öffneten die Türen und stiegen aus.

Der Waldarbeiter gab vor, in seine Arbeit vertieft zu sein, bückte sich und schaute unter einem Arm hindurch. Er drehte sich nicht um, kehrte den Ankömmlingen weiterhin den Rücken zu. Der Kies knirschte, als die beiden Polizisten auf ihn zukamen. Er sagte, noch ehe sie ihn erreicht hatten und ohne sie anzusehen: »In diesem Jahr haben wir einen Schwalbensommer.« Der Schatten war halbwegs über den Hof gekrochen und berührte seine Beine. Seine Arme und sein Oberkörper waren tiefbraun, auf seinem Rücken hatten die Hosenträger ein weißes Kreuz gezeichnet. Seine Unruhe war geradezu greifbar.

Cato Isaksen machte einen Schritt auf den Mann zu. Sivert Malling zog ein schmutziges Taschentuch hervor und wischte sich die Stirn. »Da«, sagte er und zeigte zum Scheunengiebel hoch. Die Vögel zwitscherten hell und schrill, segelten im Gleitflug nach unten, schlugen dann mit den Flügeln und stiegen auf dieselbe Weise wieder hoch.

Steinar stand am Fenster. Er spürte, wie der Vorhang ihn an der Wange kitzelte. Er sah zu, was draußen passierte. Er hatte sich schon gedacht, dass die beiden Polizisten zurückkommen würden. Wieder und wieder würden sie zurückkommen. Sein Vater hatte auch so etwas gesagt. Er hatte Steinar immer und immer wieder gefragt, was er wisse. Schließlich war er wütend geworden, hatte mit einer aufgerollten Zeitung nach dem Jungen geschlagen und ihm zu reden befohlen. Aber Steinar war in einer Ecke in sich zusammengesunken und hatte angefangen zu weinen. Petzen war gemein. Er hatte ihr versprochen, sie nicht zu verraten.

Jetzt ging er auf sein Zimmer, öffnete das Fenster und kletterte hinaus. Zunächst blieb er einen Moment auf dem Boden liegen, dann kam er mühsam auf die Beine. Er zwängte sich durch die dichte Hecke und auf die Straße. Er humpelte los, lief und ging abwechselnd. Erreichte den Wald und war verschwunden.

Ellen Grue lief durch den Flur. Das wollte sie Cato persönlich sagen. Die Frau im Moor war ermordet worden. Die Polizistin hatte in Zusammenhang mit einem anderen Fall bei der Gerichtsmedizin zu tun gehabt, dabei hatte der Pathologe sie über den neuen Stand der Dinge informiert. Es war nicht Ellen Grues Aufgabe, Schlussfolgerungen zu ziehen. Ihre Aufgabe war es, Spuren zu suchen, Fingerabdrücke, Haare, Hautreste, diese Dinge. Sie sollte Details und konkrete Spuren vorlegen, für die Deutung waren dann die anderen zuständig. Aber auch sie konnte zwei und zwei zusammenzählen. Johnny Svendsen war zum Zeitpunkt von Vesla Mortensens Verschwinden in der Nähe gewesen. Ellen Grue glaubte nicht an Rakel Mandals Aussage. Und was war mit Lise Sommer? Die hatte sich verfolgt gefühlt. Das hatte sie schon im Januar beim ersten Verhör erzählt. Cato Isaksen hatte ihr das Protokoll gezeigt. Sie konnte sich gut daran erinnern, an das Gefühl der Angst, das Gefühl, dass jemand sie verfolgte und beobachtete.

Der Chefermittler war nicht in seinem Büro. Randi Johansen bot ihre Hilfe an. Doch Ellen schüttelte den Kopf, sie wollte es ihm selbst erzählen. »Der ist in irgendeinem Restaurant in Grünerløkka«, sagte Randi. »Er spricht noch einmal mit Florian Rosati. Wir sind von dessen Alibi nicht überzeugt. Er scheint etwas mit der einen Kellnerin zu haben, mit dieser Anna. Aber du kannst den Chef ja anrufen«, schlug sie vor.

Ellen Grue nickte kurz.

Cato Isaksen wurde per Handy informiert. Er brach sofort die Vernehmung des erschöpften Florian Rosati ab und fuhr zurück zur Wache. Am nächsten Tag lag der aktualisierte Bericht auf seinem Tisch. Die Frau im Moor war mit einem stumpfen Gegenstand erschlagen worden. Ihr Kopf wies mehrere tiefe Kerben und Risse auf. Es gab keinen Zweifel. Ein Selbstmord war absolut ausgeschlossen. Aufgrund der Form der Kerben konnten die Pathologen mit ziemlicher Sicherheit sagen, dass die Frau mit einem großen Stein getötet worden war. Sie hatte zwischen zwanzig und vierundzwanzig Monate im Moor gelegen.

»Wer hat Vesla Mortensen umgebracht?« Cato Isaksen hatte zu einer Eilbesprechung gebeten, sobald er den Bericht gelesen hatte. Die Identität der Ermordeten war zwar noch nicht endgültig erwiesen, aber das war nur noch eine Formsache.

Jetzt schaute er die kleine Versammlung an, der sich zwei weitere Kollegen angeschlossen hatten. Schließlich hatte der Fall plötzlich eine neue Wendung genommen, zugleich aber hatten Thorsen, Billington und Anne Grethe Juvik ihren Urlaub angetreten.

»Jetzt haben wir es also mit einem weiteren Mord zu tun«, teilte Cato Isaksen mit. »Es ist durchaus möglich, dass der Mord an Ester Synnøve Lønn doch in einem Zusammenhang mit Verschwinden und Tod von Vesla Mortensen steht. Wir denken dabei natürlich an Johnny Svendsen. Aber es muss sich nicht unbedingt um denselben Täter handeln«, fügte er hinzu. »Wir wollen diese andere Möglichkeit nicht aus den Augen verlieren. Ich selbst habe Steinar Malling im Visier. Ich habe ihm bisher nicht zu sehr zusetzen wollen. Er ist sehr labil, aber ich glaube, ich werde etwas aus ihm herausholen können.«

Roger Høibakk schüttelte resigniert den Kopf. »Johnny Svendsen, die Polen, Steinar Malling, ein Wildfremder. Herrgott, wir können jede Menge Namen aufhäufen. Jetzt müssen wir das Motiv suchen.«

»Ich habe es ja die ganze Zeit gesagt«, fiel Randi Johansen ihm ins Wort. »Johnny Svendsen hat Ester Synnøve Lønn umgebracht. Vielleicht hatte er auch mit Vesla Mortensens Tod etwas zu tun.«

»Warum sollte er Vesla Mortensen umgebracht haben?« Roger Høibakk blickte Randi Johansen fragend an, woraufhin sie plötzlich unsicher wurde.

»Steinar Malling kann Vesla Mortensen umgebracht haben, während Johnny Svendsen höchstwahrscheinlich der Mörder von Ester Synnøve Lønn ist. Andererseits sind in ihrer Jugend Dinge passiert, die vielleicht doch auf Johnny Svendsen hinweisen«, sagte Cato Isaksen.

»Ich denke daran, was Lise Sommer gesagt hat, dass sie sich verfolgt fühlt.« Preben Ulriksen schlug seine braunen Arme übereinander. »Flucht, Jagd, Zerstörung. Was ist hier eigentlich los? Ich habe versucht, die Dinge auf andere Weise zu analysieren.«

»Ich weiß genau, was du meinst«, fiel Cato Isaksen ihm ins Wort. »Auch mit Tilla Mortensen stimmt etwas nicht. Ich weiß nur nicht, was. Aber ich glaube, dass sie Ester Synnøve Lønn und Johnny Svendsen, dass sie beide gehasst hat.«

»Johnny Svendsen hat auf irgendeine Weise mit der Sache zu tun.« Randi Johansen ließ nicht locker. »Und jetzt ist Lise Sommer an der Reihe. Ich glaube, sie wird das nächste Opfer sein. Johnny Svendsen war einfach fertig, als Ester ihn verlassen hat. Vielleicht glaubt er, dass die Frauen sich gegen ihn verschworen haben. Verrückt genug dafür ist er. Und Steinar, der weiß womöglich etwas, das er nicht wissen dürfte. Vielleicht schwebt auch er in Gefahr.«

»Aber Vesla Mortensen wurde genau zu der Zeit umgebracht, als Ester Synnøve Johnny verlassen hat.« Preben Ulriksen blickte seinen Chef müde an. »Was zum Henker soll das alles bedeuten? Was haben wir dabei übersehen?«

»Was ist mit Steinars Vater, mit Sivert Malling, kann der etwas mit der Sache zu tun haben?« Roger Høibakk schob sich ein

Bonbon in den Mund. »Wenn er zum Beispiel Vesla belästigt hat?«

»Wir sollten aber auch Florian Rosati nicht vergessen.« Asle Tengs beugte sich über den Tisch vor. »Er war schließlich am Mordabend mit Ester Synnøve Lønn zusammen. Und er war der Exliebhaber von Lise Sommer.«

»Aber er hatte nichts mit Vesla Mortensen zu tun«, sagte Preben Ulriksen nachdenklich. »Falls es da nicht etwas gibt, das wir nicht wissen.«

»Den Polen können wir vergessen«, sagte Cato Isaksen. »Den finden wir ohnehin nicht. Die Polen, die bei Sivert Malling gearbeitet haben, sind längst weitergezogen. Und ich glaube, es stimmt überhaupt nicht, dass sie diesen Spanner gekannt haben, wie sie behaupten.«

»Der Pole kann sich im Wald auch Vesla Mortensen gezeigt haben, vielleicht ist er sogar noch weiter gegangen, hat sie vergewaltigen wollen oder es womöglich sogar geschafft. Danach hat er sie umgebracht und im Wald vergraben. Mit oder ohne Hilfe der beiden anderen«, überlegte Randi Johansen. »Ester Synnøve dagegen ist von ihrem psychopathischen Exmann ermordet worden. Ich finde, wir sollten uns vor allem auf Lise Sommer konzentrieren, die sich verfolgt fühlt«, sagte sie dann. »Ehe es zu spät ist, meine ich. Sie behauptet doch, dass Johnny Svendsen immer wieder vor ihrer Tür stand. Er hat auch versucht, Ester Synnøves Wohnungstür aufzustochern. Ich glaube, er hat es geschafft, er war in der Wohnung.«

»Aber warum hat er dann nicht auch Lise Sommers Tür aufgebrochen?« Asle Tengs hob einen Kugelschreiber vom Tisch hoch.

»Lise Sommer muss Ester Synnøve Lønn gehasst haben«, sagte Cato Isaksen leise. »Ester hatte ihr doch den Liebhaber ausgespannt. Die Frau hat zugegeben, dass sie Vesla schikaniert haben. Lise Sommer hat eine seltsame Ausstrahlung. Was ist, wenn sie ihre beste Freundin umgebracht hat?«

»Aber Lise Sommer wusste nicht, wo Ester Synnøve Lønn gewohnt hat«, sagte Roger Høibakk. »Niemand wusste, wo sie wohnte, abgesehen von Johnny Svendsen, der das kurz vor Weihnachten herausgefunden hat.«

Plötzlich stand Ingeborg Myklebust in der Tür. Ein heftiger Durchzug füllte den Raum. Sie lächelte den anderen herzlich zu. Ihr Gesicht war bleich. Ihre Haare hatten an Glanz verloren. Sie war dünn, aber gefasst. »Hallo«, sagte sie. »Ich hoffe, ich störe nicht.«

Da war noch irgendeine Geschichte mit einer Katze«, sagte Johnny Svendsen und schüttelte den Kopf. Cato Isaksen hatte ihn wieder zum Verhör bestellt. Eivind Stang machte Urlaub und war nicht zu erreichen. Telefonisch hatte er seinem Mandanten zwar davon abgeraten, sich zu diesem Verhör einzufinden, Johnny Svendsen war aber trotzdem erschienen. Er war auf seinem neuen Motorrad nach Oslo gebraust. Der Sommer hatte vor ihm auf der heißen Autobahn gelegen. Er wollte mit der Polizei zusammenarbeiten. Und zwar Markus zuliebe.

Johnny Svendsen reagierte gereizt und wütend, als er mit dem Fund von Vesla Mortensens Leichnam konfrontiert wurde.

»Verdammt noch mal, deshalb haben Sie mich doch hoffentlich nicht herbestellt«, sagte er empört. »Ich kann doch nichts dafür, wenn irgendwer sich umbringen will.«

Cato Isaksen und Roger Høibakk saßen, Johnny Svendsen wollte lieber stehen. Er lehnte am Fenster und nahm sich eine Zigarette.

»Könnten Sie uns bitte von damals erzählen, als ihre Katze verschwunden ist?«, fragte Cato Isaksen ruhig.

Der junge Mann musterte den Kommissar für einen Moment forschend, dann sagte er: »Ihre Katze ist im Fluss ertrunken.« Er seufzte. »Zum Teil war das unsere Schuld, aber nur zum Teil. Oder, ich weiß nicht, aber wir hatten das nicht geplant. Wir wollten nur einen Jux machen, ihr ein bisschen Angst einjagen oder so. Das Vieh kurz ins Wasser tauchen. Sie wurde total hysterisch.« Er trat unruhig von einem Fuß auf den anderen. »Aber die Katze ist uns weggerutscht und von der Strömung erfasst worden. Ist noch zweimal aufgetaucht, dann war sie verschwunden.«

»Wem ist sie weggerutscht?«

Johnny Svendsen blickte den Kommissar mit ehrlicher Miene an. »Mir«, sagte er. Dann schüttelte er kurz den Kopf und zog ausgiebig an seiner Zigarette. »Wir haben die Sache vielleicht zu weit gehen lassen, das habe ich mir nachher überlegt. Vesla nannte ihre Katze Fido. Ein idiotischer Hundename für eine Katze, oder? Lise konnte das Vieh nicht ausstehen. Wie gesagt, wir wollten ihr nur ein wenig Angst machen.«

Cato Isaksen erhob sich und zog einen der Vorhänge zu. Er ging zurück, setzte sich und nahm wieder mit Johnny Svendsen Blickkontakt auf. Der junge Mann hielt seinem Blick stand. »Ich weiß nicht, warum das so wichtig ist«, sagte er. »Ich hatte doch keine Ahnung, dass dieses Verhör etwas mit Vesla Mortensen zu tun haben soll. Ich bin gekommen, weil ich dachte, Sie könnten dann auch etwas für mich tun.«

»Ach was.« Roger Høibakk grinste spöttisch.

Er und Cato Isaksen tauschten einen Blick und waren nicht überrascht von dem, was jetzt kam.

»Ich habe erfahren, dass Ester Synnøves Eltern das Sorgerecht für Markus beantragt haben. Bitte, lassen Sie das nicht zu. Ich will meinen Sohn sehen«, sagte Johnny Svendsen mit harter Stimme. »Das ist mein Recht. Es gibt keine Beweise dafür, dass ich Ester Synnøve umgebracht habe.« Er wirkte jetzt nicht mehr wütend, sondern nur noch verzweifelt.

Cato Isaksen konnte nicht alle Signale deuten, die dieser Mann aussandte. »Jetzt nehmen wir uns eins nach dem anderen vor«, erklärte er und schlug die Arme übereinander. »Lise Sommer hat erwähnt, dass ...«

Johnny Svendsen winkte ab. »Die Mädchen waren die Schlimmsten.« Er warf die Kippe aus dem offenen Fensterspalt. »Ester und Lise, o verdammt, zusammen waren sie wie Dynamit. Sie haben sich aufgeführt, wie nur Mädchen das können. Haben immer wieder hysterisch losgegackert und sich die seltsamsten Dinge ausgedacht, um Vesla zu demütigen. Das war so, verdammt, so war das.«

»Was ist mit Anne Haraldsen und ...« Cato Isaksen suchte in dem Papierstapel, der vor ihm lag, »dieser Rita Helen?«

»Nein.« Johnny Svendsen schüttelte den Kopf. »Anne und Rita Helen waren nur manchmal dabei. Die hatten anderes zu tun.«

»Was denn?«

»Na ja, sie waren einfach anders als wir. Anne musste auf dem Hof helfen und ich glaube, Rita Helen war bei den Pfadfindern. Die beiden haben sich nicht so rumgetrieben wie wir anderen. Aber sie konnten auch gemein zu Vesla sein, obwohl ich glaube, dass Anne das nicht wollte.«

In Gedanken war Cato Isaksen ganz seiner Meinung. Anne Haraldsen hatte ihm gefallen. Sie würden vielleicht auch noch versuchen müssen, Rita Helen ausfindig zu machen. Konnte die das Puzzlestück sein, das ihnen noch fehlte?

»Kurz vor Weihnachten haben Sie Esters Adresse herausbekommen. Haben Sie auch noch anderen davon erzählt?«

Johnny Svendsen dachte kurz nach und bat um etwas zu trinken. Roger Høibakk sprang auf und verließ das Zimmer.

»Haben Sie auch noch anderen davon erzählt?«, fragte Cato Isaksen noch einmal.

»Nur Lise. Per Gegensprechanlage, gleich nachdem ich es herausgefunden hatte. Aber sie wollte mich trotzdem nicht reinlassen, verdammt noch mal.«

Lise Sommer hatte behauptet, von Ester Synnøves Adresse keine Ahnung gehabt zu haben. Warum hatte sie das gesagt?

Johnny Svendsen riss den Kommissar aus seinen Gedanken. »Eins begreife ich nicht. Welcher Zusammenhang besteht zwischen dem Mord an Ester und Vesla Mortensens Selbstmord?

Haben Sie vielleicht Lise unter Verdacht, wollen Sie das sagen? Oder Vesla? Glauben Sie, dass sie zuerst Ester und dann sich selbst umgebracht hat?«

»Nein«, sagte Cato Isaksen sofort. »Vesla Mortensen war seit über zwei Jahren tot. Sie hat nichts mit dem Mord zu tun.«

»Was versuchen Sie mir hier dann zu erzählen?«

Der Ermittler seufzte tief. »Wo waren Sie, als Vesla Mortensen verschwunden ist?«, fragte er.

Johnny Svendsens Reaktion ließ nicht auf sich warten. »Nicht schon wieder«, sagte er. »Das habe ich doch schon zwanzig Mal erzählt. Ich kann nichts dafür, dass Vesla sich umgebracht hat.«

Cato Isaksen sah ihn an. Der junge Mann hatte trotz allem etwas Glaubwürdiges. Doch der Polizist hatte sich schon früher die Finger verbrannt, hatte Signale, die Verdächtige ausströmten, falsch gedeutet, war immer wieder in Sackgassen geraten.

»Vesla Mortensen ist ermordet worden«, sagte er dann ruhig.

»Ermordet. Sie ist ermordet worden? O Scheiße!« Johnny Svendsen schlug mit der Faust gegen die Wand. »Und soll ich jetzt auch noch daran schuld sein? Meinen Sie vielleicht, ich hätte auch sie umgebracht? Meinen Sie wirklich, dass ich auch Vesla ermordet habe?«

Er lief unruhig im Zimmer hin und her, dann lehnte er die Stirn an die Wand und seufzte verzweifelt.

Roger Høibakk hatte vom Automaten auf dem Gang drei Flaschen Mineralwasser geholt. Er reichte eine Cato Isaksen, nahm selbst die zweite und reichte die dritte Johnny Svendsen, der sich von der Wand löste, aber noch immer in Gedanken weit weg zu sein schien. Zerstreut nahm er die Flasche entgegen, trank einen kleinen Schluck und musterte die Polizisten mit düsterer Miene. Die ganze Zeit hatte er diesen Blick, diesen besorgten Blick, der sozusagen in ihn hineinzuschauen schien.

Cato Isaksen und Roger Høibakk musterten ihn interessiert. Roger Høibakk ließ sich wieder auf den Stuhl sinken. Johnny

Svendsen tat es ihm nach. Er trank noch einen Schluck Wasser und schaute dann Hauptkommissar Cato Isaksen an. »Sie wollen mir noch einen Mord anhängen, nicht wahr? Das wollen Sie hier doch sagen.« Plötzlich glitt ein spöttisches Lächeln über seine Lippen. »In Norwegen wird niemand unschuldig verurteilt«, meinte er dann.

»So kann man das auch ausdrücken«, sagte Cato Isaksen ruhig. Diese Formulierung würde er sich merken. *Auch sie umgebracht,* hatte er gesagt, *meinen Sie wirklich, ich hätte auch sie umgebracht?*

Das Knirschen der Schere, die sich durch den Stoff fraß, war das einzige Geräusch im Zimmer. »Ich habe angefangen, ihre Nähmaschine zu benutzen«, erklärte Tilla Mortensen und hob ein Stück dunkellila Stoff mit goldenen Ringen hoch. »Plötzlich kommt es mir richtig vor, jetzt, wo ich Bescheid weiß«, fügte sie hinzu.

Cato Isaksen sagte ihr, dass die Frau im Moor ermordet worden war.

»Aber warum haben Sie mir das denn nicht gleich gesagt?« Tilla Mortensen legte leise die Schere weg.

»Na ja, ich ... ich bedaure es, aber ich habe das selbst erst gestern erfahren.«

»Dann hat sie also nicht Selbstmord begangen. Ich hatte die ganze Zeit über Recht, nicht wahr?« Die Frau ließ sich langsam in einen Sessel sinken. Das hier war zu viel. Sie war verwirrt. Es war kein Selbstmord. Plötzlich und unerwartet machte sich in ihren Gedanken eine leise Freude breit. Vesla hatte sie also doch nicht freiwillig verlassen. Tränen traten ihr in die Augen. Es war eine ungeheure Erleichterung. Ob der Polizist verstehen würde, dass sie sich im Grunde darüber freute, was er ihr hier erzählen konnte? Sie riss sich zusammen, griff zu der Kanne, die auf dem Tisch stand, und schenkte dem Kommissar Kaffee ein.

Cato Isaksen nippte an dem heißen Getränk. Ihm wäre etwas Kaltes lieber gewesen.

»Wie ist es passiert?«, fragte sie leise.

»Vermutlich mit einem schweren Stein.«

»Ist ihr der Schädel eingeschlagen worden?«

»Ja.«

Tilla Mortensen stand auf und ging zu dem braunen Bücherregal hinüber. Dort standen einige Ziergegenstände in Reih und Glied. Der Glasfisch, den Vesla bei einer Verlosung gewonnen hatte, auf dem Marktplatz in der Altstadt von Fredrikstad. Eine leere Blumenvase, ein kleiner Tonbär mit Goldflügeln und das selbst gerahmte schwarzweiße Hochzeitsbild, das sie und ihren Mann vor der Kirche von Enger zeigte.

»Tut mir Leid«, sagte Cato Isaksen.

»Nein, nein.« Tilla Mortensen schüttelte den Kopf und drehte sich wieder zu ihm um. »Wer kann das wohl gewesen sein?«, fragte sie, ging zu ihrem verschlissenen Sessel zurück und setzte sich wieder hin.

»Das wissen wir natürlich noch nicht. Aber ich würde gern mehr darüber hören, wie Vesla damals schikaniert worden ist«, sagte Cato Isaksen.

»Einen Moment noch«, sagte die Frau, sprang auf und verschwand wieder in der Küche. Sie beugte sich über den Küchentisch. Um sie herum drehte sich alles. Sie war müde. Es war jedoch keine Müdigkeit, die durch Schlaf verging. Cato Isaksen konnte hören, wie sie Papier von einer Küchenrolle riss. Sie weinte. Er war zu schnell vorgegangen. Er machte sich Vorwürfe, schob dann aber alles auf die Hitze. Die war unerträglich. Alle Fenster und die Verandatür waren geschlossen. Ob er es sich wohl erlauben könnte, sie zu öffnen?

Tilla Mortensen kam zurück. Sie lächelte ihn erschöpft an. »Entschuldigen Sie bitte«, sagte sie.

Cato Isaksen schüttelte den Kopf. »Darf ich ein Fenster aufmachen, damit ein wenig frische Luft hereinkommt?«

»Natürlich«, sagte sie und erwähnte nicht, dass sie eigentlich fror.

Die Luft strömte mit dem schweren Duft von Blumen und

frisch gemähtem Gras ins Zimmer. Sivert hatte eben erst für sie den Rasen gemäht.

Tilla Mortensen griff sich an den Hals. Ihre Hemdbluse saß zu eng. »Arme Vesla«, sagte sie. »Damals wurde noch nicht so viel über Mobbing geredet wie heute«, fügte sie leise hinzu. »Sie haben sie jeden Tag gequält. Aber darüber wurde weder in der Schule noch anderswo gesprochen. Die Lehrer meinten, sie müsse lernen, sich zu wehren. Johnny Svendsen und Ester Synnøve ... denken Sie sich solche Rotznasen in fetzigen Klamotten und angesagten Turnschuhen. Sie wissen schon, was ich meine. Vesla trug alte Leinenschuhe.«

»Und Lise Sommer?«

»Die war genauso schlimm wie die anderen.« Tilla Mortensen ließ sich aufs Sofa fallen. »Sie war immer lieb und höflich, wenn Erwachsene dabei waren. Zu Geburtstagen und solchen Gelegenheiten war sie ganz anders, aber ich hatte ständig das Gefühl, dass sie eine Doppelrolle spielte.«

»Denken Sie an etwas Besonderes?«

»Nein, eigentlich nicht. Vesla war glücklich, als sie die Theatergruppe gefunden hatte. Sie war sozusagen ihre Freistätte. Ich weiß noch, wie sie gesagt hat, dass sie nie im Leben für Lise Sommer ein Kostüm nähen würde. Aber den Trauermantel hat sie ihr zweimal geliehen. Edgar Holme wollte das so. Einmal habe ich mit ihren Eltern gesprochen. Das habe ich nie wieder versucht. Ich war bei allen, bei Erna Svendsen und bei Ragnhild und Ivar Lønn.« Traurig zuckte sie mit den Schultern. »Sie waren nicht besonders empfänglich, hielten alles für Übertreibung. Wollten natürlich mit ihren Kindern reden, aber ...«

Cato Isaksen nickte.

»Glauben Sie, dass irgendwer von ihnen sie umgebracht haben kann?«

»Wir versteifen uns nicht auf eine spezielle Richtung«, sagte der Kommissar ernst. »Ich muss Sie auch darauf vorbereiten, dass wir es vielleicht niemals herausfinden werden. Wir geben uns natürlich alle Mühe«, fügte er hinzu, als er Tilla Mortensens Gesichtsausdruck bemerkte. »Wir wissen, dass zum Zeitpunkt ihres Verschwindens polnische Erntehelfer hier im Wald kampiert haben. Hat Vesla die je erwähnt?«

»Die Erntehelfer?« Vesla Mortensen schüttelte den Kopf. »Können die etwas damit zu tun haben?«

Cato Isaksen seufzte. »Ich wünschte, ich könnte auf Ihre Fragen mit ja oder nein antworten. Aber das kann ich nicht, noch nicht.« Er beugte sich vor, fast vertraulich, wie um seiner nächsten Frage die Schärfe zu nehmen. »Ich muss Sie noch etwas fragen«, begann er. »Das mit Steinar Malling ... er und Vesla waren doch befreundet ...«

Die Frau setzte sich gerade. »Was wollen Sie damit sagen? Steinar kommt einfach nicht in Frage.«

»Aber er ist groß und stark.«

»Er ist fast wie ein Sohn für mich. Ich habe mich viel um ihn gekümmert, als er noch klein war. Jetzt müssen Sie uns aber bald in Ruhe lassen«, sagte sie ein wenig schärfer. »Bald können wir nicht mehr.«

Der Ermittler betrachtete sein Gegenüber. Wir, sagte sie, als handele es sich um eine normale Familie. Sie und die beiden Nachbarn. Und sie war von Hass erfüllt. Wenn man nur ein wenig an der Oberfläche kratzte, kam die andere Stimme zum Vorschein. *Wenn Mama wütend wird, ist ihr alles zuzutrauen.*

Tilla Mortensens Reaktion ließ nicht auf sich warten, als sie hörte, dass sie zusammen mit Steinar und Sivert Malling zu einer offiziellen Vernehmung auf der Wache erscheinen müsse. »Was bilden Sie sich eigentlich ein? Dass ich meine eigene Tochter umgebracht habe? Dass meine Nachbarn, meine besten Freunde, ihre Mörder sind?«

»Nein«, sagte Cato Isaksen. »Natürlich nicht, aber wir müssen ...«

»Oder geht es um Ester Synnøve Lønn, glauben Sie, dass Sivert oder Steinar Ester Synnøve umgebracht haben? Glauben Sie das?« Tilla Mortensens Trauer war wie weggeblasen. Jetzt fauchte sie, der Zorn ließ ihre Augen funkeln. Die kräftige Schlagader an ihrem Hals pochte heftig.

Die Leiche im Moor ist nicht Vesla Mortensen.« Ellen Grue betrat das Zimmer und schwenkte einen neuen Bericht. An manchen Tagen kam man sich einfach vor wie im falschen Film. Es war Mittwoch, der 19. Juli. Cato Isaksen hatte, trotz der Ermittlungen in diesen beiden Fällen, auf einige Urlaubstage gehofft. Das konnte er jetzt vergessen. Die Kollegin ließ sich ihm gegenüber auf einen Schreibtischstuhl fallen. »Was zum Teufel machen wir jetzt?«, fragte sie. Der Chefermittler gab keine Antwort. Die Sache wurde allmählich wirklich lächerlich. Die Ermittlungen waren von Anfang an schief gelaufen. Sie hatten sich in eine Theorie verbissen und sich eingeredet, die treffe zu. Und jetzt hatten sie den Salat. Er holte tief Luft. Ingeborg Myklebust, die inzwischen wieder eine halbe Stelle innehatte, würde vor Wut außer sich sein. Er schloss für einen Moment die Augen.

Zuerst konnte er das alles noch nicht fassen, spürte nur seine Atembeschwerden. Die Luft war ohnehin schon schlecht und heiß, jetzt kam sie ihm unerträglich vor, als fehle es ihr an Sauerstoff.

Sein Gehirn analysierte diese neue Information. Eine düstere Unruhe zitterte hinter seiner Stirn. Die Frau im Moor war nicht Vesla Mortensen. Wer war sie dann? Und er hatte Tilla Mortensen informiert ... Er sprang auf und lief zum Fenster. Dann drehte er sich um und schlug mit der Faust gegen die Wand. »Scheiße!«, fluchte er.

Konnte die Tote Rita Helen sein? Dieser Gedanke traf ihn wie ein Blitzschlag. Und wenn Vesla Mortensen nicht tot war, wo war sie dann? Hielt sie sich vielleicht versteckt, um ihre Rache durchzuführen?

Ellen Grue stand auf und ging weiter, um auch den anderen Bescheid zu sagen. Cato Isaksen trat vor den Aktenschrank und öffnete eine Schublade. Er zog das Verhör mit Lise Sommer heraus. Setzte sich wieder, nahm das Protokoll aus dem Ordner und fing an zu lesen.

Lise Sommer sagt aus, dass auch sie sich verfolgt gefühlt und gewusst habe, dass der Ehemann der Ermordeten gewalttätig und teilweise auch gefährlich war. Deshalb konnte sie am Ende die Beziehung zu ihrer besten Freundin Ester Synnøve Lønn nicht mehr fortsetzen. Sie fand es schwer, Stellung zu beziehen, obwohl die beiden so eng befreundet waren. Sie kannte Johnny von der Schulzeit her sehr gut. Auf ihre Weise mochte sie ihn auch gern. Zugleich fand sie es entsetzlich, was er ihrer Freundin antat. Die beiden Freundinnen Ester Synnøve Lønn und Lise Sommer – ab sofort ESL und LS – sprachen oft darüber, wie die Ermordete den Weg in ein normales Leben finden könnte. Das war, ehe LS den Kontakt abbrach.

Dieser Entschluss wurde vor fast zwei Jahren gefasst. Es kam damals immer wieder zu Streitereien und Auseinandersetzungen. LS fand, das nehme zu viel Raum in ihrem Leben ein. Außerdem hat Johnny Svendsen auch sie bedroht. Sie war die Sache Leid und beschloss, den Kontakt zu beiden abzubrechen. Auf die Frage, ob sie jemals in Johnny Svendsen verliebt gewesen sei, reagierte sie mit einem Wutausbruch und stritt alles energisch ab.

LS hatte mehrmals den Eindruck, verfolgt zu werden. Ein vages, undefinierbares Gefühl, das sie nicht konkret begründen kann. Sie drückt es so aus: »Oft, wenn ich unterwegs bin, schaue ich mich um. Das Gefühl, dass jemand dort ist, draußen in der Dunkelheit, ist unerträglich. Ich weiß genau, dass es nicht nur ein Gefühl ist. So geht es mir jetzt seit Monaten. Ab und zu, wenn ich mich aus dem Haus wage, weiß ich einfach, dass ich verfolgt werde. Ich glaube, es ist Johnny Svendsen, aber ich weiß nicht, was er eigentlich von mir will. Meines Wissens habe ich habe ihm nie etwas getan. Oder vielleicht doch? Einfach durch meine Beziehung zu Ester? Glaubt er, ich wisse etwas, das ich nicht wissen soll? Ich begreife es nicht. Er war mehrere Male bei mir und wollte Esters Adresse von mir wissen. Aber die konnte ich ihm nicht geben, da ich sie selbst nicht kannte.

Cato Isaksen packte die Wagenschlüssel, die auf einem Papierstapel auf seinem chaotischen Schreibtisch lagen, riss die Jacke von der Stuhllehne, streifte sie über und rannte über den Gang. »Kannst du mit mir kommen?«, rief er zu Randi Jacobsen ins Zimmer, die gerade irgendwelche Unterlagen einordnete. Sie schüttelte resigniert den Kopf. »Myklebust hat eine Eilbesprechung einberufen«, erwiderte sie hektisch. »Die Leiche im Moor war doch nicht Vesla Mortensen.«

»Das weiß ich doch, zum Henker«, sagte er. »Aber das hier ist wichtiger. Es dauert nicht lange. Ich erklär es dir unterwegs«, sagte der Kommissar energisch.

Ein Stück weiter hinten auf dem Gang begegneten ihren Roger Høibakk und Preben Ulriksen, die zwei Fragen auf einmal stellten. Cato Isaksen beantwortete keine davon, er bat Roger nur, Ingeborg Myklebust Bescheid zu sagen und die Besprechung zu leiten. »Wir reden nachher weiter«, sagte er.

Auf der kurzen Fahrt in die Stensgate erzählte er Randi Johansen, dass ihm plötzlich zwei Gedanken auf einmal gekommen seien. »Lise Sommer lügt«, sagte er. »Johnny Svendsen hat beim letzten Verhör ausgesagt, dass er ihr kurz vor Weihnachten Ester Synnøve Lønns Adresse verraten hat. Sie dagegen hat behauptet, die nicht zu kennen.«

»Sie kannte sie also doch?« Randi Johansen kurbelte das Fenster herunter. Ihre Haare wurden vom Wind hin und her geweht. »Aber was bedeutet das?«

»Ich weiß es nicht, vielleicht gar nichts«, sagte Cato Isaksen nachdenklich. »Womöglich lebt Vesla Mortensen noch. Sie war ja nicht die Leiche im Moor und Edgar Holme glaubt, sie im Advent in der Altstadt von Fredrikstad gesehen zu haben.« Die Gedanken wirbelten wie ein düsteres Echo durch seinen Kopf. »Was, wenn sie umherstreift und Rache sucht?«, mutmaßte er und beugte sich fragend zu seiner Kollegin hinüber.

»Rache sucht?« Randi Johansen schauderte. Dann legte sie den Kopf in den Nacken und brach in lautes Lachen aus. Sie wurde jedoch bald wieder ernst. »Wirklich eine originelle Idee, ich muss schon sagen«, erwiderte sie und schloss das Fenster wieder. Der Wind war zu stark.

»Auf jeden Fall müssen wir feststellen, ob Lise Sommer sich noch immer verfolgt fühlt.«

Randi Johansen schaute ihren Chef an. »Schon, aber Johnny Svendsen ist auch wieder auf freiem Fuß und da ...«

»Das ist klar, aber er hat immerhin einige Monate gesessen. Wir haben sie nicht gefragt, ob sie sich zu der Zeit auch verfolgt gefühlt hat.«

»Da hast du Recht«, sagte Randi Johansen ernst.

Lise Sommer öffnete gleich beim ersten Klingelton die lila Tür. »Kommen Sie herein«, sagte sie. »Ich habe Sie schon durch den Spion gesehen.«

Cato Isaksen musterte die junge Frau. Sie sah gut aus, hatte Farbe im Gesicht und schien entspannt zu sein. Sie fragte, ob sie Teewasser aufsetzen solle, aber Randi Johansen schaute auf die Uhr und sagte, die Zeit reiche nicht. Die drei gingen ins Wohnzimmer. Der Kommissar schaute zu einer roten Damenjacke hinüber, die über einen Sessel geworfen war.

»Haben Sie Besuch?«, fragte er.

Lise Sommer blickte ihn verwirrt an und schüttelte den Kopf.

»Dann komme ich gleich zur Sache«, sagte Cato Isaksen. »Sie haben beim ersten Verhör behauptet, Ester Synnøve Lønns Adresse nicht zu kennen.«

»Ja?« Lise Sommer musterte ihn fragend.

»Johnny Svendsen hat bei seinem letzten Verhör ausgesagt, er habe sie Ihnen mitgeteilt, als er sie ausfindig gemacht hatte. Er ist seiner Exfrau und ihrem Bruder aus der Stadt gefolgt.«

Die Befragte verdrehte kurz die Augen. »Was soll das denn?«, rief sie gereizt. »Ich habe Johnny seit zwei Jahren nicht mehr gesehen. Das habe ich doch mehrere Male gesagt.«

»Ja, aber er hat es Ihnen über die Gegensprechanlage mitgeteilt.«

»Über die Gegensprechanlage.« Lise Sommer lächelte kurz. »Verzeihen Sie, aber glauben Sie wirklich, ich hätte mir sein Gefasel so genau angehört? Ich kann mich nicht daran erinnern, dass er Esters Adresse erwähnt hätte. Es ist natürlich möglich, dass er es doch getan hat, aber wenn, habe ich es nicht mitbekommen.« Sie richtete ihre scharfen blauen Augen auf Cato Isaksen. »Ich wollte es auch gar nicht wissen«, fuhr sie fort. »Ich habe doch schon erzählt, dass wir keinen Kontakt mehr zueinander hatten. So war das eben. Ich kann das jetzt nicht bereuen.«

Cato Isaksen sah sie an. »War Johnny Svendsen in der letzten Zeit hier?«

»Nein«, sagte sie. »Nicht seit seiner Entlassung, wenn Sie das meinen. Aber Florian war hier.«

»Florian Rosati? Was wollte der?«

»Keine Ahnung, sicher nur reden. Ich habe ihn nicht hereingelassen.«

»Haben Sie noch Verwandtschaft in Enger?«

»Eigentlich nicht«, sagte sie. »Ich bin ein Einzelkind. Meine Eltern sind tot. Ich habe noch eine alte Tante, sie heißt Johanne

Sommer und lebt im Pflegeheim von Enger. Aber ich besuche sie nie.«

»Warum nicht?«

Lise Sommer zuckte kurz mit den Schultern und schien ein schlechtes Gewissen zu haben. »Keine Ahnung, ich finde das alles so traurig. Sie ist die Tante meines Vaters, also meine Großtante, und weit über neunzig. Ich weiß nicht einmal, ob sie sich noch an mich erinnert.«

»Die Leiche, die wir bei Enger im Moor gefunden haben, ist nicht Vesla Mortensen.« Cato Isaksen betrachtete sein Gegenüber gelassen.

Lise Sommer zuckte zurück und sank in einen Sessel. Ihre Augen füllten sich mit Tränen. »Aber in der Zeitung hat doch gestanden ...«

»Es ist nicht Vesla«, sagte der Ermittler noch einmal. »Haben Sie irgendeine Vorstellung, wer es sein könnte?«

»Absolut nicht.« Die Frau schüttelte energisch den Kopf. Die Tränen liefen ihr jetzt über die Wangen. »Was ist hier eigentlich los?«, fragte sie.

Cato Isaksen und Randi Johansen tauschten einen Blick. Der Kommissar schluckte. »Sie haben beim ersten Verhör ausgesagt, Sie fühlten sich verfolgt. Sie wussten nicht, von wem, aber ich bin davon ausgegangen, dass Sie dabei an Johnny Svendsen gedacht haben.«

Lise Sommer nickte. Zwischen ihren Augenbrauen war eine dünne Furche aufgetreten. »Aber ich weiß es nicht genau.« Eine Katze kam unter dem Sofa hervor und rieb sich für einen Moment an Cato Isaksens Beinen, dann brachte sie sich eilig wieder in Sicherheit.

»Sie haben also wirklich eine Katze«, bemerkte Randi Johansen.

Lise Sommer blickte die Polizistin verwundert an. »Natürlich«, sagte sie.

Ein Lächeln huschte über Cato Isaksens Gesicht, dann sagte er: »Als Johnny Svendsen noch im Gefängnis saß, haben Sie sich da auch verfolgt gefühlt?«

Lise Sommer dachte kurz nach. »Ja«, sagte sie traurig. »Ich glaube, schon.«

»Das glauben Sie?«

Sie nickte. Dann schüttelte sie den Kopf. »Es ist schwer zu sagen, ich weiß es doch nicht. Vielleicht übertreibe ich auch.« Sie blickte ihre Gäste unsicher an.

Randi Johansen zog einen Stuhl vom Esstisch zurück und setzte sich.

»Für die Monate, in denen Johnny gesessen hat, bin ich mir einfach nicht sicher«, sagte Lise Sommer nachdenklich.

»Denken Sie nicht weiter darüber nach.« Der Polizist ließ sich auf der Armlehne eines Sessels nieder. »Hatten Sie in diesen Monaten das Gefühl, verfolgt zu werden?«

»Ja«, antwortete die Frau hart. »Ich glaube, schon. Aber ich dachte, wo er doch ...«

»Sie haben sich also in Sicherheit gewogen?«

Lise Sommer nickte. »Was wollen Sie damit eigentlich sagen? Gibt es noch andere, vor denen ich mich fürchten muss?« Sie war blass geworden.

»Das wissen wir nicht«, sagte Cato Isaksen eilig. »Kennen Sie Steinar Malling?«

»Nein.« Lise Sommer zögerte mit der Antwort. »Ich kenne ihn nicht, aber ich weiß natürlich, wer er ist. Das wissen alle in Enger.«

»Vesla und er ... sie waren, wenn ich ihre Mutter richtig verstanden habe, eng befreundet.«

»Nicht gerade eng, glaube ich, aber Vesla war zu allen nett, ich glaube, sie hat sich ein wenig um ihn gekümmert.«

»Er ist groß und stark«, sagte der Kommissar.

Lise Sommer schien zu erwachen. »Ich habe ihn wütend gesehen«, sagte sie plötzlich. »Ich habe gesehen, wie er sich mit seinem Vater geprügelt hat.«

Cato Isaksen wartete, bis diese Mitteilung sich setzte. Randi Johansen fuhr sich über die Stirn.

»Das ist Jahre her. Steinar war vielleicht sechzehn, ich weiß es nicht mehr genau.«

»Glauben Sie, dass Vesla Mortensen, falls sie noch lebt, zu einem Mord fähig wäre?«

»Vesla!« Lise Sommer brach in ein kurzes, lautes Lachen aus, genau wie vorhin Randi Johansen im Auto. »Sie meinen doch nicht im Ernst, dass sie ... dass sie das ... sie, dass sie ... Steinar und sie?«, fragte die Frau nervös.

»Nein«, sagte der Ermittler rasch. »Ich meine gar nichts, ich habe Ihnen nur eine Frage gestellt und es ist sehr wichtig, dass Sie die beantworten.«

Lise Sommer machte sich an ihren Fingern zu schaffen. Ihre Gedanken wanderten in der Zeit zurück. Sie sah Veslas Gesicht im Spiegel. Zerstört, verängstigt, hart. Die Farbe ihrer Kleider verschwand. Alles floss wie eine graue, unförmige Masse hin und her.

»Sie haben Velsla ebenfalls schikaniert, das wissen wir immerhin«, sagte Cato Isaksen.

Hektische rote Flecken überzogen Lise Sommers Hals. »Wir haben wohl nicht weiter darüber nachgedacht«, sagte sie leise. »Dass es so schlimm war, meine ich. Sie war nur so ... sie war so ...«

»Anders, meinen Sie?«

»Ja, genau, irgendwie.«

»Es ist also nicht erlaubt, anders zu sein?«

»Doch, natürlich, aber ...«

»Sie haben ein schlechtes Gewissen, nicht wahr?«

»Nein.« Die junge Frau hob die Stimme, dann presste sie die Lippen aufeinander. Ihr unglücklicher Blick sprach für sich.

»Nach Veslas Verschwinden haben Sie sich vielleicht gefragt, warum sie nicht mehr leben wollte. Es gibt den Ausdruck, zu Tode quälen. Den kennen Sie doch?«

Randi Johansen blickte ihren Chef erschrocken an.

Lise Sommers Augen füllten sich wieder mit Tränen, ihr Mund zitterte ein wenig.

»Was ist damals eigentlich passiert?«

Lise Sommer erwiderte Cato Isaksens Blick. »Johnny hat sie im Gewächshaus vergewaltigt«, sagte sie leise. »Und dann hat er ihr am Hals einen großen Knutschfleck gemacht. Wir haben zugesehen, Ester und ich.«

Cato Isaksen seufzte tief. Randi Johansen blickte ihn ratlos an.

»Was ist mit Ragnar, Anne und Rita Helen, waren die nicht dabei?«

Lise Sommer schüttelte den Kopf. »Nein«, sagte sie energisch.

»Wir versuchen, diese Rita Helen zu finden«, erklärte der Polizist mit ernster Miene, während die neuen Erkenntnisse sich durch sein Bewusstsein arbeiteten.

»Warum denn? Glauben Sie, die Leiche im Moor könnte Rita Helen sein?«

»Ich habe keine Ahnung«, sagte Cato Isaksen. »Aber sonst wird in der Gegend niemand vermisst, auf den diese Beschreibung zutrifft. Und wir haben sie bisher nicht finden können.«

Lise Sommer dachte nach. »Als wir die Katze umgebracht haben, waren auch Rita Helen und Ragnar dabei. Wir waren alle dabei, außer Anne, glaube ich.«

»Sie haben ein gutes Gedächtnis.«

»Ja, das weiß ich noch. Es war so seltsam, Vesla war fast wie ... ein Hund. Wir haben sie nicht als Menschen betrachtet. Heute begreife ich natürlich nicht, wie wir das jemals tun konnten. Wir haben sie immer stärker gequält. Aber sie hat nie geweint, erst an dem Tag ... als wir aufgehört haben.«

»An dem Tag im Gewächshaus?«

Lise Sommer nickte. »Da hatten wir Angst. Sie ... machte seltsame Geräusche, als ob ... es war einfach unheimlich. Ihre Augen, die ...« Die Frau erhob sich und ging zum offenen Fenster hinüber. Der Himmel war dunkel. Die Wolken kamen von Westen und legten sich schwer über die Dächer. »Johnny wollte es so«, sagte sie. »Wir waren zwar dabei, aber er hat alles bestimmt.« Plötzlich fuhr sie herum, schaute ihre Hände an und spielte mit einem Ring an ihrem Mittelfinger. Ein plötzlicher Wind fegte durch das Zimmer. Das Geräusch lockte die Katze wieder unter dem Sofa hervor. Sie jagte wie ein schwarzer Strich an der Wand vorbei unter den Esstisch. Im Zimmer war alles still.

Cato Isaksen holte tief Luft.

Lise Sommers Gesicht verzog sich weinerlich. »Die arme Vesla«, sagte sie und sah ihre Katze an. »Ich kann jetzt nichts mehr daran ändern. Es ist zu spät, ich kann die Zeit nicht anhalten und die Uhr zurückdrehen. Und Johnny hat alles bestimmt«, wiederholte sie.

»Hat sie zu Hause darüber gesprochen, glauben Sie, ihre Mutter war wütend?«

»Das weiß ich nicht, ich habe mich das auch manchmal gefragt, aber ich glaube es eigentlich nicht. Aber ihre Mutter hat einmal mit den anderen Eltern gesprochen. Und da war sie wirklich wütend. Geholfen hat es wohl nicht. Esters Eltern haben zu ihrer Tochter gehalten. Meine Mutter sah das anders. Ihr tat Vesla Leid.« Lise Sommer war sehr ernst. »An dem Tag am Flussufer ist Vesla sozusagen ein wenig gestorben. Wirklich.«

»Und Sie?«

»Wir haben nicht viel darüber gesprochen. Aber ich bin wohl auch ein wenig gestorben.« Lise Sommer seufzte. »Aber das ging dann vorbei. Ich mochte nicht daran denken. Ester und Johnny haben sich wie immer benommen. Man könnte wohl sagen, dass ich es verdrängt habe.«

»Haben Sie vielen Dank«, sagte Cato Isaksen, »für diesen Bericht. Ich weiß, dass es nicht leicht für Sie war. Wenn Vesla noch lebt, kann sie durchaus gefährlich sein.«

Lise Sommer hob die Hand und legte sie sich aufs Herz. »Glauben Sie, dass Vesla Ester umgebracht hat, dass Johnny es gar nicht war?«

»Nein«, sagte Cato Isaksen. »Das wissen wir nicht. Er ist übrigens wieder zu seiner Tante gezogen.« Der Kommissar erhob sich. »Johnny Svendsen lebt nicht mehr hier in der Stadt.«

Weder Randi Johansen noch Cato Isaksen achteten auf Lise Sommers Gesichtsausdruck. Der hatte sich verändert, die Angst war etwas anderem gewichen. Auf dem Flur drehten sie sich noch einmal zu der Frau um und baten sie, vorsichtig zu sein.

Lise Sommer hatte sich wieder gefasst und nickte besorgt. Ihr Gesicht war jetzt noch bleicher geworden. Sie hatte die Arme verschränkt, so als sei ihr kalt. Cato Isaksen fiel auf, dass sie an den Unterarmen Gänsehaut hatte.

Erst zu Hause fiel Cato Isaksen die Sache mit der Katze wieder ein. Es war ein langer, heißer Tag gewesen. Nach dem Besuch bei Lise Sommer hatten Randi Johansen und er noch lange in Besprechungen gesessen. Sie wussten nicht so recht, was sie mit den neuesten Entwicklungen anfangen sollten. Alles war ein einziges Wirrwarr von Spuren und Sackgassen und sie hatten keine Beweise. Während der letzten Stunden war er zusehends gereizter geworden. Georg hatte er auch wieder zu spät abgeholt. Und als Bente erkannt hatte, dass ihr Urlaub wohl platzen würde, war sie ganz einfach in Tränen ausgebrochen. Es kam nicht oft vor, dass sie sich dermaßen gehen ließ. Dieser verdammte Fall zehrte nun schon das ganze Jahr an seiner Gesundheit. Er hatte versucht, ihr zu erklären, dass der Fall jetzt vor einer dramatischen Wende stand. Aber das wollte sie nicht verstehen. Er wusste, dass er seine Familie vernachlässigte, das hatte er immer schon getan. Er wollte sich bessern, aber das würde ihm nie gelingen. Nicht, solange er diesen verdammten Job machte.

Trostlosigkeit und das Gefühl von Stagnation beherrschten seine Gedanken. Nichts wies auf einen baldigen Durchbruch hin. Sie hatten nichts weiter als Mutmaßungen. Und das reichte nicht. Er wusste, dass sie im Dunkeln tappten. Alles staute sich und wurde immer nur komplizierter. Trotzdem gab es einige Details, kleine Fragmente, Informationen, die sich in seinem Gehirn festgesetzt hatten und die sich auf eigene Faust durch sein Unterbewusstsein arbeiteten.

Der Artikel in Ester Synnøve Lønns Wohnung, über die Katze, zum Beispiel. Er versuchte, sich das Bild dieses Kätzchens vor

Augen zu rufen. *Der Besitzer wollte es gerade an die U-Bahn-Schienen binden, als ein junger Jugoslawe auftauchte und ihn in letzter Sekunde wegstieß. Er entriss ihm das Kätzchen, rannte davon und konnte dem Tier auf diese Weise das Leben retten.*

Die Katze war gequält worden. Warum hatte Ester Synnøve Lønn diesen Artikel aus der Zeitung gerissen? Sie hatte keine Katze. Ihre Eltern hatten auch keine Katze.

Marmelade, sein eigener roter Kater, war in Schmuselaune und wand sich wie ein Aal um seine Beine. Den Schwanz hatte er stolz erhoben. Er ließ nicht locker, sondern sprang ihm auf den Schoß und lief auf der aufgeschlagenen Zeitung hin und her. Am Ende gab Cato Isaksen auf, faltete die Zeitung zusammen, lehnte den Kopf an die Stille in der Wand und versank in einem flachen, leichten Schlaf. Das Bild der fünf kostümierten Mädchen ruhte in seinem Kopf. Seine Stirn war wie eine Filmleinwand. Eine Hexe, ein Troll, zwei Prinzessinnen und ein Schmetterling. Die runden Kindergesichter hatten helle und dunkle Züge, je nachdem, wie das Licht durch das Fenster fiel. Die Augen, wässrig und vage. Voller Hoffnung auf die Zukunft, die irgendwo auf die wartete. Fünf Mädchen. Drei blonde, eine rothaarige, eine dunkle. Jetzt war eine von ihnen tot, vielleicht auch zwei, möglicherweise sogar drei. Vesla und Rita Helen, wo steckten die?

Der Kater bewegte sich auf seinem Schoß. Sein Schnurren glitt in Cato Isaksens Körper über. Das Geräusch erinnerte an eine kleine Nähmaschine. Er streichelte das Tier zerstreut. Vor der offenen Verandatür planschten Georg und ein Nachbarjunge in einem aufblasbaren Becken. Der Gartenschlauch lag hinten am Zaun und ein gleichmäßiger Wasserstrom floss auf den feuchten Rasen.

Die beiden Jungen schrien und planschten und lachten. Cato Isaksen wurde aus seinem leichten Schlaf gerissen. Er schien weit weg zu sein. Etwas versuchte, sich aus seinem Unterbewusstsein hervorzukämpfen. Etwas, das von dem roten Tier heraufbeschworen wurde, das eifrig schnurrend auf seinen Knien lag.

Sie hatten den Katzenartikel zusammen mit allem anderen archiviert, das sie in Ester Synnøve Lønns Wohnung gefunden hatten. Johnny, Ester und Lise hatten Vesla Mortensens Katze ertränkt. Und Lise besaß einen Kater namens Florian, einen Kater, den sie benutzt hatte, um ihre Beziehung zu Florian Rosati zu verheimlichen.

Der Gedankenstrom ließ sich nicht aufhalten, aber jetzt war Georg hereingekommen und wollte, dass sein Vater ihm den Rücken abtrocknet. Der Junge klapperte nach dem Spiel im kalten Wasser mit den Zähnen. Sein Gesicht war bedeckt von Tropfen, die er aufleckte, wenn sie ihm über die Wangen liefen. Jetzt lag das Becken im Schatten. Die Sonne war hinter dem Haus verschwunden.

Marmelade sprang verärgert zu Boden. Zwei Wassertropfen hatten seine Schnauze und eine Pfote getroffen. Jetzt lief er in eine Ecke und putzte sich wütend das Fell.

Cato Isaksen hörte nicht, was sein Sohn erzählte. Er war zu sehr in die Analyse seiner Katzengedanken vertieft.

Georg stieß ungeduldig gegen seinen Oberschenkel. »Das tut weh, Papa, das tut weh.«

Der Kommissar sah die Hand an, die der Junge ihm hinhielt. Aus einer winzigen Schramme quollen zwei Blutstropfen. »Das war Anders!«, sagte Georg und presste die Beine zusammen, Plötzlich musste er dringend aufs Klo.

Kostüme für ein Amateurtheater in Fredrikstad genäht. Sich verkleidet ... Rita Helen lag im Moor, Lise Sommer fühlte sich verfolgt.

Plötzlich wusste der Polizist sicher, dass Vesla Mortensen nicht tot war und dass sie und niemand sonst wie eine Irre umherjagte und irgendeine Art von Rache verfolgte. Johnny Svendsen war womöglich doch unschuldig. Vielleicht stand er als nächstes Opfer auf der Liste. Zusammen mit Lise Sommer.

»Ich muss pinkeln, Papa!« Georg sprang gereizt auf und ab. Dabei traf er seinen Vater mit dem Kopf am Kinn.

Der Schmerz jagte wie eine Speerspitze durch Cato Isaksens Kopf. Eine irrsinnige Wut überkam ihn. Plötzlich hatte er dem Jungen eine Ohrfeige verpasst. Georg schrie sofort los und konnte sich nicht mehr beherrschen. Heißer Urin floss über seine Beine und bildete eine kleine Lache auf dem Boden.

Bente, die in der Küche beschäftigt gewesen war, kam angestürzt und wollte wissen, was denn los sei.

»Er hat mich gehauen«, heulte Georg und hielt sich die Wange. Ein roter Fleck hatte sich bereits dort ausgebreitet. Der Junge war verängstigt, wütend und traurig zugleich. Er rannte zu Bente und warf sich gegen ihre Beine.

»Du hast ihn geschlagen?« Ihre Augen funkelten ungläubig in ihrem zornigen Gesicht.

Cato Isaksen schüttelte bedauernd den Kopf. Er ging zu seinem kleinen Sohn und hockte sich vor ihn hin. »Verzeihung, Söhnchen«, sagte er und legte ihm seine große Hand um den Nacken.

»Nein.« Georg weinte, riss sich los und schlug nach ihm. »Du bist doof«, schluchzte er. »Geh weg, geh weg!«

Der Kommissar seufzte tief. »Er quengelt immer so schrecklich«, sagte er frustriert und stand auf. Sein Schmerz überlagerte alles. »Und dann sind da noch der Urlaub und der Mord und diese verdammte Leiche im Moor.«

»Das geht einfach nicht, Cato«, sagte Bente traurig. »Du kannst deinen Frust nicht an dem Jungen auslassen. Er quengelt doch gar nicht. Er hat den ganzen Nachmittag im Garten gespielt.«

»Ich will zu meiner Mama«, heulte der Junge und zitterte am ganzen Körper. Ein trockenes Schluchzen presste sich aus seinem

Mund. Seine Schultern bebten. Er wusste, er konnte seinem Vater nichts Schlimmeres antun, als das zu sagen.

Cato Isaksen war vor Kummer leichenblass. »Ich mache einen Spaziergang«, sagte er mit harter Stimme. Dann lief er in die Diele und nahm seine Autoschlüssel vom Telefontisch. Als er wieder ins Wohnzimmer stürzte, sah er das Geburtstagsbild, das er aus dem Büro mit nach Hause gebracht hatte. Es lehnte im Bücherregal an einem Leuchter aus Zinn. Ein kleiner Spiegel stand gleich daneben vor der Wand. Im Vorübergehen sah er das Bild plötzlich in der Spiegeloberfläche. Spiegelverkehrt, fremd und zugleich vertraut. Ein scharfer Schock entstand hinter seiner Stirn und jagte wie ein kleiner Blitz in sein Unterbewusstsein.

Georg weinte noch immer heftig. Das laute Weinen riss seinen Vater zurück in die Wirklichkeit und in seinem Gehirn erloschen die Gedanken. Er hastete durch das Zimmer, durch die offene Verandatür, lief um die Ecke und über den Weg. Er achtete nicht darauf, dass der Nachbar über den Zaun rief und ihn zu einem Bier einlud. Er ging einfach weiter. Zur Garage. Zog den Autoschlüssel aus der Tasche, schloss die Wagentür auf, setzte sich in die unerträgliche Hitze hinein und ließ den Motor an. Unterwegs quollen schlimme Gedanken in ihm auf. Bilder zogen durch seinen Kopf. Wenn er sich bedrängt fühlte, dann schlug er. Genau wie Johnny Svendsen. Vor Jahren hatte er Sigrid geschlagen, Georgs Mutter. Der Junge hatte noch im Kinderwagen gelegen. Es war zu der Zeit, in der ihre Beziehung zerbrochen war. Alles war zu Ende. Er wollte Sigrid verlassen und zu Bente zurückkehren. Es war eine ganz besondere Situation. Sigrid hatte ihm das Gesicht zerkratzt. *Der stechende Schmerz betäubte seine Vernunft. Trauer und Wut gingen mit ihm durch. In seinem Kopf wurde alles dunkel. Er hatte einen metallischen Geschmack im Mund. Er ballte die Fäuste. Er schlug und schlug. Zog ihren Kopf an den Haaren nach hinten.*

Schüttelte und stieß sie, bis sie ins schmutzige Gras neben dem Weg fiel.

Cato Isaksen schloss für einen Moment die Augen. Spürte, wie schrecklich er sich schämte. Er bog nach links ab und fuhr zum Semsvann hoch. Hielt den Blick starr und zerstreut auf den heißen Asphalt gerichtet. An einer Stelle zeichnete die Sonne nicht vorhandene Ölflecken auf die Straße. Dieses Bild wogte ihm verwirrend entgegen.

Er hatte noch häufiger zugeschlagen. Als er seinen ältesten Sohn, Gard, dabei ertappt hatte, wie er zu Hause im eigenen Wohnzimmer Drogen nahm, hatte er seine Verzweiflung und seine Wut ebenfalls nicht unter Kontrolle halten können. Die Bilder waren wie ein schwarzes Karussell. Immer und immer wieder. Das Gesicht des Jungen. *Er ging mit erhobenen Armen, Augen, Ohren und Mund in Bereitschaft, auf den Jungen zu. Dann packte er ihn an den Schultern, drückte ihn zu Boden, setzte sich auf ihn, umklammerte seinen Hals und schüttelte seinen Kopf hin und her. Die Angst erfüllte ihn mit finsterem Hass. Eine plötzliche Taubheit überwältigte ihn.*

Cato Isaksen stellte den Wagen auf dem Parkplatz ab, schlug für einen Moment die Hände vors Gesicht, stieg dann aus und schloss die Autotür ab. Er folgte dem Wanderweg um den See. Im Gehen sammelten sich die Tränen in seinen Mundwinkeln. Er dachte an Johnny Svendsen. Er konnte ihn verstehen. Das war das Schwierigste an der ganzen Sache. Er fand sich wieder in dem jungen Mann und den anderen Psychopaten, die ihm über den Weg liefen. Er war sicher, dass sie im Grunde die ängstlichsten, ärmsten Würmer auf der Welt waren. Ihr Verhalten war unverzeihlich, aber leider auch verständlich. Er wusste, dass diese Überlegungen nicht politisch korrekt waren, und allein bei dem Gedanken, dass er diese Leute verstehen konnte, schämte er sich.

Der Wald mit den üppigen Bäumen wogte ihm grün entgegen.

Er kam sich finster und körperlos vor. Das Semsvann lag blank und still da, die Nachmittagssonne zeichnete am Ufer glitzernde Sommersprossen. Aber im Westen zog der Himmel sich zusammen. Schwarze Wolken quollen über den Hügelkamm und glitten immer näher.

Florian streckte sich in der Sonne. Er sah auf der breiten Fensterbank aus wie ein langer Strich. Das Fenster stand auf Kipp, so dass ein Hauch der nachmittagsblauen Sommerluft über sein Fell strich. Seine Instinkte erzählten ihm von etwas, das doch nicht vorhanden war. Vom Gefühl, sich zwischen Ähren zu bewegen, von heißer, trockener Erde unter den Pfoten. Von richtiger Sonne im Fell. Sonne, die nicht durch Glas oder dünne Spalten gefiltert war. Davon, die Schnauze an den Bewegungen im Gras ruhen zu lassen. Die Krallen an Baumstämmen mit lockerer Rinde zu wetzen.

Die weißen Vorhänge tanzten langsam und regelmäßig hin und her, hin und her. Ein dünner Schleier von Zeit sickerte durch den zarten Stoff. Ein stillstehender Nachmittag.

Sie war den ganzen Tag hindurch ruhelos in der Stadt umhergewandert. Jetzt war sie gerade nach Hause gekommen. Am Vortag, als die Polizei sie wieder aufgesucht hatte, war ihr bewusst geworden, dass sie einiges in Ordnung zu bringen hatte. Warum hatte die Polizei sie nach Steinar Malling gefragt? Und Johnny, glaubte der wirklich, sich allem entziehen zu können, indem er einfach wieder nach Hause zog und so tat, als wäre nichts geschehen?

Die späte Nachmittagssonne tauchte die Wand gegenüber in tiefes Gelb, während die Fenster viele kleine freche Sonnen in ihren Flächen wiedergaben. Der Sommer in der Stadt war eine schwierige Zeit.

Der Kater setzte sich auf die Fensterbank und fing an, sich zu putzen. In seinem Fell hingen Samen und Staub einer Topfblume. Stimmen und hohe Absätze waren auf dem Asphalt tief unten zuhören. Plötzlich zuckte er zusammen. Seine Ohren bewegten sich horchend hin und her. Automotoren und Hupen, die von den Häusern widerhallten, wurden auf ihrer Wanderung zwischen den Mauern noch verstärkt. Die Geräusche trafen seine Ohren wie ein Schmerz. Er legte nur eine kurze Pause ein, dann widmete er sich wieder seinem Fell. Anschließend legte er sich wieder hin. Abgesehen von einem kurzen wütenden Regenschauer, war der Tag warm und lang. Nur das, warm und lang.

Sie bückte sich über den Kater. Legte dem Tier die Hand auf den Rücken und streichelte es langsam.

War da unten jemand auf der Straße? Sie glaubte, jemanden rufen zu hören, für einen Moment überwältigte die Angst sie. Sie hob die Hand vom Tierfell und ging zwei Schritte weiter ins Zimmer. Das Sofa näherte sich mit aufgesperrtem Rachen. In letzter Zeit war sie von einer alles überschattenden Angst erfüllt worden. Diese Angst fraß sich jeden Tag weiter durch ihren Körper. Kam ihrem Herzen immer näher. Etwas am Rand ihres Daseins stimmte nicht. Die Leiche, die im Moor bei Enger gefunden worden war, sei nicht die von Vesla, hatte die Polizei gesagt. Das stand also fest. Und damit hatten sie noch ein Mysterium zu lösen. Sie war nicht dumm, sie konnte zwei und zwei zusammenzählen. Jetzt befand sie sich selbst in der Gefahrenzone.

Die Frau setzte sich aufs Sofa, ließ sich zurücksinken. Sie hatte sich die Wohnung über die Ohren gestülpt. Die Wände um sich zusammengefaltet. Jetzt balancierte sie die Decke auf dem Kopf. So kam ihr das vor.

Florian erhob sich langsam. Er krümmte den Rücken, streckte sich, schob den Kopf zwischen die Vorderbeine, dann sprang er, mit aufgerichtetem Schwanz und bonbongelben Augen, von der Fensterbank und kam zielstrebig auf sie zu. Wie eine Schlange wickelte er sich um ihre dünnen Beine. Öffnete den Rachen und gähnte so energisch, dass seine scharfen Zähne zu sehen waren.

Eine Stunde später stand sie wieder vor dem Fenster. Zwanzig Minuten hatte sie tief geschlafen. Sie schaute zum Himmel hoch. Es hatte noch einmal kurz geregnet. Vom feuchten Asphalt unten stieg ein süßlicher, sauberer Duft auf. Rosa Zuckerattewolken ruhten auf den Hausdächern.

Sie legte die Handflächen auf das weiche Katzenfell. Das Tier zuckte zusammen. Die Berührung von Haut und Fell wirkte immer beruhigend auf sie. Dann hob sie ihn hoch und legte ihn sich über die Schulter. »Wir müssen los«, sagte sie. »Heute Abend noch. Wir müssen etwas klären. Etwas in Ordnung bringen.« Sie lief im warmen Zimmer hin und her, während der Kater wie eine Boa um ihren Hals lag. »Du kannst nicht allein hier bleiben, nicht so lange. Ich nehme Futter für dich mit. Die Dosen mit Hühnchen, das du so gern frisst. Aber du musst in deinem Korb sitzen, auch wenn du das hasst.«

Unten in der Garage ließ sie ihr kleines Auto an. Florian miaute hilflos im Korb auf dem Rücksitz. Sie fuhr durch die Stadt. Sommerlich gekleidete Menschen liefen Hand in Hand über den Bürgersteig. Die Straßencafés füllten sich wieder. Die Wolkendecke hatte sich gelichtet und der Regen, der den Asphalt schwarz gemalt hatte, war jetzt verdampft.

Sie fuhr über den großen Verteilerkreis, dann vorbei an der Dänemarksfähre, die am Kai lag, weiter über die Hauptstraße, vorbei am Vergnügungspark Tusenfryd und immer weiter, in Richtung Enger.

Florian jammerte die ganze Zeit. Das Motorengedröhn ließ seinen Körper zittern und brachte ihn aus dem Gleichgewicht.

Der Tod ist dem Greis nicht näher als dem Säugling und das Leben auch nicht. Cato Isaksen hörte in Gedanken Sivert Mallings Worte, wieder und wieder. Müde stützte er den Kopf in die Hände. Vor ihm lag ein weiterer frustrierender Arbeitstag. Ihnen standen neue hektische Besprechungen bevor und alle Fachkräfte versuchten verzweifelt, die Identität der Leiche aus dem Moor zu klären.

Nach der Szene mit Georg, die sich am Vortag abgespielt hatte, und der Mitteilung, dass es sich bei der Toten im Moor nicht um Vesla Mortensen handele, war Cato Isaksen einfach erschöpft. Abgesehen von den anstrengenden und weiterhin erfolglosen Ermittlungen, hatte er auch zu Hause immer neue Probleme. Dinge, mit denen er nicht umgehen konnte. Bente hatte ihn mit einem Glas Rotwein erwartet, als er am Vorabend vom Semsvann zurückgekommen war. Georg schlief. Sie wusste, wie müde er war, hatte ihn aber dennoch vorwurfsvoll angesehen. Und er konnte sie verstehen. Immerhin hatte ihn sehr gefreut, dass Vetles neuer Freund auch an diesem Abend am Küchentisch saß und Weißbrot mit Marmelade aß. Die dunklen Jungenstimmen hoben und senkten sich. Es bedeutete eine enorme Erleichterung, dass sein Sohn offenbar einen Freund gefunden hatte.

Die Suche nach der englischen Rita Helen wurde verschärft betrieben. Cato Isaksen hatte es nicht über sich gebracht, zu Tilla Mortensen zu fahren, um sie von der neuen Entwicklung in Kenntnis zu setzen. Er hatte Asle Tengs und Randi Johansen geschickt. Die beiden konnten erzählen, dass ihre Reaktion milder ausgefallen war, als erwartet. »Sie schien sich nicht direkt zu freuen«, sagte Randi Johansen nach ihrer Rückkehr. »Aber das muss ja alles auch schrecklich verwirrend sein.«

»War es denn keine erfreuliche Mitteilung, dass es nicht ihre Tochter war, die da im Moor gelegen hatte?«

»Vielleicht war das alles ganz einfach zu viel für sie«, meinte Randi Johansen. »Aber sie kommen ja morgen zur Vernehmung, sie und dieser Nachbar mit dem seltsamen Sohn. Dann kannst du versuchen, etwas aus ihr herauszulocken.«

Karsten Tønnesen hatte bei der Erarbeitung eines Profils von

Vesla Mortensen geholfen. Das war natürlich nicht leicht. Es basierte auf Mutmaßungen, aber am Ende zeichnete sich das Bild einer Person ab, die schwach und stark zugleich war. Am folgenden Tag, nach der Vernehmung der Mutter und der Nachbarn, wollten sie an diesem Profil weiterarbeiten.

Als Cato Isaksen an diesem Nachmittag nach Hause fuhr, dachte er daran, was Vesla auf die Rückseite des Gedichtes geschrieben hatte, das Tilla Mortensen ihm gezeigt hatte. *Wenn Mama wütend wird, ist ihr alles zuzutrauen.* Hatte Tilla Mortensen die ganze Zeit gewusst, dass ihre Tochter nicht tot war?

Tilla Mortensen fühlte sich elend und schlapp. Sie hatte die ganze Nacht nicht schlafen können. Das Licht war schon gegen zwei in ihr Zimmer eingedrungen und die Vögel hatten aus voller Kehle gezwitschert, während helle und dunkle Gedanken in ihrem Kopf um Platz wetteiferten. Freude, Trauer, Unruhe. Was war denn bloß los?

Cato Isaksen konnte ihr die Erschöpfung ansehen. Er sprach ihr als erstes sein Mitgefühl aus. Die Frau lächelte vage. »Mir tut das auch alles Leid«, sagte sie und bat ihn, die Vernehmung sofort beginnen zu lassen. »Ich würde es gern so schnell wie möglich hinter mich bringen.«

Der Kommissar nickte. »Waren Sie je in Oslo, um Ihre Tochter zu suchen?«, lautete seine erste Frage.

Tilla Mortensen wandte sich ab und schüttelte den Kopf. »Nicht, um sie zu suchen«, sagte sie.

»Haben Sie sich an Ester Synnøve Lønn gewandt, um zu fragen, ob die etwas über Ihre Tochter wüsste?«

»Nicht jetzt.«

»Wann denn?«

»Ich habe sie einmal im Reihenhaus besucht. Als sie noch mit Johnny Svendsen verheiratet war.«

»Warum haben Sie das nicht erwähnt?«

Die Frau zuckte müde mit den Schultern. »Sie haben mich nicht gefragt«, sagte sie.

»Aber warum haben Sie sie besucht?«

»Um ihr von Veslas Verschwinden zu erzählen. Aber das wusste sie schon. Habe davon gehört, sagte sie. Sie hatte ihren Sohn bei sich. Ich weiß nicht, ob Johnny noch dort wohnte. Sie schien sich über meinen Besuch gar nicht zu freuen.«

Cato Isaksen erhob sich und ging langsam im Zimmer hin und her. »Haben Sie Ester Synnøve Lønn gehasst?«, fragte er plötzlich und wandte das Gesicht dem Fenster zu. Er wollte sie nicht sehen, wenn sie antwortete.

Die Antwort ließ nicht auf sich warten. »Ja«, sagte sie.

Der Ermittler drehte sich zu ihr um. Als ihre Blicke aufeinander trafen, wich Tilla Mortensen nicht aus. »Ja«, sagte sie noch einmal. »Ich habe Ester Synnøve gehasst und ich freue mich darüber, dass sie tot ist.«

Cato Isaksen ging zu seinem Sessel und ließ sich müde hineinsinken. Schweigend betrachtete er die alte Frau. Ihre zerzausten gelblichen Haare mit den vereinzelten grauen Strähnen. Sie war ungepflegt. Sie hatte mit ihrem Leben abgeschlossen. Was hatte sie eigentlich zu verlieren? »Und Lise Sommer«, fragte er, »hassen Sie die auch?«

Tilla Mortensen nickte. »Ja«, sagte sie. »Die auch.«

»Haben Sie sie auch besucht?«

»Ja, zweimal.«

»Und haben Sie mit ihr gesprochen?«

»Beim ... beim ersten Mal wollte sie mit mir reden. Das war unmittelbar nachdem meine Tochter eine Art Zusammenbruch erlitten hatte. Aber dann, nach Veslas Verschwinden, wollte sie mich nicht in die Wohnung lassen.«

»Von diesem Zusammenbruch haben Sie uns nichts erzählt.«

Tilla Mortensen zuckte mit den Schultern. »Das war nicht so

ernst«, sagte sie. »Vesla hatte so viele seltsame Seiten«, seufzte sie dann müde.

»Was haben Sie zu Lise Sommer gesagt, worüber haben Sie gesprochen?«

»Ich habe sie gefragt, ob ihr klar sei, was sie angerichtet hatte!«

»Und, war es das?« Cato Isaksen spürte hinter seiner Stirn ein Brennen. Er musste sich zusammenreißen, um kein Fenster aufzumachen. Er wollte die Stimmung jetzt nicht verändern.

Die Frau sank unmerklich in sich zusammen. »Nein«, erwiderte sie leise. »Sie sagte, sie sei auch nicht schlimmer gewesen als viele andere Kinder. Sie hat immer wieder betont, dass sie ja noch Kinder waren.«

Der Polizist dachte an die Vergewaltigung und überlegte hin und her, ob er Tilla Mortensen davon erzählen solle.

»Hatte Vesla denn außer Steinar Malling keine anderen Freunde?«

»Nein.« Die Mutter schüttelte traurig den Kopf. Sie wandte sich für einen Moment ab und richtete ihren Blick auf ein Bild an der Wand. »Nur Steinar, das habe ich doch schon gesagt. Sie stellen immer wieder dieselben Fragen«, sagte sie gereizt.

Cato Isaksen holte müde Atem. »Sie wollen doch sicher auch, dass dieser Fall geklärt wird?«

»Ja, natürlich, tut mir Leid«, sagte sie, wie um Entschuldigung bittend.

»Können Sie sich erinnern, was an dem Wochenende passiert ist, an dem Vesla verschwunden ist? Außer dem, was Sie bereits erzählt haben?«

Tilla Mortensen runzelte die Stirn. »Lise Sommer war bei Ester Synnøve und ihren Eltern zu Besuch, glaube ich.«

»Sind Sie sich da sicher?«

»Ja.«

»Wissen Sie, ob Vesla den beiden begegnet ist?«

»Nein. Ich habe im Laden von Lises Besuch gehört. Vesla war nicht zu Hause. Sie war mit Steinar auf Rønning Erdbeeren pflücken.«

Cato Isaksen wurde es plötzlich schwindlig. Roger Høibakk schaute herein und bat ihn ins Nebenzimmer, wo Randi Johansen gerade mit Sivert Malling sprach.

»Nur einen Moment«, sagte Cato Isaksen und musterte Tilla Mortensen. »Ich glaube, ich muss Sie um Ihr Alibi für die Nacht zum 6. Januar bitten. Wo waren Sie, als Ester Synnøve Lønn ermordet wurde?«

Die Frau starrte ihn zuerst verständnislos an, dann schaute sie zu Roger Høibakk hinüber, der noch immer in der Türöffnung stand. Schließlich brach sie in ein düsteres, böses Lachen aus, das sehr bald in einen heftigen Hustenanfall umschlug.

»Sie machen Witze«, sagte sie, als sie wieder zu Atem gekommen war. »Sie meinen doch nicht im Ernst ...«

»Was haben Sie in dieser Nacht gemacht?« Cato Isaksen hielt ihrem Blick stand. Roger Høibakk zog sich schweigend zurück.

Tilla Mortensen schüttelte kurz den Kopf. »Ich war jedenfalls nicht in Oslo«, erklärte sie. »Den Silvesterabend habe ich bei Sivert und Steinar verbracht. Wir sind an solchen Tagen immer zusammen. Am Heiligen Abend, am Ostersamstag ... am 5. und 6. Januar habe ich nichts Besonderes gemacht. Ich war zu Hause.« Ihr Gesicht wirkte noch immer überrascht. »Sie müssen mit Sivert sprechen. Der hat so etwas im Kopf. Wann ich einkaufen gehe und so.«

»Was für eine Beziehung hatten Sie zu Ihrer Tochter?«

»Was für eine ...«

»Haben Sie sich gut verstanden?«

»Also wirklich.« Tilla Mortensen fuhr sich müde durch die Haare. »Wir haben uns sehr gut verstanden, aber ab und zu sind wir aneinander geraten. Das tun doch alle. Streiten Sie sich nie mit Ihren Kindern?«

Cato Isaksen ließ den Blick sinken, erhob sich und bat sie, einen Moment zu warten. Dann ging er ins Nebenzimmer, wo Roger Høibakk und Randi Johansen Sivert Malling verhörten.

Sivert Malling bestätigte eifrig, dass Tilla Mortensen den Abend des 5. Januar bei ihnen verbracht habe.

»Die Nacht auch?«, fragte Cato Isaksen mit einem etwas spöttischen Unterton und Sivert Malling wurde unsicher.

»Kann Ihr Sohn Steinar allein nach Oslo fahren?«, fragte der Kommissar dann.

»Nein, das wirklich nicht. Was soll dieser Unsinn eigentlich?«, fragte der Mann empört.

»Kann er mit Tilla Mortensen in Oslo gewesen sein?«

Jetzt schaute auch Roger Høibakk seinen Kollegen resigniert an. Die Hitze und die stickige Luft schienen Cato Isaksen um den Verstand zu bringen.

»Ich glaube, wir sollten eine kleine Pause einlegen«, erklärte Roger Høibakk und ging etwas Kaltes zu trinken holen.

Cato Isaksen verließ das Zimmer. Auf dem Gang lungerte Steinar Malling auf einem Stuhl herum. Er starrte den Boden an und versuchte Arme und Beine ruhig zu halten. Er trug eine Schirmmütze mit einem silbernen Abzeichen. Sie hatten nichts aus ihm herausbekommen können. Er schaute nicht auf, als der Kommissar an ihm vorüberging. Neben seinem Stuhl stand eine grüne Plastikpflanze.

Seine eigenen Kritzeleien an der Wand trieben ihm die Tränen in die Augen. Gleich neben den Türrahmen hatte er mit Filzstift ein Auto gezeichnet. Er wusste nicht mehr, wie alt er damals gewesen war, acht vielleicht. Seine Tante war böse geworden, aber später hatte sie darüber gelacht. Johnny Svendsen seufzte. Jetzt war er hier, nach all diesen Jahren, und wieder allein.

Die Wohnung der Tante roch unangenehm und stickig, als sei sie aufgebrochen worden, wie ein versiegelter Bunker, der viele Jahre leer gestanden hatte.

Johnny Svendsen war gerade von der Frühschicht aus der Tankstelle zurückgekehrt. Auf dem Heimweg war er mit dem neu gekauften Motorrad am Hof von Esters Eltern vorbeigekommen. Er war unten auf der Straße, am Fuß der Auffahrt, stehen geblieben, hatte die Füße auf den Boden gestemmt, den Hals gereckt und Ausschau nach Markus gehalten. Er sehnte sich so sehr nach seinem Sohn. Das war ein neues, fremdes und schwieriges Gefühl. Aber es war auch gut. Der bloße Gedanke an den Jungen konnte eine tiefe melancholische Farbe in ihm aufkommen lassen. Er bestand nicht mehr aus Wut, sondern aus Trauer.

Jetzt schaute er aus dem blank geputzten Küchenfenster. Wie viele tausend Male er wohl schon an diesem Platz gesessen hatte, an diesem Fenster. Mit diesen Augen. Es war eine Art Gegengift, dass er wieder hier war. *Geh zurück auf Los. Die nächste Runde beginnt.*

Er schloss die Hände um seine Kaffeetasse. Betrachtete das Muster. Die kleinen schwarzen Striche auf gelbem Boden um den

Rand, die Tassen, mit denen er aufgewachsen war. Die halbe Zitrone und die beiden blauen Flundern mitten auf dem Teller.

Er zog eine weitere Zigarette aus der Packung, die vor ihm auf dem Tisch lag, steckte sie in den Mund und gab sich Feuer. Er war immer allein gewesen, die ganze Zeit, sein ganzes Leben. Nur er, allein. Vielleicht sollte er Markus vergessen, aber wie sollte das möglich sein? Ragnhild und Ivar Lønn hatten den Jungen adoptieren wollen, aber das war ihnen nicht gestattet worden. Der Sorgerechtsantrag dagegen lief noch. Das war doch nicht richtig. Markus war sein Sohn, der einzige Mensch vielleicht, der ihn liebte. Markus und Tante Erna. Sie waren die Einzigen auf der ganzen Welt.

Alles in der Küche der Tante erzählte von seiner Kindheit. Die Ziergegenstände aus Glas im Regal, Salz- und Pfefferstreuer, die Deckchen. In allen Dingen lagen die Erinnerungen auf der Lauer und sprangen wie kleine wilde Tiere hervor, sowie er einen Blick auf sie warf. Die Zeit, in der er sich als Vierzehnjähriger mit Ester angefreundet hatte, war die beste in seinem Leben gewesen. Damals war er glücklich, wirklich glücklich.

Und jetzt war er frei und tot. Eigentlich war er schon längst verstorben. An dem Tag, an dem ihm klar geworden war, dass Ester nicht mehr mit ihm zusammen sein wollte, war etwas mit ihm passiert. Es war nicht nur eine Drohung gewesen, sondern Wahrheit. Sie war wirklich fertig mit ihm, empfand nichts mehr für ihn. Er konnte nicht mehr damit drohen, dass er gehen würde, dass es andere Frauen auf der Welt gebe, schönere Frauen, nettere Frauen, bessere Frauen. Solche Sprüche hatten in der letzten Zeit vor ihrem Auszug keinen Eindruck mehr auf sie gemacht. Sein Gerede glitt an ihr ab wie Öl. Als er dann aber begriffen hatte, dass sie sich wirklich vor ihm fürchtete, hatte er ihre Angst gegen sie verwendet.

Johnny Svendsen sprang auf und lief ins Wohnzimmer. Das Gesicht seiner Mutter. Die gipsartige Stille mit den neckenden blauen Augen, alles funkelte ihn vom Foto an der Wand her an. Bei ihr lag in jedem Gesichtszug ein Lachen auf der Lauer. Ihre schönen blonden Haare fielen ihr über die eine Wange. Alles an ihr erinnerte ihn an Trauer. Er hatte sich nach ihrem Tod Tage, Wochen, Monate lang in ihr Gesicht hineingelebt. Er hatte sich darin ertränkt, wieder und wieder. Warum hatte sie ihm nie etwas gegeben? Rein gar nichts hatte er noch von ihr. Verdammte Kuh. Die Wut, die in ihm explodierte, entstand in seiner Stirn und arbeitete sich dann nach unten. Sie brachte ihn dazu, vor das Bild zu treten und mit der Faust dagegen zu schlagen, dass das Glas zersplitterte. Ein weißer Riss auf ihrer Stirn verwandelte seine Wut in einen wahnsinnigen Schmerz. Sie war nur aus Papier. Diese miese Kuh war einfach nur aus dünnem Papier! Wie konnte er ein Stück Papier hassen? Das Bild war konstruiert aus Zeit und Licht. Das war alles. Die Mutter, in einer Sechzigstelsekunde, in einem besonderen Schimmer. Sie war nur eine von ihnen. Eine der Schönen, der Blonden, der Gefährlichen, der Treulosen. Eine von denen, die ihn verlassen hatten. Sie war wie diese verdammten Mädchen Ester und Lise. Hell wie der Tag, gefährlich wie die Nacht. Allesamt mit von ihm abgewendeten Gesichtern, mit Haaren, in denen die Sonne glitzerte, mit Nacht auf der Stirn.

Johnny Svendsen ging ins Schlafzimmer seiner Tante. Er öffnete den Schrank. Der Geruch nach altem Leder war eine Qual für seine Nase. Ihr Schuhschrank. Der Schuhschrank seiner toten Mutter. Er hatte in all den Jahren hier gestanden. Die hochhackigen Schuhe in Reih und Glied, andere unordentlich zu kleinen Haufen aufgetürmt. Rote, schwarze, weiße und sogar ein Paar in Rosa.

Sein Weinen zerfetzte ihn, ließ ihn durch die Dunkelheit stürzen, bis in den innersten Schmerz. Er wollte sich zusammenfalten, zu einem dünnen Strich werden und verschwinden.

Danach, als er wieder am Küchentisch saß, zündete er sich mit zitternden Fingern eine Zigarette an. Durch das Wasser in den Augen sah er die beiden kleinen Küchenbilder, die zu hoch an der Wand hingen. Das rhythmische Ticken der grünen Porzellanuhr. Das alles, hier in der kleinen, mit Möbeln vollgestopften Küche, wo seine Kindheit an den Wänden auf und ab lief, wie braune Insekten auf dem geblümten Tapetenmuster.

Vesla Mortensen wusste, dass sie zu weit gelangt war. Sie hatte darüber einmal in einem Gedicht gelesen. *Wenn du weit genug gelangst, kannst du die Räder der ganzen Milchstraße über nächtliche Wege rollen sehen. Wenn du weit genug gelangst, siehst du das Universum selbst. Und doch, wenn du weit genug gelangst, stehst du doch nur am Anfang deiner selbst.*

Das Licht war warm und gelb, mit einem schwachen bläulichen Schimmer am Ende der Felder. Die Zweige wurden immer spärlicher und sie konnte durch sie hindurch die beiden Häuser sehen, das rote und das gelbe. Durch das Rauschen der Baumwipfel zwang sich ein anderes, leiseres Geräusch hindurch. Ein rhythmisches Pochen, die Stimme einer Axt.

Karen Marie Mortensen, auch Vesla genannt, stand mit dem Rücken zum Wald. Der Geruch von Moder und groben Tannenstämmen trieb ihr entgegen. Kiefern und einzelne Laubbäume mischten sich unter die Tannen. Sie wollte über die Wiese gehen, dann das letzte Wäldchen erreichen und von dort das Haus ihrer Mutter sehen. Die Fenster mit den hellen Gardinen, die Wände mit der abgeblätterten gelben Farbe. Die Sonnenblumen, die ihre Mutter immer pflanzte. Vielleicht würde sie auch ihre Mutter sehen, die gerade den Hof kehrte. Es war ihr immer so wichtig, dass der Hof sauber war und der Rasen frisch gemäht.

Der Klang von Axthieben fraß sich durch den Wald. Sivert Malling hackte Holz. Sie erkannte seinen Rhythmus, die Art, wie er zuschlug. Die Stille zwischen den Schlägen trieb einen Schmerz in ihre Stirn. Wann sollte das alles ein Ende nehmen? Sie fröstelte in der Hitze, sie zog ihre Jacke fester um ihren dünnen Leib zusammen. Sie wollte so gern mit ihrer Mutter sprechen, sie sehen, ihre Stimme hören. In Gedanken hörte sie die. In der Realität gab es nur die Beilhiebe.

Überall roch es nach Erde. Ein düsterer, süßer Gesucht, der an etwas anderes erinnerte. An den Lehmboden im Gewächshaus. Sie sank am Fuß des Baumes, der ihr und Steinar gehörte, in sich zusammen. Lehnte den Rücken an den Stamm und schloss die Augen. Plötzlich war er da, Johnny. Sein Gesicht in den vielen viereckigen Glasscheiben. Die Blumen in ihren Töpfen. Die roten Blütenköpfe voller böser Augen. Johnny über ihr, mit seinen schwarzen Haaren, dem gefährlichen Blick. In sie hinein, aus ihr heraus. Hart und hart und hart. Das Lachen der anderen.

Sie wollte ihnen so gern zeigen, was sie ihr angetan hatten. Jetzt musste aufgeräumt werden, damit sie wieder sie selbst sein konnte. Wenn alle tot waren, könnte sie sie selbst sein.

Sie hatte eigentlich gedacht, es werde für Johnny Strafe genug sein, ins Gefängnis zu kommen. Dort Jahr für Jahr allein zu sitzen, mit dem Wissen, dass er unschuldig verurteilt worden war. Strafe genug, sich fragen zu müssen, wer Ester Synnøve denn wirklich umgebracht habe. Aber jetzt war er wieder frei und schien ungeschoren davonzukommen. Sie hatte in der Zeitung sogar etwas von Schadensersatz gelesen. Sein Anwalt fand, er habe Anspruch darauf. Und jetzt war sie wieder dort angelangt, draußen, am Horizont ihrer selbst.

Alles war eben ein Prozess. Sie musste nur ihren Entschluss fassen. Jetzt, wo sie die Knochenreste gefunden hatten, würden sie bald zwei und zwei zusammenzählen. Steinar hatte es die ganze Zeit gewusst. Er hatte ihr geholfen. Er hatte sich zwar abgewandt, sich abwechselnd die Augen und die Ohren zugehalten. Sie hatte so entsetzlich geschrien. Aber der Wald hatte die Geräusche verschluckt. Hatte sie durch die Blätter gesiebt, hatte sie durch die Baumstämme gedämpft. Steinar würde sie nicht verraten. Ihnen beiden gehörte der Baum, der Baum, der aus Stille und Stärke bestand. Und aus Magie.

Es war ein durchsichtiger gelber Tag, der schon vom Morgen an heiß war. Markus stieg auf sein Fahrrad. Er drehte den Kopf, um seine Großmutter winken zu sehen. Aber er sah nur die vielen grünen Blätter, die sich in den hohen Fenstern spiegelten.

Es war ein Lächeltag. So hatte seine Mutter die hellen Sommertage genannt. Er hatte ihre Stimme nicht vergessen. Zum Glück. Er hatte solche Angst davor, ihre Stimme zu verlieren. Denn dann wäre nichts mehr von ihr übrig. Markus Svendsen wusste nicht, dass er an diesem Tag nicht wieder nach Hause kommen würde.

Er fuhr an Marions Haus vorbei und dann weiter über die Straße. Er durfte nicht allein in den Laden gehen, denn seine Großmutter wollte nicht, dass er seinem Vater und Tante Erna-Oma begegnete.

Bald hatte er die Kreuzung erreicht. Der Junge sah tief unter sich den Laden, bog jedoch in einen kleinen Karrenweg ab und fuhr an Sivert Mallings Haus vorbei. Dessen Säge machte einen Höllenlärm. Sie hatte eine heulende, empörte Stimme. Dann verschwand er auf dem Pfad, der in den Wald führte. Er war am Bach mit Per Einar verabredet. Sie wollten an ihrer Badestelle baden. Plötzlich hätte er fast das Gleichgewicht verloren. Etwas hatte ihn getroffen und sein Fahrrad schwankte hin und her. Über den Boden zogen sich große Baumwurzeln. Er stieg vom Rad und schob es ein Stück neben sich her.

Im Himbeergestrüpp, das sich am Rand des gelben Feldes hinzog, summten und lärmten die Insekten. Ein plötzliches Rascheln ließ ihn anhalten. Etwas war dicht neben ihm. Etwas Großes. Er sah einen Rücken, einen dünnen Rücken und Ohren. Dann kam das ganze Wesen zum Vorschein. Das Tier sah ihn einen Moment lang an und bewegte sich seitlich weiter. Es schaute ihn weiter an, dann drehte es sich um und zog mit über den Boden schleifendem Schwanz davon.

In ihm blieb alles stehen. Der Anblick des Wolfes füllte seinen ganzen Körper, tanzte in seinem Kopf. Sein Herz hämmerte los. Vor Angst presste er die Zähne aufeinander. Seine Finger waren taub, wie von einem Blitz getroffen.

Und dann stand sie plötzlich da, vor ihm auf dem Weg. Eine Frau, eine seltsame Frau. Markus hatte keine Angst vor ihr. Er freute sich. Sie hatte ein merkwürdiges Gesicht. Noch immer hämmerte das Bild des Wolfes in seiner Brust. »Ein Wolf«, sagte er und zeigte auf den Wald. »Ich habe ihn gesehen, ganz bestimmt.«

Sie stand mitten auf dem Weg. Sie trug abgenutzte Turnschuhe und eine verdreckte hellblaue Bluse. Auch ihr Gesicht war verschmutzt. An der einen Wange klebte Lehm. Sie sah müde aus, hatte dunkle Ringe unter den Augen, aber sie lächelte.

»Ich habe ihn bestimmt gesehen«, sagte er noch einmal.

Die Frau sagte nichts dazu. Markus hatte keine Angst vor Frauen im Wald. Sie waren nicht gefährlich. Gefährlich waren Wölfe und Männer und Dinosaurier. Irgendwo in der Ferne sah er einen Garten mit einem Zaun. Und er hörte noch immer Siverts Säge weinen.

»Da war ein Wolf«, sagte er noch einmal.

»Hallo, Markus«, sagte die Frau munter. Sie wollte offenbar nicht über Wölfe sprechen.

»Kennst du mich?«, fragte er verwundert.

Ihre Stimme klang kindlich. »Ja, ich habe deine Mutter gekannt«, sagte sie. »Ich war mit ihr in einer Klasse.

Er staunte noch immer, dann nickte er kurz.

»Aber meine Mutter ist tot«, sagte er.

»Das weiß ich doch«, erwiderte sie rasch und riss einige Blätter von einem Zweig. »Das ist schade. Hast du deine Mutter sehr lieb gehabt?«

Markus Svendsen nickte.

»Das ist schade«, sagte sie noch einmal.

Der Junge sah sie an und umklammerte seinen Fahrradlenker.

»Aber vielleicht ist sie ja gar nicht tot.« Die Stimme der Frau klang jetzt hell. Die Luft um ihn herum wurde weiß, füllte sich mit unsichtbaren kleinen Winden.

Markus schluckte rasch. Er mochte die Frau auf dem Weg nicht mehr leiden.

»Doch«, sage er. »Das ist sie.«

»Nein, nein. Ich meine es ernst.« Die Frau hob beide Handflächen. »Ich bin eine Art Engel. Keine Angst, aber ich kann deine Mutter zurückholen. Ich habe schon früher gezaubert, habe die Leute zu anderen gemacht, als sie waren. Habe Kostüme und Masken hergestellt, du hast ja keine Ahnung ...«

Markus starrte sie an. Ihre Augen verwandelten sich. Sie leuchteten wie Sterne. Die ganze Frau leuchtete und lächelte ihn an. Die Tränen in ihren Augen waren ganz echt. Eine lief über ihre Wange. Sie sagte die Wahrheit.

Die großen Baumwurzeln ließen ihre kleinen Lichtspeere auf den Weg fallen, die Sonnenflecken dagegen, die auf dem Boden tanzten, waren tiefdunkel. Die Farnblätter standen dicht und grün zwischen den Bäumen.

Der Junge spürte sein Herz hämmern. Immer saß ein kleiner Vogel auf einem bestimmten Zweig. Auch jetzt war er da. »Schau mal«, sagte er und zeigte darauf. »Der sitzt immer da.« Die Frau drehte sich um und betrachtete den Vogel. Jetzt konnte er loslaufen. Der Boden unter ihm warf Risse. Die Wurzeln der großen Bäume sahen aus wie Arme, die sich in alle Richtungen wanden.

»Ich habe selbst auch Kinder«, sagte die Frau und drehte sich wieder zu ihm um. Er dachte, das stimme vielleicht gar nicht, obwohl sie es behauptete. Die Großmutter hatte von Erwachsenen erzählt, die Kinder stahlen, hatte gesagt, er dürfe nicht mit fremden Männern mitgehen. Ein Eichhörnchen huschte über den Weg. Markus streckte die Arme danach aus, aber es verschwand mit wogendem Schwanz durch das grüne Licht.

»Wo ist sie?«, fragte er. Jetzt hatte der Engel ihm die Hand auf die Schulter gelegt.

»Im Stell-dir-den-schönsten-Ort-vor-Land. Im Niemand-kann-dir-etwas-tun-Land. Hast du von dem Drachen gehört, der die Prinzessin gerettet hat?«

»Nein.«

»Weißt du etwas über Märchen?«

Markus Svendsen schüttelte den Kopf. »Nur über Dinosaurier«, sagte er. »Und Wölfe.«

Sie lachte und zog ihn an sich. Am Ende legte er sein Fahrrad hin und nahm ihre Hand. Im Wald gab es eine unsichtbare Treppe, die sie hochsteigen mussten, und geheime Wände aus Luft. Es war 11.05 Uhr. Es war Freitag, der 28. Juli.

Ihre Beine jagten durch das reife Korn. Ihr Herz war wie eine Glocke in ihrer Brust. Sie hatte Angst. Plötzlich hatte sie Steinar gegenübergestanden. An der Stelle, wo der Wald ins Moor überging. Er durfte sie jetzt nicht finden, noch nicht. Er hatte die Arme nach ihr ausgestreckt, versucht, sie zu fangen. Aber es war zu früh, viel zu früh.

Sie rannte. Hinter sich hörte sie seine Schritte und seine traurige dunkle Stimme. »Warte«, rief er. »Warte!«

Vesla Mortensen lief wieder in den Wald, über den schmalen Weg. Sie ließ sich in einen engen Graben fallen und zog eine Decke aus dicken Tannenzweigen über sich. Sie hörte ihn vorüberlaufen. Danach blieb sie noch lange liegen, bis sie ihn zurückgehen hörte.

Dann, als das Licht im Boden verschwunden war, schob sie die Tannenzweige zur Seite und stand auf. Dann lief sie am Feldrand entlang. Die dunklen Bäume errichteten vor dem großen Waldhaus eine Wand. Sie verließ den Wald, ging lautlos am Feld weiter. Bog dann wieder in den dichten Wald ab. Plötzlich wurde der Himmel höher, zwischen den Baumwipfeln war eine Schneise geschlagen worden, weil sie die Stromleitungen behindert hatten.

So hatte sie als Kind gespielt. War durch den Wald gelaufen, über das Feld, hatte sich die Haut an den Beinen zerkratzt. Gelbe Ähren, so weit das Auge reichte. Sie erinnerte sich daran, wie ihr abends im Bett die Haut gejuckt hatte. Sie hatte die rötlichen Schrammen blutig gekratzt. Sandstaub und trockener Boden lagen wie Parkett unter den Gewächsen. Das ekelhafte Gefühl von trockenem Dreck unter den bloßen Fußsohlen. So war es auch jetzt.

Johnny Svendsen sollte gefangen werden, wie die beiden anderen. Auf diese Weise würde sie ein Stück weiter kommen. Bald könnte sie dann wieder zu ihrer Mutter ziehen. Mit Steinar im Wald spazierengehen. Sich von ihm am Unterleib ausziehen lassen. Wieder am Nähtisch Kostüme nähen. Im Haus ihrer Mutter. In ihrem eigenen Bett schlafen, in ihrem Zimmer.

Im scharfen Sonnenlicht flimmerte ein Bild, immer. Sie und die Mutter. Immer. Mit dem Bösen fertig werden. Bald würde sie aufgeräumt haben. Sie hatte nicht den Ehrgeiz, sonderlich glücklich zu werden. Das war nicht ihre Art, aber sie wollte die Ruhe zurückhaben. Das war doch nicht zu viel verlangt. Nur musste sie vorher noch Johnny umbringen, mit seinem Körper und seiner anderen Gemeinheit fertig werden. Er hatte Fido ertränkt, war in sie eingedrungen und hatte ihr diesen schrecklichen Knutschfleck auf den Hals gesetzt. Hatte sie in die Brustwarzen gebissen, hatte so schrecklich daran herumgeleckt. Der Lehmboden in der Gärtnerei, wo sie solche Angst gehabt hatte. Wo ihr Leben im Grunde geendet hatte. Das letzte Mal, die Herbstblätter, die an den Fensterscheiben klebten. Die auch nicht mehr leben wollten. Der Wind, der mit einer lockeren Glasscheibe herumtobte. Und die Sonne, die letzten braungelben Sonnenfäden. Die goldenen Arme, die auf dem Boden lagen.

In ihrem Kopf rauschte etwas. Irgendetwas lag in der Luft, der Donner vielleicht, den sie hasste. *Das Wasser zog sie zu sich herunter, grau, brutal. Das gewaltige Wassergeräusch. Kälte und Lichtreflexe im Glas über ihr. Sie war die Katze, die sterben musste, wieder und wieder.* Glas hatte Ähnlichkeit mit Wasser. Sie war die Katze unter Wasser, im Wasser. So musste es unter Wasser sein. Kein Boden, nur eine dünne kalte Haut. Und still. Sie dachte an einen Jagdbomber, der am Himmel geschrien hatte. Weit, weit oben. Er hatte einen giftigen Schwanz hinter sich hergezogen, ganz weiß im Blauen, der sich dann aufgelöst hatte und verdampft war. Durch die Glasscheiben der Gärtnerei hatte sie alles gesehen. Hinter dem Glas, das sie einsperrte, dem Geruch von Moder und feuchter Erde. Faulig, klamm, am Ende der Welt.

Ragnhild Lønn hatte sich eine Jacke über die Schultern geworfen. Sie trug eine verschlissene Jeans. Die schloss sich eng um ihre schmalen Hüften. Ein schwacher Hühnerkotgeruch stieg aus ihren grünen Gummistiefeln auf. Es war 18.17 Uhr. Es war noch immer der 28. Juli.

Das Wetter war umgeschlagen. Eisengraue Wolken jagten über den Himmel. In der Luft lag Unruhe, schwache Winde, die nicht entscheiden konnten, in welche Richtung sie wehen wollten. Der schwache Geruch der Kohlköpfe auf den Feldern unterhalb der Kirche trieb auf sie zu. Aus der Ferne hörte sie den Motor eines Treckers.

Per Einar hatte angerufen und mit Markus sprechen wollen. *Der ist noch nicht zu Hause,* hatte Ragnhild Lønn geantwortet.

Wo ist er denn?, fragte Per Einar.

Wo? Der wollte doch mit dir baden gehen. Und danach bei euch essen.

Aber er ist doch nicht gekommen. Die helle Jungenstimme war aus dem Telefonhörer geschrillt. Ragnhild Lønn spürte, wie die Angst ihren ganzen Leib erfasste. *Er ist doch nicht gekommen.*

Sie wusste, dass Johnny jetzt wieder bei seiner Tante wohnte. Sie hatte ihn an der Tankstelle gesehen. Bei seinem bloßen Anblick brach sie innerlich zusammen.

Bjørn Tore hatte schon mehrere Male zu ihm gehen und ihm sagen wollen, er solle Markus in Ruhe lassen, aber seine Mutter hatte das verhindert. Ragnhild Lønn hatte sofort nach ihrem Gespräch mit Per Einar die Polizei angerufen. Aber Cato Isaksen war nicht im Haus gewesen. Randi Johansen hatte versprochen, ihm bei seiner Rückkehr sofort Bescheid zu sagen.

Im Gehen spürte die Frau, wie ihre Angst verschwand, nur die Wut war noch da. Die Wut über ihren verdammten Schwiegersohn, der sie einfach nicht in Ruhe ließ. Erst hatte er ihre Tochter ermordet, nun übte er gegen sie und Markus den gemeinsten Psychoterror aus. Sie hatte ihn unten auf der Straße hin und her fahren sehen. Sein schwarzes Motorrad, gefolgt von einer Staubwolke. Die Unruhe hatte sich wie eine Klippe in ihr festgesetzt. Aber Markus würde er nie bekommen. Das war sie Ester Synnøve schuldig. Der Junge sollte in Geborgenheit aufwachsen. Wenn nur der Name seines Vater erwähnt wurde, kroch er wie ein kleines Tier in sich zusammen und schlug die Hände vors Gesicht. »Nicht sagen«, rief er. »Nicht sagen. Nicht so was über Papa sagen!«

Johnny Svendsen hatte die Glasscherben aufgelesen und versucht, das Bild seiner Mutter zusammenzukleben. Er hatte in der Schublade mit dem Klebstoff zwei alte Kinderbücher gefunden. Das über das Häschen in der Stadt und das über den kleinen Elefanten Klumpedumpe. Er dachte daran, wie seine Tante ihm früher abends vorgelesen hatte. Immer wieder dieselben kleinen Geschichten. Auch Markus hatte diese Bücher geliebt.

Vor den Fenstern war noch immer Sommer, dennoch lag bereits ein durchsichtiger Streifen von Herbst über der Landschaft. Eine Welle von Erlebnissen und Freuden jagte durch sein Gehirn, aber alles war in graue Einsamkeit getaucht. Er dachte daran, dass er als Kind in dem überwucherten Obstgarten hinter dem Haus gewohnt hatte. Die Bäume waren mit Moos bewachsen. Er dachte an die verschrumpelten fauligen Äpfel. Er zerquetschte sie und zerstörte damit die Wohnung winziger Würmer.

Manchmal hatte er mit den älteren Kindern gespielt, aber sie hatten es immer ihren Eltern erzählt. Nur Ragnar hielt zu ihm, lächelnd und stolz, weil er sich im Glanz seines gefährlichen Freundes sonnen konnte.

Wie es Markus wohl ging? Sollte er sich wirklich von dem Jungen fern halten? Oder wäre es richtiger, zu ihm zu gehen?

Johnny Svendsen legte sich auf das alte grüne Wohnzimmersofa und schlief zehn Minuten, dann fuhr er hoch, spürte die Ruhelosigkeit durch seinen Leib rasen. Er hatte ein schlechtes Gewissen, weil er seiner Tante nicht im Laden zur Hand ging. Er würde ihr helfen, aber nicht mehr heute.

Dann zog er sich rasch aus, duschte, stand lange unter dem

heißen Wasser und schrubbte sich. Dann suchte er sich saubere Kleider heraus, alte Kleidungsstücke, die er viele Jahre nicht mehr getragen hatte, aus dem Schrank auf seinem alten Zimmer. Ein blaukariertes Hemd und ein Paar Jeans.

Er setzte sich wieder an den Küchentisch. Schob die beiden Kinderbücher zur Seite und öffnete das Fenster. Plötzlich passierten mehrere Dinge gleichzeitig. Die Tante erschien in der Küchentür. Die Düsterkeit ihres Gesichtes. Die geschwollenen Beine. Die Hände in den tiefen Taschen, die etwas zu suchen schienen. »Die glauben, dass du das warst«, sagte sie verzweifelt.

Johnny Svendsen blickte sie ängstlich an. Ihr Körper war verwelkt, ihr Gesicht flach und müde. »Ich? Wovon redest du da?«, fragte er.

»Die glauben, dass du Markus geholt hast. Er ist verschwunden.«

Der junge Mann sprang so rasch auf, dass er mit der Hüfte gegen die Tischkante schlug. Der Schmerz jagte durch seinen Leib. Für einen Moment wurde ihm schwarz vor Augen. Er drückte die Zigarette im Aschenbecher aus, ließ den Blick jedoch nicht von seiner Tante.

Ein Streifenwagen mit Østfolder Kennzeichen fuhr auf den Hof hinter dem Laden und blieb bei den beiden Autowracks stehen.

Ragnhild Lønn hatte schon auf sie gewartet. Jetzt rannte sie die Stahltreppe hoch. Die ganze Konstruktion bebte. Das Geräusch pflanzte sich über das Geländer in die Hauswand fort. Sie kam durch die offene Tür gestürzt, trampelte in ihren schmutzigen Gummistiefeln und schlug so energisch gegen den Türrahmen, dass der zitterte. Ihr Gesicht war von Hass erfüllt. Sie achtete nicht auf Erna Svendsen, stieß sie einfach bei Seite und trat vor ihren Schwiegersohn. Für einen Moment bleckte sie in einer wütenden Grimasse ihre gepflegten Zähne. Vor ihren Augen tanzte ein Schwarm aus schwarzen Punkten. Der Kühlschrank in der Ecke brummte.

Johnny Svendsen stand vor seiner Schwiegermutter. Die beiden waren fast gleich groß. Sie sah unmenschlich aus. Ihre glänzenden Haare peitschten hin und her. Die Düsterkeit der schmalen Augen, die schönen Lippen, die gerade, elegante Nase. Dann schlug sie zu.

Ragnhild Lønn schlug ihrem Schwiegersohn mitten ins Gesicht. Ihre Hand brannte auf seiner Wange. Der Schmerz drang durch die Haut, prallte wie ein Stein gegen seinen Wangenknochen. Etwas passierte in seiner zu harten Brust. Die Uhr an der Wand tickte. Tick tack, tick tack. Der Kühlschrank ließ einen langen Seufzer hören, als ein Polizist in die Tür trat.

Johnny Svendsen drängte sich an allen vorbei. Er jagte die Stahltreppe hinunter und verschwand im Wald. Einer der Polizisten nahm die Verfolgung auf.

Ragnhild Lønn und Erna Svendsen standen noch immer da. Die beiden Frauen schauten aneinander vorbei. Die Stille im Raum stieg vom Boden her die gemusterten Wände hoch. Auf dem Tisch lagen die beiden aufgeschlagenen Kinderbücher. Ragnhild Lønn kniff für einige Sekunden die Augen zu. Als sie sie wieder öffnete, schienen sie von einer Haut bedeckt zu sein. In Gedanken hörte sie Ester Synnøves Lachen wie einen blanken Silberton mit einem eiskalten Metallfaden.

Cato Isaksen nahm Randi Johansen mit und fuhr, so schnell er konnte, nach Østfold. Sivert Malling hatte mitgeteilt, er habe Vesla Mortensen gesehen und Steinar sei nicht aus dem Wald zurückgekommen. Gleich darauf hatte Ragnhild Lønn Markus vermisst gemeldet. Der Kommissar hatte die Kollegen in Fredrikstad informiert, die sofort eine Streife losschicken wollten.

Randi Johansen rutschte unruhig auf ihrem Sitz hin und her. »Du glaubst also wirklich, dass Vesla Mortensen von den Toten auferstanden ist und in den Wäldern bei Enger umherschweift? Hältst du Sivert Malling denn für zuverlässig? Er ist doch ein alter ...«

»Ich weiß nicht«, murmelte Cato Isaksen angespannt und konzentrierte sich aufs Fahren.

»Vesla Mortensen hat nicht im Moor gelegen ... irgendwo muss sie doch sein«, meinte Randi Johansen jetzt.

»Ich weiß es wirklich nicht«, sagte er noch einmal, als sein Handy klingelte und er hören musste, dass Johnny Svendsen vor der Polizei geflohen sei. »Was zum Henker ist denn mit dem bloß los?«, sagte er laut, schaute in den Rückspiegel, wechselte auf die linke Fahrspur über und überholte einen Bus und zwei Personenwagen. »Johnny Svendsen ist abgehauen«, sagte er düster.

Randi Johansen blickte ihn verständnislos an.

»Wir müssen Hunde einsetzen, und zwar sofort«, sagte Cato Isaksen und reichte seiner Kollegin das Telefon. »Ruf in Fredrikstad an«, sagte er. »Leider sehe ich Markus' Verschwinden damit in einem klaren Zusammenhang.«

»Johnny Svendsen hat also ...«

»Ich weiß nicht.« Der Ermittler fiel seiner Kollegin ins Wort. Ihm jagte ein wütender Schmerz über die Stirn. »Jetzt nehmen wir uns eins nach dem anderen vor«, sagte er. »Ruf auch noch Roger an. Er soll sich mit Lise Sommer in Verbindung setzen und sie unter Schutz stellen.«

Roger Høibakk rief zurück, als sie gerade die Hauptstraße verlassen wollten. Er teilte mit, dass Lise Sommer telefonisch nicht zu erreichen sei.

»Dann fahrt hin, zum Henker, brecht die Tür auf, wenn es sein muss. Vielleicht war Vesla Mortensen ja schon bei ihr.«

Vor seinem inneren Auge tauchte das Foto auf. *Eine Hexe, ein Troll, zwei Prinzessinnen und ein Schmetterling. Die runden Kindergesichter hatten helle und dunkle Züge, je nachdem, wie das Licht durch das Fenster fiel. Die Augen, wässrig und vage. Voller Hoffnung auf die Zukunft, die dort irgendwo auf sie wartete.*

Sie ist sozusagen ein wenig gestorben, an dem Tag am Flussufer. Lise Sommers Stimme drang in seinen Kopf ein. *Ist sozusagen ein wenig gestorben ... an dem Tag.*

Plötzlich entdeckte er sie. Die Frau ging über das Feld, in hellblauen Kleidern. Er blieb stehen, rang um Atem. Sie war wie ein böses Bild, das längst verdrängte Gedanken wieder hervorholte. Johnny Svendsen schärfte seinen Blick und warf seine Kippe weg. Sie bewegte sich. Konnte sie eine Art Luftspiegelung sein? Die Spiegelung eines Gedankens, einer Erinnerung? Konnte er dort seine eigene Angst sehen?

Er strengte sich ungeheuer an. Es war eine lebendige Frau, eine, die er kannte. Es hätte Ester sein können, aber die war tot. Sie hatte Ähnlichkeit mit Lise. Aber sie war nicht Lise. Sie war Vesla.

Plötzlich verschwand die Frau hinter dem Himbeergestrüpp. Das hellblaue Bild ihres Körpers auf dem Feld blieb in ihm haften. Etwas traf sein Herz, ein Nachtgefühl. Vesla lebte noch. O verdammt. Johnny Svendsen straffte die Muskeln und sprang über den Graben. Lief zwei Meter in das Feld hinein, vorbei an den Himbeeren. Schaute sich nach allen Seiten um, horchte. Aber sie war verschwunden. Er stürzte durch das Wäldchen, vorbei an Blättern, Zweigen und Insekten, die sein Gesicht trafen. Blieb stehen und horchte noch einmal. Aber sie war wirklich verschwunden.

Er verließ den versengten Pfad und lief an den Haselnusssträuchern vorbei zu der Stelle, wo er und Ragnar als Kinder eine Hütte gebaut hatten. Seine Ohren waren von Lärm erfüllt. Die Geräusche sprangen hin und her zwischen den Gewächsen, wie Pingpongbälle. Die Bäume verschwanden hinter den Bäumen? Spielte sie? Oder war ihr verdammter hellblauer Körper nur eine Illusion, etwas, das er sich eingebildet hatte?

Er blieb für einen Moment stehen, verharrte im dichten Blattwerk wie in einem grünen schäumenden Raum. Wie ein großes pochendes Herz aus Blättern und dunklem Waldboden hämmerten die Geräusche auf ihn ein. Plötzlich wuchs Steinar Malling aus den Zweigen heraus. Der Anblick machte ihn fast wahnsinnig vor Angst. Auch Steinar Malling sah ängstlich aus, ängstlich, wütend und verwirrt, alles auf einmal.

Der helle Abend war erfüllt mit schwerem, Übelkeit erregendem Blütenduft. Der Sommer und die überreifen Blumen schienen ein letztes Mal die Muskeln anzuspannen. Roger Høibakk hatte telefonisch mitgeteilt, dass sie Lise Sommer in ihrer Wohnung nicht angetroffen hatten. Sie, ihr Kater und ihr Auto waren verschwunden. Cato Isaksen trug seinem Kollegen auf, die Nacht in der Wohnung zu verbringen. »Falls sie zurückkommt«, sagte er.

Ein Dutzend Freiwillige, angeführt von Ivar Lønn, hatte sich vor dem Laden eingefunden. In drei kleinen Gruppen zogen sie in den Wald.

»Ich begreife einfach nicht, wo Johnny Svendsen steckt«, sagte Randi Johansen verzweifelt. »Ist er vor der Polizei weggelaufen oder hilft er beim Suchen?« Sie schaute auf die Uhr, wollte nach Hause zur kleinen Synne und zu ihrem Mann.

»Ich weiß es nicht«, sagte Cato Isaksen.

Da war irgendsoetwas mit einer Katze. Lise Sommer konnte das nicht vertragen. Was bedeutete das Wort vertragen? Bedeutete es, nicht mögen oder nicht aushalten können? Wie eine Allergikerin, die Kopfschmerzen und eine rote Nase bekommt, wenn sie Tierfell berührt?

Der Kommissar hörte in Gedanken Johnny Svendsens Stimme wie einen fernen Widerhall. Der Artikel über den Katzenquäler. Es gab Details, die sich vielleicht zusammenfügen ließen. Er hatte nur keine Ahnung, wozu. Das Geburtstagsbild, die Katze, der Spiegel. Die Gesichter der drei kleinen Mädchen, spiegelverkehrt. Anders, fremd. Oder erkennbar.

Randi Johansen und Cato Isaksen gingen um den Laden herum, vorbei an den beiden Autowracks und weiter durch den alten Obstgarten. Sie stiegen über einen umgestürzten Zaun und erreichten dann einen kleinen Weg. Der Ermittler drehte sich um und sah im Küchenfenster über dem Laden die Umrisse von Erna Svendsen und Ragnhild Lønn. Rechts begann ein Karrenweg, der zur E 6 führte, die in der Ferne vor sich hin lärmte. »Wir müssen es hier versuchen«, sagte Cato Isaksen.

Erna Svendsen und Ragnhild Lønn saßen einander gegenüber an dem kleinen Küchentisch. Vor dem Fenster standen jetzt noch weitere Streifenwagen. Dahinter breitete sich die Abendsonne über der Landschaft aus.

Sie sprachen nicht miteinander. Vor jeder stand eine Tasse Kaffee. Der Schmerz zerriss und spaltete die beiden Frauen. Eigentlich saßen vier Frauen am Tisch. Die Masken verdeckten ihre Gesichter. Die Trauer steckte beiden im Hals und wurde immer noch größer. Sie wuchs in den Raum hinaus, durch das Fenster. Das Einzige, was noch existierte, war die große, offene Wunde, an der beide litten. Der graue Schmerz, scharf wie Eisen. Und die Kälte, die sie durchströmte, wieder und wieder. Die Frauen ähnelten ihrem eigenen Herbst, wie sie so dasaßen.

Erna Svendsen spürte, wie ihre geschwollenen Beine brannten. Sie hatte viele Krampfadern. Die schmerzenden Füße hatten ihren Körper getragen. Den jungen, den alternden, den jetzigen. Die Füße hatten auch den Sohn getragen, den sie nie geboren hatte. Ihr Körper war schon längst ausgetrocknet.

Ragnhild Lønn kam sich tot vor, obwohl sie lebte. Ihr Herz schlug, ihre Nase holte Atem, ihr Blut strömte. Aber sie hatte alles vergessen. Vielleicht war das Leben so. Die Zeit war nur Zeit und sonst gar nichts.

Die beiden Frauen sollten noch lange am Tisch sitzen. Bis zu dem Moment, an dem der Tag in die Nacht hinüberglitt.

Cato Isaksen und seine Leute suchten jetzt schon seit mehreren Stunden. Inzwischen hatte er zwei Gruppen losgeschickt, die ein wenig weiter südlich suchen sollten, am Flussufer. Drei von den Kollegen aus Fredrikstad waren jedoch noch da, zusammen mit Randi Johansen und ihm selbst. Einer hielt einen großen Schäferhund an der Leine. Markus' Rad war eben gefunden worden, es hatte mitten im Wald auf einem Weg gelegen.

Hauptkommissar Cato Isaksen rief die anderen zu einer kurzen Besprechung vor dem Laden zusammen und beschloss, hinter dem Hof Rønning im Wald zu suchen. »Das ist wohl der einzige Ort, wo wir noch nicht waren«, sagte er. Die Männer, die schmutzig und verschwitzt waren, tranken Wasser und Saft und verzehrten eine Tüte voll Rosinenbrötchen, ehe sie in einen Streifenwagen stiegen und verschwanden.

Johnny Svendsen hörte nicht weit entfernt die Polizei. Laute Stimmen, Hundegebell. Meistens lief er. Lief, bis sein Hals so trocken war, dass er fast keine Luft mehr bekam. Die Angst hatte seine Brust gepackt wie eine Kralle. Steinar hatte ihn angegriffen, ihn geschlagen, getreten und dabei geschrien. Ihm war der Speichel aus den Mundwinkeln gelaufen. Am Ende hatte Johnny entkommen können, doch die Angst saß ihm noch immer in der Brust.

Jetzt fiel ihm auf, dass die Sonne schwächer geworden war. Die Stunden liefen mit seinen Füßen dahin. Der Wind zog mit der Dunkelheit auf. Wolken schäumten über den Baumwipfeln. Er ging über einen kleinen Weg, wo auf beiden Seiten der Graben wie eine braune Schlange dahinkroch, während über ihm ein gewaltiger Wipfel rauschte. Ein schwarzer Schmetterling jagte zitternd vor ihm her.

Der Nachtwind wehte durch seine Gedanken. Er fuhr zusammen. Ein Tier wurde von seinem Lager hochgescheucht. Plötzlich glaubte er, dass Markus vor ihm auf dem Weg stand. »Marku ...« Der Körper des Kindes löste sich auf, fiel in sich zusammen und wurde zu Lehm in einem Graben. Er dachte an die Wärme des kleinen Körpers. Und an das Licht der ängstlichen Augen.

Plötzlich brach der Regen los. Er hatte Angst. Hatte noch nie solche Angst gehabt. Markus, weinte er. Markus. Alles durchjagte wie ein Schmerz seinen Körper. Die Bäume, mit ihren schmerzenden Köpfen hoch oben. Die Stämme, die dem Schatten neue Schatten gaben. Und die Stille, welche die dunkelste Stimme des Waldes einfing. Die tiefe, böse Stimme hinter allem.

Die Nacht rannte weiter, während Johnny Svendsen umherlief, durch die Felder, über schwarze Blumen. In Gräben, über Bäche. Der Regen war weitergezogen. Am Himmel sah er den scharfen Mond, wie in gelbes Licht gemeißelt. Die Mondflecken lagen auf den Zweigen und der Landschaft. In den kleinen Pfützen auf dem Waldweg wogten neue kleine Monde hin und her. Plötzlich sah er das Gesicht seiner Mutter vor sich, dicht bei ihm, nah. Alles schleppte der Mond hinter sich her, Empfängnis, Geburt und Tod. Er fror, sein Körper war nass von Regen und Tau, so, als sei auch er ein Teil des Waldes. Ein Insekt traf auf seine Wange auf. Gereizt verjagte er es mit harter Hand.

Die Stunden trieben endlos auf ihn zu. Die Bilder aus dem Gewächshaus wurden in seinem Kopf zu einem hysterischen Film. Die Vögel schrien jetzt von den Bäumen ihre Morgenmitteilungen. Ihr Klang erweckte Bilder in ihm, eins nach dem anderen.

Vesla Mortensen hatte dagelegen, unter ihm. Ihre bloßen Brüste, wie rosa Schnauzen unter seinem Mund. Sie war so hässlich. Ihr Gesicht war grau und schien in seine Einzelteile zerfallen zu sein. Zuerst schob er die Finger in sie hinein, es war widerlich und zäh. Die Ekstase, als er sich in sie hineinzwang, düster und mit kleinen Trauerflecken bedeckt. Die ruckhaften Bewegungen, hin und her. Das Lachen der anderen, einige Oktaven höher als sonst. Der süßliche Geruch ihrer Angst. Die aufgerissenen Augen. Der scharfe Geruch des Erdbodens. Die anderen, die lachten und lachten, die abwechselnd fluchten und den Kopf schüttelten. Ihm fiel ein, dass Ester ihn schließlich gebeten hatte, aufzuhören, doch er hatte weitergemacht. Der Moment, als es ihm kam. Ein Karussell von Macht und Hass und Ekstase. Die Leere danach. Die wie ein Spuk durch seinen Körper schlich. Veslas Rücken, der hinter den roten Mauern der Waschküche verschwand. Die Bilder der Katze, die sie eine Woche zuvor ins Wasser geworfen hatten. Des hilflosen Tierkörpers, der den Fluss hinabtrieb und in den brüllenden Wassermassen verschwand. Das alles waren die Gründe, aus denen sein Sohn jetzt leiden musste. Auge um Auge, Zahn um Zahn.

Die Nacht rollte zwischen den Bäumen davon. Ihre Reste lagen noch einige Minuten zitternd vor den Baumstämmen, dann verdampften sie und wurden zu einem grauen Schleier. Das kühle Licht war für die Haut zu spüren wie Wasser. Der Mond wurde plötzlich über ihm in ein dünnes weißes Blatt Papier verwandelt, mit unebenen Kanten, kurz vor dem Schmelzen.

Randi Johansen war so müde, dass ihre Muskeln ihr nicht mehr gehorchten. Sie wäre fast über einen Bretterstapel gestürzt, der an dem kleinen Waldweg aufragte.

Cato Isaksen verschwand plötzlich zwischen den Haselsträuchern. »Ich dachte, ich hätte etwas gesehen«, sagte er und legte die Hand auf eine kalte Metallfläche. Die Polizistin kam mühsam wieder auf die Beine und stieg über den Graben. Zwischen den Bäumen tauchte ein silbergrauer Golf auf. »Himmel«, sagte sie, jetzt wieder wach. »Wer parkt denn ausgerechnet hier?« Sie ging zu dem Wagen und schaute durch das hintere Fenster. »Auf dem Sitz steht ein Katzenkorb«, sagte sie. »Und darin sitzt auch eine Katze. Sie jammert, die Arme. Das rechte Hinterfenster ist ein wenig geöffnet, aber nicht so weit natürlich, dass ich hineingreifen könnte. Sollen wir das Schloss knacken?«

Cato Isaksen schüttelte den Kopf. »Ich rufe auf der Wache an und lasse die Nummer überprüfen«, sagte er. »Die Katze hat Ähnlichkeit mit der von Lise Sommer«, fügte er hinzu.

Randi Johansen schluckte. Ihr war ein unangenehmer Gedanke gekommen. Müde ließ sie sich auf einen Baumstumpf sinken. Das Morgenlicht breitete sich über den Boden aus wie eine graue Decke.

»Bald wird es ganz hell sein«, sagte sie und sah zu ihrem Chef hinüber, der noch immer telefonierte. »Bald kann ich nicht mehr«, murmelte sie vor sich hin. »Wir wissen doch gar nicht, ob das Kind noch in der Gegend ist. Vielleicht sind sie weit weggefahren.«

Cato Isaksen beendete sein Gespräch. Er drückte auf die rote

Taste seines Handys und hob den Zeigefinger an den Mund, um Randi Johansen zum Schweigen zu bringen. Er hatte ein Geräusch gehört, ein fast unmerkliches Geräusch, fast wie ein Hauch. Plötzlich nahm er einen Schatten wahr, der vor dem Auto durch die Bäume glitt. Das unklare Bild kam ihm entgegen wie eine Welle. Es war Johnny Svendsen, der ihn im selben Moment entdeckt hatte. Er machte auf dem Absatz kehrt, riss dabei einige Zweige ab und war wieder im Wald verschwunden.

»Johnny!«, rief der Kommissar und lief hinterher. »Warten Sie, wir wollen doch nur mit Ihnen reden.«

Bäume und Büsche jagten vorüber. Es war schwer zu sehen, wohin er im Zwielicht die Füße setzen sollte. Er kannte sich hier nicht aus. Im dichteren Wald wurde es dunkler. Cato Isaksen blieb für einen Moment stehen und horchte, konnte aber nur seinen eigenen Herzschlag und das leise Rauschen der Baumwipfel hören.

Er lief noch ein Stück weiter, stolperte dann aber plötzlich über eine Wurzel und fing den Sturz mit beiden Händen ab. Er fluchte laut und richtete sich langsam wieder auf. Die Schmerzen in seinen Handgelenken ließen ihn fürchten, er könnte sich etwas gebrochen haben. Wut und Erschöpfung ließen ihn explodieren. »Johnny Svendsen«, brüllte er. In diesem Moment klingelte das Telefon in seiner Tasche. Zugleich hörte er, dass Randi auf ihn zukam. Sie beugte sich besorgt über ihn und fragte, ob etwas passiert sei. Er sagte nein und drückte auf den grünen Handyknopf. Es war Preben Ulriksen. »Der Wagen, nach dem du gefragt hast, der Golf, gehört Lise Sommer«, sagte er gleich als Erstes.

»Verdammt«, murmelte Cato Isaksen. »Was ist hier eigentlich los?« Die Schmerzen in seinen Handgelenken hatte er schon vergessen. Etwas sank düster und unbehaglich in sein Bewusstsein. Lise Sommer war also auch in der Gegend. Er schaute Randi Johansen an, die jetzt neben ihm hockte. »Sie sind alle hier«, meinte er und sah seine Kollegin an. »Lise Sommer, Vesla Mortensen und Johnny Svendsen.«

Erna Svendsen wartete schon mit Kaffee und Broten, als sie zum Laden zurückkehrten. Sie war die ganze Nacht aufgewesen. Ragnhild Lønn war gegen eins nach Hause gegangen. Vorher hatten die beiden Frauen geredet und geredet und geredet. Hatten geweint und geredet und wieder geweint. Ein großer, schwerer Stein schien aus Erna Svendsens Körper entfernt worden zu sein. Aber etwas war an seine Stelle getreten, die Angst davor, was mit Markus passiert sein mochte.

Immer wieder war sie zwischen Küche und Wohnzimmer hin und her gelaufen. Hatte aus dem Fenster geschaut und nach Johnny gerufen. Aber nichts war passiert. Gegen fünf war sie in den Laden gegangen und hatte drei Brote und Aufschnitt geholt, um sich dann an das Frühstück für die Suchmannschaften zu machen.

Nach dem Essen organisierte Cato Isaksen die weitere Suche. Einige Kollegen gingen nach Hause, neue kamen hinzu. Randi Johansen und er fuhren zu Marion Lønn, Ivar Lønns Kusine. Lise Sommer hatte sie an dem Tag besucht, an dem Vesla Mortensen verschwunden war, das hatte Ragnhild Lønn erzählt. Sie war zuerst bei ihnen gewesen, hatte eine Weile mit Ester Synnøve in der Sonne gesessen und war dann zu Marion weitergegangen.

Marion Lønn war grau im Gesicht. Sie trug über ihrem Nachthemd einen dicken Pullover. Sie bat ihre Gäste freundlich herein. »Ich begreife das alles nicht«, seufzte sie. »Was kann denn bloß mit Markus passiert sein?«

»Wir geben uns alle Mühe, ihn zu finden«, sagte Cato Isaksen müde.

Auf seine Frage hin erzählte die Frau, dass sie und Lise Sommer sehr gute Freundinnen gewesen seien. »Ich glaube, ich war für sie eine Art Ersatzmutter. Sie hat doch selbst keine. Aber ich habe sie seit diesem Abend vor zwei Jahren nicht mehr gesehen. Sie beantwortet meine Briefe nicht und geht nicht ans Telefon. Ich weiß nicht, was los ist. Aber ich hatte ja keine Ahnung, dass das so wichtig sein kann.«

»Können Sie genau berichten, was damals passiert ist?«

Marion Lønn fasste sich an den Hals und holte ängstlich Luft. »Was hat das alles zu bedeuten?«, fragte sie düster.

Cato Isaksen schüttelte den Kopf. »Das wissen wir nicht«, sagte er und runzelte die Stirn. »Lise Sommer war also an dem Tag bei Ihnen, an dem Vesla Mortensen verschwunden ist, ja?«

Die Frau bejahte und setzte sich nervös auf eine Stuhlkante. Sie erzählte, Lise habe Ester Synnøve und deren Eltern besucht. »Danach war sie dann hier. Wir haben so gegen vier Uhr zusammen gegessen. Danach haben wir noch einen Kaffee getrunken und geredet.« Um kurz vor sechs war Lise Sommer dann zum Bus gegangen. Marion Lønn hatte sie zur Hauptstraße fahren wollen, aber das hatte sie abgelehnt. Sie wollte die Abkürzung durch den Wald nehmen. Sie wolle den schönen Abend genießen, hatte sie gesagt.

Cato Isaksen kniff die Augen zusammen. »Aber Sie haben jetzt nichts von ihr gehört?«, fragte er dann.

»Jetzt?«

»Ja.«

»Nein, natürlich nicht. Wieso fragen Sie?«

»Lise Sommer ist gerade in der Nähe. Sie ist irgendwo im Wald unterwegs.«

Das Wartehäuschen an der Bushaltestelle wies nach all den Jahren noch immer seine triste moosgrüne Farbe auf. Dieses alte Wartehäuschen, das die ganze Zeit über dort gestanden hatte. Johnny Svendsen lief hinauf auf die Hauptstraße und versteckte sich in dem Häuschen. Er hatte die Hände in den Taschen und versuchte, die plötzliche Sommerkälte abzuschütteln. Ein weiterer Regenschauer ergoss sich über Felder und Wald. Die Regenfäden lagen seitwärts in der Luft. Das Wasser trippelte mit tausend Füßen über das Dach. Er sah zu, wie die glasigen Tropfen auf den Asphalt auftrafen. Wie sie auf den Boden knallten, ein kleines Stück hochgeworfen wurden, dann zu weißem Schaum gepeitscht wurden und als dünne weiße Bäche in den Graben flossen. Johnny Svendsen suchte in einer seiner Taschen nach seiner Zigarettenpackung. Fand sie und fischte eine Zigarette heraus.

Vesla Mortensen stand horchend hinter dem Wartehäuschen. Sie legte ihr Ohr an die Wand. Wusste, dass er dort war. Sie hatte gesehen, wie er gebückt aus dem Wald geschlichen war. Jetzt hörte sie die Geräusche, die er dort drinnen machte.

Auf der Straße fuhr ein Auto vorüber, dann noch eins. Sie musste warten, aber das durfte nicht lange dauern. Ihre triefnassen Haare klebten an ihrem Schädel. Ihre Kleider waren völlig durchnässt. Ihre kleinen Brüste waren durch den hellblauen Stoff ihres Hemdes zu sehen. In der Hand hielt sie ein Küchenmesser. Sie wollte es tief in ihn hineinstoßen und dann würde alles gut werden. Sie wollte Frieden. Auch Johnny Svendsen sollte sterben. So wollte sie sich an ihn erinnern, verletzt, verängstigt, zerstört. Sie würde zusehen, ohne mit der Wimper zu zucken, aber vorher noch wollte sie ihm Markus zeigen.

Johnny Svendsen griff zum Dagbladet, das zusammengefaltet auf der Bank lag. Er öffnete die Zeitung und blätterte darin herum, dann sah er sich noch einmal die Titelseite an. Die Worte leuchteten ihm entgegen. *WELTUNTERGANG NÄHER ALS ERWARTET. Jetzt glauben die Forscher, dass uns »nur« noch fünfhundert Millionen Jahre bleiben, ehe die Sonne uns alle umbringt. Wirklich schlimm werden die Zustände, wenn die Durchschnittstemperatur 60 Grad Celsius erreicht hat.*

Plötzlich hörte er etwas. Vielleicht wühlte hinter dem Häuschen ein Hund im Boden. Er ließ seine Kippe fallen und trat sie aus.

Und dann stand sie plötzlich da, genau vor ihm. Mit federnden Knien, erhobenen Armen und einem Messer in der Hand. Ihr Gesicht hatte schlicht etwas Wahnsinniges. Sie war zerkratzt und schmutzig. Eine Wunde auf ihrer Hand blutete.

Johnny Svendsen hatte keine Zeit, sich zu fürchten. »Dann hab ich dich gestern also doch gesehen!«, rief er heiser, während die Zeitung langsam zu Boden flatterte. »Wo ist Markus?« Die Tränen füllten seine Stimme und verzerrten sie bis zur Unkenntlichkeit. »Wo ist er?«

Vesla Mortensen gab keine Antwort. Verlagerte nur ihr Gewicht von einem Bein aufs andere. Ihr Mund war verschlossen. Ihre ausgetrockneten Lippen waren ironisch verzogen.

Der Regen war in Hagel übergegangen, der auf dem Boden aussah wie Meersalz. Plötzlich riss die Wolkendecke auf und die verwirrte Sonne legte einen rosa Streifen über die Landschaft.

Sie ließ ihn vor ihr hergehen, aus dem Häuschen heraus. Über den Graben, durch das Feld. Salz und Licht legten sich über seine Schultern.

»Wir gehen in den Wald«, sagte sie. »Los!«, fügte sie im Befehlston hinzu.

Er wollte ihr zurufen, alles sei nur ein Missverständnis, er habe nicht klar gedacht. Er habe sich einfach mitreißen lassen, habe sie aber niemals verletzen wollen. Er sei auch nicht mehr derselbe wie damals. Aber er sagte nichts. Sie ging dicht hinter ihm und schwenkte ihr Küchenmesser. Johnny Svendsen schritt über den Weg. Was hätte er auch sonst tun sollen? Er wusste, dass sie seinen Sohn irgendwo im Wald versteckt hielt. Ein plötzlicher Gedanke wälzte sich wie eine Lawine durch seinen Kopf. Vielleicht war es ja doch schon zu spät. Vielleicht hatte sie Markus schon umgebracht.

Roger Høibakk setzte sich schlaftrunken auf dem Sofa auf. Er weckte Asle Tengs, der in einem Sessel saß und mit offenem Mund schlief. Die beigen Leinenvorhänge bewegten sich vor den Fenstern langsam hin und her. In den Straßen war der Verkehr erwacht. Ansonsten war alles still. Lise Sommer war nicht zurückgekehrt.

Die beiden Polizisten kochten sich in der kleinen Küche Kaffee. Sie beschlossen, dass Asle Tengs auf die Wache fahren und sich ein Bild der Lage machen sollte. Roger Høibakk würde bis zu seiner Ablösung in der Wohnung bleiben.

Das rote Tagebuch fanden sie durch puren Zufall. Am Vorabend hatten sie ergebnislos Schubladen und Schränke durchsucht. Jetzt wollte Roger Høibakk sich im Badezimmer mit kaltem Wasser das Gesicht waschen. Er ließ das Wasser laufen, bis es kalt genug war, beugte sich über den Hahn, formte mit seinen Händen eine Schüssel und ließ das Wasser über seine Haut strömen. Blind und mit geschlossenen Augen suchte er ein Handtuch. Dabei stieß er gegen einen Parfümflakon, der auf der Ablage unter dem Spiegel stand. Der Flakon, der aus hartem Glas bestand, traf klirrend auf den Fußboden auf, zerbrach aber nicht. Stattdessen wirbelte er wie ein Kreisel um sich selbst und verschwand unter der Badewanne.

Roger Høibakk ging auf die Knie und schob die Hand unter die Badewanne. Er tastete ein Weilchen hin und her, dann spürte er etwas Hartes. Ein Buch, ein ziemlich dünnes Buch. Er zog es hervor. Es war rot und auf dem Einband prangte ein kleines goldenes Herz. Abgenutzt war es, aber unversehrt. Er wischte alle Katzenhaare vom Buch und ging damit in die Küche.

Dort schenkte er sich einen neuen Kaffee ein, eilte mit Tasse und Tagebuch ins Wohnzimmer und setzte sich aufs Sofa. Zwei Seiten waren mit Klebeband zusammengeklebt. Er riss die Seiten vorsichtig auseinander und fing an zu lesen.

11. September 1983
Es ist etwas ganz Entsetzliches passiert. Ich kann nicht viel darüber schreiben. Sie haben meinen Kater umgebracht, haben seine Haut zerkratzt, durch das Fell, bis er blutete. Sie haben ihn festgehalten. Er konnte nicht entkommen. Ich habe versucht, mir nichts anmerken zu lassen, ich dachte, dann hören sie vielleicht auf. Ich weiß ja, dass sie es immer schrecklich komisch finden, wenn ich mich fürchte. ABER DANN HABEN SIE IHN ERTRÄNKT. *Dabei waren: Johnny, Ester, Lise, Rita Helen und Ragnar.*

Die Dunkelheit füllt den Garten. Es regnet jetzt. Zuerst still und vorsichtig, dann härter und härter. Ich kann nicht schlafen. Vesla.

18. September 1983
Sie waren schon da, als ich gekommen bin. Sie saßen in dem grünen Wartehäuschen an der Bushaltestelle. Sie rauchten und rissen Witze. Sie hatten mich hinbestellt. Ich hatte mich so darüber gefreut. Vielleicht war die schlimme Zeit ja doch zu Ende. Ich kann natürlich nie vergessen, was sie meinem Kater angetan haben, aber ich dachte, ich könnte es ihnen erklären. Und vielleicht, wenn sie bereuten ... Ester und Johnny und Lise. Sie waren alle drei da. Zuerst dachte ich, jetzt würde alles in Ordnung kommen. Aber weil sie so gelacht haben und ihre Gesichter sozusagen von Schatten gefärbt waren, hätte ich es mir denken müssen. Wir gingen zum Glashaus, bei Ester, hinter der Waschküche.

Zuerst war alles gut. Johnny küsste Ester. Mein Herz wanderte in meiner Brust hin und her. Ich war mit ihnen zusammen. Ester war ein wenig verlegen und schaute in eine andere Richtung, aber dann lachte sie auch. Lise sah mich an und Johnny sah mich an. Dann riss Johnny sich von Ester los und kam auf mich zu. Die anderen kicherten. Ester und Lise halfen ihm, mich auf den Boden zu drücken.

In der Nacht davor hatte ich schlecht geschlafen. Hatte Dinge vor dem Fenster gesehen, Zweige, die gegen die Scheibe schlugen, hatte den Druck einer Katzenpfote auf der Brust gespürt. Vielleicht war das eine Warnung gewesen.

Ich wehrte mich, schlug mit dem Kopf gegen die Kante eines Tisches mit hundert Blumentöpfen. Zerkratzte irgendwem das Gesicht, zog sie an den Haaren. Ich hatte solche Angst, schlimmere Angst als je zuvor. Aber dann, als mir aufging, was sie vorhatten, schlug meine Angst in Trauer um. Es war dieselbe Trauer wie beim Tod von Papa und dem des Katers.

Dann fing er an. Johnny presste seine Lippen auf meine Haut und saugte sich an meinem Hals fest. Der Knutschfleck wuchs wie eine boshafte lila Blume.

Wenn du erst größere Titten kriegst, dann gibts mehr, sagte er. Wieder lachten alle drei. Und dann machten sie etwas noch Schlimmeres. Zogen mir die Kleider aus. Ich konnte nichts dagegen tun, obwohl ich getreten und geheult und versucht habe, mich loszureißen. Am Ende habe ich aufgegeben. Ich kniff die Augen zusammen und blieb ganz ruhig liegen, während Johnny mich vergewaltigt hat.

Ich hatte dabei das Gefühl, dass mein Körper mich losgelassen hatte, dass meine Knochen und mein Fleisch in die lauwarme Erde gezogen wurden. Nein! Ich werde nie wieder dieselbe sein. Das weiß ich jetzt. Meine Seele ist gestempelt worden. Ich bin schlechter als die anderen, weniger wert. Nach dem, was hier passiert ist, kann ich niemals etwas werden.

Über mir sah ich die Glasscheiben. An einigen Stellen waren sie von verdreckten Regentropfen verschmutzt. An anderen Stellen waren sie blank und durchsichtig. Ich hörte auch ihr Lachen. Esters, Lises und Johnnys.

Ich trage jetzt einen Schal. Mama darf den Knutschfleck nicht entdecken. Wenn Mama wütend wird, ist ihr alles zuzutrauen.

Mein Kater ist den Fluss hinabgetrieben worden. Was hat er dabei empfunden? Hat sein Schmerz jetzt ein Ende oder wandert er für immer und ewig mit dem Wind über die Erde? Ja, das glaube ich. Und das gilt auch für meinen Schmerz. Für meinen und seinen.
Vesla

27. September 1983
Heute haben wir Sivert und Steinar besucht. Ich habe gesehen, wie Steinar meinen Hals angestarrt hat, aber der Knutschfleck ist jetzt verschwunden. Er lächelte mich an. Sein geheimes Lächeln und dann haben wir uns am Baum verabredet. Warum bringe ich das über mich? Weil ich es in seinen Augen sehe, dass ich ihm etwas bedeute. Deshalb. Sivert hatte Waffeln gebacken, aber er ist nicht gerade reinlich. Wir haben auf dem Heimweg darüber gesprochen, dass Sivert nicht reinlich ist, Mama und ich. Mama macht sich immer Sorgen, wenn ich weggehe, vor allem abends.
Vesla

Roger Høibakk holte tief Luft und schloss die Hände um das Buch. Dann blätterte er wahllos darin herum. Immer wieder. Las und las. Ihm wurde immer unbehaglicher. Die Seiten waren mit Wörtern gefüllt. Aber Vesla Mortensen hatte nicht jeden Tag geschrieben. Und manchmal schrieb sie über Alltäglichkeiten: *Mama hat meinen Lieblingskuchen gebacken. Ihre Blumen sind in diesem Jahr schöner als im letzten. Ich habe heute das Glocken-*

blumenkostüm fertiggenäht. Die Kleine, die es tragen soll, war zur Anprobe hier. Sie war total begeistert.

Roger Høibakk schloss das Buch und schlug es hinten wieder auf. Er las eine halbe Seite. Las dann immer weiter und fluchte laut dabei. Die Worte strömten ihm entgegen, wie kleine Käfer aus Druckerschwärze. Er legte für einen Moment den Kopf in den Nacken. Schloss die Augen. Die Gewissheit war grauenhaft und der pure Wahnwitz. Er konnte sie einfach nicht verkraften. Er ließ das Buch fallen und wählte Cato Isaksens Handynummer. Es klingelte und klingelte. Schließlich sagte eine Frauenstimme: »Der Teilnehmer ist zurzeit nicht erreichbar, bitte hinterlassen Sie nach dem Piepton eine Nachricht.«

Roger Høibakk bestellte ein Taxi. Er konnte nicht auf die von Asle Tengs versprochen Ablösung warten. Die Zeit drängte.

Steinar Malling begriff sofort, dass etwas Schreckliches passiert war. Johnny Svendsen schien tot zu sein. Seine Augen waren geschlossen.

Er hatte Ähnlichkeit mit dem Bild Jesu in der Kirche. Dem weißen und gelben und roten Bild. Genauso hing Jesus da, mit gefesselten Armen. Aber er hing an einem Kreuz, nicht an einem Baum.

Johnny lag auf der Seite, seine Arme waren an einen dicken, tief hängenden Ast gefesselt. Er lag auf dem Boden. Er hatte keine Ähnlichkeit mehr mit Johnny Svendsen. Sein Hemd, seine Arme und sein Gesicht waren blutverschmiert. Das Seil war um seine Handgelenke gewickelt, wie bei Jesus Christus, dem Erlöser, der über alle Lebenden und Toten bestimmt. Es war grauenhaft.

Der kleine Junge war auf dieselbe Weise gefesselt. Er weinte nicht. Sein Gesicht schien zerbrochen zu sein. An seinem Hals klaffte eine schreckliche Wunde. Sie blutete nicht, war aber trotzdem vorhanden. Steinar hockte sich neben Markus hin und legte ihm seine große Hand auf den Kopf. »Du Armer«, sagte er. »Ich weiß, wer du bist. Bist du traurig?«

Der Junge gab keine Antwort.

»Das ist ein schöner Baum, nicht wahr?«

Markus Svendsen gab noch immer keine Antwort.

Steinar Malling erhob sich, blieb stehen und betrachtete die beiden Verletzten eine Weile, dann machte er kehrt und rannte davon. Aus seiner Kehle quollen seltsame Geräusche. Er konnte das alles nicht ertragen, wollte sich von dem Bild befreien, das hinter seiner Stirn herumtanzte. Er lief durch die Farnblätter, vorbei an der Stelle, wo Vesla sich damals ausgezogen hatte, vorbei an der Wiese mit den verwelkten Margeriten, vorbei an dem Feld, auf dem er ihr am Vortag begegnet war. Über den Bach, der so scheußlich gluckste. Er zog seine Schuhe nicht aus, er sprang einfach in das fließende Wasser und lief auf die andere Seite. Sofort füllten seine Schuhe sich mit Wasser. Der Bach war kalt und schnitt ihm in die Haut. Er lief, aber er wollte nichts verraten. Er wollte nur weg. Er hatte ihr versprochen, nichts zu verraten. Der Baum gehörte ihnen beiden und sie waren ein Liebespaar. Plötzlich stolperte er über eine Wurzel. Er knallte mit der Brust auf den Boden. Er blieb eine Weile auf dem Weg liegen, dann stand er langsam auf. Hinter seinen Rippen tat alles weh. Steinar Malling stöhnte. In seinem Kopf pochten und dröhnten die düsteren Gedanken. Der Schmerz in seiner Brust erinnerte ihn an etwas anderes. Sein Vater würde wütend auf ihn sein, ihn mit der Zeitung schlagen und ihm Fernsehverbot erteilen. Wenn Steinar dann selbst wütend wurde, musste er umziehen. In einem anderen Haus wohnen, zusammen mit komischen Menschen.

Plötzlich entdeckte Cato Isaksen Steinar Malling. Der junge Mann hockte auf dem Weg. Er hockte einfach da, hatte die Arme ganz fest um seine Knie geschlungen, wie um sich selbst zu beschützen. Sein Kehlkopf wanderte auf und ab und er schluchzte verzweifelt vor sich hin.

Randi Johansen kniff für einen Moment die Augen zusammen, um sich vom Schwindel zu befreien. Dann ging sie zu ihm und legte ihm die Hand auf die Schulter. »Steinar«, sagte sie. »Was ist passiert, kannst du mir das sagen?«

Der Angesprochene schien an einem ganz anderen Ort zu erwachen. Das grüne Licht färbte alles ein, die Erinnerung an den Anblick, der aus seinem Kopf verschwinden musste. »Wenn man stirbt, ist man nicht mehr in sich selbst«, sagte er. Sie durften nicht böse auf ihn werden. Immerzu wiederholte er diesen

Satz. »Nicht mehr in sich selbst. Wir haben zusammen einen Baum«, erklärte er. »Vesla und ich. Der gehört nur uns.« Dann wiegte er sich hin und her und starrte den Boden an. Sah kleine Ameisen, die in den Erdspalten umherwimmelten. Die auf ihren schwarzen Schultern Tannennadeln und Samenkörner transportierten.

Cato Isaksen zog sein Telefon hervor und versuchte jemanden anzurufen, der Sivert Malling abholte. Vielleicht könnte sein Vater ein vernünftiges Wort aus ihm herausbekommen. Das Telefon funktionierte nicht. Der Akku war leer. Cato Isaksen fluchte laut. Die Müdigkeit brannte in seinen Augen. Er fror, er war schmutzig, er hatte Hunger. Er hatte keinen Bissen von Erna Svendsens Frühstück herunterbekommen.

Sie beschlossen, dass Randi bei Steinar im Wald bleiben sollte, während Cato Isaksen Sivert Malling holte. Erst, als er schon ein Stück weit gekommen war, erkannte der Kommissar, dass dies keine gute Idee war, dass es für Randi gefährlich werden könnte, mit Steinar Malling allein zu sein. Aber er konnte jetzt nicht zurücklaufen, er durfte keine Zeit vergeuden. Seine Füße dröhnten über den Waldboden. Plötzlich, gleich hinter einer Kurve, sah er eine Frau. Langsam sank ihr Anblick in sein Bewusstsein ein. Sie erschrak ebenso wie er. Ihr Schreien zerriss seine Gedanken in viele Fetzen, die nicht mehr zusammenpassten. Es war Lise Sommer. Ihr Gesicht war vor Angst verzerrt. »Hilfe, Hilfe!«, rief sie. »Sie ist verrückt. Hilfe, sie hat versucht, mich umzubringen!« Sie streckte ihre zerkratzten Arme nach ihm aus, kam zu ihm und klammerte sich an ihn. Ihr dünner Körper zitterte heftig.

»Vesla! Reden Sie von Vesla?« Cato Isaksen fühlte sich von seiner Verwirrung wie gelähmt. Das hier war doch der pure Wahnwitz.

»Herrgott, sie ist total verrückt«, schluchzte die Frau. »Sie hat ein Messer ... groß ... so.« Sie zeigte die Größe mit ihren Händen.

»Wo ist sie?«

»Da ... weiter hinten ...«

Der Polizist spähte ängstlich in den Wald hinein. Dann sah er wieder Lise Sommer an. Ihr Gesicht war schmutzig und tränenüberströmt. Ihre Hose war gleich über dem Knie zerrissen und ihr kurzärmliger Pullover auf der einen Seite schlammverschmiert.

»Was um Himmels willen ist denn bloß los?«, fragte er, während er sie an einer unübersichtlichen Stelle mit eng stehenden Büschen vorbeiführte und dabei alle Sinne aufs Äußerste anspannte.

Lise Sommer erlitt einen hysterischen Weinanfall. Cato Isaksen merkte plötzlich, wie seine Angst der Wut wich. »Aber was zum Henker haben Sie eigentlich hier unten zu suchen?«, sagte er.

Die Frau schüttelte den Kopf. Sie weinte noch immer und brachte deshalb kein Wort heraus. Die Waldgeräusche mit ihren scharfen Stimmen kamen auf sie zugetrieben.

»Vesla Mortensen hat versucht, mich umzubringen«, sagte sie etwas ruhiger.

Sie verließen den Wald, durchquerten den alten Obstgarten hinter dem Laden und erreichten den Streifenwagen. Cato Isaksen öffnete die Tür und bat seine Begleiterin einzusteigen.

Lise Sommer rutschte auf den Rücksitz. Der Kommissar sagte, er müsse kurz telefonieren gehen, doch da erlitt sie wieder einen hysterischen Angstanfall. Er starrte verzweifelt zu Erna Svendsens Küchenfenster hoch, dann lief er um den Wagen herum und setzte sich neben sie.

Dann betrachtete er seine schmutzigen Hände. Wie mochte es Randi draußen im Wald ergehen, allein mit dem Verrückten? Und was, wenn Vesla Mortensen sie fand? Die Zeichen drängten sich von allen Seiten heran. Lise Sommer betrachtete ihn schweigend.

Plötzlich überkam ihn eine Erkenntnis. Kostüme, Verkleidung. Maskerade. Was hatte er denn noch auf dem Geburtstagsbild gesehen? Spiegelverkehrt, anders, fremd und vertraut zugleich. Ein scharfer Schock breitete sich hinter seiner Stirn aus und verschwand wie ein kleiner Blitz in seinem Unterbewusstsein.

Das Bild der verkleideten Mädchen. Die Gesichter, anders. Drei waren blond, eine rothaarig, eine dunkel. Ester Synnøve, Lise Sommer und Vesla Mortensen. Sie sahen sich ziemlich ähnlich. Vesla, als Trauermantel, fast versteckt hinter einer grünen Pflanze. Lise Sommers Züge, ihre Augen, die Art, wie sie den Mund geschlossen hielt. Das unsichtbare Lächeln, das in ihrem Mundwinkel zu beginnen schien.

Seine Gedanken ließen sein Herz schneller schlagen. Trieben ihm das Blut durch die Adern. In seinem Bewusstsein fügte sich ein Bild zusammen. Plötzlich sah er, wie blau ihre Augen waren, wie die Tupfen des Trauermantels. Kalt, berechnend. Sie hatte sie alle an der Nase herumgeführt. Lise Sommer hatte sie alle an der Nase herumgeführt. Das Bild der Frau neben ihm sprach nicht die Wahrheit. Jetzt hatte er das alles begriffen.

Marion Lønn und Lise Sommer hatten gegen vier Uhr zusammen gegessen. Danach hatten sie noch eine Weile über einem Kaffee geplaudert. Als die Uhr auf sechs zuging, war Lise Sommer zum Bus gegangen. Es war der 6. Juli 1998. Marion Lønn hatte angeboten, sie zur Straße zu fahren, aber das hatte die junge Frau abgelehnt. Sie hatte die Abkürzung durch den Wald gehen wollen. Um die Wege ihrer Kindheit noch einmal zu erleben. Und den schönen Abend zu genießen. Das sollte sich als schicksalhafte Entscheidung erweisen, denn im Wald warteten Vesla Mortensen und Steinar Malling auf sie.

Lise Sommer schien zu ahnen, dass ihr Gegenüber jetzt alles begriff. Intuitiv witterte sie Gefahr. Mit einer raschen Bewegung versuchte sie, das Auto zu verlassen. Und das gelang ihr auch. Sie kroch ein Stück auf allen vieren, dann richtete sie sich auf und hastete wieder in den Wald.

Cato Isaksen rannte auf die andere Seite des Wagens. In der Ferne hörte er Hundegebell. Ein Hubschrauber glitt über den Himmel.

»Halt!«, rief er. »Das Spiel ist aus!« Im Küchenfenster tauchte Erna Svendsen hinter ihren Spitzengardinen auf.

Aber Vesla Mortensen hörte ihn nicht. Sie wollte jetzt nicht aufgeben. Sie war noch nicht mit allem fertig. Die Muskeln in ihren Waden und Oberschenkeln spannten sich an. Einmal wäre sie fast über lockere Erde gestolpert. Aber sie fand das Gleichgewicht wieder und rannte weiter.

Der Kommissar war dicht hinter ihr. Er streckte die Arme aus, konnte sie jedoch nicht erreichen. Ein scharfer Zweig zerkratzte seine Wange. Der Laubwald schloss sich vor seinen Augen, wie ein dichter grüner Vorhang. Plötzlich war sie verschwunden. Er blieb stehen. Die Stille wogte ihm entgegen. Sein Herz tobte und mischte sich mit dem Geräusch von Blättern und kleinen Vögeln. Offenbar hatte sie sich unter einem Busch versteckt. Er horchte, glaubte ihren Atem hören zu können. Sie musste ganz in der Nähe sein. Angst, Wut, ihr Geruch, er spürte, wie es ihn durchströmte, das alles.

Er blieb zwischen den Bäumen stehen. Die Zweige sahen aus wie flatternde Flügel, langsame Flügel. Weiße Sonnenbänder drangen hoch über ihm durch das Blattwerk. Kleine Staub- und Samenkörner wirbelten in den Lichtbändern hin und her.

Dann spürte er plötzlich etwas an seinen Knöcheln. Hart, wie Zähne. Er fiel zur Seite und sofort stürzte sie sich auf ihn. Mit wild verzerrtem Gesicht. Mit aufgerissenen Augen und einem wütenden Mund.

Aber er war stärker als sie und schneller. Er packte ihre schmalen Schultern und wälzte sich über sie. Packte ihren Hals und drückte sie zu Boden. Erde und Tannenzapfen hingen in ihren blonden Haare. Er presste sie nach unten, bis er wieder zu Atem gekommen war. Als er den Griff ein wenig lockerte, wandte sie ihr Gesicht ab, schloss die Augen und verzog wütend den Mund. Dann schaute sie voller Abscheu zu ihm noch.

»Vesla Mortensen«, sagte Cato Isaksen mit kalter Stimme. »Sie sind eine großartige Schauspielerin. Sie haben Lise Sommers Identität übernommen, nicht wahr? Die Leiche im Moor war Lise Sommer. Sie haben sie und Ester Synnøve Lønn umgebracht, nicht wahr?«

Die Frau unter ihm atmete keuchend. Nach einer Weile versuchte sie aufzustehen. Sie wirkte jetzt ruhiger, schien aufgegeben zu haben.

Der Kommissar stand auf und zog sie hinter sich her. Er hielt ihren Oberarm gepackt. Drückte zu, aber sie jammerte nicht. Sie bückte sich einfach nur und wischte Blätter und braunen Schmutz von ihrer verdreckten hellblauen Kleidung.

Dann passierte etwas mit ihrem Körper. Er schien von all ihrer Kraft verlassen zu werden. Vesla Mortensen wandte dem Polizisten langsam ihr Gesicht zu. »Ich wollte immer schon Schauspielerin werden«, sagte sie und wischte sich ein trockenes Ahornblatt von der Schulter. Das Waldlicht ließ ihre Augen unnatürlich grün aussehen. »Das bin ich nämlich«, fügte sie hinzu. »Eine echte Schauspielerin, nicht wahr?«

Roger Høibakk saß hinten im Taxi und las die unheimliche Eintragung ein weiteres Mal.

20. Juli 1998
Ich bin in ihre Kleider geschlüpft. Habe mir die Haare wachsen und eine Dauerwelle machen lassen. Die Nachbarn kenne ich nicht. In diesem Haus wohnen zu viele Menschen. Es ist ein unbeschreibliches Gefühl, wahnwitzig und prickelnd, wie eine umgekehrte Geburt. Wie ein kleiner Tod. Ich habe das Gefühl, mir ihre Wohnung über den Kopf gezogen, ihre Wände um mich geschlungen, ihre Decke auf den Kopf gesetzt zu haben, wie einen viel zu großen Hut. Ihre Möbel habe ich verzehrt. Ihre Gläser und Tassen trage ich wie edles Kristall umher. Die Verwandlung ist vollkommen. Durch sie bin ich eine andere geworden, bin ich sie geworden. Lise Sommer besteht aus so vielen Fragmenten, dass ich manchmal fast die Geduld mit ihr verloren hätte. Was hier passiert? Ich bin plötzlich eine andere und das ist wunderbar. Von dem, was früher war, fehlt mir nichts. Oder doch, mir fehlen Mama, das Haus und mein Nähtisch. Und natürlich auch Steinar und Sivert. Jetzt habe ich niemanden, aber auch das ist eine Befreiung. Ganz allein zu sein. Wir werden das, was wir sind. Oder umgekehrt, wir sind das, was wir werden.

Ich weiß genau, wann die Veränderung eingetreten ist. Als ich angefangen habe zu hassen, wirklich zu hassen.

Unten am Fluss haben sie meinen Kater umgebracht. Lise hat Katzen gehasst. Sie hat gesagt, Johnny solle es tun. Dann hat er ihn hineingeworfen. Ich sah, wie der Arme von der Strömung er-

fasst wurde, hörte sein helles Tiergeschrei. Sein kleiner Kopf wogte auf und ab, dann verschwand er in der polternden Finsternis. Sie hätten es niemals tun dürfen.

Der erste Tag ohne den Kater. Die Herbstsonne glitt über den Teppich. Ich war so traurig, als sei alles zu Ende.

Sie haben mich in Ester Synnøves Gewächshaus umgebracht, in der Gärtnerei hinter der Waschküche, so, dass ihre Eltern vom Haus aus nichts sehen konnten. Was er mir angetan hat, haben sie mir alle drei angetan. Ich sah, wie Johnnys Gesicht sich in den Glasscheiben spiegelte. Alle seine Gesichter wurden zu einer Kathedrale der Bosheit.

Ich kann nicht erklären, warum ich nicht um Hilfe gebeten, warum ich nichts verraten habe. Aber es ist wohl so: Wenn wir uns so klein fühlen, haben wir für nichts mehr Kraft. Wir sind das, was wir sind. Wir stehen bis zum Bauchnabel in braunem Lehm und können uns nicht rühren. Das alles hat mich irgendwie verändert. Die, die ich liebe, liebe ich. Die, die ich hasse, hasse ich.

Lise

Roger Høibakk schloss die Augen. Er konnte sich nur vorstellen, was in den Wäldern bei Enger vor sich ging. Und was an dem Sommertag vor zwei Jahren passiert war. Auf dem Weg, irgendwo im Wald, war Lise Sommer auf Vesla Mortensen gestoßen und von dieser kaltblütig ermordet worden. Dann hatte die andere sie ausgezogen und ihre Kleider übernommen, ebenso ihre Tasche mit Portemonnaie, Ausweis und allem anderen. An diesem Tag war Vesla Mortensen zu Lise Sommer geworden. Roger Høibakk fröstelte. Das Einzige, was er jetzt tun konnte, war, den Kollegen in Fredrikstad Bescheid zu sagen und zu hoffen, dass es noch nicht zu spät war.

Der rotblaue Knutschfleck am Hals des Jungen sah aus wie eine große giftige Spinne. Johnny Svendsen weinte. In ihm gab es fast kein Leben mehr, er war einer Ohnmacht nahe. Er hatte viel Blut verloren, konnte sich aber halbwegs aufsetzen. Seine Arme waren an den Handgelenken an den untersten Ast gefesselt. Er konnte sich kaum erinnern, was passiert war. Nur, dass er vor Vesla Mortensen über den Weg gegangen war, während sie hinter seinem Rücken ihr Küchenmesser geschwenkt hatte.

Er weinte laut und ruckhaft. Er wusste fast nicht mehr, wann er sich zuletzt dermaßen hatte gehen lassen. Sein Weinen nahm ihn vollständig in Anspruch, zwang ein heiseres, unbekanntes Geräusch aus ihm heraus, das durch seine ausgedörrte Kehle nach oben stieg.

»Papa«, jammerte Markus. »Nicht weinen, Papa.«

Der junge Mann schaute zu seinem Sohn hinüber. Langsam, wie in einem Horrorfilm, zogen die Bilder an ihm vorbei. Er und Ester und Lise, zusammen in einem Netzwerk, einem Spinngewebe, einer dreibeinigen Spinne. Immer bereit, sie zu fangen. Die blöde Vesla, die wertlose hoffnungslose Vesla. Die wirklich nicht als Mensch durchgehen konnte. Er dachte an das gute Gefühl des Zusammenhalts, sie drei, er und die beiden Mädchen, gegen sie, gegen diese Inkarnation der Wertlosigkeit.

Hinter seinen Rippen hämmerte sein Herz. Hatte er jemals ein schlechtes Gewissen gehabt? Er konnte sich nicht erinnern, glaubte es nicht. Nein, so war das nicht. Ein dünner Streifen der Angst arbeitete sich durch ihn hindurch. Er versuchte, die Geschehnisse zu analysieren. Konnte sich nur vage an ihre Reihenfolge erinnern. Nein, er wusste das alles noch ganz genau, wenn er sich dazu zwang. Er hatte gedacht, ihr mache das nichts aus. Ihr Gesicht, ausdruckslos. Sie weinte nie, sah ihn nur spöttisch an, spuckte hinter ihnen aus und grinste. Freute sich trotz allem, wenn sie mitmachen durfte. Wehrte sich nicht, blieb passiv. Existierte nur als etwas, das sie benutzen konnten, um die Stimmung und ihr Gefühl des Zusammenhalts zu stärken.

Plötzlich fiel ihm ein, dass Ester ihn zweimal angefleht hatte, nicht mehr zu schlagen. *Können wir nicht eine normale Familie sein?* In seinen Gedanken hörte er ihre Stimme wie einen fernen Widerhall. *Markus zuliebe. Normale Familie ...*

Dann war der Gedanke an den Briefkasten stärker als alles andere. Er war ein Symbol. Das Bild des Briefkastens sorgte dafür, dass die Erkenntnis, dass wirklich alles allein seine Schuld war, ihn mit einem Schmerz überkam, den er bisher nicht gekannt hatte. Es war nicht der Schmerz, der ihm seit seiner Kindheit wie ein schwarzer Schatten gefolgt war. Er war an eine Wut gewöhnt, die dem Gefühl entsprang, ungerecht behandelt zu werden. Dieser Schmerz war aggressiv und nach außen gekehrt. Jetzt strömten die Gefühle in seinem Körper nach innen. *Hier wohnen Ester Synnøve Lønn, Johnny Svendsen und Markus,* hatte auf dem Briefkasten gestanden, der wie ein kleines Haus aussah, mit aufgemalten Dachziegeln und aufgemalten Vorhängen in den kleinen Fenstern und einem Briefschlitz als Haustür. Sie waren eine Familie gewesen. Er hatte dazugehört. Und dann hatte er alles zerstört.

Inzwischen war der Polizeihund auf dem Weg zu ihnen. Eifrig, jagend, mit einem intensiven Siegesgefühl, das seinen Körper beben ließ.

Markus streckte die Hand nach seiner aus, konnte sie aber nicht erreichen. »Papa, nicht weinen«, sagte er. »Nicht weinen.«

Er versuchte, näher zu kriechen. Auch er war an den Baum gefesselt. Langsam, sehr langsam kam er vorwärts. Johnny Svendsen spürte den warmen Kinderkörper an seinem. Das kalte Wasser, die Sterne, die aussahen wie Fingerabdrücke am Himmel. Johnny Svendsen weinte in den Nacken des Jungen.

Vesla Mortensen befand sich hinter einer schmalen weißen Tür, in deren oberer Hälfte ein Gitterfenster saß. Sie trug eine helle Bluse und einen gelben Rock. Ihre Füße waren nackt. Sie hatte sich die Zehennägel rot lackiert.

Cato Isaksen musterte die schmächtige blonde Gestalt auf dem weißen Holzstuhl. Er schaute an ihren Füßen vorbei auf den dunkelroten, abgenutzten Perserteppich. Ein kleines Fenster ließ frische Sommerluft herein.

»Sind Sie immer ganz Sie selbst?« Vesla Mortensen drehte sich plötzlich zu dem Kommissar um.

Der gab keine Antwort.

»Ganz Sie selbst. Sind Sie ganz Sie selbst?« Die Frau durchbohrte ihn mit ihren blauen Trauermantelaugen.

Cato Isaksen seufzte. Warum stellte sie ihm diese Frage? Trug er eine Person in sich, die er im Grunde nicht war? »Ich bin ganz ich selbst«, sagte er kurz.

»Nein«, widersprach sie und lachte ein kurzes, singendes Lachen. »Ich durchschaue Sie. Das sind Sie nicht.«

»Es hat Sie kalt erwischt, dass wir die Beziehung zwischen Lise Sommer und Florian Rosati durchschaut hatten, nicht wahr?«

Vesla Mortensen nickte verlegen. »Ich konnte mich plötzlich nicht an den Zusammenhang erinnern. Ich war Florian Rosati doch nie begegnet. Aber ich fand einige Briefe, die er an Lise geschrieben hatte. Und ich hatte seine Visitenkarte. Ich hatte schreckliche Angst vor einer Begegnung mit ihm. Er hätte mich doch sofort entlarvt.«

»Und Johnny Svendsen auch, nicht wahr?«

Sie nickte. »Er wollte sich immer wieder mit mir treffen. Sie können sich ja gar nicht vorstellen, was ich für eine Angst davor hatten, jemandem zu begegnen, der Lise oder mich kannte.«

Vesla Mortensen feuchtete sich mit der Zunge die Lippen an. »Ich bin fast nur am frühen Morgen aus dem Haus gegangen. Wenn ich wusste, dass Johnny bei der Arbeit war. Ich hatte auch Angst vor Florian Rosati. Manchmal habe ich in seinem Restaurant angerufen und mich davon überzeugt, dass er dort war. Dann konnte ich mich sicher fühlen. Ich wollte mir auch Arbeit suchen. Das hatte ich wirklich vor. Aber Lises Rente war ja nicht schlecht. Es war nie ein Problem, sie abzuheben. Ich war schon so lange nicht mehr ich selbst gewesen, wissen Sie«, sagte sie, erhob sich und ging ans Fenster. »Aber ich kann Ihnen sagen, meine Friseurrechnungen waren hoch. Diese Locken«, sie zupfte sich kurz an den Haaren, »die stehen mir gut, nicht wahr, aber sie waren nicht billig. Bei Ihrem ersten Besuch dachte ich schon, ich sei durchschaut. Ich brauchte Ihnen keine Angst vorzuspielen. Ich hatte Angst. Sie hätte mich fast zerfressen. Ich war immer allein, in der fremden Wohnung, in den fremden Kleidern. Als ich klein war, hatte ich Angst vor Gewitter. Und zwar genau dieselbe Angst.«

Cato Isaksen ließ sich in seinem Sessel zurücksinken.

Vesla Mortensen setzte sich in einen anderen, tieferen Sessel. Machte sich an einem Fussel auf der Armlehne zu schaffen und sah ihm dann ins Gesicht. »Johnny war immer schon gefährlich«, sagte sie.

»Aber nicht so gefährlich wie Sie.« Der Kommissar konnte sich diese Bemerkung nicht verkneifen.

»Nein.« Ein hämisches Lächeln umspielte ihre Lippen. »Nicht so gefährlich wie ich«, wiederholte sie, zog die Beine hoch und krümmte ihren Körper auf eine seltsame Weise, als wollte sie sich damit selbst umschließen.

»Wie konnten Sie Markus das antun?« Cato Isaksen blickte die Frau mit ernster Miene an.

Sie wandte sich ab. Sie stand jetzt nicht mehr auf der Bühne. Die Vorstellung war zu Ende. Dass Markus erwähnt worden war, ließ sie nicht unbeeinflusst. Sie mochte den Jungen. Er hatte Ähnlichkeit mit ihr. Er war ein Kind. Er trug keine Schuld.

»Das war nur ein Knutschfleck«, sagte sie. »Mehr habe ich ihm nicht getan. Es ging mir um Johnny. Er sollte den Knutschfleck vor seinem Tod noch sehen. Ich wollte den Kleinen nicht umbringen. Der sollte leben.«

Beim Gedanken an Markus wurde es Vesla Mortensen schlecht. Der Gedanke an ihn hatte sie nach dem Mord an Ester Synnøve dazu veranlasst, die Tür offen stehen zu lassen. Sie wusste nicht, wann er zu Besuch kommen würde. Und wollte nicht, dass der Kleine seine Mutter so fand, leblos, blutverschmiert und mit halb offenen, starren Augen.

Sie legte den Kopf ein wenig in den Nacken und blickte Cato Isaksen aus zusammengekniffenen Augen an. »Das werden Sie nie verstehen«, sagte sie, »aber ich habe Johnny gehasst. Ich musste mich entscheiden zwischen dem Hass auf ihn und der ... Rücksicht auf Markus. Verstehen Sie? Der Hass hat gewonnen. Der Hass gewinnt immer.« Sie lachte kurz. »Es ist allein Johnnys Schuld, dass auch sein Sohn leiden musste. So ist die Wirklichkeit. Was meinen Sie denn, was in allen Kriegen auf der Welt abläuft?«

Vesla Mortensen sprang auf und wirbelte herum. Ihr gelber Rock tanzte um ihre dünnen Hüften.

»Johnny ist der Junge mit großem G oder der Mann mit dem großen M oder vielleicht der Gott mit dem großen G.«

Cato Isaksen musterte sie traurig. »Womit haben Sie sie getötet?«

»Ester oder Lise?«

»Ester.«

»Mit dem Deckel einer Katzenfutterdose. Die sind überaus scharf, diese Deckel, die reinsten Waffen. Die geriffelte Metallkante ist messerscharf. Ich habe mich einmal an so einem Deckel geschnitten. So ein Rand kann lebensgefährlich sein.«

Sie schloss für einen Moment die Augen. Das Leben war zerbrechlich, fast nichts trennte Alles und Nichts. Eine Kante, ein Glas, ein Stein oder ein Seil. Sie öffnete die Augen wieder und lächelte. »Sie haben nicht geglaubt, dass es Florian gibt, meinen Kater, meine ich? Ich habe ihn an einem meiner ersten Tage in der Stadt gefunden. Er saß allein auf der Straße. Ich glaube nicht, dass er jemandem gehörte.«

Cato Isaksen gab keine Antwort. »Erzählen Sie, was passiert ist«, bat er.

Vesla Mortensen ging wieder zu dem kleinen Fenster. »Ich habe diesen Artikel in der Zeitung gefunden, den über die misshandelte Katze. Da brach wieder alles über mich herein, was sie damals meinem Kater angetan hatte. Und damit stand mein Entschluss fest. Ich kannte ja Esters Adresse. Die hatte Johnny mir verraten, gleich an dem Tag, an dem er sie in Erfahrung gebracht hatte. Ich besorgte mir Gummihandschuhe, neue Schuhe, einen neuen Trainingsanzug. Alles war neu. Ich streifte mir eine Plastikhaube über den Kopf und band darum noch ein Kopftuch. Und ich zog mich erst unten in der Garage an, mich sollte schließlich kein einziges Katzenhaar verraten können. Solche Details sind gefährlich. Niemand sah mich. Ich ließ den Wagen ein Stück weiter entfernt stehen, ging die Treppe hoch und klingelte. Es war ein Uhr nachts, das ganze Haus schlief. Ester kam zur Tür, fragte ›Wer ist da?‹ Sie schien da schon Angst zu haben. Als ich meinen Namen nannte, machte sie sofort auf.«

Vesla Mortensen hatte ihm den Rücken zugekehrt. Sie erzählte dem Kommissar die Geschichte wie ein Märchen. Wie etwas, worauf sie stolz sein konnte. »Danach habe ich alle Kleider und die neuen Schuhe in Stovner in einen Container geworfen«, sagte sie. »So muss das gemacht werden.«

Cato Isaksen musterte die schmächtige Frauengestalt. Noch immer dachte er an sie als an Lise Sommer. Ein schöner Name für einen schönen Menschen.

»Diese ständige Verstellung muss doch auch anstrengend gewesen sein«, sagte er.

»Ja.« Sie nickte. »Aber es war auch spannend. Ich wusste doch, dass ich eine gute Schauspielerin bin. Das habe ich immer gewusst. Ich hatte kein Lust, Kostüme zu nähen, ich wollte auftreten. Aber nie hat mich jemand gesehen. Niemand hat mich gesehen.«

»Was haben Sie damals mit Lippenstift in der Gärtnerei geschrieben?«

Vesla Mortensen drehte sich zu ihm um. Ihre Haare umgaben ihren Kopf wie ein brennender Heiligenschein. »Das spielt keine Rolle mehr«, sagte sie und fügte hinzu: »Hier, in diesem weißen Raum, da habe ich das Gefühl, in einem Taubenschlag zu leben. Das kommt vom Geruch, wissen Sie. Als hätten hier Vögel gehaust, die jetzt ausgeflogen sind. Ich hatte immer das Gefühl, dass das Leben sich anderswo abspielt.« Sie dachte nach. »Das ist doch ein häufig benutzter Ausdruck, nicht wahr?«

»Das Leben findet anderswo statt. Ja, vielleicht«, sagte Cato Isaksen ernst.

»Aber haben Sie sich je überlegt, dass es wirklich stimmt, dass wir auf irgendeine Weise in unserem eigenen Leben nicht anwesend sind?«

»Ja, ich glaube, das geht den meisten ab und zu so.«

»Ja, ab und zu, aber nicht die ganze Zeit, so wie das bei mir war.« Vesla Mortensen strich sich die Haare aus den Augen.

»Steinar hat mir bei Lise geholfen, aber ihn trifft keine Schuld. Er tut alles, was ich will. Ich habe ihm aufgetragen, er solle einfach sagen, das sei Vesla, wenn die Leiche gefunden würde. Er könnte sagen, Vesla habe Vesla umgebracht.« Sie lachte kurz, dann war sie aber wieder ernst. »Würden Sie übrigens meinen Kater holen lassen? Den brauche ich.«

»Ihre Mutter hat ihn inzwischen sehr gern«, sagte Cato Isaksen. Er sah Vesla Mortensen an wie eine Kranke, für die man nichts mehr tun kann. Dann stand er auf. »Ich muss leider weiter«, sagte er. »Ich mache Urlaub. Meine Familie wartet schon.«

Er wollte direkt nach Sandefjord fahren, zu Bente, Gard, Tone, Vetle und dessen neuem Freund. Auf dem Weg wollte er Georg abholen. Sigrid und Hamza würden den ganzen Sommer in der Stadt verbringen. Aber Georg sollte im Sand spielen und Wind und Sonne an seinem lebhaften kleinen Körper spüren.

Vesla Mortensen nickte, dann lächelte sie vorsichtig. »Sie finden auch für alles eine Lösung. Sie sind lieb«, sagte sie, trat auf ihn zu, streckte den dünnen Arm aus und legte die Hand auf seinen Oberarm. Cato Isaksen fühlte sich nicht wohl dabei. Er wusste nicht, was er sagen sollte. Hätte ihr gern erzählt, dass sie ihn in etwas eingeweiht hatte, an das er sich immer erinnern würde. Dass er sie niemals vergessen könnte. Aber er sagte nichts. Nahm nur behutsam ihre Hand weg und lächelte ihr traurig zu. Dann öffnete er die schmale weiße Tür und ging hinaus ins Licht.

Epilog

Das Motorrad sah aus wie ein großes Tier. Gefährlich, selbstsicher, brutal, alles auf einmal. Er beobachtete, wie sein Gesicht im schwarzen Lack zu einem seltsamen langen Strich wurde. Sein Großvater hob ihn auf den Sitz und Markus legte die Arme um seinen Vater. Und dann schmiegte er seine Wange an dessen Rücken.

Es war seine erste Motorradfahrt und es sollte nur ein kleiner Ausflug zur Probe sein. Nur zum Laden, hatte die Oma gesagt. Zu Tante Erna-Oma und wieder zurück nach Hause.

Das Motorrad dröhnte hart und laut. Es schien seine Eisenmuskeln anzuspannen. Es war stark, stärker als ein Wolf. Das Motorengeräusch füllte den kleinen Jungenkörper vollständig aus. Bebte durch sein Herz, seinen Hals hinauf, in seine Arme hinein.

Markus hatte einen Helm auf dem Kopf. Der war zu groß, aber er trug den Helm und Handschuhe an den Händen.

Johnny Svendsen nickte Ivar Lønn kurz zu. Dann gab er vorsichtig Gas und das Motorrad erwachte langsam zum Leben. Die groben Räder fraßen sich über den sandigen braunen Weg, der sich wie ein Gürtel durch die herbstgelben Felder zog. Als sie die asphaltierte Straße erreichten, ging alles besser. Markus lächelte die Lederjacke seines Vaters an. Der Gestank von fauligen Kohlköpfen trieb ihnen entgegen, von den Feldern unterhalb der

Kirche her. Der Junge schloss die Augen. Das verstärkte nämlich noch alle Geräusche. Das brüchige Glück kam mit kleinen Winden aus allen Richtungen angesaust. Er glaubte das Herz seines Vaters schlagen zu hören. Es war ein Geborgenheit schenkendes, warmes Geräusch in seinem Ohr. Für einen kurzen Moment fühlte er sich ebenso groß und stark wie das Motorrad. Durch seine Gedanken glitt plötzlich das Bild von Strand und Winter. Er hörte noch einmal die wilden Wellen. Dann riss er die Augen wieder auf und sah die Häuser an, die auf dem Grasrücken vorüberritten. Und die weißen Wolken, die am Himmel heranwuchsen. Die Herbstwolken jagten über den Asphalt. Er war auf dem Weg.

»Eine dramatische Verbrecherjagd in Göteborg – clever und spannend erzählt.«
Der Spiegel

Die Leiche einer Frau ohne Namen. Spuren, die ins Nichts führen. Die aufgeladene Atmosphäre eines heißen schwedischen Sommers. Und ein verängstigtes Mädchen, das sich in dem Versteck, in dem es festgehalten wird, nach seiner Mutter sehnt. Kommissar Winter, dessen Vorliebe für guten Jazz und elegante Anzüge sich in Göteborg herumgesprochen hat, setzt sein ganzes psychologisches Feingefühl ein, um den Mörder – und das Mädchen – zu finden.

»Der Roman besticht durch eine klare, schnörkellose Sprache, psychologischen Tiefgang und seine liebenswerte menschliche Hauptfigur.«
Freundin

Åke Edwardson
Die Schattenfrau
Roman

List Taschenbuch